MIRA®

Der Preis dieses Bandes versteht sich einschließlich der gesetzlichen Mehrwertsteuer.

Umwelthinweis:
Dieses Buch wurde auf chlor- und säurefreiem Papier gedruckt.

Linda Lael Miller

Big Sky Mountain – Der Berg der Sehnsucht

Roman

Aus dem Amerikanischen von
Ralph Sander

MIRA®

MIRA® TASCHENBUCH
Band 25692
2. Auflage: Januar 2014

MIRA® TASCHENBÜCHER
erscheinen in der Harlequin Enterprises GmbH,
Valentinskamp 24, 20354 Hamburg
Geschäftsführer: Thomas Beckmann

Titel der nordamerikanischen Originalausgabe:
Big Sky Mountain

erschienen bei: HQN Books, Toronto

Published by arrangement with
Harlequin Enterprises II B.V./S.àr.l

Konzeption/Reihengestaltung: fredebold&partner GmbH, Köln
Umschlaggestaltung: pecher und soiron, Köln
Redaktion: Mareike Müller
Titelabbildung: Harlequin Enterprises S.A., Schweiz
Autorenfoto: © Harlequin Enterprises S.A., Schweiz
Satz: GGP Media GmbH, Pößneck
Druck und Bindearbeiten: CPI – Ebner & Spiegel, Ulm
Printed in Germany
Dieses Buch wurde auf FSC®-zertifiziertem Papier gedruckt.
ISBN 978-3-86278-801-9

www.mira-taschenbuch.de

Liebe Leserinnen, liebe Leser,

willkommen in der Kleinstadt Parable, Montana.

Hutch Carmody ist ein genauso fester Bestandteil dieser Gegend wie sein liebster Zufluchtsort: der Berg, von dem aus er die Whisper-Creek-Ranch überblicken kann, die er seit dem Tod seiner Eltern allein führt, was auch so bleiben soll, wenn es nach seinem Willen geht. Nachdem er seine Braut am Altar hat stehen lassen, sucht er keineswegs nach einer Nachfolgerin, doch seine Gefühle für seine frühere Flamme Kendra Shepherd kann er nicht so einfach ignorieren. Sie ist schön, sexy und klug und hat damit alles, was Hutch bei einer Frau sucht und bewundert. Er hat sich an ihr jedoch schon einmal die Finger verbrannt, als sie kurz entschlossen auf die Idee gekommen war, einen Mann mit einem Adelstitel und sehr viel Geld zu heiraten. Jetzt ist sie gemeinsam mit ihrer kleinen Tochter nach Parable zurückgekehrt, und Hutch ist seitdem die Unruhe in Person.

Für Kendra ist das bodenständige Parable mit seinen ehrlichen Bewohnern genau der richtige Ort, um ihrer Tochter jenes Gefühl von Sicherheit zu geben, das sie selbst als Kind nicht hatte. Sie will ihr Leben durch einen Ehemann nicht unnötig verkomplizieren, denn immerhin hat sie auf die harte Tour lernen müssen, dass sie sich allein besser durchschlagen kann als in einer Ehe. Und selbst wenn sie noch einmal einen Mann in ihr Leben lassen würde, dann ganz sicher nicht einen Cowboy wie Hutch – auch wenn ihr Herz bei seinem Anblick jedes Mal durchgeht wie eine Herde Wildpferde.

1. KAPITEL

Schweißtropfen liefen Hutch Carmody über den Rücken. Er hatte das Gefühl, als stünde er kurz davor, sich in eine laufende Kreissäge zu stürzen. Der geliehene Smoking kratzte auf der Haut, und der Kragen schien jedes Mal ein wenig enger zu werden, wenn er den Blütengeruch einatmete.

Die Luft war zum Schneiden dick und machte ihm das Atmen schwer. An diesem sonnigen Tag Mitte Juni war es in der kleinen Kirche auch viel zu warm. Auf den Holzbänken drängten sich die Gäste, die ja nichts verpassen wollten, dazwischen saßen ein paar in Tränen aufgelöste Frauen und nicht wenige Skeptiker.

Hutchs Trauzeuge Boone Taylor stand neben ihm und trat von einem Bein auf das andere.

Plötzlich stimmte der Organist einen durchdringenden Akkord an, gefolgt von einer fröhlichen Melodie, die Hutch nicht erkannte. Die erste der drei Brautjungfern, deren alberne rosafarbene Kleider seiner Meinung nach besser zu kleinen Mädchen als zu erwachsenen Frauen passten, ging in die Kirche und näherte sich gemessenen Schrittes dem Altar, wo sie Hutch und Boone gegenüber ihren Platz einnahm.

Vor Hutchs Augen begann sich alles zu drehen, doch er riss sich schnell wieder zusammen und rief sich ins Gedächtnis, dass seine Ranch nur ein paar Meilen außerhalb der Stadt lag und er sicher noch mit neunzig damit aufgezogen werden würde, falls er am Tag seiner Hochzeit vor dem Altar in Ohnmacht fiel.

Als sich die nächste Brautjungfer auf den Weg zum Altar machte, gab Hutch sich alle Mühe, keinen Blick auf seine Zukünftige Brylee Parrish zu werfen, die ganz hinten bei ihrem Bruder Walker am Eingang zur Kirche wartete. Er wusste nur zu gut, wie sie in ihrem über Generationen weitervererbten Hochzeitskleid mit dem wallenden Schleier und dem funkelnden Strassbesatz aussah.

Brylee war wunderschön, sie hatte volles rotbraunes Haar, das ihr bis zur Taille reichte, wenn sie es offen trug. Ihre nussbraunen Augen versprachen Leidenschaft, die sich mit überragender Intelligenz, Humor und jener Sachlichkeit paarte, mit der die Mädchen vom Land schon zur Welt kamen.

Er konnte sich glücklich schätzen.

Brylee konnte von sich nicht dasselbe behaupten, war sie doch an einen Mann wie ihn geraten, obwohl sie einen Ehemann verdiente, der sie auch liebte.

Plötzlich schaute sein Halbbruder Slade Barlow ihn an. Er saß in der vordersten Reihe zusammen mit seiner hochschwangeren Ehefrau Joslyn und schüttelte den Kopf, als könnte er nicht fassen, was sich da vor seinen Augen abspielte. Sein Gesichtsausdruck war so ernst, dass man hätte meinen können, hier fände eine Totenfeier statt, nicht jedoch die Hochzeit einer der fantastischsten Frauen, die Parable County je hervorgebracht hatte.

Hutchs Magen verkrampfte sich.

Die letzte Brautjungfer hatte ihren Platz eingenommen.

Der Geistliche stand vor ihm und wartete.

Der Duft der Blumen verstärkte sich und schien Hutch beinahe die Luft zu rauben.

Und dann ertönten die ersten Takte des Hochzeitsmarschs.

Wieder begann sich der Raum um Hutch zu drehen.

Brylee, die hinter ihrem hauchdünnen Schleier strahlend lächelte, reagierte mit einem Nicken auf etwas, das ihr Bruder ihr zuflüsterte, dann trat sie einen Schritt nach vorn.

„Einen Moment“, hörte sich Hutch plötzlich laut genug sagen, damit er die Orgel übertönen konnte. Er hob beide Hände wie ein Schiedsrichter, der eine Partie wegen eines Foulspiels unterbrach. „Halt!“

Im nächsten Moment kehrte Totenstille ein, sogar die Orgel verstummte.

Die Braut und ihr Bruder blieben stehen und schauten ihn verwundert an.

Hutch hätte schwören können, dass sich nicht nur hier in der Kirche niemand mehr regte, sondern dass Zeit und Raum scheinbar zum Erliegen gekommen waren.

„Das ist einfach verkehrt", sagte er leise. Er sprach das Thema nicht zum ersten Mal an. Vielmehr versuchte er seit Wochen, mit Brylee darüber zu reden und Klarheit zu schaffen. Erst gestern Abend hatte er sich wieder mit ihr in der Silver Lanes Snackbar zusammengesetzt und ihr erklärt, die Hochzeit bereite ihm erhebliche Bedenken und er brauche erst einmal eine Auszeit, um in Ruhe über alles nachzudenken.

Brylee war sofort in Tränen ausgebrochen, woraufhin ihre Mascara verlaufen war, und hatte erwidert: „Das meinst du doch gar nicht so!" Es war ihre Standardantwort auf jeden seiner Versuche, die Notbremse zu ziehen, noch bevor der Punkt erreicht war, an dem es kein Zurück mehr für sie gab. „Du bist bloß nervös, das ist alles. Das ist doch ganz normal. Sobald die Hochzeit vorbei ist und wir in den Flitterwochen sind ..."

Hutch ertrug es nicht, wenn eine Frau weinte, und schon gar nicht, wenn er der Grund für ihre Tränen war. So wie bei den Malen zuvor hatte er auch gestern Abend einen Rückzieher gemacht und sich einzureden versucht, dass Brylee ja eigentlich recht hatte. Er hatte im letzten Moment kalte Füße gekriegt, weiter nichts.

Doch jetzt war der Punkt erreicht, an dem er sich nicht noch länger etwas vormachen konnte.

Jetzt oder nie.

Er sah Brylee in die Augen.

Zeit und Raum setzten sich ächzend wieder in Bewegung, und gleich darauf war der Teufel los.

Brylee schleuderte ihren Blumenstrauß zu Boden und trampelte wutentbrannt darauf herum, dann machte sie auf dem Absatz kehrt und stürmte aus der Kirche. Walker warf Hutch einen nicht allzu freundlichen Blick zu, dann lief er seiner Schwester hinterher.

Die Gäste, die sich zu Ehren der Braut erhoben hatten, begannen alle gleichzeitig zu reden, weil sie nicht fassen konnten, was sich vor ihren Augen abgespielt hatte. Solche Dinge passierten den Leuten in Romanen oder Filmen, aber ganz sicher nicht in Parable, Montana.

Es gibt für alles ein erstes Mal, dachte Hutch betrübt.

Er wollte Brylee folgen, was nicht so einfach war, da die Gäste ebenfalls auf den Ausgang zuströmten und den Gang verstopften. Was er zu ihr sagen sollte, wusste er jetzt noch nicht, doch auf jeden Fall musste er mit ihr sprechen.

Ehe er aber auch nur zwei Schritte weit gekommen war, traten Slade und Boone von beiden Seiten auf ihn zu und griffen nach seinen Armen, um ihn zurückzuhalten.

„Lass sie gehen“, meinte Boone leise.

„Du kannst jetzt sowieso nichts tun“, fügte Slade hinzu.

Dann führten sie ihn aus der Kapelle in einen kleinen Lagerraum gleich nebenan. Hutch fragte sich, ob sich vor der Kirche eine Meute versammelte, die ihn lynchen wollte.

„Du hast dir ja genau den richtigen Zeitpunkt ausgesucht, um es dir noch einmal anders zu überlegen“, stellte Boone fest, allerdings funkelten seine Augen und ließen erkennen, dass er in erster Linie erleichtert war.

Hutch nahm seine Fliege ab und steckte sie in die Jackentasche. Dann knöpfte er den Kragen auf und atmete tief durch. „Ich habe ein paar Mal versucht, mit ihr darüber zu sprechen“, erwiderte er, was nach einer faulen Ausrede klang, aber tatsächlich die Wahrheit war.

Obwohl er und Slade den gleichen Vater hatten, waren sie sich ihr Leben lang nicht grün gewesen. Erst seit dem Tod ihres alten Herrn und der anschließenden Aufregung kamen sie etwas besser miteinander aus, dennoch sah keiner in dem anderen einen guten Freund, geschweige denn einen Bruder.

„Komm mit zu uns“, schlug Slade zu Hutchs großen Überraschung vor. „Es wird das Beste für alle sein, wenn du dich wenigstens für ein paar Stunden rarmachst. Gib Brylee und Walker etwas Zeit, damit ihre Wut verrauchen kann.“

Hutch versteifte sich zwar ein wenig, doch seltsamerweise

kam ihm diese Einladung sehr gelegen. Sein Zuhause, die Whisper-Creek-Ranch, lag ziemlich einsam und abgeschieden, was vermutlich auch der Grund war, warum er sich überhaupt überwunden hatte, Brylee einen Heiratsantrag zu machen.

„Ich muss mit Brylee reden", beharrte er.

„Dafür ist später immer noch Zeit", widersprach ihm Slade.

„Ja, Slade hat recht", stimmte Boone ihm zu. Er selbst reagierte hochgradig allergisch auf Begriffe wie Hochzeit oder Ehe und war vermutlich froh, dass Hutch dieser sprichwörtlichen Kugel in letzter Sekunde noch ausgewichen war.

Oder aber er erinnerte sich gerade daran, dass Brylee mit Pistole, Gewehr und Bürgerkriegskanone hervorragend umgehen konnte und momentan wohl damit beschäftigt war, eine Kanone zu laden, die sie auf Hutch richten würde.

Leise seufzte Hutch. „Also gut, ich tauche für eine Weile bei dir unter. Aber ich muss erst nach Hause fahren und mich umziehen. Ich halte es in diesem Smoking nicht mehr aus."

„Okay", entgegnete Slade. „Ich sammele die Frauen ein, und dann treffen wir uns in ein oder zwei Stunden auf der Windfall-Ranch."

Mit den „Frauen" meinte Slade seine reizende Ehefrau Joslyn, seine Stieftochter Shea und die Haushälterin Opal Dennison, die im Haus der Barlows wie eine Naturgewalt ihre Arbeit erledigte. Slades Mutter Callie war einsichtig genug gewesen, nicht an der Zeremonie teilzunehmen, da sie wusste, dass in einem Städtchen wie Parable alte Skandale nur selten in Vergessenheit gerieten. Jeder hatte ihre Affäre mit Carmody senior noch immer gut in Erinnerung, nicht zuletzt auch, weil Slade das Resultat dieser Affäre war.

Allerdings würden die heutigen Ereignisse das alles in den Schatten stellen. Die Leute zerrissen sich schon jetzt das Maul und spekulierten auf Teufel komm raus. Und im Internet kursierten auf den einschlägigen Seiten sicher längst detaillierte Berichte darüber, was sich wie abgespielt hatte. Bevor Hutch von Slade und Boone aus der Kapelle geführt worden war, hatte er noch gesehen, wie etliche Gäste ihre Smartphones in der Hand hielten und hastig SMS schrieben. Natürlich hatten sie mit diesen allgegenwärtigen Dingern auch noch Fotos geknipst, die sie gleich mitschicken konnten.

Der Gedanke an dieses Heer aus Amateurreportern und die Amateurberichte, die in allen möglichen sozialen Netzwerken auftauchen würden, veranlasste Hutch dazu, kurz die Augen zu schließen, dann murmelte er: „Shit."

„Das ist noch harmlos ausgedrückt", kommentierte Slade und klang so mutlos wie Hutch.

Kendra saß in der Küche ihrer besten Freundin Joslyn, ihr gegenüber hatte Callie Barlow Platz genommen. Im Ranchhaus war es ungewöhnlich ruhig, da sich fast alle auf den Weg in die Stadt gemacht hatten, da sie bei der Hochzeit dabei sein wollten. Ein kurzer Blick über die Schulter zeigte ihr, dass ihre vier Jahre alte Adoptivtochter Madison immer noch auf der Sitzbank lag, ihr lila Känguru Rupert an sich gedrückt, und fest schlief. Der Anblick dieses engelsgleichen Gesichts, das von kupferfarbenen Locken umrahmt wurde, berührte Kendra jedes Mal so tief.

Ihr Kind. Ihr so lange herbeigesehntes und so hart erkämpftes Kind. Ihr kleines persönliches Wunder.

Nicht jede Frau hätte die Situation genauso gesehen wie Kendra, war Madison doch der Beweis für Jeffreys Untreue und dafür, dass es gefährlich war, einen anderen Menschen zu lieben und ihm zu vertrauen. Aber das alles hatte sie letztlich nicht gekümmert. Sie selbst war als Kind von einer desinteressierten Großmutter aufgezogen worden – was mit ein Grund dafür war, dass sie so eine tiefe Bindung zu Madison verspürte. Außerdem hatte Jeffrey, der nach dem Ende ihrer Ehe nach England zurückgekehrt war, im Sterben gelegen.

Einige Männer hätten sich in diesem Fall wohl hilfesuchend an ihre Familien gewandt. Zumal wenn man aus einer so wohlhabenden und einflussreichen Dynastie stammte wie Jeffrey.

Doch in seinem Fall war das nicht möglich gewesen. Seine ältlichen Eltern gehörten zum niederen Landadel und besaßen eine ganze Reihe von Titel, mehrere ausgedehnte Güter und ein Vermögen, das seine Wurzeln in der Kolonialzeit in Indien hatte. Bei ihnen wäre Madison so aufgewachsen wie er und sein Bruder, nämlich in der Obhut von Kindermädchen und Haushälterinnen, bis sie mit sechs Jahren auf ein Internat geschickt worden wäre.

Verständlicherweise hatte Jeffrey sich für seine Tochter ein anderes Leben gewünscht. Deshalb hatte er Kendra benachrichtigen lassen, dass er sie persönlich treffen müsse, um ihr etwas Wichtiges zu erzählen.

Sie hatte den ersten von einer Reihe Kurztrips nach England unternommen und im Krankenhaus an der Seite ihres Exmannes gesessen, während der immer wieder in tiefe Bewusstlosigkeit versank.

Irgendwann hatte er es jedoch geschafft, zu sagen, was ihm auf dem Herzen lag. Er berichtete ihr von Madison, die irgendwo in den USA lebte, und flehte Kendra an, seine Tochter zu finden und sie liebevoll und behütet aufzuziehen. Kendra war, so sagte er, der einzige Mensch auf Erden, dem er sein Kind anvertrauen mochte.

Kendra hatte so sehr ein Kind gewollt, doch während ihrer kurzen Ehe war Jeffrey nie auf ihren Wunsch eingegangen, eine Familie zu gründen. Umso verletzter war sie gewesen, als er ihr gestand, dass eine andere Frau, der er auf einer Geschäftsreise begegnet war, von ihm ein Kind bekommen hatte.

Dennoch hatte sie versucht, seinen Wunsch zu erfüllen. Allerdings hatte sie das nicht so sehr für ihn getan, sondern vielmehr für Madison … und auch für sich selbst.

Die Suche war, trotz der beträchtlichen Summe, die Jeffrey ihr für diesen Zweck überlassen hatte, schwierig verlaufen, und mehr als einmal hatte sie kurz davor gestanden, aufzugeben.

Doch dann war es ihr endlich gelungen, Madison ausfindig zu machen.

Kendra konnte sich nicht vorstellen, wie es sein würde, dem lebenden Beweis der Untreue ihres Exmannes gegenüberzutreten. Aber alle Bedenken, die sie gehabt haben mochte, verflüchtigten sich in dem Moment, als sie das zurückhaltende, reizende kleine Mädchen zum ersten Mal sah.

Diese erste Begegnung lief in dem schäbigen Büro einer Sozialarbeiterin in einer kalifornischen Wüstenstadt ab, und für Kendra war es Liebe auf den ersten Blick.

Eine Liebe, von der sie wusste, dass sie für immer andauern würde.

Ein monatelanges juristisches Tauziehen folgte, doch irgendwann waren Kendra und Madison dann endlich offiziell Mutter und Tochter. Sie liebte dieses Kind genauso sehr, als wäre sie selbst mit ihm schwanger gewesen.

Callie holte sie aus ihren Gedanken, da sie nach der Teekanne in der Tischmitte griff, um sich und Kendra nachzuschenken.

„Was meint ihr, ist die Hochzeit schon vorbei?" Kendra bereute ihre Frage im gleichen Moment, in dem sie sie gestellt hatte.

Mit einem sanften Lächeln auf den Lippen schaute Callie zur Wanduhr. „Wahrscheinlich ja", antwortete sie und drückte leicht Kendras Hand.

Plötzlich regte sich Madison auf der gepolsterten Sitzbank. „Mommy?"

„Ich bin hier, Honey", sagte Kendra und drehte sich zu ihr um.

Obwohl Madison sich erfreulich schnell an die neue Lebenssituation gewöhnt hatte, wurde sie in Abständen dennoch von Albträumen geplagt. Außerdem neigte sie dazu, leicht in Panik zu geraten, wenn sie ihre Adoptivmutter für einen Moment aus den Augen verlor.

„Hast du Hunger, Kleine?", fragte Callie sie. Slades Mom würde eine wundervolle Großmutter abgeben; sie hatte so eine entspannte und offene Art mit Kindern.

Madison schüttelte den Kopf, sprang von der Bank und kam zu Kendra, um auf ihren Schoß zu klettern.

„Das Mittagessen ist ja schon eine Weile her." Kendra gab ihr einen Kuss auf den Scheitel und drückte sie an sich. „Möchtest du ein Glas Milch und einen von Opals Rosinenkeksen?"

Wieder schüttelte Madison den Kopf und kuschelte sich enger an sie. „Nein danke", sagte sie und klang wie so oft eher wie eine kleine Erwachsene, allerdings nicht wie eine Vierjährige.

Kendra war mit der Kleinen am Abend zuvor auf der Ranch angekommen. Die Nacht hatten sie auf Joslyns Beharren hin im Gästezimmer der Barlows verbracht.

Das alte Haus, das das Herzstück der Windfall-Ranch bildete, wurde momentan umfassend renoviert, was den herrschenden Trubel nur noch umso größer machte, da sich alle möglichen Leute im Haus aufhielten. Madison begegnete ihnen allen mit Skepsis, ausgenommen der Haushälterin Opal.

Plötzlich regte sich Jasper, der Hund von Slade und Joslyn, der bislang auf seinem Kissen vor dem neuen Kamin in der Küche gelegen hatte. Er hob den Kopf und setzte zu einem leisen fragenden Winseln an, wobei er seine Schlappohren spitzte. Joslyns Katze Lucy-Maude dagegen zeigte keinerlei Regung.

Madison musterte den Hund interessiert, unschlüssig, ob sie sich mit ihm anfreunden oder ihn besser in Ruhe lassen sollte.

„Tja, sie sind auf jeden Fall ziemlich früh zurück", stellte Callie fest, nachdem sie aufgestanden war und vom Fenster über der Spüle nach draußen geschaut hatte. „Dann werden sie wohl den Empfang ausgelassen haben."

Laut bellend eilte Jasper zur Tür, was ihm schon vor Langem von Joslyn die Bezeichnung „Ein-Hund-Empfangskomitee" eingebracht hatte. Amüsiert öffnete Callie die Hintertür, und der Hund schoss wie eine Fellrakete nach draußen, um diejenigen ausgelassen zu begrüßen, die sich dem Ranchhaus näherten.

Diese Freude wurde von der älteren Frau nicht geteilt, denn sie drehte sich vom Fenster weg und sah Kendra irritiert an. „Sehr eigenartig", murmelte sie. „Ich hoffe, mit Joslyn ist alles in Ordnung."

Slades Stieftochter Shea, gerade erst siebzehn geworden, rannte ins Haus und berichtete Callie außer Atem: „Das wirst du nicht glauben, Grands! Die Musik hat gespielt, die Brautjungfern standen da, der Pfarrer war bereit, und weißt du, was dann passiert ist?"

Kendra hatte das Gefühl, als hätte ihr Herz aufgehört zu schlagen, aber sie brachte keinen Ton heraus. Alle möglichen Katastrophen gingen ihr durch den Kopf – ein Gast, der einen Herzschlag erlitt, ein Lastwagen, der von der Straße abkam und in die Kirche raste, ein Blitz, der das Kirchendach in Brand setzte und den Bräutigam auf der Stelle tot umfallen ließ.

Sie verdrängte all diese maßlos übertriebenen Horrorszenarien und wartete gebannt darauf, dass Shea fortfuhr.

„Was denn?" Callie schaute das Mädchen fragend an. Sie und Shea standen sich nah. Shea arbeitete ein paar Stunden in der Woche in Callies Curly Burly Hair Salon in der Stadt und kümmerte sich in ihrer Freizeit außerdem um die Pflege der Website, die sie für den Salon eingerichtet hatte.

„Hutch hat die Hochzeit abgesagt!", antwortete sie aufgeregt. „Die Hochzeit ist geplatzt!"

„Oh nein", stieß Callie hervor. Die Tür war noch offen, und Kendra konnte Joslyn und Opal reden hören, die sich dem Haus näherten. Falls Slade auch bei ihnen war, gab er sich wie üblich schweigsam.

Kendra bemerkte, dass sie Madison vor Anspannung viel zu fest an sich drückte, und zwang sich, den Griff um sie zu lockern. Gleichzeitig bekam sie den Mund nicht mehr zu, hoffte allerdings, dass das niemandem auffiel. Sie war so sprachlos, dass sie nicht mal einen Ton herausgebracht hätte, wenn das Haus auf einmal in Flammen gestanden hätte.

Opal, die sich in ihrem selbst genähten, farbenfrohen Jerseykleid ganz besonders herausgeputzt hatte, betrat als Nächste das Haus und schüttelte ungläubig den Kopf, während sie ihren altmodischen Hut abnahm. Ihr folgten Slade und die hochschwangere Joslyn, deren dicker Bauch ihr „eine halbe Stunde vorauseilte", wie ihr Ehemann es liebevoll formulierte.

Inzwischen hatte sich Shea zu Madison umgedreht und versuchte einmal mehr, mit einem strahlenden Lächeln das Mädchen für sich zu gewinnen. „Na, Kleine", sagte sie. „Nachdem wir auf die Hochzeitstorte verzichten mussten, könnte ich jetzt einen Teller voll Kekse verschlingen. Willst du mir dabei helfen?"

Zu Kendras Erstaunen kletterte Madison von ihrem Schoß und ging – mit Känguru Rupert im Arm – langsam auf Shea zu, so als würde sie ihr nicht so ganz trauen. „Okay", sagte sie etwas zögerlich.

Joslyn kam zu ihr an den Tisch und setzte sich. In ihrem sommerlich bunten Umstandskleid sah sie aus wie ein riesiges blaues Bonbon mit weißen Punkten Ihr Gesicht war gerötet, und sie fächelte sich eine Weile mit ihrer schmalen weißen Handtasche Luft zu, dann packte sie die Tasche zur Seite.

„Möchtest du dich lieber hinlegen?", fragte Callie ihre Schwiegertochter besorgt.

Madison und Shea fielen unterdessen über die Keksdose her.

„Nein, nein", wehrte Joslyn ab. „Mir geht's gut."

„Ihr zwei werdet mir nicht alle Kekse wegessen", rief Opal den Mädchen zu, während sie sich die Schürze umband. „Ich habe keine Lust, dass ihr die Hälfte vom Abendessen stehen lasst, das bald fertig sein wird."

Als Kendra den Trubel beobachtete und Opal schimpfen hörte, fühlte sie sich in die schönen Zeiten ihrer Kindheit zurückversetzt. Opal war für sie wie eine Mutter gewesen, fast schon eine Schutzheilige.

Slade hängte seinen Hut an die Garderobe und beugte sich dann vor, um den Hund hinter den Ohren zu kraulen.

„Die arme Brylee", meinte Opal seufzend. Sie öffnete den Kühlschrank und suchte nach weiteren Zutaten für eine ihrer legendären Mahlzeiten.

„Für mich hört sich das so an, als ob sie selbst schuld ist", merkte Slade an und wusch seine Hände unter dem Hahn der

Küchenspüle. Momentan trug er noch einen dunklen Anzug, aber Kendra wusste, sobald er die Gelegenheit dazu erhielt, würde er den gegen seine Jeans, die abgewetzten Stiefel und ein locker sitzendes Hemd eintauschen. „Hutch hat erzählt, dass er Brylee ein paar Mal gesagt hat, er wolle nicht heiraten, doch sie wollte davon nichts hören."

Für Slades Verhältnisse war das ein wahrer Sturzbach an Worten. Er war ein ruhiger, nachdenklicher Mann, der die Dinge gerne ausgiebig durchdachte, bevor er seine Meinung kundtat – ganz im Gegensatz zu seinem Halbbruder Hutch, der erst drauflosredete und später überlegte, ob es wohl wirklich klug gewesen war, so viel zu sagen.

Joslyn hatte Kendra während dieser Unterhaltung nicht aus den Augen gelassen. Sie konnte in ihrer Miene lesen wie in einem offenen Buch, auch wenn Kendra sich noch so verschlossen gab. Seit frühester Kindheit waren sie miteinander befreundet, und im vergangenen Jahr waren sie auch Geschäftspartnerinnen gewesen. Joslyn hatte die Leitung von Shepherd Real Estate im nahegelegenen Parable übernommen, während Kendra das ganze Land nach Jeffreys Tochter abgesucht hatte.

„Ein Glück, dass er noch zur Vernunft gekommen ist", erklärte Joslyn erleichtert. „Brylee ist ein wunderbarer Mensch, aber sie und Hutch passen überhaupt nicht zusammen. Die beiden hätten es kein Jahr lang miteinander ausgehalten."

Die Menschenansammlung in der Küche begann, sich aufzulösen. Shea zog sich mit Madison, dem Hund und den Keksen ins Wohnzimmer zurück, dicht gefolgt von Callie, die von Shea im Detail beschrieben bekam, wer was zu wem gesagt und wer was angehabt hatte.

Slade stieg die hintere Treppe in den ersten Stock hoch , zweifellos, um sich schnellstmöglich umzuziehen. Von Bankern und Anwälten abgesehen, gab es in den ländlichen Gegenden Montanas kaum einen Mann, der regelmäßig Anzug trug. Der blieb Kirchgängen, Beerdigungen und Hochzeiten vorbehalten.

Opal murmelte kopfschüttelnd vor sich hin, während sie Mehl und Schmalz für die Biskuits abwog, die sie backen wollte. „Um Himmels willen", sagte sie immer wieder leise zu sich selbst. „Meinen Lebtag werde ich nicht …" Der Rest blieb unverständlich.

Joslyn legte die Hände auf ihren Bauch und stöhnte leise. „Ich schwöre, dieses Baby trainiert jetzt schon dafür, am Rodeo teilzunehmen. Man könnte meinen, dass es da drinnen einen Bullen zureiten muss."

Leise lachte Kendra. Zum Teil wegen des Bildes, das ihre Freundin soeben gezeichnet hatte, zum Teil jedoch auch, um die schwindlig machende Anspannung zu lösen, die Sheas atemlose Ankündigung in ihr hervorgerufen hatte. *Hutch hat die Hochzeit abgesagt! Die Hochzeit ist geplatzt!*

„Dann sei doch so gut", zog sie Joslyn auf, während sie versuchte, ihre Gefühle in den Griff zu bekommen, „und lass die Wehen einsetzen, damit der Kleine möglichst bald seine Cowboykarriere in Angriff nehmen kann."

Joslyn lächelte so hinreißend wie eine Madonna von Botticelli. „Ja, er lässt sich allerdings viel Zeit", stimmte sie Kendra amüsiert zu. Dann flackerte ein Anflug von Sorge in ihren Augen auf, als sie ihre Freundin eindringlich musterte. „Ich glaube, ich sollte dich vorwarnen, dass Slade für heute Hutch zum Abendessen eingeladen hat …"

Joslyn sprach weiter, allerdings hörte Kendra davon kaum noch etwas. Sie war unter keinen Umständen bereit, Hutch Carmody zu begegnen, auch nicht im Haus ihrer besten Freundin. Und das aus gutem Grund, denn bei ihrem letzten Zusammentreffen nach diesem albernen, machohaften Pferderennen zwischen ihm und Slade hatte sie ihm einen ordentlichen Tritt gegen das Schienbein verpasst.

Weil er sie einfach geküsst hatte.

Weil er ohne vernünftigen Grund sein Leben riskiert hatte.

Weil ihres nur eines von vielen Herzen war, das er auf seinem Weg gebrochen hatte.

Außerdem sah sie schrecklich aus. Drei Tage war sie mit dem Wagen unterwegs gewesen, und selbst nach einer Nacht in Joslyns Gästezimmer und zweimaligem Duschen fühlte sie sich immer noch wie erschlagen.

Sie stand auf. Sie würde mit Madison in die Stadt zu ihrem eigenen Haus fahren, wie sie es von vornherein hätte tun sollen, anstatt hierher auf die Ranch zu kommen. Aber das riesige Herrenhaus war für sie und Madison eigentlich viel zu groß, und mit jedem der Zimmer verband sie zu viele Erinnerungen.

„Kendra, setz dich wieder hin", forderte Joslyn sie freundlich auf, während Opal noch immer vor sich hin murmelnd im Vorratsschrank herumkramte.

Slade kam nach unten und sah wieder ganz wie er selbst aus in seiner abgewetzten Jeans, dem verwaschenen Flanellhemd und den abgetragenen Stiefeln. Als er an Joslyn vorbeilief, beugte er sich vor und gab ihr einen Kuss. Kendra ließ sich auf ihren Stuhl zurücksinken.

„Fangt ja nicht ohne mich an", sagte Slade und strich strahlend über Joslyns Babybauch.

Dieses Bild genügte Kendra fast schon, um wieder an die Liebe zu glauben.

„Auf gar keinen Fall", erwiderte Joslyn. „Das ist unser gemeinsames Baby, und wir werden es auch gemeinsam bekommen."

Kendra fühlte sich beim Anblick der beiden Turtelnden allmählich wie eine Voyeurin, doch dann tauchte Opal aus dem Vorratsschrank wieder auf, musterte Slade durch ihre dicken Brillengläser hindurch und fragte energisch: „Wo willst du denn hin, Slade Barlow? Hatte ich nicht eben davon gesprochen, dass das Abendessen gleich fertig ist?"

Slade richtete sich auf und blickte Opal an. „Jetzt reg dich nicht auf", konterte er amüsiert. „Ich habe nicht vor, eine Viehherde nach Texas zu treiben, sondern ich will bloß kurz nach den Pferden sehen."

„Sehe ich etwa aus, als wär ich von gestern?“, fragte sie im gleichen gespielt forschen Tonfall. „Du willst ein Pferd satteln und losreiten, das sehe ich dir genau an.“

Lachend und kopfschüttelnd durchquerte er das Zimmer und fuhr sich durchs Haar, dann setzte er seinen Hut auf. „Ich verspreche dir, Opal, wenn die Glocke zum Essen läutet, stehe ich wieder hier in der Küche.“

Opal schnaubte, auch wenn sie es erkennbar nicht so meinte. Sie winkte Slade hinterher und widmete sich dann wieder dem Abendessen.

„Du kannst ruhig bleiben und warten, bis Hutch hier auftaucht“, fuhr Joslyn fort, als hätte es die kleine Unterbrechung nicht gegeben. „Du weißt, Parable ist eine Kleinstadt, und früher oder später werdet ihr euch sowieso über den Weg laufen. Dann kannst du das auch gleich heute erledigen.“

Wäre Joslyn keine so gute Freundin gewesen, hätte Kendra auf das Funkeln in ihren Augen wütend reagiert. Aber so wie alle glücklich Verheirateten wollte auch Joslyn, dass jeder in ihrem Bekanntenkreis schnellstens unter die Haube kam. Sie musste an Brylee Parrish denken und stellte fest, dass die Frau ihr leidtat. Hutch Carmody zu lieben, das war so, als würde man den Ärger gezielt suchen. Davon konnte Kendra ein Lied singen. Natürlich hätte Brylee jetzt genauso wenig zugehört wie sie selbst vor ein paar Jahren, als alle ihre Freundinnen sie vor einer übereilten Ehe mit Jeffrey gewarnt hatten.

„Madison muss sich an ihr neues Zuhause gewöhnen“, erwiderte Kendra. „Ich muss noch einkaufen, und ich habe mich schon so lange nicht mehr ums Geschäft gekümmert.“

„Das Geschäft läuft bestens“, versicherte Joslyn ihr, „und Madison kann sich später immer noch an ihr neues Zuhause gewöhnen.“

Wie auf Kommando drang ein fröhliches Lachen aus dem Nebenzimmer zu ihnen, was die Kleine viel zu selten tat und das Kendra die Tränen in die Augen steigen ließ. „Ich weiß nicht, ob ich das schaffe“, gestand sie sehr leise. „Ich meine, wenn ich

Hutch so schnell wiedersehe, ich ... ich war davon ausgegangen, dass ich mich erst mal einlebe und ...“

Joslyn griff nach ihrer Hand und drückte sie sanft. „Du schaffst das“, beteuerte sie. „Glaub an dich, Kendra. Zwischen dir und Hutch wird nichts passieren, wenn du es nicht willst.“

„Genau das ist ja das Problem“, erwiderte sie mutlos. „Ich habe jetzt eine Tochter. Ich möchte, dass sie in Parable aufwächst, dass sie die gleichen Schulen besucht wie ich damals. Ich will ihr ein Gefühl von Sicherheit geben, das Gefühl, hier zu Hause zu sein. Ich kann mir nichts Dümmeres vorstellen, als wieder was mit Hutch anzufangen.“

„Wirklich nicht?“, fragte Joslyn und zog eine Augenbraue hoch, da die Antwort auf ihre Frage eine Weile auf sich warten ließ.

„Natürlich nicht“, beharrte Kendra im Flüsterton. „Der Mann hat mir das Herz gebrochen, oder hast du das schon vergessen? Und jetzt hat er eine andere Frau vor dem Altar stehen lassen. Das zeigt doch, dass er sich kein bisschen geändert hat!“

„Ist dir eigentlich schon mal der Gedanke gekommen“, fragte Joslyn unbeeindruckt, „dass Hutch die liebe Brylee am Altar hat sitzen lassen, weil nicht *du* diejenige warst, die da in der Kirche stand?“

„Nein“, entgegnete Kendra nachdrücklich, wobei ihr bei der bloßen Vorstellung ein Schauer über den Rücken lief. „Der Gedanke ist mir *nicht* gekommen. Er hat es nämlich getan, weil er sich an nichts und niemanden langfristig binden kann und weil es für ihn auf dieser Welt nicht Wichtigeres gibt als seine Whisper-Creek-Ranch. Außerdem ist er ein herzloser Mistkerl, der jedem Rock nachjagt.“

Ehe Joslyn darauf etwas erwiderten konnte, tauchten Madison, Shea, Callie und der Hund in der Küche auf, womit jede weitere Diskussion über Hutch Carmody unmöglich wurde.

Doch Kendra war immer noch nervös. Ihr Herz raste, ihre Kehle war wie zugeschnürt. Hatte sie sich irgendetwas eingefangen? All ihre Instinkte trieben sie förmlich dazu an, von hier zu verschwinden, solange noch Zeit war, allerdings erschien ihr der Gedanke an sich schon feige. Und außerdem fühlte Madison sich allmählich dazugehörig.

Jetzt übereilt in die Stadt zu fahren würde die Kleine nur noch mehr durcheinanderbringen.

Also beschloss Kendra zu bleiben, zumindest bis nach dem Essen. Sie war eine erwachsene Frau und Mutter. Joslyn hatte völlig recht, es war an der Zeit, dass sie begann, sich selbst zu vertrauen. Früher war es ihr nicht gelungen, sich Hutchs Anziehungskraft zu entziehen, aber inzwischen war sie älter und weiser, und sie hatte sich viel besser unter Kontrolle.

Die folgende Stunde verging wie im Flug mit den Vorbereitungen fürs Essen, Tisch decken und angeregten Unterhaltungen. Slade kehrte wie versprochen aus dem Stall zurück, und nachdem er sich im Badezimmer im Erdgeschoss gewaschen hatte, ließ er sich von allen Anwesenden das Versprechen geben, Hutch nicht mit Fragen zur abgesagten Hochzeit zu belästigen.

Als ob er ihn dazu irgendwas fragen würde, ging es Kendra durch den Kopf. Sie selber würde vermutlich auch nicht mehr als ein paar höfliche Worte mit ihm wechseln – wenn überhaupt.

Sie fühlte sich stark, selbstbewusst und auf alles vorbereitet.

Bis zu dem Augenblick, in dem er die Küche betrat.

Sowie er sie entdeckte, presste er die Lippen zusammen und warf seinem Halbbruder einen vorwurfsvollen Blick zu.

„Hatte ich nicht gesagt, dass Kendra hier ist?“, fragte Slade und bereitete der abrupt eingetretenen Stille vorübergehend ein Ende. Er klang leicht amüsiert, doch in seinen Augen spiegelte sich die reinste Unschuld.

Hutch, in dessen dunkelblondes Haar die Sonne goldene Strähnen gezaubert hatte, brauchte nur einen Moment, um zu seiner umgänglichen Art zurückzufinden.

Er brachte sogar ein Lächeln zustande. Der Anblick genügte, damit Kendra unruhig wurde.

„Hallo, Kendra“, begrüßte er sie und nickte ihr zu, nachdem er seinen Hut abgenommen hatte. So wie Slade trug er die typische Cowboykleidung aus Jeans, Hemd und Stiefeln, die ihm hervorragend stand.

Sie erwiderte das Nicken. „Hutch“, sagte sie kurz und widmete sich wieder der Vorbereitung des gemischten Salats. Sie wünschte sich, sie hätte sich erst noch geräuspert, dann wäre ihr sein Name nicht wie ein Krächzen über die Lippen gekommen.

Sein Blick wanderte geradewegs weiter zu Madison, und Kendra sah kurz eine Frage in seinen Augen aufblitzen, bevor er sie hinter einem breiten Lächeln verbarg. Madison hielt unterdessen Rupert hoch, als wollte sie ihr Stofftier dem Fremden zur Begutachtung überlassen.

„Howdy, kleine Lady.“ Er ließ seinen gesamten Charme spielen. „Täusche ich mich oder hast du da ein Känguru?“

2. KAPITEL

Wenn es nach Hutch gegangen wäre, hätte eine Woche ausreichen müssen, um wieder Ruhe einkehren zu lassen. Aber als der nächste Samstagnachmittag näher rückte und er sich an seinen Computer setzte, um sich ein Bild davon zu machen, ob die nicht stattgefundene Hochzeit nun wie erwartet tatsächlich kein Thema mehr war, musste er sich eines Besseren belehren lassen.

Die Kritik an seiner Person und an seinem Verhalten hatte sich nur noch mehr ausgeweitet, und wie es schien, hatte er im Cyberspace Einzug in Hasslisten aus aller Welt gehalten. Empörte Frauen auf den Philippinen ereiferten sich, er solle geteert und gefedert werden, und ein paar von Brylees besonders rachsüchtigen Freundinnen hatten bei einem der sozialen Netzwerke eine Seite eingerichtet, die allein dem Zweck diente, Frauen weltweit vor Hutch Carmody zu warnen.

Mit einer Mischung aus Verärgerung und Belustigung wertete er diese Seite als das moderne Gegenstück zu den „Gesucht: tot oder lebendig"-Plakaten aus dem Wilden Westen.

Natürlich gehörte zum digitalen Zeitalter auch, dass es von Fotos nur so wimmelte. Da war die Braut Brylee in ihrem übertriebenen Kleid, wie sie den Blumenstrauß in der Kirche zertrampelte, ein anderes zeigte sie wohl nur ein paar Minuten später, wie sie das „Just married"-Schild vom Heck der Limousine abriss, mit der sie für den Empfang ins Community Center hätten fahren sollen. Die nächsten Bilder dokumentierten wie in einem Fotoroman, wie sie das Schild in Stücke riss, die dann in der Gosse landeten. Er sah Brylee, wie sie irgendwann danach die Haare nachlässig zu einem unordentlichen Pferdeschwanz gebunden hatte, ungeschminkt und mit geröteten Wangen. Sie trug Jeans und dazu ein T-Shirt mit dem Aufdruck „Männer sind scheiße". Umgeben war sie dabei von gut einem Dutzend Freundinnen, die an einem Tisch in der Boot Scoot Tavern saßen. Die beleuchtete Jukebox im Hintergrund spielte garantiert irgendeinen Song von einer Frau, die von ihrer großen Liebe verlassen worden war.

Hutch seufzte. Dann war er also noch immer nicht aus den Fängen der Amateur-Paparazzi. Heutzutage hatte jeder Trottel ein Smartphone, ob er es brauchte oder nicht, und jeder meinte, er müsse alles im Internet hochladen, was ihm vor die eingebaute Kamera kam.

Ein denkwürdiges Foto zeigte ihn mitten im Altarraum. Ihm war deutlich anzusehen, wie unbehaglich er sich in dem Smoking fühlte, den er im Nachbarstädtchen Three Trees bei Wally's Wedding World geliehen hatte. Er war bleich und fest entschlossen, nicht zu heiraten, ganz gleich, was er tun musste, um dieses Vorhaben in die Tat umzusetzen.

Und das waren nur die Fotos. Videos gab es auch noch. In einem dreißig Sekunden langen Clip war mitanzusehen, wie er auf dem mit Kies bedeckten Parkplatz der Presbyterianerkirche in seinen rostigen Pick-up stieg und eine riesige Staubfahne hinter sich aufwirbelnd in Richtung Horizont fuhr.

Ja, das war er, wie er in aller Eile den Rückzug antrat, wie ein Feigling, der nicht schnell genug weglaufen konnte.

Dieses Bild von ihm hinterließ einen unangenehmen Geschmack im Mund.

Trotz allem ging er davon aus, dass Brylee eines Tages den richtigen Mann finden, heiraten und viele Kinder bekommen würde – und dann würde sie ihm noch mal dankbar dafür sein, dass er diese Hochzeit abgesagt und eine Katastrophe verhindert hatte. Allerdings ging er auch davon aus, dass „eines Tages" momentan noch in weiter Ferne lag.

Das Zusammentreiben der Ausreißer aus der Herde gemeinsam mit seinen Ranchhelfern hatte Hutch müde gemacht, und sein Ausflug ins Internet hatte keine Ablenkung gebracht. Also fuhr er den Computer herunter und drehte sich vom Sekretär weg, der sich bereits zu Lincolns Zeiten als Präsident im Besitz seiner Familie befunden hatte. Er stand auf, streckte sich ausgiebig, schnappte sich den Kaffeebecher und ging hinüber in die Küche.

Er hatte sich an Slades Ratschlag gehalten und die Woche über jegliches Auftauchen in der Öffentlichkeit vermieden. Auch wenn es ihm schwergefallen war, war er nicht zu Brylee gefahren, hatte sie nicht angerufen und ihr noch nicht einmal eine E-Mail geschickt.

Nicht in Schuldgefühlen zu ersticken war ihm hingegen erstaunlich leichtgefallen. Was vermutlich der Beweis dafür war, dass es sich bei ihm tatsächlich um einen „egoistischen, herzlosen, selbstverliebten Mistkerl" handelte, wie das einhellige Urteil des Brylee-Fanclubs lautete, der sich mittlerweile vor Neuanmeldungen nicht mehr retten konnte.

Natürlich tat es ihm leid, dass er Brylee wehgetan hatte, und er hätte ihr diese öffentliche Blamage liebend gern erspart. Trotzdem verspürte er vor allem eine so intensive Erleichterung, dass ihm auch jetzt noch, beinahe eine Woche später, immer noch ein wenig schwindlig wurde.

Er hatte die Apokalypse abgewendet, nur das zählte.

Was ihm aber seit einer Woche *wirklich* zu schaffen machte, das war das Wiedersehen mit Kendra Shepherd im Haus von Slade und Joslyn. Als er sie dort gesehen hatte, war ihm die Luft weggeblieben, so als hätte ein Mustang ihn abgeworfen und rücklings auf einem steinharten Untergrund landen lassen.

Er hatte Kendra einmal geliebt und war der Meinung gewesen, dass sie seine Gefühle erwiderte. Er war davon ausgegangen, mit ihr den Rest seines Lebens zu verbringen, viele Kinder zu zeugen und mit ihr auf der Whisper-Creek-Ranch zu leben, die sie beide als gleichberechtigte Partner führen würden.

Doch dann hatte Jeffrey Chamberlain die Bühne betreten, ein Mann mit Titel und Ländereien in England. Für eine Frau wie Kendra war er praktisch so etwas wie ein Prinz, war sie doch in einer Kleinstadt in Montana von der Großmutter aufgezogen worden, der es überhaupt nicht gefallen hatte, sich um das Kind ihrer Tochter kümmern zu müssen. Chamberlain hatte zu der Zeit Freunde besucht – irgendwelche Hollywoodgrößen, die im prunkvollen Stil das führten, was sie für das Leben auf einer Ranch hielten –, und wie der Zufall es so wollte, kam Sir Jeffrey im Postamt mit Kendra ins Gespräch. Daraus entwickelte sich innerhalb weniger Wochen eine Romanze so epischen Ausmaßes, dass sie einfach kein gutes Ende hatte nehmen können. Dabei hatte Kendra sich nicht einmal Hals über Kopf in Chamberlain verliebt. Anfangs bezeichnete sie ihn nur als einen Freund, einen interessanten und witzigen Freund. Hutch hatte ihre Erklärung akzeptiert, wenn auch unübersehbar zähneknirschend und innerlich vor Eifersucht kochend. In kurzer Zeit wurde das Verhältnis zwischen ihm und Kendra immer angespannter. Chamberlain wusste ganz genau, was er da in Gang gesetzt hatte, und präsentierte immer neue Ausreden, um zu erklären, warum er noch nicht aus Parable abreisen musste. Geduldig wartete er ab und beobachtete, wie sich Kendra und Hutch immer heftiger und bösartiger stritten.

Schließlich hatte Kendra ihn vor die Wahl gestellt: Entweder er vertraute ihr oder er sollte sich von ihr trennen.

Als starrköpfiger und rechthaberischer Cowboy, der einer langen Linie von starrköpfigen und rechthaberischen Cowboys entstammte, entschied er sich für Letzteres. Er glaubte nicht, dass sie tatsächlich aus Parable wegziehen würde. Jeder hier wusste, sie beide gehörten zusammen. Doch dann verließ sie ihr Zuhause, ging mit Jeffrey weg und kehrte eben nicht nach kurzer Zeit zurück, wie Hutch es sich ständig eingeredet hatte.

Seitdem hatte es immer wieder Momente gegeben, in denen er sich gefragt hatte, wie es dazu hatte kommen können – so wie gerade jetzt. Er stand mit geschlossenen Augen in der Küche und ließ die Erinnerungen Revue passieren.

Drei Tage nach der Hochzeit in Vegas hatte Kendra ihn angerufen, und selbst da hätte er am liebsten zu ihr gesagt: „Das ist verkehrt. Komm zurück nach Hause.“ Aber er war viel zu stolz gewesen und hatte „Lady Chamberlain“ alles Gute gewünscht und dann voller Wut den Hörer auf die Gabel geknallt.

Danach waren sie sich ein paar Mal begegnet, insbesondere in der Zeit, nachdem sich Chamberlain praktisch aus seiner Ehe freigekauft und den Großen Teich überquert hatte, um wieder den Lebensstil eines englischen Adligen zu pflegen. Kendra war in Parable geblieben, ganz allein in dem Herrenhaus an der Rodeo Road, das die Dimensionen eines mittleren Hotels aufwies.

So klein, wie Parable war, blieb es gar nicht aus, dass sie sich von Zeit zu Zeit über den Weg liefen. Ein paar Mal waren sie beide sogar dicht davor gewesen, sich wieder zu vertragen und einen Neuanfang zu versuchen, doch es kam immer irgendetwas dazwischen, was vermutlich damit zusammenhing, dass keiner von ihnen bereit war, dem jeweils anderen ernsthaft zu vertrauen.

Letzten Samstag am Esstisch in Joslyns lauter Küche waren sie höflich miteinander umgegangen, doch Kendra hatte auf ihn den Eindruck gemacht, als wollte sie jeden Moment aus der Haut fahren. Kaum hatten sie aufgegessen und Geschirr und Besteck in die Spülmaschine sortiert, war sie mit ihrem Mädchen aufgebrochen und in ihrem praktischen Mommy-Van nach Hause gefahren. Was war nur aus dem kleinen BMW-Cabrio geworden, das sie früher gefahren hatte?

„Sie hat nicht damit gerechnet, dir heute hier zu begegnen", hatte Joslyn zu ihm gesagt und seine Hand berührt, nachdem Kendra sich mit dem Kind auf den Weg gemacht hatte.

Hutch hatte seinem Halbbruder daraufhin einen wütenden Blick zugeworfen. „Ich kann mir gut vorstellen, wie sie sich gefühlt haben muss."

Aber Slade hatte ihn einfach nur von oben herab angesehen.

Dieses Essen war nur noch eine ferne Erinnerung, und nach einem langen schweißtreibenden Arbeitstag im Staub stand Hutch nun in seiner lachhaft großen Küche. Er versuchte, sich darauf zu konzentrieren, sich irgendetwas zum Abendessen zuzubereiten, aber keines der wenigen potenziellen Wissenschaftsexperimente im Kühlschrank vermochte ihn anzusprechen. So wenig, wie ihn sein allzu leeres Haus ansprach, in dem es eigentlich von lärmenden Kindern und geretteten Hunden aus dem Tierheim nur so wimmeln sollte. Niemand machte

Lärm, niemand rannte durch die Zimmer und Gänge, stattdessen war alles stumm und kalt und leer.

Seufzend fuhr er sich durchs Haar und schloss die Kühlschranktür. Er ging nach oben, duschte und zog eine saubere Jeans, ein weißes Hemd und seine besten Stiefel an. Er hatte sich jetzt verdammt noch mal lange genug versteckt, und er hatte die Nase voll davon, darauf zu achten, ja von niemandem gesehen zu werden.

Stattdessen würde er jetzt einen seiner Trucks nehmen, nach Parable zum Butter Biscuit Café fahren, sich auf einen Hocker an der Theke setzen und wie üblich Cheeseburger, Pommes und einen Milkshake bestellen. Und was die Fragen und abschätzigen Blicke anging, die er bestimmt ernten würde, dachte er nur: Traut euch nur. Kommt ruhig her.

Eine Woche hatte Kendra Zeit gehabt, um die Begegnung mit Hutch am letzten Samstagabend zu verarbeiten, und zum größten Teil war es ihr auch schon gelungen.

Aber eben nur zum größten Teil.

Schließlich hatte sie ja auch andere Dinge zu erledigen. An erster Stelle stand der Umzug ihres Maklerbüros aus dem Herrenhaus an der Rodeo Road in das kleine Ladenlokal nahe dem Butter Biscuit Café. Dann hatte sie Madison in der ganzjährig geöffneten Kindertagesstätte mit Vorschule angemeldet und parallel Ausschau gehalten nach einem gemütlichen Haus mit zwei Schlafzimmern, das nicht zu weit von Parable entfernt lag.

In einer Stadt wie dieser waren kleinere Häuser nicht so leicht zu finden, da die Leute nicht zwangsläufig ihr Eigentum verkauften, wenn sie nach Florida oder Arizona umsiedelten oder in ein Seniorenheim zogen. Vielmehr gaben sie ihre Häuser oft an die nächste Generation weiter.

Derzeit konnte Kendra nur wählen zwischen einem doppelt breiten Trailer auf genau dem Gelände, auf dem sie ihre unglückliche Kindheit bei ihrer Großmutter zugebracht hatte – was also überhaupt nicht infrage kam –, einem Objekt auf der anderen Seite von Three Trees, das damit über dreißig Meilen weit entfernt lag und auch noch nach einem umgebauten Hühnerstall aussah, und dem beengten Apartment über der Garage der alten Mrs Lund in der Cinch Buckle Street. Das Problem dort war eine unverschämt hohe Miete, die umso dreister war, da diese Wohnung nicht einmal einen eigenen Eingang besaß.

Da sie das mit seinen fast 1400 Quadratmetern monströs große Herrenhaus bereits in ihre Angebotsübersicht aufgenommen hatte und Reinigungspersonal und Maler momentan dafür sorgten, das Gebäude für Besichtigungen herzurichten, wohnte sie mit Madison derzeit im kleinen Gästehaus auf dem gleichen Anwesen.

Zwei Interessenten, beide durchaus seriös, hatten sich bereits bei ihr gemeldet, weil sie sich das Herrenhaus ansehen wollten, weshalb Kendra nicht die Absicht hegte, sich in dem gemütlichen und günstig gelegenen Cottage allzu sehr wie zu Hause zu fühlen. Luxushäuser ließen sich in diesem Teil von Montana sehr gut verkaufen, weil es für Jetsetter zum guten Ton gehörte, hier ein Anwesen zu besitzen, auch wenn man es nur alle Jubeljahre einmal aufsuchte.

Für den Augenblick erfüllte das Gästehaus alle ihre Bedürfnisse. Madison spielte liebend gern im riesigen Garten mit seinen bunten Blumenbeeten und benutzte oft die Schaukel auf der Veranda. Die Vierjährige machte sich nichts daraus, das einzige Schlafzimmer im Cottage mit Kendra zu teilen und in der winzigen, von der Sonne gefluteten Küche zu essen. An das Vorschulprogramm in der Kindertagesstätte wurde sie ganz gemächlich gewöhnt, indem sie jeden Tag für eine oder zwei Stunden daran teilnahm. Die vielen Kinder in ihrem Alter lenkten sie zum Glück so sehr ab, dass sie inzwischen nicht mehr sofort in Tränen ausbrach, sobald sie für kurze Zeit von Kendra getrennt war.

Tara Kendall betrat genau in dem Moment das Büro, als Kendra Feierabend machen wollte. Sie und Madison hatten geplant, sich im Butter Biscuit etwas zu essen zu holen und es sich damit an dem kleinen weißen schmiedeeisernen Tisch am Rand des Rosengartens an der Rodeo Road gemütlich zu machen.

„Holen wir jetzt einen Hund?“, fragte Madison zum x-ten Mal, als Tara ins Büro gerauscht kam. Ihr schulterlanges braunes Haar war perfekt stufig geschnitten, und sie war so geschickt geschminkt, dass sie vollkommen ungeschminkt aussah.

„Da habe ich genau das Richtige für euch“, verkündete Tara mit breitem Grinsen. Sie trug ein gelbes Sommerkleid, das ihre zierliche, aber weibliche Figur und ihre braun gebrannten Beine betonte. „Mein Golden Retriever Lucy hat eine Schwester, die noch immer ein Zuhause sucht.“

„Sieh an“, sagte Kendra, die sich in ihrer Kombination aus Jeans und T-Shirt mit einem Mal unbehaglich fühlte. „Ich danke dir für dieses tolle Angebot, Tara.“

Madison hüpfte schon vor Freude auf der Stelle. „Mein Hund! Mein Hund!“, krähte sie begeistert. „Mein eigener Hund!“

Tara lachte leise und strich mit ihrer sorgfältig manikürten Hand über Madisons kupferfarben leuchtende Locken. „Hoppla“, sagte sie. „Bin ich da gerade in ein Fettnäpfchen getreten?“

„Weniger ein Näpfchen als ein riesengroßer Napf“, gab Kendra trocken zurück.

Tara, die noch nicht lange in Parable wohnte, hatte sich schnell mit ihr und Joslyn angefreundet und die beiden so gut ergänzt, dass aus dem Duo ein Trio geworden war.

„Wir sind noch nicht auf einen Hund eingestellt, weil wir nicht wissen, wo wir zukünftig wohnen werden“, machte Kendra ihr klar und sah zu Madison, die vor lauter Vorfreude strahlte.

„Wir haben das Cottage“, erwiderte Madison. „Wir haben einen Garten, und schlafen kann Lucys Schwester bei uns.“

„Das sagst du so“, konterte Kendra liebevoll. Sie konnte sich nur zu gut daran erinnern, wie sehr sie sich als kleines Mädchen ein Haustier gewünscht hatte. Ihre Großmutter war strikt dagegen gewesen und hatte immer gesagt, sie habe schon genug damit zu tun, ein Kind großzuziehen, da würde sie nicht auch noch hinter einem Hund oder einer Katze sauber machen.

„Du hast es versprochen", hielt Madison ihr vor. Sie war Jeffrey so ähnlich; sie hatte seine Augen, seine rötlichen Haare, und wie er war sie fest davon überzeugt, dass letztlich alles so ausgehen würde, wie sie es sich wünschte – was auch für Golden-Retriever-Welpen mit Schwestern galt, die auf den Namen Lucy hörten.

„Ich habe gesagt, wir können uns nach einem Haustier umsehen, wenn wir eine neue Wohnung oder ein Haus haben. Wir werden bald umziehen", stellte Kendra geduldig klar, nachdem sie der äußerst starrsinnigen Tara einen Blick zugeworfen hatte, der so viel bedeutete wie: „Da siehst du, was du angerichtet hast."

„Die Hündin wird auch bald umziehen", warf Tara ein. „Martie Wren kann sie nur für eine bestimmte Zeit im Heim behalten, danach muss sie weg nach … na ja, wohin auch immer."

„Und noch einmal *danke*, Tara", knurrte Kendra. Sie wusste, dass ihre Freundin es nur gut meinte, aber Tara war nicht gerade für ihr gutes Urteilsvermögen bekannt. Immerhin hatte sie in New York einen Spitzenjob als Managerin eines Kosmetikunternehmens von Weltruf gekündigt, um sich am Rand von Parable, Montana, eine baufällige Hühnerfarm zu kaufen.

Tränen standen in Madisons Augen. „Will denn keiner Lucys Schwester haben?"

Jetzt endlich begann Tara zu bedauern, was sie so unüberlegt von sich gegeben hatte. „Sie ist eine schöne Hündin", sagte sie zu dem kleinen Mädchen. „Irgendjemand wird sie ganz bestimmt adoptieren."

„Wie wäre es denn mit dir?", fragte Kendra.

„Na ja, eine Weile könnte sie bestimmt bei Lucy und mir leben", überlegte Tara und schob ihre teure Tasche auf die andere Schulter.

Madison griff nach Kendras Hand und drückte sie. „Können wir uns Emma nicht mal *ansehen*? Nur ansehen?"

„Emma?“, wiederholte Kendra erschrocken, da sie ahnte, was die Kleine vorhatte.

„So nennen wir Lucys Schwester“, erklärte Madison wie selbstverständlich. Ihr Gesicht strahlte jetzt noch intensiver als vor ein paar Minuten. „Emma.“

Emma. Das war der Vorname von Madisons leiblicher Mutter. Wusste sie das? Aber wie sollte das möglich sein? Sie war erst ein Jahr alt gewesen, als Emma sie weggegeben hatte.

„Wieso ausgerechnet Emma?“, fragte Kendra und hoffte, dass das Kind ihr nicht ihr Erstaunen anmerkte.

Tara hatte ihr bereits angesehen, dass etwas nicht stimmte, aber sie konnte nicht wissen, welche Bedeutung dieser Name besaß.

„Weil das ein schöner Name ist“, antwortete Madison. „Findest du nicht, Mommy?“

„Doch, er ist schön“, stimmte sie ihr zu. „So, jetzt sollten wir aber unser Abendessen abholen und uns auf den Heimweg machen, nicht wahr?“ Sie sah wieder Tara an. „Willst du mitkommen? Wir holen nur was zum Mitnehmen, nichts Besonderes, aber wir teilen gern.“

Tara stutzte, da sie einfach nicht wusste, welche Antwort von ihr erwartet wurde. „Tja, also …“

„Dann können wir auch Lucy treffen“, rief Madison. „Du hast sie doch dabei, oder?“

„Ich … ähm … ja“, sagte sie. „Sie ist im Wagen. Wir kommen gerade vom Tierarzt und …“

„Ihr seid beide willkommen“, unterbrach Kendra sie. Zum einen wollte sie sie dabeihaben, weil Tara eine gute Freundin war, zum anderen genoss sie es, dass Tara nach ihren unüberlegten Äußerungen ein wenig verlegen war und nicht so recht wusste, was sie sagen oder nicht sagen sollte. „Du *und* Lucy.“

„Na, dann …“, murmelte Tara und lächelte andeutungsweise. „Ja, okay.“

„Dann wollen wir mal“, meinte Kendra und klimperte mit ihrem Schlüsselbund, den sie aus der Handtasche geholt hatte.

Sie machte das Licht aus, verließ als Letzte das Ladenlokal und schloss hinter sich ab. Ihren Volvo ließ sie auf dem Parkplatz hinter dem Gebäude stehen, und gemeinsam überquerten sie die Straße in Richtung Butter Biscuit Café, vor dem Tara ihren leuchtend roten Sportwagen abgestellt hatte. Lucy drückte die Nase gegen das Seitenfenster auf der Fahrerseite, was bewirkte, dass die Scheibe bei jedem Atemzug beschlug.

Kendra schmolz sofort dahin, als sie die Hündin sah. Madison lief ganz aufgeregt zum Wagen, stellte sich auf die Zehenspitzen und drückte beide Hände an die Scheibe.

„Hallo, Lucy!", rief sie fröhlich, was die Hündin mit ausgelassenem Bellen beantwortete. Gleich darauf leckte sie von innen das Glas an der Stelle ab, an der sich außen Madisons rechte Hand befand.

Tara lachte. „Siehst du das?", fragte sie und stieß ihre Freundin mit dem Ellbogen an. „Das ist Schicksal."

„Das wird dir noch leidtun", raunte Kendra ihr zu.

„Nein, du wirst mir noch dankbar sein", gab sie zurück, da sie fest davon überzeugt war, das Richtige getan zu haben. „Ich zähle darauf, dass Emma dich rumkriegt", fügte sie im Flüsterton hinzu.

Sie mussten Madison förmlich vom Wagen wegzerren, damit sie gemeinsam ins Butter Biscuit Café gehen konnten.

Wie immer herrschte im Lokal Hochbetrieb. Kellnerinnen eilten hin und her, unter die Musik aus der Jukebox und das Stimmengewirr mischten sich die Geräusche von Tellern, die aufeinandergestapelt wurden, von den Bestecken, die scheppernd sortiert wurden.

Doch der Lärm und die Betriebsamkeit im Lokal traten zumindest für Kendra schnell in den Hintergrund, als ihr Blick auf Hutch Carmody fiel.

Er saß allein an der Theke und sah in seiner üblichen Kombination aus Jeans, weißem Hemd und schwarzen Stiefeln unverschämt gut aus. Vor ihm stand ein Teller mit einem zur Hälfte aufgegessenen Cheeseburger, ein paar Pommes frites sowie einigen kleinen Gurken.

Das Ganze wäre Kendra nicht so unangenehm gewesen, hätte er sie nicht bemerkt oder hätte er wenigstens so getan, als würde er sie nicht bemerken. So jedoch drehte er sich prompt zu ihr um, als hätte ihm ein Radar gesagt, dass sie hinter ihm stand.

Ein gemächliches Lächeln umspielte seine Mundwinkel, seine grünlich-blauen Augen funkelten amüsiert.

Madison stürmte zu ihm, als wäre er ein alter Freund von ihr. „Wir kriegen einen Hund!", rief sie aufgeregt. „Also … *vielleicht*."

Mit sanfter Miene lächelte Hutch das Mädchen an. Einen solchen liebevollen Gesichtsausdruck hatte Kendra bei ihm noch nie beobachtet, nicht mal in den intimsten und zärtlichsten Augenblicken, die sie beide geteilt hatten. Dieser Mann konnte mit Kindern offenbar gut umgehen.

„Ist das wahr?", fragte er interessiert. „Ist der Hund denn lila, so wie dein Känguru?"

Madison kicherte, als sie diese Frage hörte. „Nein, du Dummer", antwortete sie. „Es gibt doch gar keine lila Hunde!"

„Es gibt aber auch keine lila Kängurus, wenn ich mich richtig erinnere", hielt er lachend dagegen. „Allerdings hüpfen hier in Montana auch nicht so viele von der Sorte herum."

„Die leben alle in Australien", erklärte Madison ganz ernst. „Rupert ist nur lila, weil er ein *Spielzeug* ist."

„Aha, das erklärt natürlich alles." Hutch hob langsam den Blick, bis er Kendra ansehen konnte. Sofort hatte sie das Gefühl, dass Funken zwischen ihnen übersprangen. „Dann bin ich ja froh, dass wir das Rätsel des lila Kängurus gelöst haben. Das hatte mir jetzt großes Kopfzerbrechen bereitet."

Und es war nicht das Einzige, was ihm Kopfzerbrechen bereitet hatte, wie Kendra in dem Moment begriff. Sie sah ihm an, dass er überlegte, wie sie ein Kind hatte kriegen können, ohne jemals schwanger gewesen zu sein.

Als ob ihn das etwas anging!

„Hallo, Hutch", sagte Kendra und fand, dass ihre Stimme merkwürdig steif klang.

Er nickte nur.

„Wie geht es dir?“, fragte Tara ein wenig nervös.

Etwas blitzte in Hutchs Augen auf und machte deutlich, dass er verstanden hatte, worauf ihre Frage eigentlich abzielte. „Ganz gut, Tara“, erwiderte er ruhig und gelassen. „Natürlich abgesehen von dem ganzen Theater rund um die abgesagte Hochzeit.“

Tara bekam einen roten Kopf, Kendra ebenfalls.

„G...gut“, murmelte Tara.

„Wir sollten jetzt besser unsere Bestellung aufgeben“, warf Kendra ein und kam sich sogleich wie ein Idiot vor. Sonst wusste sie immer, wie sie sich ausdrücken musste, aber wenn sie Hutch gegenüberstand, redete sie prompt irgendwelchen Unsinn, sofern sie überhaupt einen zusammenhängenden Satz herausbekam. „B...bevor es hier noch voller wird, meine ich.“

„Außerdem wartet Lucy draußen im roten Auto auf uns“, meldete sich Madison zu Wort.

„Ja, das auch“, bekräftigte Kendra unnötigerweise.

„Lucy?“, fragte Hutch.

„Mein Hund“, erklärte Tara.

„Ja, richtig“, gab er zurück, ohne den Blick von Kendra abzuwenden – einen Blick, der bei ihr alle möglichen unerwünschten Erinnerungen weckte, zum Beispiel an seine Hände, die über ihre nackten Schenkel glitten, oder an seinen Mund, der ihre Brüste berührte. „Schön, dich wiederzusehen“, merkte er beiläufig an.

Wenn er sie so ansah, bekam sie immer das Gefühl, Kleidung aus Cellophan zu tragen – ein Gedanke, bei dem sich ihr die Nackenhaare aufstellten. Und ihre Brustwarzen wurden hart, was unter dem weiten T-Shirt zum Glück nicht auffiel.

Trotzdem drehte sie sich schnell um und widmete sich der großen Menükarte an der Wand hinter der Theke. Dabei war ihr nur zu deutlich bewusst, dass Hutch sie weiter betrachtete, während die kleine Madison ihn anhimmelte und Tara versuchte, irgendwie die Unterhaltung wieder in Gang zu bringen.

„Die Rodeotage stehen bald bevor", sagte Tara mit bemühter Fröhlichkeit. Jeweils am Wochenende, das dem Unabhängigkeitstag am nächsten lag, fand in Parable das County Rodeo statt, begleitet von Feuerwerk und einer Kirmes. Aus der gesamten Umgebung kamen die Leute her, um im Park zu grillen, ihre jeweils bevorzugten Cowboys und Cowgirls anzufeuern und auf der Kirmes Riesenrad zu fahren. „Die Putzkolonne sucht noch Freiwillige. Soll ich dich bei ihnen auf die Liste setzen, Hutch?"

Diese Frau vergeudet als Hühnerfarmerin ihr Talent, fand Kendra, während sie versuchte, sich zwischen Maisbrotauflauf und frittiertem Catfish zu entscheiden. Tara wäre besser bedient gewesen, wenn sie versucht hätte, Eis an Pinguine zu verkaufen.

„Ja, klar", hörte sie Hutch sagen.

Sie entschied sich für den Maisbrotauflauf, der ihr lieber war als Frittiertes in welcher Form auch immer. Aus dem Augenwinkel sah sie zu Tara, während sie ein wenig die Stimme anhob, um ihre Bestellung aufzugeben. „Zum Mitnehmen", fügte sie vielleicht ein wenig zu energisch an.

Plötzlich fiel ihr auf, dass Hutch wieder leise lachte.

Was war gerade so lustig gewesen?

Tara stellte sich zu ihr und begann, in ihrer Handtasche zu kramen.

„Ich spendiere das", sagte Kendra und beobachtete unauffällig, wie Madison sich von Hutch entfernte und sich zu ihr und Tara an die Kasse gesellte. Das Essen wurde eingepackt und überreicht, Kendra bezahlte und wandte sich zum Gehen. Auf dem Weg zur Tür winkte Madison Hutch noch einmal zu.

„Ich mag den Cowboy-Mann", verkündete sie mit ihrer glockenhellen Stimme.

Ein paar Gäste im Lokal reagierten amüsiert, und Kendra selbst überspielte mit einem Lächeln ihren Seufzer, als sie sich zu ihrer Tochter umdrehte. „Komm, wir gehen", sagte sie und nahm Madisons kleine und ein wenig klebrige Hand. Gemeinsam warteten sie an der Ampel, um die Straße zu überqueren.

„Wir treffen uns bei dir“, rief Tara ihr nach. Sie schloss den Wagen auf und lachte, weil sie Mühe hatte, die stürmische Hündin zurückzuhalten und in den Fußraum vor dem Beifahrersitz zu dirigieren, damit sie überhaupt einsteigen konnte.

Kendra nickte, und als die Fußgängerampel auf Grün umsprang, ging sie mit Madison zusammen zu ihrem Volvo.

„Magst du den Cowboy-Mann nicht, Mommy?“, fragte Madison und kniff wegen der grellen Nachmittagssonne die Augen zusammen.

Diese Frage kam so aus heiterem Himmel, dass Kendra beinahe mitten auf der Straße stehen geblieben wäre. „Warum fragst du mich denn so etwas, Madison Rose Shepherd?“, erwiderte sie in einem unbeschwerten Tonfall.

„Wenn er dich anguckt, dann guckst du weg“, erklärte Madison ihr, als sie sich dem Volvo näherten.

Kendra wunderte sich einmal mehr darüber, was Kinder doch für scharfsinnige Beobachter waren und welche Schlüsse sie zogen. Sie rang sich zu einem noch fröhlicheren Lächeln durch und drückte sanft Madisons Hand. „Ist das wahr?“, gab sie zurück, obwohl sie natürlich wusste, dass es stimmte.

Madison nickte. „Er guckt dich nämlich ganz viel an“, ergänzte sie dann.

Zum Glück hatten sie den Wagen erreicht, und die nächsten Minuten war sie damit beschäftigt, Madison in den Kindersitz zu setzen. Die Tüte mit dem Essen stellte sie vor dem Sitz auf dem Boden ab, damit nichts umfallen konnte.

Angesichts der üblichen Aufmerksamkeitsspanne einer Vierjährigen hatte Kendra Grund zur Hoffnung, dass das Thema bereits vergessen war, als sie am Lenkrad Platz nahm, den Gurt anlegte und den Motor anließ, der laut aufheulte, da sie unbeabsichtigt das Gaspedal zu weit durchtrat.

„Weißt du, ob der Cowboy-Mann Hunde mag?“, erkundigte sich Madison von ihrem Platz auf dem Rücksitz.

Kendra nahm Gas weg und fuhr aus der Lücke, dann verließ sie den Parkplatz und sah aufmerksam nach links und rechts, ehe sie auf die Straße einbog, auf der so wie meistens praktisch nichts los war. „Ja, ich glaube schon", antwortete sie so beiläufig, wie sie nur konnte.

„Das ist gut", verkündete die Kleine fröhlich.

Sie fragte lieber nicht nach, was daran so gut sein sollte. Stattdessen wechselte sie das Thema. „Warst du schon mal bei einem Rodeo?"

„Was ist ein Rodeo?", wollte Madison wissen.

Auf der Heimfahrt erklärte Kendra ihr so einfach wie möglich, was es mit dieser Veranstaltung auf sich hatte.

„Oh", machte Madison, als Kendra fertig war. „Wird der Cowboy-Mann auch da sein?"

Die Retriever-Hündin Lucy entpuppte sich als echte Herzensbrecherin, ihre unkomplizierte Art und dieses schelmische Funkeln in ihren wunderschönen braunen Augen machten einfach nur Spaß. Nach dem Abendessen, das wie geplant auf dem schmiedeeisernen Tisch neben dem Rosengarten angerichtet worden war, tobten Madison und die junge Hündin durch den Garten mit seinen sattgrünen Rasenflächen und den bunten Blumenbeeten. Ein leichter Wind sorgte für etwas Kühle an diesem Sommerabend.

Tara beobachtete lächelnd, wie die beiden herumtollten. „Tut mir leid, wenn ich dich vorhin in Bedrängnis gebracht habe", sagte sie zu Kendra, nachdem sie einen Schluck Eistee getrunken hatte. „Du weißt schon, wegen Lucys Schwester."

„So hieß ihre leibliche Mutter", erwiderte Kendra.

„Was? Lucy?", fragte Tara erschrocken.

Kendra schüttelte den Kopf. „Nein, nein, ich rede von Lucys Schwester, Emma. Meinst du, Madison kann sich an ihre Mutter erinnern?"

„*Du* bist Madisons Mutter", erwiderte sie.

„Tara", sagte sie gedehnt.

„Nach allem, was du mir und Joslyn erzählt hast, war Madison bei Pflegeeltern untergebracht, seit sie ein Jahr alt war. Wie sollte sie sich an etwas erinnern können?"

Kendra zuckte kurz mit den Schultern. „Ich weiß nicht, ob ich bei diesem speziellen Namen an einen Zufall glauben soll. Jemand kann ihn in ihrer Gegenwart erwähnt haben, und er ist ihr im Gedächtnis geblieben."

„Das wäre denkbar." Nach einer kurzen Pause sagte Tara: „Kendra, sieh mich an."

Sie wandte sich von dem Bild ab, das Madison und Lucy vor einer Kulisse aus Blumen in jeder nur denkbaren Farbe zeigte, und betrachtete die sorgenvolle Miene ihrer Freundin.

„Du befürchtest doch nicht etwa, diese Emma könnte wiederkommen und dir Madison wegnehmen wollen, oder?", fragte Tara im Flüsterton.

Kendra schüttelte den Kopf. Madisons leiblicher Mutter war das Mädchen nicht wichtig genug gewesen, um darum zu kämpfen, was Kendra zwar beruhigte, zugleich aber auch traurig stimmte.

Natürlich hatte die Frau Geld gefordert, aber nachdem Jeffreys amerikanische Anwälte ihr deutlich gemacht hatten, dass es illegal war, Kinder zu kaufen und zu verkaufen, war sie recht schnell bereit gewesen, all ihre Rechte als Mutter abzutreten.

„Sie hat Madison weggegeben", antwortete sie schließlich. „Unwiderruflich."

„Manche Leute kann man nur schwer verstehen", meinte Tara seufzend.

„Und manche kann man gar nicht verstehen", stimmte Kendra ihr zu. Seltsamerweise dachte sie dabei aber nicht an Madisons Mutter, sondern an Hutch.

Dieser Mann war ein wandelndes Rätsel.

Er brach den Frauen gleich reihenweise das Herz. Irgendwo wartete schon die nächste Kandidatin darauf, von ihm auserkoren zu werden, weil sie sich für die glorreiche Ausnahme hielt, der es nicht so ergehen würde. Kinder, Hunde und Pferde wiederum fanden an ihm nichts, was sie hätten fürchten müssen. Sie alle liebten ihn bedingungslos.

War er in Wahrheit ein guter Mann, der nur nach außen den bösen Buben präsentierte, um sein Image zu wahren?

„Und? Willst du das hier immer noch verkaufen?“, fragte Tara und deutete mit einer Hand auf das Haus und das Grundstück insgesamt.

„Ja, und den Erlös lege ich für Madison an“, erklärte sie. Sie hatte Joslyn und Tara nicht in alle Details eingeweiht, aber sie wussten beide, dass Jeffrey der Vater des Mädchens war. „Von Rechts wegen gehört ihr das Geld.“

Tara hörte sich das schweigend an, dann trank sie wieder einen Schluck Eistee. „Wird dir das Geld nicht fehlen? Oder das Haus? Du hast schließlich im größten und nobelsten Haus der Stadt gewohnt.“

Kendra lächelte ein wenig wehmütig. „Ich bin nicht pleite, Tara“, entgegnete sie. „Seit ich Shepherd Real Estate gegründet habe, ist einiges an Provisionen reingekommen.“ Sie schaute über die Schulter zu dem düsteren Gebäude. „Und was das Haus angeht, das wird mir nicht mal fünf Minuten lang fehlen. Das ist kein Haus, das ist ein Palast.“

Tara erwiderte nichts darauf, sie schien wegen irgendeiner Sache in Gedanken versunken zu sein.

„Und? Was macht die Hühnerfarm?“, wollte Kendra wissen, um das Thema wieder zu wechseln.

Bevor sie antwortete, verdrehte Tara die Augen. „Die ist eine einzige Katastrophe“, stöhnte sie, was aber nicht so ernst gemeint war. „Das Stalldach ist eingesunken, die Hennen legen keine Eier, was vermutlich daran liegt, dass alle Hähne schwul sind und sich bloß noch nicht geoutet haben. Und Boone Taylor weigert sich immer noch, ein paar Büsche zu pflanzen, damit mir beim Anblick seines heruntergekommenen Trailers nicht jedes Mal die Tränen in die Augen steigen, wenn ich morgens aus dem Küchenfenster sehe.“

„Bereust du es schon?“, fragte Kendra leise. Madison und Lucy tobten beide nicht mehr ganz so wild herum wie noch vor einer Weile. Nach dem Bad und einer Gutenachtgeschichte würde das Kind sicher bald einschlafen.

„Überhaupt nicht“, antwortete Tara und schüttelte nachdrücklich den Kopf. „Es ist zwar mühsam, aber ich bin noch weit davon entfernt, die Segel zu streichen.“

„Das ist gut. Ich hätte sonst nämlich ein schlechtes Gewissen, weil ich dir die Farm verkauft habe.“

„Na ja, du hättest mich wenigstens vor den Nachbarn warnen können“, scherzte Tara.

„So schlimm ist Boone gar nicht“, versicherte Kendra ihr. Sie kannte ihn seit ihrer Kindheit, und sie hatte auch seine Ehefrau Corrie gekannt. Nachdem sie vor ein paar Jahren an Brustkrebs gestorben war, hatte er lange Zeit alle Lebenslust verloren. Erst im letzten Jahr hatte er sich wieder in den Griff bekommen und als nächster Sheriff kandidiert – und mit haushohem Vorsprung die Wahl gewonnen. „Er ist ein Sturkopf, so wie die meisten Männer hier. Auf die Weise schaffen sie es, schwierige Zeiten zu überstehen.“

„Gilt das auch für Hutch?“, fragte Tara interessiert.

Kendra stand auf und winkte ihrer müden Tochter zu. „Es wird Zeit fürs Bett“, rief sie, woraufhin Madison sofort zu ihr kam – ein Zeichen dafür, wie sehr sie sich verausgabt hatte. So wie die meisten kleinen Kinder sträubte auch sie sich normalerweise mit aller Macht gegen den Schlaf, weil sie fürchtete, sie könnte irgendwas verpassen.

Die junge Hündin trottete zu Tara und stieß mit dem Kopf gegen ihr Knie. Lachend beugte sie sich vor, um das Tier hinter den Ohren zu kraulen.

„Wenn du glaubst, dass Lucy perfekt ist“, sagte Tara anstelle einer Verabschiedung, „dann warte erst mal, bis du ihre Schwester kennengelernt hast.“

3. KAPITEL

Am nächsten Morgen nach der Kirche gab Kendra dem Druck des Schicksals – und ihrer sehr beharrlichen Tochter – nach und fuhr quer durch die Stadt zu Paws for Reflection, dem privaten Tierheim, das von einer Frau namens Martie Wren geführt wurde – einer Institution in Parable.

Martie – eine stämmige Frau mit freundlichen Augen und einem Wust aus zerzausten grauen Haaren – leitete alles von ihrem kleinen Wohnzimmer aus, das als Büro diente, und war bei ihrer Arbeit vollständig auf Spenden und die tatkräftige Unterstützung freiwilliger Helfer angewiesen. Sie hatte zwei riesige Gewächshäuser im Garten hinter dem Haus in Unterkünfte für Hunde und Katzen umgebaut, aber sie nahm auch Vögel und Kaninchen und manchmal sogar eine Zwergziege bei sich auf. Das Tierheim kannte keine offiziellen Öffnungszeiten, es war nicht einmal an Sonn- oder Feiertagen geschlossen.

Als Kendra und Madison ihr Auto am Bürgersteig parkten, war Martie gerade damit beschäftigt, die Blumenbeete im Garten vor dem Haus zu wässern.

„Tara hatte bereits angedeutet, dass Sie vorbeikommen könnten“, rief Martie ihnen fröhlich zu und eilte winkend zum Haus, um den Wasserhahn zuzudrehen, damit sie den Gartenschlauch aufrollen konnte.

Kendra, die erst noch Madison aus dem Kindersitz holen musste, lächelte und erwiderte gut gelaunt: „Das war ja nicht anders zu erwarten.“

„Wir wollen Lucys Schwester sehen“, verkündete Madison.

Martie öffnete ihnen das Gartentor. „Na, dann komm mal rein, Kleine, und guck sie dir an. Sie wartet schon auf euch. Ich habe sie auch extra fein gemacht.“

Während Madison aus dem Wagen kletterte, unterdrückte Kendra einen Seufzer. Sie wollte genauso gern wie Madison einen Hund haben – und das nicht erst, seit die Kleine danach verrückt war –, aber eigentlich hatte sie gehofft, erst ein Haus für sich und ihre Tochter zu finden, bevor sie sich auf die Suche nach einem Hund begaben.

Aber wie üblich schien das Universum keine Rücksicht auf ihre Pläne zu nehmen.

Sie schloss das Gartentor hinter sich und folgte Martie über die Veranda zur Haustür.

Die junge Retriever-Hündin schien wirklich schon auf sie zu warten, denn sie saß mit einer roten Schleife um den Hals kerzengerade auf dem Teppich im winzigen Flur. Der hoffnungsvolle Ausdruck in den schokoladenbraunen Augen ließ Kendra augenblicklich dahinschmelzen.

Madison dagegen stemmte die Hände in die Hüften, neigte den Kopf und musterte das hellbeige Fellknäuel.

Mit einem Ausdruck, den man beinahe als Lächeln bezeichnen konnte, erhob die Hündin sich und ging auf Madison zu. Wo bist du denn nur gewesen? schien das Tier zu fragen. *Wir wollten doch zusammen spielen.*

Langsam drehte sich Madison zu Kendra um. „Sie ist so schön", sagte sie ehrfürchtig, so als hätte sie noch nie einen anderen Hund wie diesen gesehen.

„Ja, sehr schön sogar", stimmte Kendra ihr zu und spürte, dass sie einen Kloß im Hals hatte. Sie erkannte in Madison so viel von sich selbst wieder, dass sie sich immer wieder bremsen musste. Madison war Madison, und Kendra könnte keinen größeren Fehler begehen, als ihre Tochter als Vorwand zu benutzen, um sich ihre eigenen Kindheitssehnsüchte nachträglich zu erfüllen.

Martie besaß langjährige Erfahrung darin, verstoßene Tiere in Familien unterzubringen, in denen sie geliebt wurden. Deshalb stand sie jetzt nur da und wartete schweigend ab. Sie glaubte daran, dass die Dinge sich in ihrem eigenen Tempo entwickeln mussten, was nach Kendras Meinung gar keine so üble Einstellung war, auch wenn sie selbst noch weit davon entfernt war, selber so zu denken.

Als kleines Mädchen hatte sie um jeden winzigen Funken Aufmerksamkeit vonseiten ihrer Großmutter kämpfen müssen. In ihrem Beruf war sie regelrecht besessen davon, Erfolg zu haben, weil sie davon überzeugt war, dass sich nichts Gutes ereignen würde, wenn sie nicht selbst dafür sorgte.

Aber nachdem nun Madison in ihr Leben getreten war, gab es einen Grund, ein paar Dinge zu ändern. Vor allem lernte sie langsam, das zu schätzen, was sie hatte, anstatt immer nur nach noch mehr zu streben.

Madison sah sie immer noch an. „Können wir sie mitnehmen, Mommy?“, fragte sie und hoffte unüberhörbar auf ein Ja als Antwort. „Bitte! Können wir sie Daisy nennen?“

Kendra kämpfte mit den Tränen, als sie sich neben ihre Tochter kniete, um auf Augenhöhe mit ihr zu sein. „Ich dachte, du wolltest sie Emma nennen.“

„Daisy ist keine Emma“, gab sie kopfschüttelnd zurück. „Sie ist eine Daisy.“

Kendra legte ihrer Tochter locker einen Arm um die Schultern. „Okay“, sagte sie mit sanfter Stimme. „Dann soll sie Daisy heißen.“

„Dann kann sie mit uns mitkommen?“, hakte Madison nach und sah Kendra mit großen Augen an. Sie konnte ihre Freude kaum noch bändigen.

„Na ja, erst müssen noch ein paar Dinge erledigt werden.“ Kendra stand auf und drehte sich zu Martie um. Eine Hand ließ sie auf Madisons Kopf liegen.

„Geimpft ist Daisy bereits“, sagte Martie. „Und Sie, Kendra Shepherd, kannte ich schon, als Sie noch so klein waren wie Ihre Tochter. Ich weiß, diese Hündin wird es bei Ihnen gut haben. Nur darauf kommt es an.“

Vermutlich erinnerte sich die Frau an die Gelegenheiten, bei denen Kendra hierher ins Tierheim gekommen war. Sie war damals die jüngste freiwillige Helferin gewesen, sie hatte die Boxen sauber gemacht, Wassernäpfe aufgefüllt und dafür gesorgt, dass jedem Tier ein paar Streicheleinheiten und ein paar nette Worte zuteilwurden.

„Sie kriegen auch einen kostenlosen Besuch beim Tierarzt dazu“, sprach Martie weiter, als müsste Kendra erst noch überredet werden, dabei war die Entscheidung längst gefallen.

Madison strahlte über das ganze Gesicht. „Dann nehmen wir Daisy jetzt sofort mit nach Hause“, rief sie überglücklich, woraufhin Kendra und Martie zu lachen begannen.

„Erst müssen wir noch ein paar Formulare ausfüllen“, erklärte die ältere Frau. „Bring Daisy mit in mein Büro, dann könnt ihr zwei euch schon mal beschnuppern, während deine Mom und ich den Papierkram erledigen.“

Zwar machte Madison den Eindruck, als würde sie am liebsten mit Daisy von hier verschwinden und nach Hause laufen, damit die Erwachsenen es sich nicht noch im letzten Moment anders überlegten, aber sie nickte pflichtbewusst. „Okay“, sagte sie und streichelte Daisy. „Aber wir haben es ganz eilig.“

Wieder musste Martie leise lachen, während Kendra in strengem Tonfall entgegnete: *„Madison Rose!“*

„Wir machen so schnell, wie wir können“, versprach Martie ihr und ging voran ins Büro. Daisy wich dabei nicht von Madisons Seite.

„Es ist unhöflich, wenn man andere Leute zur Eile antreibt, Madison“, sagte Kendra zu ihrer Tochter.

„Du hast selbst gesagt“, konterte die Kleine prompt, „dass der Kirchen-Mann viel zu lange gebraucht hat, bis er endlich fertig war, weil alle Hunger hatten und gehen wollten. Du hast auch gesagt, er soll sich beeilen und endlich aufhören zu reden.“

Kendra bekam einen roten Kopf. Es stimmte, als sie nach der Kirche wieder im Wagen saßen, hatte sie etwas in der Art gesagt. Aber sie war nicht mitten in der endlos langen Predigt aufgestanden und hatte gerufen: „Jetzt kommen Sie mal zum Ende, okay? Wir haben's nämlich eilig!“ Für eine Vierjährige schien das jedoch keinen Unterschied zu machen.

„Ja, der gute Lloyd ist zwar ein netter Kerl“, meinte Martie mitfühlend. „Aber er neigt wirklich dazu, kein Ende zu finden, wenn er am Sonntagmorgen ein Publikum vorfindet, das sich von ihm mitreißen lässt. Gesegnet sei dieser Mann."

Reverend Lloyd Atherton war so wie Martie eine feste Größe in Parable. Doch obwohl er so ausschweifend und langatmig werden konnte, wenn er erst einmal in Fahrt war, konnte ihn dennoch jeder gut leiden.

Da Kendra keine Gebühren bezahlen musste, gab sie Martie eine Geldspende und hörte sich Daisys knappe und zu Herzen gehende Vorgeschichte an – jemand hatte sie zusammen mit ihren sechs Geschwistern in einem Pappkarton einfach vor Marties Haustür abgestellt und sich dann aus dem Staub gemacht. Danach unterschrieb sie noch ein Dokument, mit dem sie sich dazu verpflichtete, Daisy zu Martie zurückzubringen, sollte es zu irgendwelchen Problemen kommen.

„Hat Daisy Hunger?", wollte Madison zwar wissen, sie hätte aber ebenso gut „Wir haben es ganz eilig" sagen können.

„Junge Hunde *glauben* gern, dass sie schon wieder Hunger haben, aber Daisy hat vor nicht mal einer halben Stunde einen Napf Trockenfutter zu essen bekommen. Bis zum Abendessen braucht sie nichts mehr."

Madison nickte zufrieden und wandte sich abermals der Hündin zu, um ihr weiches Fell zu streicheln.

Kurz darauf waren alle Formalitäten erledigt, Madison saß wieder in ihrem Kindersitz angeschnallt im Wagen, neben ihr auf dem Rücksitz hatte Daisy es sich bequem gemacht, sah sich interessiert um und hechelte voller Vorfreude auf das, was kommen würde.

Beim großen Supermarkt direkt neben dem Highway legten sie noch einen Zwischenstopp ein, und während Daisy bei einem einen Spaltbreit geöffneten Fenster geduldig wartete, stürmten Kendra und Madison, das Geschäft, um das wichtigste Zubehör zu kaufen: Halsband und Leine, eine Packung Häufchenbeutel, ein flauschiges Körbchen, das groß genug war, damit Daisy hineinwachsen konnte, Bürste und Kamm, ein paar Spielzeuge und einen Beutel von dem Futter, das Martie empfohlen hatte.

Daisy freute sich, als sie die beiden zum Wagen zurückkehren sah, und nachdem Kendra das Körbchen auf den Rücksitz gelegt hatte, stapfte die kleine Hündin darauf hin und her, um jede Ecke zu erkunden. Madison musste darüber so ausgelassen lachen, wie Kendra sie noch nie gehört hatte.

Kendra war froh darüber, dass noch so viele Kleinigkeiten erledigt werden mussten, bevor sie den Motor anlassen konnte, denn ihr standen ein paar Tränen in den Augen, die ihr beim Fahren die Sicht genommen hätten.

Zurück im Gästehaus brachte Kendra die Einkäufe ins Haus, während Madison und Daisy durch den Garten tollten und ihrer aufgestauten Energie freien Lauf ließen.

„Wir brauchen bitte einen Häufchenbeutel", verkündete Madison, als sie nach einer Weile in der Tür zum Cottage auftauchte. In ihrem blauen Kleid sah sie einfach bezaubernd aus.

Lächelnd nahm Kendra einen Beutel und folgte Madison nach draußen, wo sie ihrer Tochter vorführte, wie man die Hinterlassenschaften eines Hundes richtig aufsammelte und entsorgte. Anschließend bestand sie darauf, dass sie sich beide die Hände wuschen.

Daisy stand schwanzwedelnd in der Badezimmertür und sah ihnen dabei zu. Sie schien zufrieden damit zu sein, so sehr im Mittelpunkt des Geschehens zu stehen.

Das Mittagessen war schon lange überfällig, und so machten sich Kendra und Madison daran, in der kleinen Küche Brote mit Erdnussbutter und Marmelade zu schmieren. Kendra goss Milch in zwei Gläser, dann setzten sie sich an den Tisch. Daisy legte sich in der Nähe von Madisons Stuhl auf den Boden, spitzte die Ohren und ließ sie nicht aus den Augen, da sie vermutlich darauf hoffte, dass noch irgendetwas Essbares auf den Boden fiel.

In diesem Punkt war Martie aber unerbittlich gewesen. Ein Hund sollte keine Reste von dem Essen bekommen, das für Menschen bestimmt war, und auch mit Leckerchen sollte man sehr sparsam umgehen. Was ein Hund vom Menschen vor allem brauchte, waren Liebe und Zuneigung.

Als sie aufgegessen und den Tisch abgeräumt hatten, verkündete Madison gähnend, dass es für Daisy ein anstrengender Morgen gewesen war und sie jetzt erst einmal schlafen müsste.

Kendra musste lächeln. Normalerweise war Madison nur unter lautstarkem Protest zu einem Mittagsschlaf zu überreden. Sie schlug vor, dass sie ihre Kirchenkleider erst einmal gegen etwas Bequemeres tauschten.

Madison zog eine rosa Baumwollshorts und eine kurzärmelige blaue Bluse an, Kendra wählte eine Jeans und dazu einen dünnen grünen Pullover. Als sie aus dem Schlafzimmer zurückkam, lagen Madison und Daisy eng aneinandergeschmiegt in dem Körbchen, das eigentlich für die Hündin gedacht war. Doch Kendra brachte es nicht übers Herz, Madison von dem Tier wegzuholen.

Leg dich mit den Hunden schlafen und du wirst mit Flöhen aufwachen, hatte ihre Großmutter immer gesagt.

Ach, hör schon auf, Gramma, gab Kendra wortlos zurück.

„Schlaf gut", sagte sie zu Madison, dann nahm sie ein Buch aus dem Regal und ging nach draußen, um im Schatten der Ahornbäume im Garten eine Weile zu lesen.

Es war eine idyllische Szene: Bienen summten umher, Blumen mit Blüten in allen erdenklichen Farben wiegten sich in der leichten Brise, und über allem erstrahlte der wolkenlose Himmel von Montana in kräftigem Blau.

Beim Lesen entspannte sie sich nach einer Weile so sehr, dass sie wohl irgendwann eindöste. Auf jeden Fall schlug sie plötzlich die Augen auf und sah, dass Hutch Carmody nur ein paar Schritte von ihr entfernt stand.

Sie kniff ein paar Mal die Augen zu, aber er löste sich nicht in Luft auf.

Also doch kein Traum. Mist.

„Tut mir leid", sagte er ohne einen Funken Bedauern. „Ich wollte dich nicht aufwecken."

Sie straffte die Schultern und sah zum Cottage, dessen Tür offen stand. Von Madison war nichts zu sehen. Kendra ging schnell ins Haus, um nach ihnen zu sehen, und fand Kind und Hund weiterhin friedlich schlafend im Körbchen vor. Leise kehrte sie nach draußen zu Hutch zurück.

Wieso hatte sie sein Kommen nicht gehört? Sein Truck stand in der Auffahrt zum Haus, nur einen Steinwurf von der Stelle entfernt, an der sie gesessen und gelesen hatte. Sie hätte doch wenigstens den Kies knirschen oder die Fahrertür ins Schloss fallen hören müssen.

„Was machst du hier?", fragte sie ihn im Flüsterton, noch zu durcheinander für Höflichkeiten.

Hutch hob die Hände und grinste. „Erschieß mich nicht, ich bin unbewaffnet", sagte er und wich ihrer Frage aus, was sie daran erinnerte, dass er schon immer ein Meister darin gewesen war, Themen aus dem Weg zu gehen, die ihm nicht gefielen.

Sie stieß den angehaltenen Atem aus und hob das Buch auf, das ihr vorhin vor Schreck aus der Hand gerutscht war.

„Was machst du hier?", wiederholte sie gereizt.

Er bedeutete ihr, sich hinzusetzen, und da ihre Knie noch etwas wacklig waren, ließ sie sich auf ihren Liegestuhl sinken. Er zog einen zweiten Stuhl heran und nahm neben ihr Platz. Beide schauten stur geradeaus, als säßen sie nebeneinander im Flugzeug und hörten aufmerksam den Sicherheitsanweisungen der Flugbegleiter zu.

„Erzähl mir von deinem kleinen Mädchen", bat Hutch schließlich.

„Warum sollte ich?", entgegnete sie, froh, dass ihre Stimme so ruhig und gelassen klang.

„Vermutlich, weil sie unsere Tochter hätte sein können", antwortete er.

Seine Worte waren wie ein Schlag in den Magen. Nachdem der erste Schwall Adrenalin abgeebbt war, wusste sie, dass es sinnlos war, ihm diese Informationen vorzuenthalten. Parable war so klein, hier kannte jeder jeden, und vor allem die pikanten Geschichten machten rasend schnell die Runde.

„Von irgendwem würdest du es ja sowieso erfahren", lenkte

sie mit unüberhörbarer Missbilligung ein. Sie sprach sehr leise weiter, weil sie vermeiden wollte, dass Madison aufwachte und etwas von ihrer Unterhaltung mitbekam. „Ich kann es dir also genauso gut auch selber erzählen."

Hutch seufzte gedehnt und wandte sich ihr zu, doch sie vermied es, ihn anzusehen. „Ja, warum nicht?", stimmte er zu.

„Wir sind uns sicherlich einig, dass es dich eigentlich gar nichts angeht", betonte Kendra, aber er erwiderte nichts, sondern wartete einfach ab. Sie fragte sich, ob er wohl glaubte, sie sei Madisons leibliche Mutter und habe die Schwangerschaft und die Existenz des Kindes bislang vor allen Leuten in Parable geheim gehalten. „Madison ist adoptiert", fuhr sie schließlich fort. Es war nur ein einziger kurzer Satz, und trotzdem kam es ihr so vor, als hätte sie ihr Herz in einer dieser lächerlichen Fernsehsendungen ausgeschüttet.

„Seltsam, irgendwie habe ich das Gefühl, da steckt noch mehr dahinter", sagte Hutch nach einer kurzen Pause. Sein extrem geduldiger Tonfall ärgerte sie. Welchen Grund hatte er, ihr gegenüber Geduld zu demonstrieren? Sie hatte rein aus Höflichkeit geantwortet, sie war ihm keine Erklärung schuldig. Wenn schon, dann hatte sie noch etwas bei ihm gut, schließlich hatte er ihr das Herz gebrochen.

„Mein Exmann ist der Vater von Madison", erklärte sie dann auf einmal. Plötzlich wollte sie nur noch ihren Tränen freien Lauf lassen, und das hatte rein gar nichts damit zu tun, dass sie zuvor gezögert hatte, über etwas so Verletzendes und Persönliches zu reden. Warum hatte Madison nicht ihre leibliche Tochter sein können, so wie es hätte sein sollen?

„Und ihre Mutter?"

Abermals schaute sie zuerst zum Cottage, um sich zu vergewissern, dass die Kleine nicht an der Tür stand und aufmerksam lauschte. „Eine von Jeffreys Freundinnen."

„Dieser Drecksack", fluchte er halblaut.

Kendra straffte die Schultern und reckte das Kinn ein wenig. „Wie war das?", fragte sie in einem Tonfall, mit dem sie die Ironie seiner Worte ebenso unterstreichen wollte wie seine Unverfrorenheit, so über andere zu urteilen.

„Könnten wir uns dieses eine Mal vielleicht nicht streiten?“, fragte er heiser.

„Dieses eine Mal“, stimmte sie ihm zu, wobei sie ein Lächeln unterdrückte. Erste Anflüge von Hysterie, vermutete sie.

„Es tut mir leid, dass ich deinen Exmann als Drecksack bezeichnet habe“, entschuldigte er sich.

„Es tut dir überhaupt nicht leid“, widersprach sie und beobachtete ihn aus dem Augenwinkel.

„Okay“, gestand Hutch. „Du hast ja recht.“ Er seufzte und fuhr sich mit den Fingern durchs Haar. „Dann lass es mich anders formulieren. Es tut mir leid, dass ich meine Meinung nicht für mich behalten habe.“

Kendra konnte nicht anders, als laut zu lachen. „Wann wäre dir das wohl jemals gelungen?“

„Du willst dich ja doch nur wieder mit mir streiten.“

„Nein“, hielt sie gereizt dagegen. „Ich habe nicht vor, mich wieder mit dir zu streiten, Hutch Carmody. Weder jetzt noch in Zukunft.“

„Kendra“, sagte er. „Du kannst Zeit schinden, so viel zu willst, aber früher oder später müssen wir diese Unterhaltung führen, also können wir das auch jetzt gleich hinter uns bringen.“

Sie machte eine Handbewegung, als wollte sie eine Fliege verscheuchen. Innerlich schaltete sie auf stur und wusste nicht, was sie dagegen tun sollte. „Madison ist jetzt meine Tochter, und das ist das Einzige, was zählt.“

„Du bist eine erstaunliche Frau, Kendra.“ Hutch sagte das so ernst, dass sie sich in ihrem Liegestuhl zur Seite drehte und ihn misstrauisch musterte.

„Das ist mein Ernst“, betonte er und lachte auf eine sanfte und zugleich sehr männliche Weise. „Nicht jede Frau ist stark genug, das Kind einer anderen großzuziehen – schon gar nicht unter diesen Umständen.“

„Madison kann ja nichts dafür, dass Jeffrey Chamberlain ein …"

Ein Lächeln umspielte Hutchs Mundwinkel, als sie sich selber unterbrach. „… ein Drecksack ist?"

„Ja", stimmte sie ihm zu. „So kann man es formulieren."

Er grinste noch breiter, was ihm einen unfairen Vorteil verschaffte, weil ihr IQ bei diesem Anblick regelmäßig um mindestens zwanzig Punkte schrumpfte und sie Mühe hatte, klar zu denken. „Na, dann sind wir uns ja mal in einer Sache einig."

„Es geschehen noch Zeichen und Wunder."

„Von jetzt an kann es nur noch besser werden", meinte er.

„Oder schlechter."

Er lachte und schüttelte den Kopf. „Ich werde jetzt etwas sagen, dem du zustimmen musst, ob du es willst oder nicht."

Seine Worte lösten bei ihr ein gewisses Kribbeln aus, für das sie sich hätte ohrfeigen können. „Ach, wirklich?"

Hutch deutete mit einer Kopfbewegung auf die Cottagetür, wo Madison stand und sich gähnend die Augen rieb. Daisy war bei ihr. „Du kannst dich glücklich schätzen, das kleine Mädchen in deinem Leben zu haben, ganz gleich, wie es dort hingekommen ist, und umgekehrt gilt das Gleiche. Du bist dazu geboren, Mutter zu sein, Kendra, und dazu auch noch eine richtig gute."

„Ach, verdammt", murmelte Kendra, da sie nicht wusste, was sie darauf erwidern sollte.

Hutch lächelte, da Madison jetzt richtig wach war und übers ganze Gesicht strahlend auf sie zugelaufen kam.

„Hallo, Cowboy-Mann!", jubelte sie. Sie war barfuß, ihr Lockenkopf war verwuschelt und die Wangen noch gerötet.

„Wenn du mich so nennen willst, kannst du das gern machen", sagte er lachend und strahlte genau das aus, was sich jedes kleine Mädchen von einer Vaterfigur wünschte.

Nicht, dass Hutch wirklich so etwas wie eine Vaterfigur gewesen wäre.

„Magst du Hunde?", fragte Madison und schaute ihn forschend an.

Als hätte die Hündin schon eine Antwort auf diese Frage erhalten, sprang sie ihm mit einem Satz auf den Schoß, stützte sich mit den Vorderpfoten an seinen Schultern ab und leckte ihm übers Gesicht.

„Ja, tue ich", brachte er irgendwie heraus, obwohl Daisy ihm keine Ruhe ließ. „Und wie du sehen kannst, mögen Hunde mich auch."

„Das ist gut", fand Madison.

Aus einem unerfindlichen Grund machte die Situation Kendra nervös. „Madison …", begann sie, verstummte aber gleich wieder.

„Magst du auch Kinder?", hakte Madison nach.

Innerlich stöhnte Kendra auf, während Hutch die Hündin behutsam auf den Boden setzte und ihr über den Kopf strich. „Ja, ich mag Kinder", antwortete er.

„Hast du auch welche?"

„Nein", sagte er und schüttelte den Kopf.

„Madison", versuchte Kendra, die Kleine abzulenken, aber es half nichts.

„Magst du auch meine Mommy?"

Kendra kniff die Augen zu.

„Wenn du mich so fragst", sagte er lässig, „dann kann ich dir sogar sagen, dass deine Mutter und ich alte Freunde sind."

Es kostete Kendra Mühe, die Augen wieder zu öffnen und ein Lächeln aufzusetzen, das ihr aber gleich wieder entglitt. Bevor ihr jedoch eine Erwiderung einfallen wollte, stand Hutch auf.

„Ich glaube, ich gehe jetzt besser, sonst mache ich mich hier noch unbeliebt", meinte er. Als er dabei Kendra ansah, entging ihr nicht das Funkeln in seinen Augen. „Wir sehen uns", fügte er hinzu.

Madison griff nach seiner Hand und sagte fast im Flüsterton: „Warte!"

Er beugte sich vor und stützte die Hände auf seine Knie. „Was ist denn?"

„Bist du auch bei diesem Rodeo-Dings?", wollte sie wissen.

„Ganz bestimmt", antwortete er auf eine Art, als würde er mit einer Erwachsenen reden. Vielleicht war ja genau das seine besondere Gabe, dass er Kinder wie ganz normale Menschen behandelte, aber nicht wie eine niedere Spezies, der man seine eigene Überlegenheit demonstrieren wollte.

„Das lasse ich mir nie entgehen", fuhr er fort. „Schließlich bin ich doch der Cowboy-Mann."

Madison strahlte und war sichtlich zufrieden mit der erhaltenen Antwort. Als Daisy aufsprang und hinter einem Schmetterling herlief, folgte die Kleine ihr mit weit ausgebreiteten Armen, als wolle sie sich auch in die Luft erheben.

„Cowboy-Mann", sagte Kendra nachdenklich.

„Man hat mir schon Schlimmeres an den Kopf geworfen", scherzte er.

„Oh ja, allerdings", stimmte sie ihm amüsiert zu. Sie hätte aus dem Stegreif mindestens ein halbes Dutzend Begriffe aufzählen können, mit denen sie ihn im Lauf der Jahre betitelt hatte – mal so, dass er es auch hatte hören können, mal auch nur in ihrem Kopf.

Er pfiff eine Melodie vor sich hin, als er sich wegdrehte und zu seinem Truck ging. Beiläufig winkte er ihr zu.

Als er in seinen Wagen einstieg und abfuhr, sah Kendra ihm nicht nach.

„Du bist viel zu schwanger, um arbeiten zu gehen", sagte Kendra am nächsten Tag zu Joslyn, als sie das Büro betrat. Madison hatte sie in der Tagesstätte abgegeben, Daisy war bei Tara, um den Tag mit ihrer Schwester Lucy zu verbringen. Nun stand sie vor ihrer Geschäftspartnerin, die vor ihr ins Büro gekommen war und am Schreibtisch saß, wo sie fleißig etwas in den Computer eintippte.

„Das hab ich heute schon mal gehört", gab Joslyn gut gelaunt zurück. „Von Slade. Von Opal. Von Callie."

„Und jetzt auch noch von mir", sagte Kendra und stellte ihre Handtasche auf den Schreibtisch, da sie nur nach den eingegangenen Nachrichten sehen wollte und dann schon wieder aufbrechen würde. Um halb elf hatte sie einen Anwaltstermin, was der Grund dafür war, dass sie Daisy nicht ins Büro mitgebracht hatte.

Madison war außer sich gewesen, als sie gehört hatte, die Hündin sollte allein zu Hause bleiben. „Daisy ist ein Hundebaby", hatte sie dann sehr erwachsen argumentiert, „und das ist das Gleiche wie ein Baby, und ein Baby braucht auch immer jemanden, der aufpasst, dass ihm nichts passiert."

Kendra war nichts anderes übrig geblieben, als sich ausnahmsweise dem Argument zu beugen.

„Du solltest doch in Mutterschutz sein, oder hast du das schon wieder vergessen?", bohrte sie nach, auch wenn sie froh darüber war, ihre Freundin zu sehen.

„Autsch", rief Joslyn plötzlich und legte eine Hand auf ihren Bauch, wobei sie das Gesicht verzog.

„Übt der kleine Kerl schon wieder fürs Rodeo?" Kendra lächelte und wünschte, jedes Baby könnte in einer so liebevollen und harmonischen Ehe zur Welt kommen wie der von Joslyn und Slade. Was für eine wunderschöne Welt das wäre …

„Ich habe eher das Gefühl, dass er sich seit Neuestem für Kickboxen interessiert", gab Joslyn in gespielt gequältem Tonfall zurück. Nachdem sie ein paar Mal tief durchgeatmet hatte, konzentrierte sie sich wieder auf den Monitor. „Komm mal her und sieh dir dieses Angebot an, Kendra. Das ist zwar zur Miete, aber es könnte genau das sein, wonach du suchst."

Sofort ging Kendra um den Schreibtisch herum und schaute auf den Bildschirm, auf dem ein kleines weißes Haus zu sehen war. Natürlich erkannte sie es wieder, immerhin kannte sie zumindest flüchtig alle Immobilien in Parable County, ob für Wohnzwecke oder für Gewerbe.

Dieses reizende kleine Haus im Kolonialstil mit Schindeln an den Außenwänden, grünen Fensterläden und einer umlaufenden Veranda stand gleich gegenüber vom Stadtpark, nur zwei Häuserblocks von der Stadtbücherei entfernt. Sowohl die Kindertagesstätte als auch ihr Büro konnte sie von dort aus bequem zu Fuß erreichen.

„Wieso wusste ich nichts davon?", wunderte sie sich, während sie weiter interessiert die Fotos auf dem Bildschirm betrachtete.

Joslyn zuckte kurz die Achseln. „Du warst eine Weile nicht in der Stadt. Außerdem *verkaufen* wir nur Immobilien, wir verwalten keine Mietobjekte."

Kendra rief sich die Fakten ins Gedächtnis, die ihr von früher bekannt waren. Das Haus hatte seinerzeit Tante Billie gehört, der Tante der Anwältin Maggie Landers. Dann hatte Maggie das Anwesen geerbt und einige dringende Renovierungsarbeiten durchführen lassen, aber sie selbst war dort nie eingezogen. Stattdessen hatte sie es langfristig an eine Lehrerin vermietet. Und nun stand es offenbar leer – oder zumindest würde das in Kürze der Fall sein.

Sie machte buchstäblich einen Satz zu ihrem Telefon. Auch wenn sie sich gleich mit Maggie treffen würde, um mit ihr über Madisons Treuhandfonds zu reden, konnte sie nicht zulassen, dass ihr in den wenigen Minuten irgendwer das Haus vor der Nase wegschnappte.

Maggies Sekretärin stellte Kendra sofort durch.

„Sag jetzt bitte nicht, dass du deinen Termin absagen willst", begann Maggie ohne Vorrede. „Du wärst dann heute schon die Dritte."

Kendras Herz begann zu rasen. „Nein, nein", sagte sie hastig. „Nein, darum geht es nicht. Ich bin um halb elf da, so wie besprochen …"

„Kendra", wurde sie von einer besorgt klingenden Maggie unterbrochen. „Was ist denn nur los mit dir? Du hörst dich an, als hättest du gerade einen Triathlon hinter dir."

„Dein Haus … das du vermietet hast … Joslyn hat es mir gerade im Internet gezeigt …"

Maggie lachte nervös, und Kendra sah vor ihrem geistigen Auge, wie sie mit ihrer kostbaren Perlenkette spielte, die sie immer trug. „Ja, was ist damit?"

„Ist das noch zu haben?“

Maggie klang erleichtert, als sie sagte: „Natürlich. Die Anzeigte ist erst seit heute im Netz.“

„Ich nehme es“, platzte Kendra heraus und schnappte gleich darauf nach Luft. So unüberlegt hatte sie noch nie gehandelt ... jedenfalls nicht bei Dingen, die nichts mit Hutch Carmody zu tun hatten.

„Unbesehen?“, fragte Maggie verwundert.

„Es ist für Madison und mich genau richtig“, sagte Kendra und beruhigte sich etwas.

„Willst du nicht mal wissen, wie hoch die Miete ist?“

Kendra verdrehte sich fast den Hals, um wieder auf Joslyns Monitor zu sehen und dort nach dem Preis zu suchen. „Das wird kein Problem sein“, erklärte sie sofort.

Maggie schwieg einige Sekunden lang, wohl weil sie alles erst noch verarbeiten musste. „Also gut“, sagte sie dann. „Ich schlage vor, du kommst früher her, damit wir über den Treuhandfonds reden können, danach zeige ich dir das Haus, bevor du dich auf ein Jahr festlegst ...“

Kendra musste sich davon abhalten, etwas völlig Untypisches zu antworten, das sich in etwa so angehört hätte: Ich lege mich aber fest. Hörst du? Jetzt sofort lege ich mich fest!

„Okay“, erwiderte sie viel ruhiger und gelassener. „Aber sei bitte so gut und zeig es nicht in der Zwischenzeit noch irgendwem, okay?“

„In der Zwischenzeit?“, wiederholte Maggie und begann, vergnügt zu lachen. „Meinst du, in der nächsten halben Stunde taucht jemand hier auf und will dir das Haus wegschnappen? Entspann dich, Kendra. Wenn du das Haus haben willst, bekommst du es auch.“

„Danke.“ Kendra legte auf. Mit einem Mal war sie den Tränen nah und griff nach ihrer Handtasche, die auf ihrem Schreibtisch stand.

„Kendra“, ermahnte Joslyn sie. „Jetzt atme erst mal tief durch. Du bekommst das Haus, das ist so vorbestimmt.“

„Das", gab Kendra beiläufig zurück, während sie mit den Wagenschlüsseln in der Hand zur Tür ging, „hast du auch über Hutch und mich gesagt. Weißt du noch?"

„Oh ja", kam die prompte Erwiderung. „Und dazu stehe ich noch immer. Ich bin mir sicher, dass ihr beide früher oder später Vernunft annehmen werdet."

Kopfschüttelnd machte sie die Tür auf. „Arbeite nicht zu viel. Falls du noch da bist, wenn ich zurückkomme, spendiere ich dir ein Mittagessen im Butter Biscuit."

„Wenn ich noch ein einziges Mal im Butter Biscuit esse, werde ich endgültig aus allen Nähten platzen", erwiderte Joslyn. „Außerdem habe ich Shea versprochen, mich um ein Uhr mit ihr im Curly Burly zu treffen. Wir wollen einkaufen gehen."

Kendra nickte und ging.

Fünf Minuten später saß sie angespannt auf der Kante des Besucherstuhls in Maggies Büros. Maggie hatte sie bereits vorgewarnt, dass mehrere Termine notwendig sein würden, um ein rechtliches Konstrukt zum Schutz von Madisons finanziellen Interessen zu schaffen. Kendra hörte sich Maggies Ausführungen an, aber in Wahrheit dachte sie nur an das Haus für sich und Madison. Das war ganz und gar untypisch für sie. Normalerweise konzentrierte sie sich hundertprozentig auf die eine Sache, die im Moment am wichtigsten war, doch heute wollte ihr das einfach nicht gelingen.

Maggie, eine gut aussehende Frau mit kurzen Haaren, schelmisch funkelnden Augen und einem sehr guten Geschmack, was Kleidung anging, schüttelte nach einer Weile lachend den Kopf und legte ihren teuren Federhalter zur Seite. „Du bekommst nicht ein Wort von dem mit, was ich sage, oder?"

„Tut mir leid", seufzte Kendra. „Aber seit ich weiß, dass das Haus noch zu haben ist, bin ich ein Nervenbündel."

Maggie holte ihre Handtasche aus der Schreibtischschublade. „Dann komm mit, ich zeige es dir", gab sie nach. „Danach kommen wir hierher zurück, und vielleicht kann ich ja dann mit dir die Zahlen für Madisons Fonds durchgehen."

„Das ist eine tolle Idee“, stimmte Kendra ihr fast übermütig zu.

„Okay, gehen wir“, sagte Maggie und klimperte mit den Wagenschlüsseln.

Das Cottage war frisch gestrichen, wie Kendra beinahe gierig feststellte. Genau wie der Zaun, der um das Grundstück herum verlief. Die Blumenbeete standen in voller Blüte, und es roch nach frisch gemähtem Rasen.

Kendra konnte sich nur zu gut vorstellen, hier mit Madison zu leben.

„Ich weiß, du verkaufst das Herrenhaus“, sagte Maggie, als sie um den Wagen herumkam und sich zu ihr stellte. „Aber ich dachte, du willst stattdessen etwas Neues kaufen, nicht bloß mieten.“

„Das hatte ich auch vor“, räumte Kendra ein und betrachtete die Fassade des Hauses, die wie ein im Sonnenschein schlafendes Gesicht wirkte. „Aber ich stelle gerade fest, dass es klug ist, wenn man für Überraschungen offen bleibt.“

Lächelnd öffnete Maggie das knarrende Gartentor und erwiderte: „Wie wahr, wie wahr.“

4. KAPITEL

Als Hutch schließlich Brylee wiedersah, hielt sie sich in ihrem kleinen, aber bestens organisierten Lagerhaus am Rand von Three Trees auf, wo sie damit beschäftigt war, Kartons zu stapeln, die aus einem Lieferwagen ausgeladen wurden. In Jeans, Turnschuhen und einem blauen Pullover mit dem Logo der University of Montana darauf wirkte sie mehr wie ein Teenager als wie eine erfolgreiche Geschäftsfrau von dreißig Jahren, die eine geplatzte Hochzeit hinter sich hatte. Sie war ungeschminkt und trug ihr rostbraunes Haar sie zu einem langen, ordentlichen Zopf geflochten.

Hutchs Anwesenheit bemerkte sie nicht sofort, und er nutzte diesen Moment, um sich einen Ruck zu geben, damit er nicht noch in letzter Sekunde kehrtmachte. Dabei wünschte er sich, er würde irgendetwas für Brylee empfinden. Himmel, sie war wunderschön und reizend und intelligent. Sie würde eine wunderbare Ehefrau und Mutter sein – aber sie löste tief in seinem Inneren keine Reaktion aus, und deshalb konnte es für sie keine gemeinsame Zukunft geben.

Plötzlich hielt Brylee inne, so wie ein Reh, das mit einem Mal eine Gefahr witterte. Sie drehte sich um und entdeckte Hutch am Rolltor zum Lagerhaus. Ihre großen Augen wirkten leer und ausdruckslos, während sie ihn musterte. Er wusste, sie überlegte in diesem Moment, ob sie ihn einfach ignorieren oder lieber mit einem gezielten Schuss niederstrecken oder mit dem Gabelstapler überfahren sollte.

Brylee war temperamentvoll, starrköpfig und alles andere als ein Feigling. Sie sagte leise etwas zu ihren Mitarbeiterinnen, die Hutch anstarrten, als sei er Hannibal Lecter persönlich. Dann kam sie mit bedächtigen Schritten näher.

Ihr Unternehmen, das noch klein, aber im Wachstum begriffen war, bot die Planung von Partys für alle denkbaren Anlässe an. Außerdem verkaufte sie Heimdekor und Geschenkartikel. Sie verfügte über ein Netzwerk von Vertretern, die fünf Bundesstaaten abdeckten, und sie vertrieb ihre Produkte auch noch über einen Online-Shop.

„Hallo, Hutch.“ Sie nickte knapp in Richtung ihres Büros und ging, ohne auf ihn zu warten, voran.

Er folgte ihr, nachdem er ein „Hallo“ erwidert hatte.

Das Büro war klein und mit Möbeln aus Armeebeständen eingerichtet. Ihre kreativen Kapazitäten nutzte Brylee offenbar vorzugsweise, um Produkte auszusuchen und zu fotografieren, um ihre „unabhängigen Inneneinrichtungsberater“ zu schulen und um sich innovative Marketingstrategien zu überlegen. Hier in diesem kleinen Raum am Rand ihres Lagers kümmerte sie sich um die praktische Seite des Geschäfts.

„Ich hatte mich schon gefragt, wann du wohl auftauchen würdest“, sagte sie, nachdem sie die Tür geschlossen hatte, damit niemand mithören konnte.

„Ich wollte das eigentlich direkt machen, gleich nach … na, du weißt schon … aber da wurde mir von allen Seiten gesagt, das sei keine gute Idee“, erwiderte er. Er war an der Tür stehen geblieben. Brylee setzte sich auf die Kante ihres ramponierten stählernen Schreibtischs und verschränkte die Arme vor der Brust. In ihrem Blick lag eindeutige Skepsis vor dem, was er zu sagen hatte.

„Ich hätte dir die Mühe ersparen können, mir einen Besuch abzustatten“, gab sie zurück. Sie machte einen erschöpften, überarbeiteten Eindruck. Die dunklen Augenringe hoben sich von ihrer blassen Haut ab, doch in ihren braunen Augen blitzte dennoch ein trotziger Stolz auf. Beinahe verächtlich sagte sie: „Ich habe dir nichts zu sagen, Hutch. Jedenfalls nichts, was in irgendeiner Weise jugendfrei wäre.“

„Tja“, sagte er nach einem kurzen ironischen Lacher. „Es ist nur so, dass ich dir etwas zu sagen habe.“

Sie zog eine Augenbraue hoch und wartete ab. Inzwischen machte sie auf ihn einen gelangweilten, aber nach wie vor skeptischen Eindruck. Was will dieser Trottel wohl jetzt noch von mir? fragte sie sich vermutlich.

Hutch fuhr sich durchs Haar. Seinen Hut hatte er zwar im Wagen gelassen, aber davon abgesehen trug er seine übliche Arbeitskleidung. Die Whisper-Creek-Ranch lief mittlerweile fast wie von selbst, weil genug Personal vorhanden war und er die Arbeitsabläufe bestens organisiert hatte. Dennoch verspürte er nach wie vor den Drang, jeden Morgen noch vor Sonnenaufgang aufzustehen und sich darum zu kümmern, das Vieh zusammenzutreiben, Zäune zu reparieren und tausend andere Dinge zu tun.

Heute dagegen war er einfach nicht in der Lage gewesen, sich auf diese Routinetätigkeiten zu konzentrieren, was ihn völlig durcheinandergebracht hatte. Seine Gedanken kreisten immer nur um Kendra, wie so oft seit der geplatzten Hochzeit.

„Ich kann nicht behaupten, dass mir leidtut, was ich gemacht habe", erklärte er geradeheraus. „Wenn wir diese Zeremonie bis zum Schluss durchgezogen hätten, wäre das ein kapitaler Fehler gewesen – und zwar für uns beide."

„Ja, das hast du ziemlich deutlich gemacht", erwiderte sie gereizt. „Bist du die ganze Strecke von Whisper Creek bis hierher gefahren, nur um mir das zu sagen?"

„Nein", erwiderte er ruhig. „Ich bin hergekommen, um dir zu sagen, dass du schon noch den richtigen Mann für dich finden wirst, ganz gleich, was du jetzt auch denkst. Und wenn du ihn gefunden hast, wirst du froh sein, dass du nicht mich geheiratet hast. Du hättest dir dadurch die Chance genommen, wirklich glücklich zu werden."

„Vielleicht bin ich ja längst froh, dass ich dich nicht geheiratet habe", konterte sie schroff. „Hast du daran schon mal gedacht?"

Er grinste sie an. „Ob du es glaubst oder nicht, aber der Gedanke ist mir tatsächlich gekommen. Ich hätte dich dazu bringen müssen, mir zuzuhören, Brylee, und zwar bevor es so weit kommen konnte."

„Das war das Hochzeitskleid meiner Großmutter, das ich an dem Tag getragen habe", sagte sie nach einer kurzen Pause, ohne auf seine Bemerkung einzugehen. „Es musste ausgebessert und geändert und besonders behutsam gewaschen werden. Ich habe ein Vermögen für die Torte, die Einladungen, die Blumen und den ganzen Rest ausgegeben. Selbst mit der Hilfe meiner Freunde werde ich noch Wochen brauchen, bis alle Hochzeitsgeschenke zurückgeschickt sind.“ Sie deutete ein flüchtiges Schulterzucken an. „Aber was macht das schon? Mal gewinnt man, mal verliert man. So ist halt das Leben. Und wer braucht schon sechs Toaster?“

Tränen standen ihr in den Augen, und sie drehte sich schnell zur Seite, fest entschlossen, ihre Würde zu wahren.

„Brylee.“ Hutch wagte es nicht, einen Schritt auf sie zuzumachen, von einer tröstenden Berührung ganz zu schweigen. „Ich weiß, das hat dich verletzt. Das tut mir auch leid, mehr als alles, was ich in meinem Leben je getan habe. Ich bin bereit, für alle entstandenen Kosten aufzukommen und …“

„Ich will dein Geld nicht!“, herrschte sie ihn an und sah ihm ins Gesicht. Ein wütendes Feuer loderte in ihren Augen – ein Feuer aus Stolz und Trauer. „Um Geld ging es bei dem Ganzen nicht. Ich habe selbst genug Geld, falls dir das noch nicht aufgefallen ist!“

„Das weiß ich“, sagte er sanft.

„Und wieso bist du dann hergekommen?“, wollte sie wissen, reckte aber sogleich den Zeigefinger in die Höhe. „Warte, lass mich raten. Dein Gewissen macht dir zu schaffen, oder sollte ich besser sagen: das, was du für dein Gewissen hältst? Du willst mir sagen, dass du mir vergibst und dass wir wieder Freunde sein und so tun können, als wäre das alles nie geschehen.“ Zügig ging sie um ihn herum und riss die Bürotür auf. „Soll ich dir was sagen? Du kannst dich zum Teufel scheren, Hutch Carmody! Vielleicht interessiert der sich ja für deine kläglichen Entschuldigungen.“ Sie atmete tief ein. *„Und jetzt verschwinde!“*

„Vielleicht solltest du mal versuchen, dir alles anzuhören, was dir jemand sagen will, anstatt dir nur die Dinge herauszupicken, die du hören willst“, sagte er und rührte sich nicht von der Stelle. „Damit würdest du dir und allen anderen eine Menge Probleme ersparen.“

„Raus hier!“, fauchte sie. *„Auf der Stelle!“*

Abwehrend hob er die Hände und verließ ihr Büro. Als er die Lagerhalle durchquerte, herrschte Totenstille. Er ging unter dem Rolltor hindurch und trat in den Sonnenschein hinaus.

In diesem Moment fuhr Brylees Bruder Walker Parrish in seinem extralangen Truck vor, auf dessen Türen sein Firmenlogo prangte. Auf seiner Ranch nahe Three Trees, auf der er und Brylee aufgewachsen waren, züchtete er Rodeorinder.

Hutch blieb stehen. Zwar stand ihm nicht der Sinn nach noch mehr Vorwürfen und Anschuldigungen, aber er wollte sich auch nicht nachsagen lassen, dass er vor Walker oder sonst jemandem davongelaufen wäre.

„Na so was“, sagte Walker, als er ausgestiegen war. „Wenn das nicht der Bräutigam ist, der sich nicht traut.“

„Tut mir leid, aber ich gebe keine Autogramme“, konterte er ironisch. Er war nicht auf einen Streit aus, doch wenn Walker es darauf anlegte, dann war er jetzt an den Richtigen geraten.

Aber Walker lachte nur und schüttelte den Kopf. Hutch wusste, die Frauen fanden Brylees älteren Bruder auf seine schroffe Weise attraktiv, bislang jedoch hatte er einen großen Bogen um alles gemacht, was mit der Ehe in Zusammenhang stand. Eigentlich hätte er allein deshalb ein gewisses Verständnis für Hutch aufbringen müssen, doch das war nicht der Fall.

„Ich weiß beim besten Willen nicht, was du auf dem Grund und Boden meiner Schwester zu suchen hast“, redete Walker weiter und musterte Hutch mit zusammengekniffenen Augen.

Hutch ließ sich mit seiner Antwort Zeit. „Ich hielt es für angebracht, eine Entschuldigung anzubieten“, erwiderte er in ruhigem Tonfall. „Brylee war nicht bereit, sie anzunehmen.“

„Das hätte mich auch gewundert“, meinte Walker. „Ich fand sowieso, dass sie viel zu gut für dich ist. Auf lange Sicht hast du ihr wahrscheinlich einen Gefallen getan, die Hochzeit noch gerade eben abzusagen. Aber bei allem Verständnis hätte ich immer noch gut Lust, dir die Fresse zu polieren für alles, was sie deinetwegen durchgemacht hat.“

Zwar teilte Hutch zum größten Teil Walkers Meinung, allerdings sah er keine Veranlassung, auf seine wiederholten Bemühungen hinzuweisen, die Hochzeit schon viel früher abzusagen, nicht erst an jenem schicksalhaften Samstagnachmittag in der Kirche. Außerdem war er nach Three Trees gekommen, um sich bei Brylee zu entschuldigen, nicht bei ihrem Bruder.

„Wenn du dich mit mir prügeln willst, Walker, dann musst du das nur sagen." Der andere Mann schien über die Vor- und Nachteile nachzudenken, die Sache hier auf dem Parkplatz vor dem Lagerhaus zu regeln. Letztlich jedoch schüttelte er den Kopf. „Du bekommst schon noch die Quittung für das, was du ihr angetan hast", winkte er ab und fragte dann: „Nimmst du dieses Jahr am Rodeo teil?"

„Tue ich das nicht immer?", gab Hutch zurück. Er wusste, Walker lieferte die Stiere und die Pferde für derartige Veranstaltungen überall im Westen, darunter auch in Parable. Er war bekannt dafür, dass er Tiere züchtete, die sich fast nicht zureiten ließen.

Walker grinste hämisch. „Dann will ich doch mal hoffen, dass du den Bullen erwischst, den ich dir gönne. Der walzt wirklich alles platt."

„Ich kann's kaum erwarten", hielt Hutch amüsiert dagegen, dann trennten sich ihre Wege. Er kehrte zu seinem Wagen zurück, Walker ging ins Lager.

Als Hutch in seinem Truck saß und den Motor anließ, überlegte er, was er sich eigentlich von diesem ersten Wiedersehen mit Brylee nach dem Weltuntergang vor dem Altar versprochen hatte. Er wusste es nicht so recht, aber auf jeden Fall hatte er gehofft, einen ersten Schritt tun zu können, um irgendwann das Kriegsbeil zu begraben.

Immerhin war es ja nicht so, dass sie sich aus dem Weg gehen konnten. Zwischen Parable und Three Trees lagen gerade mal dreißig Meilen, und beide Städtchen waren eng miteinander verbunden. Also würden sie sich zwangsläufig von Zeit zu Zeit begegnen.

Seufzend fuhr er los. Vielleicht hatte Brylee ja in dem Punkt recht gehabt, dass er gar nicht hergekommen war, um sich wieder mit ihr zu vertragen, sondern dass er in erster Linie sein Gewissen hatte erleichtern wollen. Trotzdem hatte er zumindest versucht, etwas zu unternehmen, damit sie wenigstens wie zivilisierte Menschen miteinander umgehen konnten.

Vermutlich war es aber einfach noch zu früh gewesen, und nun stand er vor der Frage, ob die Wir-hassen-Hutch-Kampagnen neuen Auftrieb erfahren würden, nachdem deren Drahtzieher – Brylees Freundinnen und Angestellte – mehr oder weniger Zeugen dieser erneuten Konfrontation geworden waren.

Heutzutage hielt sich ja leider jeder für den geborenen Starreporter.

„Tja, Cowboy-Mann", sagte er leise zu sich selbst. „Du hast es so gewollt, also finde dich damit ab."

Er nahm den direkten Weg zurück nach Parable.

Und zu Kendra.

Madison war außer sich vor Freude, als Kendra sie am Nachmittag aus der Tagesstätte abholte und ihr das neue Haus zeigte, in dem sie schon bald wohnen würden. Daisy zeigte sich genauso begeistert und fing sofort an, den großen Garten hinter dem Haus zu erkunden.

Es gab zwei ziemlich großzügig bemessene Schlafzimmer und zwei vollwertige Badezimmer, außerdem einen kleinen Raum, den Kendra als Büro nutzen wollte. Die Küche war sonnendurchflutet, es gab genügend Schränke und sogar eine kleine Vorratskammer. Das Wohnzimmer wurde von dem großen, zum Baustil des Hauses passenden Kamin geprägt, und bei näherem Hinsehen konnte man im hölzernen Sims kleine Haken erkennen, an denen zu Weihnachten die Strümpfe für die Geschenke aufgehängt wurden.

Insgesamt war es schlichtweg das perfekte Haus, das nur einen Haken hatte: Sie konnte es lediglich mieten, und damit war es keine dauerhafte Unterkunft. Kendra hatte Maggie gefragt, ob sie ihr das Haus nicht verkaufen könnte, doch sie verband zu viele Kindheitserinnerungen damit, und wenn sie sich von dem Haus trennte, dann hätte sie das Gefühl, ihre eigene Vergangenheit zu verkaufen.

„Das ist mein Zimmer!“, verkündete Madison fröhlich und sah sich um. Es gab eine Sitzbank am Fenster und in die Wände integrierte Regale, der glänzende Holzfußboden hatte im Lauf der Jahrzehnte eine Patina angesetzt, die dem Haus etwas Behagliches verlieh. Die Falttüren der Wandschränke waren mit Jalousien versehen, die Deckenlampe war klein, aber kunstvoll verziert.

Daisy bellte einmal kurz, als wollte sie Madisons Erklärung unterstreichen, was Kendra mit einem Lacher kommentierte. Dann sagte sie zu beiden: „Einverstanden, das wird euer Zimmer.“

„Kriege ich auch ein Bett?“, wollte Madison daraufhin wissen.

„Natürlich“, erwiderte sie. „Wir werden zum Möbelladen drüben in Three Trees fahren, und dann kannst du dir dein Bett aussuchen.“

Three Trees hatte noch ein paar Tausend Einwohner weniger als Parable, aber dort gab es ein riesiges Outlet-Center, das Kunden aus allen Ecken von Montana anlockte. Zudem fand man dort ein Kino und eine große, gut sortierte Buchhandlung, und die Main Street war zu beiden Seiten von Geschäften gesäumt.

„Können wir das jetzt gleich machen?“, drängte Madison.

„Von mir aus gern“, antwortete Kendra, aber dann fiel ihr Blick auf Daisy. Eine Einkaufstour und eine kleine Hündin – die beiden Dinge passten nicht zusammen.

Madisons Frage betraf genau dieses Thema und war unvermeidbar gewesen. „Kann Daisy mitkommen?“

Betrübt schüttelte Kendra den Kopf. „Das wird nicht funktionieren, Süße. Aber sie ist in der Zwischenzeit in unserem Gästehaus gut aufgehoben.“

Einen Moment lang dachte Madison darüber nach, dann hellte sich ihre Miene auf. „Okay“, sagte sie. „Daisy ist bestimmt müde, weil sie den ganzen Tag mit Lucy gespielt hat. Wenn wir weg sind, kann sie schlafen."

„Gute Idee", fand Kendra und hielt ihrer Tochter eine Hand hin. „Dann komm, wir wollen gehen."

Daisy entpuppte sich als bemerkenswert kooperativ, als sie zurück in ihrem Cottage waren. Sie trank die Wasserschale zur Hälfte aus, knabberte ein paar Leckerchen und machte dann eine Runde durch den Garten, um ihr Geschäft zu erledigen. Danach legte sie sich in ihr bequemes Körbchen in der Küche, gähnte einmal von Herzen und schlief dann ein.

Kendras Kehle war wie zugeschnürt, als sie zusah, wie sich Madison neben der Hündin hinkauerte, ihr über den Kopf streichelte und ihr zuflüsterte: „Du musst keine Angst haben, okay? Mommy und ich sind wieder da, bevor es dunkel wird."

Zum x-ten Mal fragte sich Kendra, wie Madison ihr Leben bei einer Pflegefamilie nach der anderen empfunden haben musste. Hatte sie sich gut aufgehoben und geliebt gefühlt? Den Sozialarbeitern zufolge war Madison außerordentlich gut versorgt worden. Die meisten Pflegeeltern waren anständige Menschen, die großzügig genug waren, in ihrem Haus und in ihrem Herzen einen Platz für ein Kind in Not bereitzustellen.

Dennoch war Madison von einem provisorischen Zuhause zum nächsten weitergereicht worden. So viele Veränderungen in so kurzer Zeit mussten bei einem so jungen Menschen irgendwelche Spuren hinterlassen. Darüber musste Kendra immer noch nachdenken, als sie die Kleine in den Kindersitz hob und den Sicherheitsgurt anlegte. Als sie selbst auch eingestiegen war und den Motor angelassen hatte, sagte sie leise: „Ich gehe nicht weg, weißt du?" Sie versuchte, ihre Worte unbeschwert klingen zu lassen.

Als sie auf die Rodeo Road einbog, sah sie weder aus dem Augenwinkel noch im Rückspiegel nach dem riesigen Herrenhaus. Es hätte genauso gut unsichtbar sein können. Vielleicht stimmte es ja, was manche Wissenschaftler behaupteten, dass viele Dinge eigentlich gar nicht existierten, sondern erst Gestalt annahmen, wenn jemand hinsah.

„Du gehst nicht weg, aber du fährst weg", erwiderte Madison, nachdem sie eine Weile über die Worte nachgedacht hatte. „Du fährst nämlich nach Three Trees, damit wir ein Bett kaufen können!"

Kendra lachte, zwinkerte ein paar Mal, um gegen die Tränen anzukämpfen, dann galt ihre ganze Konzentration wieder der Straße.

„Das habe ich damit aber nicht gemeint, du Dummerchen."

„Meine erste Mommy ist weggegangen", sagte Madison schließlich, als könnte sie spüren, worauf Kendra anspielte.

„Ja, ich weiß", entgegnete diese sanft.

„Aber du gehst nicht weg", erklärte die Kleine dann voller Überzeugung. „Weil du nämlich *gern* meine Mommy bist."

Kendra musste wieder mit den Tränen kämpfen und sagte schniefend: „Ich liebe es, deine Mommy zu sein. Du bist das Beste, was mir jemals passiert ist. Denk immer daran, okay?"

„Okay", antwortete Madison leise. „Ein paar von den Kindern im Kindergarten haben nicht nur eine Mommy, sondern auch einen Daddy."

Die Worte lösten bei Kendra einen stechenden Schmerz aus, der ihr mitten durchs Herz ging, und berührten sie tief in ihrem Inneren. *Nicht* nur *eine Mommy*, hatte sie gesagt.

„Mein Daddy ist tot", redete Madison weiter. Es war nicht das erste Mal, dass sie diese Unterhaltung führten, aber es schien eine tröstende Wirkung auf die Kleine zu haben, wenn sie gewisse Fakten von Zeit zu Zeit wiederholte, so als würde es ihr helfen, in einer neuen, besseren Gegenwart Halt zu finden. „Er ist jetzt im Himmel."

„Ja", sagte Kendra mit belegter Stimme. Einen Moment lang spielte sie ernsthaft mit dem Gedanken, rechts ranzufahren, um sich erst einmal zu sammeln. „Aber er hat dich sehr geliebt. Deshalb hat er ja mich losgeschickt, damit ich nach dir suche."

Dafür danke ich dir wirklich, Jeffrey. Trotz allem, was sonst noch gewesen ist, bin ich dir sehr dankbar dafür, dass du Madison in mein Leben gebracht hast.

Blitzschnell kam ein neues Thema zur Sprache, als Madison ohne Vorwarnung fragte: „Ist der Cowboy-Mann auch ein Daddy von irgendjemandem?"

Diese Frage jagte den nächsten Stich durch Kendras Herz, und diesmal musste sie tatsächlich im Schatten der hundert Jahre alten Ahornbäume anhalten, um ihre Fassung zurückzuerlangen. „Ich glaube nicht", antwortete sie, nachdem sie angestrengt geschluckt hatte.

„Ich mag den Cowboy-Mann", verkündete die Kleine, es folgte eine kurze Pause, und schließlich fragte sie verwundert: „Warum hast du angehalten, Mommy?"

Kendra strich mit dem Handrücken über ihre Wangen. „Das musste ich einfach gerade machen."

„Weinst du?", wollte Madison wissen und klang beunruhigt.

„Ja", sagte Kendra, da sie es sich zum Prinzip gemacht hatte, ihrer Tochter keine Lügen zu erzählen, wenn es nicht gerade einen äußerst schwerwiegenden Grund dafür gab.

„Warum denn?"

„Weil ich glücklich bin." Es war die Wahrheit. Sie war glücklich und dankbar, sie führte ein tolles Leben.

Nur dass da diese Daddy-Sache über ihr schwebte.

Als einsames und verlorenes kleines Mädchen, das von der Großmutter bestenfalls toleriert, aber nicht geliebt worden war, hatte Kendra sich nach einem Vater mehr gesehnt als nach einem Hund oder einer Katze. Selbst heute verspürte sie noch diese Sehnsucht danach, vom Vater auf starken Schultern herumgetragen zu werden und sich dabei behütet und absolut sicher zu fühlen.

Mittlerweile war sie längst erwachsen und ohne Probleme in der Lage, ihre Tochter zu behüten und zu beschützen und gleichzeitig auf sich selbst und auch noch auf eine junge Hündin aufzupassen. Aber konnte sie für Madison Mutter und Vater zugleich sein?

Konnten sie und ihre Liebe für Madison genug sein?

„Ich weine nicht, wenn ich glücklich bin", stellte Madison

fest, als Kendra schließlich weiterfuhr. „Ich lache immer, wenn ich glücklich bin."

„Klingt vernünftig", meinte Kendra und musste selbst anfangen zu lachen.

Sie fuhren weiter nach Three Trees, parkten vor dem Möbelladen und stürmten Hand in Hand ins Geschäft. Sie wurden fast auf Anhieb fündig und entdeckten das perfekte Bett – ein besonders großes Modell aus glänzendem Messing, mit vier Pfosten, die den Rahmen für einen Stoffhimmel trugen. Dazu gehörten ein Sideboard, eine Kommode und zwei Nachttische, alle im alten französischen Stil.

Kendra bezahlte das Ensemble, das gleich am nächsten Morgen geliefert werden sollte, und ehe sie sich versahen, waren sie fast schon wieder daheim. Madison war während der Fahrt die meiste Zeit in irgendwelche Gedanken vertieft, bis sie auf einmal rief: „Mommy, wir haben vergessen, für dich auch ein Bett zu kaufen!"

„Ich habe doch schon eins", antwortete sie, während sie den Wagen neben dem Gästehaus ausrollen ließ. Sie hatte ein paar kleinere Möbelstücke ausgesucht, die in das neue Haus gebracht werden mussten, doch das meiste Mobiliar aus dem Hauptgebäude war viel zu groß und zu verspielt, um in einem schlichten Kolonialbau einen Platz zu finden. In einem der Gästezimmer stand ein großes Bett, das sie mitnehmen konnte, zusammen mit der Couch mit Blumenmuster aus dem Arbeitszimmer. Tische und Stühle aus Opals altem Apartment würden ihren Zweck erfüllen. Aber Kendra wollte auch noch Platz für Neues lassen.

Sie stellte den Motor ab und holte Madison aus dem Kindersitz, dann machten sie einen Wettlauf bis zum Cottage. Drinnen wurden sie bereits sehnsüchtig von Daisy erwartet, die zur Begrüßung aufgeregt bellte.

Kendra stellte ihre Handtasche ab, ging ins Badezimmer, um sich die Hände zu waschen, anschließend durchforstete sie den Kühlschrank nach geeigneten Zutaten für ein Abendessen. Wenig später schnitt sie Gemüse für einen Salat klein, in den sie übrig gebliebene Hühnerbrust geben würde, da hörte sie auf einmal, wie ein Wagen in die Einfahrt zum Grundstück gefahren kam. Ein Blick aus dem Küchenfenster zeigte ihr, wie soeben Hutch Carmody aus seinem Truck ausstieg.

Ihr Magen verkrampfte sich, und ihr Herz begann zu rasen, während sie die Hände an einem Spültuch abwischte. Als sie nach draußen ging, wurde sie von Daisy und Madison überholt, die eben noch in der Küche gespielt hatten und die sich nun ausgelassen auf Hutch stürzten. Er lachte über ihre Späße und hob Madison hoch, damit er sie auf seine Schultern setzen konnte. Sie klammerte sich dort oben fröhlich jauchzend an ihm fest.

Im Licht der Nachmittagssonne glänzte Hutchs Haar goldgelb, während Madisons Kopf wie von kupfernen Flammen eingerahmt war. Die Hündin lief vor Freude bellend um die beiden herum und ergänzte dieses Bild, das auf Kendra so glücklich und so natürlich wirkte, als würden diese drei zusammengehören.

„Ich war heute schon mal hier“, sagte Hutch, während er Madison von den Schultern nahm und behutsam absetzte. Kaum stand sie vor ihm, streckte sie die Arme wieder nach ihm aus, um erneut hochgenommen zu werden. „Aber ihr wart nicht zu Hause.“

Im ersten Moment konnte Kendra nichts erwidern. Sie wusste, sie würde wohl niemals den Anblick der drei vergessen, dieses Bild von unbeschreiblicher Schönheit, das wie eine Vision aus einem Paralleluniversum wirkte, in dem sie alle eine Familie sein konnten.

„Hallo, jemand zu Hause?“, fragte Hutch grinsend, als sie weiter schwieg. Er stand jetzt dicht vor ihr, so dicht, dass sie ihn hätte berühren können. Den Kopf hielt er ein wenig schräg. Gleichzeitig versuchte Madison, an seinem Bein nach oben zu klettern, bis er endlich ein Einsehen hatte und sie erneut auf seine Schultern setzte.

„Komm rein“, hörte Kendra sich sagen. Ihre Stimme klang heiser und völlig fremd.

Er nickte und folgte ihr. An der Tür ging er in die Knie, damit Madison nicht mit dem Kopf gegen den Rahmen stieß. Als er sie im Haus wieder herunterhob, schien es ihr zu genügen, sich einfach in seiner Nähe aufzuhalten.

Am kleinen Esstisch setzte er sich auf den Stuhl, den Kendra ihm anbot. Sie brachte ihm einen Kaffee – schwarz und damit so, wie er ihn am liebsten trank.

Es war schon witzig, welche Eigenheiten anderer Leute man sich einprägte. Meistens waren es die kleinen, alltäglichen Dinge, zum Beispiel wie jemand seinen Kaffee trank oder wie jemand auch nach einem schweißtreibenden Tag auf der Ranch inmitten von Rindern immer noch nach frisch gewaschener und an der Sonne getrockneter Kleidung duftete.

Kendra musste innerlich den Kopf darüber schütteln, dass sie so etwas überhaupt denken konnte. Sie schickte eine protestierende Madison ins Badezimmer, weil sie sich vor dem Essen Gesicht und Hände waschen sollte. Natürlich marschierte Daisy hinter ihrem jungen Frauchen her, schaute aber unterwegs immer wieder zu Hutch.

„Willst du zum Essen bleiben?“, fragte Kendra und hoffte, sie klang einigermaßen nachbarschaftlich.

„Nein danke“, erwiderte er ohne jede weitere Erklärung, was typisch für ihn war.

Aus dem Badezimmer hörte sie das Wasser laufen und Madison reden, die Daisy ohne Atempause vom neuen Haus und ihrem neuen Bett erzählte und überlegte, ob sie wohl am Abend vor dem Zubettgehen noch eine DVD würde anschauen dürfen.

„Weshalb bist du hier?“, fragte sie schließlich sehr verhalten und in keiner Weise fordernd. Nach den Dingen, die Madison während der Fahrt gesagt hatte, fühlte sie sich einfach emotional zu erschöpft, als dass sie jetzt noch Lust darauf gehabt hätte, auf Konfrontationskurs zu Hutch zu gehen.

Er seufzte ein wenig frustriert, während im Hintergrund noch immer Wasserrauschen und Madisons Monolog zu hören waren.

„Ich bin mir nicht ganz sicher“, antwortete er nach einer Weile, was Kendra sprachlos machte.

Sie konnte sich nicht daran erinnern, dass Hutch Carmody irgendwann einmal nicht gewusst hatte, was er wollte. Gerade er war stets die Selbstsicherheit in Person gewesen.

„Das hilft mir ja schon mal weiter“, gab sie ironisch zurück.

Madison würde jeden Moment wieder zu ihnen in die Küche kommen, und dann war nur noch eine ganz allgemein gehaltene Unterhaltung möglich.

„Joslyn hat davon erzählt, dass am Samstag ein Großreinemachen auf dem Pioneer Cemetery stattfinden soll“, begann er, nachdem nicht zu übersehen gewesen war, dass er nach irgendeinem Gesprächsthema gesucht hatte. „Anschließend wird es wie immer ein Picknick geben, und ich … na ja … ich hatte überlegt, ob du, Madison und Daisy … also … ob ihr Lust hättet, dahin zu gehen.“ Nach einer kurzen Pause und einem kräftigen Räuspern ergänzte er: „Mit mir.“

Kendra war verblüfft. Nicht, weil er sie eingeladen hatte, sondern, weil er nervös war. Hatte er Angst, sie könnte Nein sagen?

Oder fürchtete er vielmehr, sie könnte Ja sagen?

„Okay“, antwortete sie, was eine Art Kompromiss zwischen einem klaren Ja und einem deutlichen Nein war. Dabei wurde ihr bewusst, dass es ihr vor allem darum ging, seine Reaktion zu sehen.

Würde er jetzt zurückrudern?

Aber dann verblüffte er sie erneut, indem er sie strahlend anlächelte, aufstand und an ihr vorbeiging und die noch fast volle Kaffeetasse ins Spülbecken stellte. Dabei strich sein Arm an ihrem entlang. Die kurze Berührung genügte, um einen feurigen Blitz durch ihren Körper zucken zu lassen.

„Okay“, erwiderte er erfreut.

In diesem Augenblick kam Madison in die Küche und streckte Kendra die Hände hin, damit sie sich davon überzeugen konnte, dass sie tatsächlich sauber waren. Ihr Interesse galt dabei aber in erster Linie Hutch, nicht ihrer Mutter.

„Gut gemacht“, lobte Kendra sie, dann bewegte sie sich zügig in der winzigen Küche hin und her, um Teller, Besteck und Gläser herauszusuchen und auf dem Esstisch zu verteilen.

„Hast du keinen Hunger, Cowboy-Mann?“, fragte Madison prompt, als sie feststellte, dass nur für zwei gedeckt worden war.

Hutch warf Madison einen so liebevollen Blick zu, dass Kendra erneut ein Stich durchs Herz ging. „Ich kann nicht bleiben“, sagte er. „Ich muss mich um meine Pferde kümmern, die gern pünktlich ihr Futter haben möchten – so wie Menschen auch.“

Mit großen Augen sah Madison ihn an. „Du hast *Pferde*?“ Es klang so, als würde sie fragen: „Du kannst auf dem Wasser gehen?“

„Wenn ich keine Pferde hätte, wäre ich doch kein richtiger Cowboy, nicht wahr?“, gab er zurück.

Madison dachte darüber nach, dann nickte sie zustimmend. „Darf ich mal auf einem von deinen Pferden reiten? Bitte!“

„Das muss deine Mutter entscheiden“, sagte Hutch, woraufhin sie sich mit flehender Miene zu Kendra umdrehte.

„Vielleicht irgendwann“, erklärte Kendra ausweichend. Ein glattes Nein hätte sie bei diesem hoffnungsvollen Ausdruck in den Augen der Kleinen gar nicht übers Herz gebracht.

Erstaunlicherweise schien sich Madison mit dieser völlig vagen Antwort zu begnügen, da sie sich an den Tisch setzte und aufs Essen wartete.

„Dann sehen wir uns am Samstag“, sagte Hutch, fuhr einmal kurz durch Madisons Haar, kraulte den Hund und nickte Kendra zu, dann verließ er das Haus.

„Sehen wir am Samstag den Cowboy-Mann wieder?“, fragte Madison interessiert und ließ Kendra erkennen, dass die Vierjährige ihre Ohren offenbar überall hatte und alles mitbekam.

„Ja“, sagte sie, als sie die Salatschüssel in der Tischmitte platzierte und für sich und die Kleine ein Glas Milch eingoss. Daisy hatte es sich in ihrem Körbchen bequem gemacht und den Kopf auf die ausgestreckten Vorderläufe gelegt. Mit ihren hellwachen braunen Augen sah sie zwischen Kendra und Madison hin und her. „Jedes Jahr kommt die ganze Stadt zusammen, um alles für das Rodeo und die Kirmes vorzubereiten. Sehr viele Leute wollen dann auch den Friedhof sehen, und deshalb bringen wir den Pioneer Cemetery in Ordnung, damit alles ordentlich aussieht. Hutch und ich werden dabei mitmachen. Anschließend findet immer ein großes Picknick statt, und für die Kinder werden Spiele veranstaltet."

„Was denn für Spiele?", wollte Madison sofort wissen.

„Zum Beispiel Sackhüpfen", sagte Kendra lächelnd, da sie an glückliche Zeiten zurückdenken musste. „So was in der Art. Es gibt auch Preise zu gewinnen."

„Was ist Sackhüpfen?", erkundigte sich Madison, die eine ernste Miene aufgesetzt hatte.

Kendra beschrieb ihr diese Disziplin und musste dabei auch an ein anderes Spiel denken, bei dem zwei Teilnehmern die Fußknöchel zusammengebunden wurden, um zu zweit wie eine dreibeinige Kreatur zu laufen. Sie wusste noch sehr gut, wie sie und Joslyn sich darin versucht hatten und nach ein paar Schritten lachend auf dem altehrwürdigen Rasen des Friedhofs gelandet waren.

„Und es gibt auch Preise?", hakte Madison nach.

„Ja, ich habe mal eine Puppe gewonnen, der man einen echten Fotoapparat um den Hals gehängt hatte. Die habe ich übrigens immer noch."

Madison sah sie ungläubig an. „Wow", sagte sie. „Als du ein kleines Mädchen warst, gab es schon Fotoapparate?"

Kendra musste lachen. „Oh ja. Und es gab auch schon Autos und Flugzeuge und Fernseher."

Die Kleine dachte eine Weile darüber nach, so intensiv, dass Kendra fast hören konnte, wie sich die Zahnräder in ihrem Kopf drehten.

„Wow", sagte sie schließlich wieder und klang ehrfürchtig.

Nach dem Abendessen wurde Madison gebadet, dann zog sie ihren Schlafanzug an, und Kendra legte ihr im Wohnzimmer eine DVD mit einem ihrer Lieblingstrickfilme ein. Die Kleine ließ sich neben Daisy auf dem Boden nieder und legte ihren

Arm um die Hündin, als wäre sie die beste Freundin, und nach kurzer Zeit war sie völlig gebannt von der Geschichte, die im Fernsehen erzählt wurde.

Kendra war froh darüber, denn so musste sie sich nicht zum hundertsten Mal den gleichen Film ansehen, sondern konnte sich in der Küche an den Laptop setzen. Sie würde erst einmal eine Weile im Internet surfen und nach Immobilienangeboten suchen, die von den Eigentümern selbst eingestellt worden waren. Sie war eine professionelle Maklerin, und ein freundlicher Anruf konnte so manchen Eigentümer davon überzeugen, den Verkauf doch lieber von einem Profi erledigen zu lassen. Den meisten Leuten war gar nicht bewusst, was alles bei einem Verkauf zu beachten war.

Allen Absichten zum Trotz lief das Surfen aber darauf hinaus, dass sie im Internet nach Hutch Carmody zu suchen begann – und zwar in Verbindung mit dem Stichwort „Hochzeit".

Die Seite, auf die sie dabei stieß, hätte ebenso gut „Wir hassen Hutch" heißen können. Beim Anblick der Fotos und Kommentare verspürte Kendra den eigentlich völlig widersinnigen Wunsch, Hutch zu verteidigen, und das so energisch, wie sie nur konnte.

Da war Brylee zu sehen, die abservierte Braut im Hochzeitskleid ihrer Großmutter, mit gebrochenem Herzen und mörderischer Wut in ihren Augen. Sie sah Hutch, wie er zerknirscht vom Altar abgewandt dastand, die Hände erhoben, als wollte er einen Güterzug stoppen, während die Gäste ihn ungläubig anstarrten. Und ihr entging auch nicht das Foto von der Trauerfeier in der Boot Scoot Tavern mit der traurig dreinblickenden Brylee, deren T-Shirt-Aufdruck keinen Zweifel daran ließ, was sie von Männern hielt.

Pass bloß auf, meldete sich eine Stimme in Kendras Hinterkopf. Doch sie wusste, sie musste nicht auf diese Warnung hören. Was sollte am helllichten Tag auf einem Friedhof passieren, wenn Madison und Leute aus ganz Parable und Umgebung anwesend waren?

5. KAPITEL

Findest du das eigentlich nicht ein bisschen eigenartig?“, fragte Kendra an Joslyn gerichtet, als sie am Samstagmorgen Opal und einem Dutzend anderer Frauen dabei halfen, das Essen auf den Picknicktischen zu verteilen, die sie auf dem Pioneer Cemetery aufgebaut hatten. „Ich meine, wir feiern hier quasi eine Party auf einem Friedhof.“

Joslyn, die so aussah, als hätte sie Mühe, das Gleichgewicht zu wahren und nicht vornüberzukippen, lächelte sie an und ließ sich auf einer Bank nieder, während um sie herum weiter ausgelassene Stimmung herrschte. „Ich glaube, das ist genau das, was mir an Kleinstädten so gefällt“, erwiderte sie. „Die Art und Weise, wie Leben und Tod miteinander verbunden sind … beides bildet einen Kreislauf, nicht wahr? Das eine kann ohne das andere nicht existieren.“

Nachdenklich betrachtete Kendra die Umgebung und suchte nach Madison, was sie mittlerweile reflexartig in bestimmten Abständen machte. Sie entdeckte sie und Daisy, wie sie Hutch, Shea und mehreren Freundinnen des älteren Mädchens dabei half, rings um einige ältere Gräber Unkraut zu zupfen. In der Ferne machte sie den Wasserturm mit den riesigen Buchstaben aus, die den Namen „Parable“ ergaben. Die alte Leiter, die zum Tank hinaufführte, wurde von jeder neuen Generation als eine Herausforderung angesehen, der man sich stellen musste, so als würde der Turm jedem Jugendlichen zurufen: „Bezwing mich doch.“

„Vermutlich hast du recht“, sagte Kendra sehr leise, obwohl sie zugeben musste, dass ihr die eigentliche Aussage ihrer Freundin längst entfallen war. Im nächsten Moment hörte sie etwas, das nach einem erschrockenen Keuchen klang.

Als sie sich umdrehte, sah sie Joslyn dasitzen, die Hände auf ihren Bauch gedrückt, die Augen in freudiger Erwartung weit aufgerissen. „Ich glaube, es ist so weit“, flüsterte sie und sah sie mit strahlender Miene an.

„Oh, mein Gott“, rief Kendra erschrocken und legte eine Hand vor den Mund.

Opal kam zu ihnen und nahm die Situation entschlossen in die Hand. „Also, erst mal bewahren jetzt alle die Ruhe“, verkündete sie in einem Tonfall, der keine Widerworte duldete. „Auf der ganzen Welt kommen in jeder Sekunde zig Babys auf die Welt, und für dieses Baby hier wird alles gut ausgehen.“

„H...holt Slade“, brachte Joslyn heraus, die lächelte und zugleich nervös zusammenzuckte. „Bitte.“

Niemand musste sich auf die Suche nach Joslyns Ehemann begeben, er schien einen Sensor eingebaut zu haben, der auf seine Frau eingestellt war. Kendra atmete erleichtert auf, als sie ihn mit ausholenden, schnellen Schritten herbeieilen sah. Er strahlte über das ganze Gesicht, als er bei Joslyn ankam und sich vor ihr hinkniete.

„Ruhig atmen“, wies er sie an und griff nach ihren Händen.

Joslyn lachte auf, dann nickte sie und begann, tief durchzuatmen.

„Dann ist es jetzt so weit?“, fragte er mit rauer Stimme, wobei er eine unerschütterliche Ruhe ausstrahlte.

„Auf jeden Fall“, antwortete sie.

„Dann wollen wir mal.“ Slade richtete sich auf und half Joslyn beim Aufstehen, er legte einen Arm um sie und führte sie zum Parkplatz. Opal zog ihre Schürze aus und drückte sie der nächstbesten Frau in die Hand, die neben ihr stand, dann lief sie mit ihrer großen Lacklederhandtasche hinter den beiden her.

Plötzlich tauchte Shea gemeinsam mit Madison und Daisy neben Kendra auf, sie wirkte besorgt und irgendwie verloren. Kendra legte einen Arm um das junge Mädchen und drückte seine Schulter. „Es wird alles gut ausgehen“, beharrte sie. „Ganz so, wie Opal es gesagt hat.“

„Und mich haben sie darüber völlig vergessen“, beklagte sich Shea betrübt und sah ihren Stiefeltern und Opal hinterher, die sich in aller Eile zurückzogen.

„Nein, Sweetheart“, versicherte Kendra ihr hastig. „Sie sind nur völlig begeistert und vermutlich auch ein bisschen verängstigt, weil das Baby kommt.“

Shea biss sich auf die Unterlippe und schluckte angestrengt, schließlich brachte sie ein schwaches Lächeln zustande. „Mit einem Baby werde ich kaum mithalten können“, überlegte sie. „Vor allem, weil es wirklich zu ihnen gehört, aber ich nicht.“

Kendra wusste, wie sehr Shea Slade anbetete – ihre Mutter, die zugleich seine Exfrau war, hatte längst wieder geheiratet und lebte inzwischen in Los Angeles. Und sie wusste auch, dass Slade Shea genauso liebte, als wäre sie seine leibliche Tochter. Auch Joslyn liebte sie.

„Du gehörst genauso zu ihnen, Shea“, versicherte Kendra ihr. „Das darfst du nie vergessen.“

Sheas Laune schien auf Madison abgefärbt zu haben, immerhin waren beide zusammen auf dem Friedhof unterwegs gewesen, seit Kendra mit ihr und Hutch hier eingetroffen war. Die Kleine griff nach Kendras Hand und sah ihr fast schon betreten in die Augen. „Sind Babys besser als große Kinder?“, fragte sie völlig ernst.

„Babys sind etwas ganz Besonderes“, antwortete sie behutsam, „aber das sind die großen Kinder auch, die mal aus den Babys werden.“

Während sie redete, bewegte sich Hutch in ihr Blickfeld, dadurch fiel ihr etwas auf, als sie sah, wie er dem Wagen hinterherschaute, mit dem Slade und Joslyn zum Krankenhaus abfuhren. Aber *was* war das für ein Ausdruck in seinen Augen? Vielleicht Sorge? Oder Neid?

Kendra fiel ein, dass Joslyn auf der Highschool Hutchs erste große Liebe gewesen war – und umgekehrt. Fast jeder hatte damit gerechnet, dass sie spätestens nach dem College heiraten würden, doch tatsächlich hatten sie sich bis dahin zumindest aus romantischer Sicht längst auseinandergelebt. Sie waren Freunde geblieben, und sie, Kendra, war dann seine *zweite* große Liebe gewesen.

Vielleicht war das der Grund dafür, dass er nicht eingeschritten war, als sie sich auf diese letztlich zum Scheitern verurteilte Beziehung zu Jeffrey Chamberlain eingelassen hatte. Womöglich war es für ihn so leicht gewesen, sie aus seinem Leben zu streichen, weil er zu der Zeit Joslyn noch nicht überwunden hatte.

Es war sogar denkbar, dass das noch immer der Fall war, auch wenn sie längst mit seinem Halbbruder glücklich verheiratet war und in Kürze ihr erstes gemeinsames Kind zur Welt bringen würde.

Also jetzt wird es aber albern, ermahnte sich Kendra, drückte den Rücken durch und schob das Kinn vor. Und abgesehen davon – wen kümmerte es, wen Hutch Carmody liebte oder nicht liebte? Er hatte jeder Frau wehgetan, die ihm jemals wichtig gewesen war, ausgenommen Joslyn.

„Soll ich dich zum Krankenhaus fahren?"

Die Frage war von Hutch gekommen und an Shea gerichtet gewesen. Auch wenn er und Slade noch daran arbeiteten, ein gutes Verhältnis unter Brüdern zu schaffen, verstanden er und Shea sich so, wie man es von einem Onkel und seiner Nichte erwarten konnte. Sie schüttelte den Kopf und hielt Madison eine Hand hin. „Das Wettrennen auf drei Beinen fängt bald an", sagte sie zu dem kleinen Mädchen. „Willst du meine Partnerin sein?"

Madison nickte eifrig und krähte ein lautes „Ja!" dazu, damit auch ganz bestimmt keine Zweifel aufkommen konnten.

„Dann komm mit, wir sehen uns an, welche Preise es zu gewinnen gibt", sagte Shea, und dann rannten die beiden auch schon los, dicht gefolgt von Daisy und Jasper, dem Hund der Barlows.

„Slade und Joslyn ist doch hoffentlich klar", begann Kendra auf einmal, obwohl sie gar nichts hatte sagen wollen, „dass sich Shea Sorgen macht, sie könnte vielleicht nicht mehr so geliebt werden, wenn das Baby erst mal auf der Welt ist?"

Hutch, der viel näher neben ihr stand als gedacht, antwortete leise: „Slade und ich, wir haben wohl unsere Differenzen, aber der Mann lässt nichts zwischen sich und seine Familie kommen.

Die liebt er nämlich über alles." Nach einer kurzen Pause fügte er ein wenig wehmütig hinzu: „Die Eigenschaft hat er nicht von unserem Dad geerbt."

Sie hörte den Schmerz aus seinen Worten heraus und drehte sich zu ihm um.

Inmitten der Bäume, durch die der Wind wehte, der die Blätter rascheln ließ, waren sie beide praktisch allein, denn alle anderen hatten sich wieder der Arbeit gewidmet, mit der sie beschäftigt gewesen waren, bevor bei Joslyn die Wehen eingesetzt hatten. Sie stellten das Essen fürs Picknick hin, zupften Unkraut oder mähten den Rasen, um alles für das Fest vorzubereiten, das gleich nach dem Großreinemachen beginnen würde.

Hutch stand da und machte auf Kendra den Eindruck, als würde er seine Äußerung über John Carmody bereuen, aber nicht etwa, weil es nicht so gemeint gewesen wäre, sondern weil er damit mehr über sich selbst verraten hatte, als andere Leute von ihm wissen sollten – Kendra eingeschlossen.

„Erzähl mir von deinem Dad", sagte Kendra und forderte ihn so heraus. Zwar konnte sie sich noch an den älteren Carmody erinnern, aber sie hatte ihn nie richtig gekannt. Sie war noch klein gewesen, er ein Erwachsener, ein sehr zurückhaltender Mann, der sich fast schon mit religiösem Eifer nur um die Dinge kümmerte, die ihn angingen.

Hutch nahm ihre Hand, sie ließ ihn gewähren, als er sie weg von den anderen und hin zu jenen Felsbrocken führte, von denen aus man ganz Parable überblicken konnte, das in ein flaches Tal eingebettet vor ihnen lag. „Viel zu erzählen gibt es da nicht", antwortete er mit viel Verspätung. „Mein alter Herr und ich waren in so gut wie keiner Hinsicht einer Meinung, und er machte keinen Hehl daraus, dass ich seine Erwartungen nicht erfüllte."

„Aber du hast ihn geliebt, oder?"

„Ja, ich habe ihn geliebt", bestätigte Hutch, während sein Blick über die Dächer der Stadt unter ihnen wanderte. „Und ich schätze, auf seine Weise hat er mich wohl auch geliebt. Erinnerst du dich an deinen Dad, Kendra?"

Sie schüttelte den Kopf. „Er war schon nicht mehr da, als ich zur Welt kam."

So nahe sie sich früher auch gestanden hatten, war es doch erstaunlich, dass sie kaum einmal über ihre Kindheit geredet hatten. Es hatte wohl daran gelegen, dass sie voller Leidenschaft in der Gegenwart gelebt hatten. Seine Frage ließ sie an ihre Mutter Sherry denken, eine wunderschöne und exzentrische Frau, die zu flatterhaft war, um allein ein Kind großzuziehen. Von einer Sekunde auf die andere war Kendra wie eine Zeitreisende zurück in der Vergangenheit. Sie stand mitten auf dem überwucherten Platz vor dem Trailer ihrer Großmutter, mit einer Hand hielt sie Sherrys Finger umklammert, in der anderen trug sie einen kleinen Koffer mit Spielzeug.

Fünf Jahre war sie damals alt gewesen, nur ein bisschen älter, als Madison es jetzt war.

„Ich bin bald wieder da, versprochen", hörte sie Sherry so deutlich sagen, als sei seit diesem Sommertag nicht ein Vierteljahrhundert vergangen. „Du bist ein braves Mädchen und setzt dich auf die Veranda, und dann wartest du, bis Grandma von der Arbeit heimkommt. Sie wird auf dich aufpassen, bis ich herkommen und dich abholen kann."

Vielleicht hätte sie der in aller Eile in einem Secondhandladen gekaufte Koffer stutzig machen sollen, aber Kendra war noch ein Kind, das der eigenen Mutter vertraute. Es wäre ihr nie in den Sinn gekommen, dass jemand sie vorsätzlich belügen könnte.

Wahrscheinlich hatte Sherry gar nicht gewusst, dass sie ihr Lügen erzählte. Sie hatte es immer gut gemeint, es war für sie nur immer wieder schwierig gewesen, all ihre guten Absichten auch in die Tat umzusetzen.

Dann beugte sie sich vor und gab Kendra einen Kuss auf den Kopf, sie versprach, bald wieder zurückzukommen und dann für immer für sie da zu sein. Sie würden ein Haus kaufen, ein schönes Auto und einen Hund. Dann winkte Sherry ihr zum Abschied zu, stieg in ihren uralten Kombi und fuhr ab, wobei der Wagen wie immer eine riesige Wolke aus Abgasen hinter sich herzog.

Kendra setzte sich hin und wartete, da sie nie auf die Idee gekommen wäre, einfach wegzugehen oder Sherrys Wagen hinterherzulaufen.

Als ein paar Stunden später ihre Großmutter nach Hause kam, stieg sie aus ihrem Wagen aus, zündete sich eine Zigarette an und inhalierte genüsslich den Rauch. Dann durchquerte sie den Garten und blieb verdutzt stehen, als sie Kendra entdeckte.

Kendra sah in das faltige, verhärmte Gesicht ihrer Großmutter und konnte keinen Hinweis darauf entdecken, dass sie bei ihr willkommen war. „Das fehlt mir gerade noch", murmelte die alte Frau verbittert. „Ein Kind, auf das ich aufpassen darf."

Bei allem Widerwillen nahm Alva Shepherd Kendra dennoch bei sich auf. Sie gab ihr Essen und ein Dach über dem Kopf, und auch wenn es an Liebe und Spaß fehlte, störte sich Kendra nicht daran. Man konnte schließlich nicht alles haben. Und hätte Sherry sie an jenem Tag nicht dort abgesetzt, wäre Kendra vermutlich bei dem Autounfall ums Leben gekommen, der ihrer Mutter ein halbes Jahr später den Tod brachte.

Danach verhielt sich Grandma ihr gegenüber etwas netter, jedoch nicht aus Mitgefühl. Sie schien ja nicht mal um ihre eigene Tochter zu trauern, deren Tod in Grandmas Augen wohl das angemessene Ende eines vergeudeten Lebens war. Dass sich ihr Verhalten gegenüber Kendra änderte, lag einzig daran, dass sie nach Sherrys Tod monatlich von den Behörden einen Scheck zugeschickt bekam, weil sie sich nun um ihre Enkelin kümmerte. Dadurch ging es ihnen beiden etwas besser.

„Kendra?" Hutch zog an ihrer Hand und brachte sie zurück ins Jetzt und Hier.

„Es gibt zu viele kaputte Menschen auf der Welt", sprach sie den Gedanken laut aus, der ihr in diesem Moment durch den Kopf ging.

Hutch sah sie eine Weile an, schließlich stimmte er ihr mit heiserer Stimme zu: „Da hast du recht. Aber es gibt immer noch genügend gute Menschen, die dafür sorgen, dass wir auf dem richtigen Kurs bleiben."

Gelächter aus einiger Entfernung verriet ihnen, dass die Spiele begonnen hatten, was auch bedeutete, dass das Picknick eröffnet war. Ja, Hutch hatte natürlich recht. All diese Menschen hier in Parable, die zusammengekommen waren, um den Friedhof auf Vordermann zu bringen, die Kartoffelsalat und Hotdogs ausgaben und Spiele für die Kinder veranstalteten, die sich noch viele Jahre später an diese schönen Zeiten erinnern würden – sie waren der Beweis dafür, dass es auch die Guten gab.

In diesem Augenblick verspürte Kendra eine sehnsüchtige Hoffnung, dass Orte wie Parable für alle Zeit existieren würden, damit Babys zur Welt kommen und aufwachsen, als Erwachsene heiraten und ein hohes Alter erreichen konnten und dabei immer mit ihrer Vergangenheit und der ihrer Mitmenschen verbunden waren, stets Teil von etwas Größerem sein konnten und einen Platz hatten, an dem sie zu Hause waren.

So etwas wünschte sich Kendra für Madison, und diese Art von gesicherten, stabilen Verhältnissen wollte sie auch für sich selbst haben, denn ihre eigene Geschichte endete nicht bei ihrer überforderten Großmutter auf der baufälligen Veranda eines Trailers. Sie endete nicht dort, weil Opal sie in ihr Herz geschlossen hatte und weil Joslyn für sie zu der Schwester geworden war, die sie selbst nie gehabt hatte. Und nicht zu vergessen all die Menschen, für die Parable ihre Heimat war, und die Kendra ohne zu zögern in ihrer Mitte aufgenommen hatten.

Tränen standen ihr in den Augen.

„Was ist los?“, fragte Hutch, der ihre Tränen bemerkt und seine Hand an ihr Kinn gelegt hatte, um ihren Kopf zu sich zu drehen. Sein Tonfall war so sanft, dass ihr der Atem stockte.

„Ich musste nur gerade daran denken, wie vollkommen das Leben selbst dann ist, wenn es unvollkommen ist.“

Er grinste sie an. „Es ist die Mühe wert, nicht wahr?“ Er schwieg einen Moment lang, dann fragte er: „Hast du Lust, beim Dreibeinrennen mitzumachen? Ich könnte mir niemanden vorstellen, mit dem ich lieber am Knöchel zusammengeschnürt wäre.“

Lachend ging sie auf sein Angebot ein, dann stürzten sie beide sich in den Trubel.

Das Parable County Hospital war ein kleines Gebäude mit strahlend weiß gestrichenen Wänden. Die meisten Angestellten waren in einem Radius von gut fünfzig Meilen um das Krankenhaus herum geboren, daher fühlten sich die Patienten hier gut aufgehoben. Den ganzen Tag waren sie von Menschen umgeben, die sie zu ihren Freunden zählten oder mit denen sie sogar verwandt waren.

Seit dem Tod seines Vaters hatte Hutch das Krankenhaus nicht mehr betreten, aber nun gab es ein Neugeborenes zu bestaunen, das die Bevölkerungszahl um einen Zähler nach oben brachte. Die Ziffern auf der Tafel am Ortseingang waren magnetisch, damit sie jederzeit angepasst werden konnten, wenn ein Kind zur Welt kam, wenn ein Einwohner verstarb oder wenn jemand aus Parable wegzog.

Slade stand neben ihm und hatte eine Hand auf seine Schulter gelegt. Nach den Spielen, dem Picknick und der Verleihung der Preise an die Sieger hatte er Kendra, Madison und diese verrückte Hündin an ihrem neuen Zuhause abgesetzt. Dann war er nach Hause gefahren, um zu duschen, sich zu rasieren und frische Kleidung anzuziehen, ehe er sich auf den Rückweg in die Stadt machte.

„Gut gemacht, Bruder“, sagte Hutch, ohne Slade anzusehen.

Sein Bruder lachte leise. Seit sie beide sich vor das Fenster der Säuglingsstation gestellt hatten, war es ihm nicht möglich gewesen, den Blick von dem in eine blaue Decke gewickelten Säugling abzuwenden, der in einem Plastikbett lag. „Danke“, erwiderte er, „aber Joslyn hat auch ein Lob verdient. Sie hat die härteste Arbeit erledigt.“

Hutch lächelte und nickte. Das Baby war noch keinen Tag auf der Welt und sah schon John Carmody ähnlich, was im Übrigen auch für Slade galt. Vermutlich versuchte ihr alter Herr, noch aus dem Grab heraus mit dieser Welt verbunden zu bleiben.

„Wie soll er heißen?“, wollte er wissen.

„Trace“, antwortete Slade mit einem Anflug von Ehrfurcht, als könnte er sein Glück noch immer nicht so recht fassen. „Trace Carmody Barlow.“

Auf den „Carmody“-Teil war Hutch nicht gefasst gewesen. Zwar war Slade genauso ein Carmody wie Hutch, aber ihr Dad hatte ihn nicht großgezogen und ihn auch erst als seinen Sohn anerkannt, als sein Testament verlesen wurde.

Slade deutete das Schweigen seines Bruders völlig richtig. „Es ist meine Art, die Wahrheit zu sagen. Die Wahrheit darüber, wer Trace ist und wer ich bin.“

Hutch musste schlucken und nickte stumm. „Wie geht es Joslyn?“, brachte er mit Mühe heraus.

„Sie ist drauf und dran, den Jungen an sich zu nehmen und sich auf den Weg nach Windfall zu machen“, erklärte Slade amüsiert. „Opal und ich haben sie aber überstimmen können, indem wir darauf bestanden haben, dass sie zumindest heute Nacht im Krankenhaus bleibt, falls bei ihr oder dem Baby irgendwelche unerwarteten Komplikationen auftreten.“

Windfall war der Name der Ranch von Slade und Joslyn, die zu einer Seite an Hutchs Land grenzte. Slade hatte das Grundstück mit dem Verkauf seines Anteils an Whisper Creek an Hutch finanziert, wofür ihm Hutch für immer dankbar sein würde, vor allem mit Blick auf die damalige verzwickte Situation. Er war ein Teil dieser Ranch, sie war ein Teil von ihm, und wenn er die Hälfte verloren hätte, dann wäre das für ihn so gewesen, als würde man ihn selbst in zwei Teile zerschneiden.

„Du hast Kendra und ihr Mädchen heute zum Großreinemachen mitgebracht“, merkte Slade an.

Hutch sah ihm in die Augen. „Ein tolles erstes Date, wie?“, scherzte er, obwohl es in keinem Fall als ein erstes Date angesehen werden konnte, waren er und Kendra doch früher schon einmal ein Paar gewesen. „Ein Picknick auf dem Friedhof.“

„Ich habe Joslyn bei unserem ersten Date zu einer Pferdeauktion mitgenommen“, gab Slade zu bedenken. „Vielleicht liegt uns gerade so was ja im Blut.“

„Oder vielleicht auch nicht“, sagte Hutch und brachte sie beide zum Lachen. Er schüttelte Slades Hand.

„Danke, dass du hergekommen bist, um einen Blick auf den Jungen zu werfen“, sprach Slade leise.

Hutch nickte nur, verabschiedete sich wortlos und wandte sich zum Gehen, während Slade weiter vor der Scheibe stand und seinen Sohn bewunderte.

Shea und Opal standen im Korridor, als Hutch dorthin zurückkehrte, und unterhielten sich gedämpft mit der freudestrahlenden Callie Barlow.

„Du hast einen feinen kleinen Bruder bekommen“, sagte er zu Shea.

Offenbar hatte sie ihre Angst überwunden, in der Familie nicht länger im Mittelpunkt zu stehen, denn Shea lächelte ihn an und nickte zustimmend. Callie drückte ihre Stiefenkelin an sich, dabei standen ihr Tränen in den Augen.

„Er ist der Beste“, murmelte Shea.

„Meinen Glückwunsch“, sagte Hutch an Callie gewandt. Wenn er sich nicht irrte, war es das erste Mal, dass er mit der Frau redete, auch wenn er sie schon seit einer Ewigkeit kannte. Es war nicht so, dass er ihr irgendwelche Vorwürfe machte, denn er ging davon aus, dass sie seinen alten Herrn zu irgendeinem Zeitpunkt geliebt haben musste, immerhin hatte sie von ihm ein Kind bekommen. Aber Hutch erinnerte sich auch noch allzu deutlich an den Schmerz und die Wut seiner Mutter über diese Affäre. Bislang war es ihm stets so vorgekommen, er würde sich seiner Mom gegenüber illoyal verhalten, wenn er die andere Frau auch nur zur Kenntnis nahm, so verrückt das auch klingen mochte. Schließlich war sie gestorben, da war er erst zwölf gewesen.

„Danke, Hutch“, sagte Callie und wischte mit dem Handrücken ihre Tränen weg.

„Jedes Mal wenn ich dich sehe, kommst du mir noch magerer vor“, warf Opal ein, nachdem sie Hutch von Kopf bis Fuß gemustert hatte und nun eine missbilligende Miene aufsetzte. „Ich muss wohl nach Whisper Creek kommen und mich ein paar Wochen lang darum kümmern, dass du wieder was auf die Rippen kriegst. Wer hat eigentlich dein Hemd gebügelt? Ein Schimpanse?“

„Überhaupt keiner“, antwortete er grinsend und fühlte sich mit einem Mal uralt und todmüde, während er sich fragte, warum er diesen Köder geschluckt hatte, obwohl der doch so offensichtlich gewesen war. „Es ist bügelfrei.“ Erst kurz bevor er zurück in die Stadt gefahren war, hatte er das Hemd aus dem Trockner geholt und sofort angezogen.

„Es gibt überhaupt nichts Bügelfreies“, konterte Opal. „Jedes Hemd sollte gebügelt werden.“

Es schien ihm angebracht, die Unterhaltung in eine andere Richtung zu lenken. „Ich weiß dein Angebot zu schätzen, Opal. Aber Joslyn ist diejenige, die deine Hilfe jetzt wirklich gebrauchen kann.“

„Joslyns Mama ist in diesem Moment auf dem Weg nach Parable“, wehrte Opal sein Argument ab. „Sie wird sich um Joslyn und Trace kümmern, zumindest für ein bis zwei Wochen. Ich werde morgen früh mit meinem Koffer in der Hand bei dir vor der Tür stehen, also mach dich lieber schon mal darauf gefasst.“

Zwar wollte Hutch zu einer Entgegnung ansetzen, aber dann überlegte er es sich anders. Es war sinnlos, mit Opal Dennison zu diskutieren, wenn sie sich erst einmal etwas in den Kopf gesetzt hatte. Wenn sie die Kontrolle über sein Haus und womöglich auch noch über sein Leben übernehmen wollte, dann würde sie das auch tun. Sie war wie eine Naturgewalt, der man nichts entgegensetzen konnte.

Das Beste war, ihr den Weg freizumachen und abzuwarten, bis sich der von ihr aufgewirbelte Staub gelegt hatte.

„Dann bis morgen“, sagte er schließlich nur.

„Kauf auf dem Heimweg noch irgendwo Sprühstärke“, wies Opal ihn an. „Und ein vernünftiges Bügeleisen, falls du keins im Haus hast.“

Er tat so, als hätte er nichts davon mitbekommen, und ging zum Aufzug.

Die Aufzugtür ging auf, und Kendra, die gerade die Kabine verlassen wollte, sah sich Hutch gegenüber. Obwohl sie einen Großteil des Tages gemeinsam auf dem Pioneer Cemetery verbracht hatten, erschrak sie bei dieser unerwarteten Begegnung, die sie sehr nervös machte.

„Wo ist Madison?", fragte er, während er ihr Baumwollkleid betrachtete, das sie nach dem Picknick angezogen hatte. Erst dann kehrte sein Blick zurück zu ihrem Gesicht.

Sie ging um ihn herum, während sie sich vor Augen hielt, dass sie ins Krankenhaus gekommen war, um das neugeborene Baby ihrer besten Freundin zum ersten Mal zu sehen. „Unten", antwortete sie, nachdem sie geschluckt hatte. „Die Empfangsdame passt so lange auf sie auf."

„Auf dem Weg raus werde ich ihr Tag sagen", erwiderte Hutch und betrat den Aufzug, dann glitten die Türen zu, und Hutch war damit auch schon wieder weg. Kendra stand da und hatte das Gefühl, sich diese Szene, vielleicht sogar den ganzen Tag nur eingebildet zu haben.

Hatte sie tatsächlich mit ihm an diesem Dreibeinlauf teilgenommen … und verloren?

Sie drehte sich um, sah Callie, Shea und Opal beisammenstehen und gesellte sich zu ihnen.

„Wie geht's denn der frischgebackenen Mutter?", wollte sie wissen.

Shea verdrehte die Augen, ihre Wangen glühten rot, und sie strahlte völlige Begeisterung aus. „Joss würde am liebsten sofort wieder nach Hause fahren – das muss man sich mal vorstellen! Dad und Opal haben sie aber überredet, wenigstens bis morgen hierzubleiben und sich auszuruhen."

„Mit anderen Worten, es geht Joslyn gut", folgerte Kendra lächelnd.

„Es geht ihr blendend", entgegnete Callie. „Und dem kleinen Trace ebenfalls. Ach Gott, er sieht aus wie sein Daddy. Wie eine Miniaturausgabe von Slade Barlow."

„Dad schwebt im siebten Himmel", warf Shea erfreut ein.

„Hutchs Mama würde sich im Grab rumdrehen, wenn sie wüsste, dass er in aller Öffentlichkeit ein ungebügeltes Hemd trägt“, grummelte Opal und warf einen finsteren Blick in Richtung der geschlossenen Aufzugtüren. „Sie hat auf solche Dinge immer großen Wert gelegt.“

Verständnislos schaute Kendra in die Runde.

„Achte lieber nicht auf Opal“, flüsterte Shea ihr im Verschwörertonfall zu und hakte sich bei Kendra ein. „Sie leidet gerade unter einem Bügeltrauma, aber das geht vorüber.“

„Aha“, murmelte Kendra, die noch immer keine Ahnung hatte, was hier los war, die sich aber widerstandslos in Joslyns Zimmer führen ließ.

Ihre Freundin saß im Bett, ordentlich frisiert, das Gesicht ein wenig gerötet, Augen, die vor Freude zu leuchten schienen. „Hast du ihn schon gesehen?“, wollte sie aufgeregt wissen.

„Noch nicht“, erwiderte Kendra. „Ich bin vor zwei Sekunden hier angekommen.“

Dieses benommene Gefühl, als würde sie immer noch hinter sich herlaufen, ohne sich einholen zu können, hielt weiter an.

Überall standen Blumensträuße, die den kleinen Raum wie einen Garten wirken ließen – und nicht wie ein Krankenzimmer.

Joslyn strahlte. „Ich kann es gar nicht erwarten, noch ein Kind zu kriegen.“

„Langsam, langsam“, protestierte Slade, der an der Tür stand. „Wir haben dich erst vor ein paar Stunden aus dem Kreißsaal gefahren, Frau!“

„Komm lieber her und gib mir einen Kuss“, forderte sie ihren Mann auf.

Shea lachte und verzog das Gesicht, dabei sagte sie mit gespieltem Widerwillen: „Eklig!“

Inzwischen hatte Slade das Zimmer durchquert, er beugte sich über Joslyn und küsste sie auf den Mund. Es war, als wäre die Luft elektrisch geladen.

Kendra, die immer noch etwas durcheinander war, dachte

auf einmal an den Strauß aus gelben Nelken, den sie in der Hand hielt. Sie schaute sich um und fand tatsächlich noch einen Platz, an dem sie ihre Blumen in eine Vase stellen konnte.

Gleich darauf betrat eine Krankenschwester das Zimmer und brachte den kleinen Trace mit, den sie behutsam in die erwartungsvoll ausgestreckten Arme seiner Mutter legte. Der Anblick von Vater, Mutter und Kind genügte, um bei Kendra eine Woge der Begeisterung losbrechen zu lassen – aber auch einen Hauch von Neid. Dem folgte sogleich ein schlechtes Gewissen, denn sie liebte Madison so sehr, und sich in diesem Moment zu wünschen, selbst ein Kind zu bekommen ... das hatte etwas Raffgieriges an sich.

Über den Kopf des Babys hinweg sah Joslyn zu Kendra. Ihr Blick verriet, dass sie Kendras Gedanken erraten hatte, so wie es nur zwischen engen Freundinnen möglich war.

Zögerlich kam Shea ein paar Schritte näher. „Könnte ich ... könnte ich ihn auch mal halten?“, fragte sie.

Joslyn lächelte das Mädchen warmherzig an. „Ja, natürlich“, meinte sie. „Komm her, ich zeige dir, wie du den Kopf abstützen musst ...“

Es war diese kleine Geste, die genügte, damit Shea ihren Platz in der gerade erst größer gewordenen Familie wieder einnehmen konnte, und mit einem Mal waren sie zu viert. Kendra war den Tränen so nahe, dass sie beinahe aus dem Zimmer gelaufen wäre, da sie fürchtete, sie könnte zu weinen beginnen und dann von Joslyn falsch verstanden werden. „Ich besuche dich, wenn du wieder zu Hause bist“, sagte sie zu ihrer Freundin und bemerkte dabei, dass Callie und Opal hinter ihr ins Zimmer gekommen waren.

Mit einem Mal kam ihr das Zimmer unerträglich beengt vor, so als wollte es ihr das Atmen unmöglich machen. Sie brauchte schnellstens frische Luft und den freien Himmel über sich, um wieder zur Ruhe kommen zu können. Was war denn nur los mit ihr?

„Warte“, rief Joslyn unmittelbar, bevor Kendra das Zimmer

verlassen konnte. „Ich wollte dich noch etwas fragen, bevor du gehst. Etwas Wichtiges."

Langsam kehrte sie ans Krankenbett zurück, einerseits von Hoffnung, andererseits von Skepsis erfüllt, was nun wohl kommen würde. Shea, die das Baby mustergültig in den Armen hielt, machte ihr Platz in dem kleinen, gemütlichen Kreis der Familie. Slade sah sie mit fröhlichem Funkeln in den Augen an.

Aus nächster Nähe betrachtet war Trace so wunderschön, dass er sofort einen Platz in ihrem Herzen für sich beanspruchte, den er niemals wieder hergeben würde und den sie auch gar nicht zurückhaben wollte.

„Würdest du für Trace die Patentante sein?", fragte Joslyn leise und griff nach Kendras kühler und zitternder Hand.

Es war nur eine einfache Frage, und doch fühlte sich Kendra gerührt, weil sie so unerwartet gekommen war. „Ich würde mich geehrt fühlen", brachte sie schließlich mit brüchiger Stimme heraus.

Joslyn drückte ihre Hand. „Das ist schön", erklärte sie und war selbst den Tränen nahe. „Das ist wirklich schön."

Überwältigt strich Kendra einmal über Traces winzigen Kopf, dann eilte sie aus dem Krankenzimmer. Kaum war sie im Korridor, liefen ihr die Tränen in Strömen über die Wangen, und sie flüchtete sich auf die Damentoilette, um erst einmal die Fassung zurückzuerlangen.

Über das Waschbecken gebeugt spritzte sie sich Wasser ins Gesicht, ohne sich darum zu kümmern, dass sie ihre Mascara damit vollends ruinierte. Mit einem Papierhandtuch wischte sie die schwarzen Schmierer unter ihren Augen weg, atmete tief durch und straffte die Schultern, um der Welt zu zeigen, dass sie wieder bereit war, es mit ihr aufzunehmen.

Jedenfalls mit dem größten Teil der Welt.

Im Parterre saß Madison an der Empfangstheke, malte etwas auf einem Blatt Papier und genoss es, im Mittelpunkt des Geschehens zu stehen.

Kendra reagierte irritiert, als ihr klar wurde, dass Hutch

auch noch da war und sich angeregt mit der Empfangsdame namens Darcy unterhielt – einem Mädchen um die zwanzig, das ihm fasziniert an den Lippen hing und jedes seiner Worte förmlich aufzusaugen schien.

Am liebsten hätte sie sofort wieder kehrtgemacht. Sie wusste, Madison würde nicht auf ihre etwas verquollenen Augen achten, doch Hutch würden sie sofort auffallen. Zu spät. Er hatte sie gesehen und schaute sie fragend an. Ganz sicher würde er sie darauf ansprechen.

Vielleicht würde er sogar folgern, dass sie sich nicht nur maßlos für Slade und Joslyn freute, sondern dass sie sich momentan auch mit einem unerklärlichen Gefühl der Hoffnungslosigkeit herumplagte, was sie für seinen Cowboy-Charme einfach viel zu empfänglich machte.

„Vielleicht sollte ich dich und Madison in meinem Truck nach Hause fahren", schlug er vor, während er sich von der Empfangstheke abstieß und auf sie zukam. „Einer von meinen Ranchhelfern kann dann deinen Wagen abholen und zu dir bringen."

Hutchs Aufmerksamkeit war mit einem Mal voll und ganz auf Kendra gerichtet, was die Empfangsdame nicht bloß ärgerte, sondern sie am Boden zerstört zurückließ, als hätte die Sonne soeben für immer aufgehört zu scheinen.

„Mommy weint immer, wenn sie sich freut", verkündete Madison. „Das hat sie mir gesagt, als wir nach Three Trees gefahren sind, um mein Bett zu kaufen."

Hutch verzog missbilligend einen Mundwinkel. „Am Steuer zu weinen ist nicht zu empfehlen, schon gar nicht, wenn du wertvolle Fracht an Bord hast."

„Was denn für eine Fracht?", wollte die Kleine wissen.

„Ich rede von dir", sagte Hutch zu ihr, ohne den Blick von Kendras Gesicht zu nehmen.

Sein Angebot, sich von ihm nach Hause fahren zu lassen, war nichts, was sie hätte ablehnen können. Das würde sie zu einer rücksichtslosen Mutter machen, die bereit war, die Sicherheit ihrer Tochter aufs Spiel zu setzen, nur um ihren eigenen Stolz zu beschützen. Dabei war sie durchaus in der Lage, selbst ein Auto zu fahren, schließlich hatte sie keinen Alkohol getrunken.

Aus diesen und noch einigen anderen Gründen, die sich nicht so leicht erklären ließen, willigte sie ein und bedankte sich sogar noch bei ihm.

Als sie das Krankenhaus verlassen hatten, lief Hutch zu ihrem Volvo und holte den Kindersitz heraus, den er gleich darauf in seinem Truck auf der Rückbank festmachte. Seine Hände bewegten sich auf jene flinke, geschmeidige Weise, die Kendra noch gut kannte, während er Madison in den Sitz hob und den Gurt schloss, als hätte er das in seinem Leben schon Tausende Male so gemacht.

Madison gefiel es so wie jedem Mädchen in ihrem Alter, von einem Mann umsorgt zu werden, der ihr Vater hätte sein können. Doch die Freude, die Kendra bei diesem Anblick empfand, verwandelte sich mit einem Mal in Angst. Sie selbst konnte sich davon abhalten, sich in Hutch Carmody zu verlieben. Aber würde sie auch verhindern können, dass Madison sich von dieser Illusion blenden ließ?

Trotz seiner manchmal wilden Art war Hutch ein durch und durch anständiger Mann. Er kam gut mit anderen Leuten aus, vor allem mit Kindern, mit denen er auf eine einzigartige, lockere Weise reden konnte, dass sie sich fast zwangsläufig wie etwas ganz Besonderes fühlten.

Kendra musste betrübt einräumen, dass er damit kein falsches Bild von sich vermitteln wollte. Das Problem lag darin begründet, dass für Hutch jedes Kind und jede Frau etwas Besonderes waren, genauso wie jeder Hund und jedes Pferd. Sie versuchte, diese Gedanken aus ihrem Kopf zu verbannen, als sie einstieg und auf dem Beifahrersitz Platz nahm.

Wenn ich mich davon abhalten könnte, zu viel für diesen Mann zu empfinden, wird Madison ja vielleicht meinem Beispiel folgen, überlegte sie, während er sich neben sie setzte und den Motor anließ.

6. KAPITEL

Zurück zu Hause, wo sich noch immer die Umzugskartons stapelten, die sich in den letzten Tagen angesammelt hatten, wurden sie von einer ausgelassenen Daisy stürmisch begrüßt. Madison nahm Hutch an die Hand und schleifte ihn förmlich von einem Zimmer ins andere, um ihm das ganze Haus zu zeigen. Die Hündin folgte ihnen natürlich auf Schritt und Tritt und gab von Zeit zu Zeit durch ein kurzes fröhliches Bellen zu verstehen, dass sie auch noch da war.

Kendra, die von diesem emotional anstrengenden Tag wie erschlagen war, blieb in der Küche und wusch sich die Hände, während sie überlegte, ob sie jetzt noch Kaffee kochen sollte oder nicht. Wenn sie Pech hätte, läge sie die halbe Nacht wach, wohingegen Hutch noch um Mitternacht den stärksten Kaffee trinken und trotzdem fünf Minuten später tief und fest schlafen konnte.

Immerhin hatte er sie und Madison vom Krankenhaus sicher nach Hause gefahren, und die Höflichkeit verlangte es von ihr, ihm einen Kaffee anzubieten. Er war bei einigen Ereignissen dabei gewesen, an die sie und Madison noch lange zurückdenken würden. Auf sein Anraten hin hatte sie die Autoschlüssel am Empfang im Krankenhaus abgegeben, und ein paar von Hutchs Mitarbeitern waren bereits von der Whisper Creek losgefahren, um ihren Wagen abzuholen und nach Hause zu bringen.

Ja, eine Tasse war das Mindeste, was sie Hutch dafür anbieten konnte. Was das *Äußerste* sein könnte, darüber wollte sie lieber nicht nachdenken.

Aus dem Flur hörte sie Madisons Lachen und Daisys gelegentliches Bellen sowie Hutchs Kommentare zu allem Präsentierten, die meistens aus einem lobenden „Na, das ist doch was“ bestanden.

Als die kleine Gruppe schließlich in die Küche zurückkehrte, hatte Kendra für Hutch einen Kaffee fertig und für sich selbst eine Tasse Kräutertee. Die Kaffeemaschine, die sie für beides hatte benutzen können, wirkte in dieser kleineren Küche noch viel klobiger und eigentlich viel zu modern, aber sie erfüllte ihren Zweck, und nur darauf kam es an.

„Das ist wirklich etwas ganz anderes als das Herrenhaus", stellte Hutch fest, während Madison zur Hintertür rannte und ihnen über die Schulter zurief, dass Daisy ganz schnell rausmusste.

Kendra lächelte nur und hielt ihm die Kaffeetasse hin. Mit einem „Danke" nahm er ihr die Tasse ab, die in seinen großen Händen winzig klein und wie das zerbrechlichste Porzellan wirkte.

Mit einer Kopfbewegung deutete sie auf den Tisch, Hutch zog einen Stuhl zurück, wartete aber, bis sie sich hingesetzt hatte, ehe er Platz nahm. Was seine Manieren betraf, war dieser Mann auch ein Widerspruch in sich selbst. Er war in der Lage, eine Frau am Altar stehen zu lassen und ihr vor allen Freunden und Verwandten das Herz zu brechen, aber ohne Rücksicht auf das Alter hielt er jeder Frau die Tür auf.

Durch die offen stehende Fliegengittertür, deren Scharniere dringend geölt werden mussten, konnte sie Madison hören, wie sie Daisy zur Eile antrieb, damit sie zum Cowboy-Mann zurückkehren konnte.

Hutch lächelte Kendra an, sie erwiderte das Lächeln.

„Das war ja ein Tag", sagte sie und fragte sich, ob Hutch den gleichen Mix aus den unterschiedlichsten Gefühlen verspürte wie sie, was das Baby von Slade und Joslyn anging. Er freute sich für die Barlows, aber sie wusste, er selbst wollte auch Kinder haben. Damals war es eines ihrer Lieblingsthemen gewesen, wenn sie darüber geredet hatten, wie viele Kinder sie haben wollten und welches das beste zahlenmäßige Verhältnis zwischen Jungs und Mädchen war. Sogar über die Namen hatten sie sich Gedanken gemacht.

Eine erlahmende Traurigkeit überkam Kendra für einen Moment und ließ sie beinahe in Tränen ausbrechen. Sie schüttelte das Gefühl ab und hielt sich vor Augen, dass sie mit nostalgischen Überlegungen gar nichts erreichte.

„Kann man wohl sagen", erwiderte Hutch nach einer ausgedehnten Pause, eine seiner Eigenarten, die einen rasend machen konnte, weil man nie wusste, ob er nun antworten wollte oder ob man noch etwas sagen sollte. Diese bedächtige, langsame Art legte er in allen Bereichen des Lebens an den Tag, nur nicht im Bett.

Hoppla, dachte sie abrupt. In die Richtung wollen wir aber gar nicht gehen.

Dennoch begannen ihre Wangen zu glühen, was ihm natürlich nicht entging. Ihm fiel immer alles auf, was sie lieber für sich behalten hätte, während er umgekehrt genau die Dinge übersah, die er eigentlich hätte bemerken müssen.

Sie wich kurz seinem Blick aus, um diese Rückblende in Sachen Sex zu verdrängen.

Da kam Madison mit der Hündin zurück ins Haus, was Kendra dabei half, sich wieder zu entspannen, und umschwirrte Hutch wie eine Motte das Licht.

Schließlich schickte Kendra die Kleine ins Wohnzimmer, wo sie vor dem Bad und dem Zubettgehen noch eine halbe Stunde lang Zeichentrickserien schauen durfte. Es war keineswegs so, dass sie Madison loswerden wollte, vielmehr machte ihr zu schaffen, dass ihre Tochter Hutch so unverhohlen bewunderte.

Nur die Aussicht auf ihre geliebten Cartoonserien konnte Madison von dem zugegeben wirklich faszinierenden Mann ablenken, doch so richtig war sie nicht davon begeistert, das Zimmer zu verlassen. Als sie dann gegangen war, setzte Kendra zum Reden an und bereute im gleichen Moment, was sie zu Hutch in einem nahezu flehenden Flüsterton sagte: „Sieh zu, dass sie sich nicht zu sehr an dich gewöhnt, okay? Madison hat schon so viel verloren."

Er stutzte und wurde sogar für eine Sekunde bleich, aber dann hatte er sich gleich wieder gefangen und wechselte von verdutzt zu wütend. „Was soll denn das bitte schön heißen?“, fuhr er sie mit leiser und trotzdem polternder Stimme an.

Kendra atmete gedehnt aus, kniff kurz die Augen zu und rieb mit den Fingerspitzen über ihre Schläfen. „Ich wollte damit nicht sagen ...“

Ehe sie weiterreden konnte, beugte er sich auf seinem Stuhl vor und sah sie mit seinen bläulich-grünen Augen eindringlich an. „Was *wolltest* du denn sagen?“, hakte er nach.

Sie kannte diesen Blick, und sie wusste, er würde keine Ruhe geben und notfalls die ganze Nacht dasitzen, bis er eine Antwort erhielt, die er als wahre Aussage akzeptieren konnte.

„Madison ist erst vier“, sagte sie leise und bedächtig. „Sie versteht noch nicht, dass dein Charme wie Sonne und Regen ist und jeden trifft, der sich in deiner Nähe befindet. Sie glaubt, du verhältst dich speziell ihretwegen so.“ Sie überlegte, wie sie klarer zum Ausdruck bringen konnte, was ihr am Herzen lag, und redete etwas nachdrücklicher weiter: „Ich will nicht, dass sie sich zu viel von dir verspricht, Hutch. Du bist so nett zu ihr, da könnte es sein, dass sie das zu sehr auf sich bezieht und nicht versteht, dass das nur deine Art ist.“

Verärgert fuhr Hutch sich durchs Haar, seine Lippen waren fast blutleer, so fest presste er sie zusammen. „Meinst du, ich *spiele* mit den Leuten? Und mit Kindern?“, fragte er, als sei dieser Gedanke so absurd, dass er ihn nicht fassen konnte. „Meinst du, ich mache mir einen Spaß daraus, andere Leute glauben zu lassen, sie seien mir wichtig, damit ich anschließend ihre Gefühle mit Füßen treten kann?“

Kendra hob das Kinn trotzig an und sah ihm ins Gesicht. „Bei Kindern machst du das vielleicht nicht“, gestand sie ihm zu. „Aber ist es nicht so, dass du mit Frauen sehr wohl spielst? Ich finde schon, und ich bin mir sicher, Brylee Parrish ist nicht die einzige Frau, die mir bei dieser Theorie zustimmen wird.“

„Du glaubst diesen Mist, der über mich im Internet verbreitet wird?“, konterte er.

Kendra lachte nur leise, aber mit einem so verbitterten Unterton, dass sie sich über sich selbst wundern musste. „Fotos lügen nicht", sagte sie. „Und abgesehen davon reicht das viel weiter zurück als nur bis zu diesen Beschimpfungen im Internet. Oder hast du schon vergessen, dass ich auch eine von den Frauen bin, denen du das Herz gebrochen hast?"

Er sah sie an, als könnte er nicht fassen, was er da zu hören bekam. „Vielleicht hast du ja vergessen, dass es zwischen uns gut lief, bis du auf einmal auf die Idee kamst, Lady Chamberlain zu werden."

„So war das überhaupt nicht!", zischte sie ihm zu.

„Ja, geh ruhig hin und schreib die Vergangenheit so um, dass sie dir passt", knurrte Hutch, rutschte mit dem Stuhl nach hinten und stand auf. Seine nur zur Hälfte ausgetrunkene Tasse Kaffee war vergessen. Er bewegte sich so leise, dass die Stuhlbeine kaum über den Fußboden kratzten, doch sein ganzer Körper stand vor unterdrückter Wut unter Spannung. Als er vor ihr stand, legte er die Hände an die Hüften, sah sie an und fügte schließlich hinzu: „Tatsache ist, Sweetheart, dass *ich* von *dir* verlassen wurde."

In diesem Moment klopfte jemand an die Tür, und durch das Fliegengitter war ein Mann zu sehen. „Wir haben den Wagen hergebracht", sagte er und hielt den Schlüssel hoch.

Hutch stürmte aus der Küche und riss die Fliegengittertür auf, um zu seinem Wagen zu gehen. Von dem anderen Mann nahm er nicht mal Notiz.

Der Ranchhelfer sah ihm verwundert nach, dann hielt er den Schlüsselbund Kendra hin, die Hutch bis zur Türschwelle gefolgt war, aber nicht die Absicht hatte, ihm nachzulaufen. All die Dinge, die sie Hutch an den Kopf werfen wollte, bildeten zusammen einen Kloß, der ihr schmerzhaft im Hals steckte. Nur mit Mühe hatte sie sich davon abhalten können, ihm alles zu sagen … oder besser gesagt: ihn anzuschreien.

„Danke", sagte sie leise und nahm den Schlüsselbund entgegen.

„Gern geschehen“, erwiderte der Cowboy mit dem wettergegerbten Gesicht und zog kurz an seiner Hutkrempe. Ein spitzbübisches Funkeln blitzte in seinen Augen auf. „Das ist wohl jetzt nicht die richtige Gelegenheit, um den Boss nach einer Gehaltserhöhung zu fragen.“

„Da dürften Sie recht haben“, stimmte Kendra ihm lächelnd zu.

Hutch ließ den Motor an und trat das Gaspedal einmal kräftig durch, dann fuhr er los. Kendra und der andere Mann zuckten leicht zusammen, als die Reifen auf dem Asphalt durchdrehten und dabei zu kreischen schienen. Der Cowboy schüttelte ungläubig den Kopf und ging zu dem anderen Truck, der an der Einfahrt wartete, um ihn zurück zur Whisper Creek zu bringen.

Kendra winkte den Männern nach, dann schloss sie die Fliegengittertür und die Haustür, drehte sich um und sah ihre Tochter, die mit Daisy an ihrer Seite dastand und sie mit geneigtem Kopf irritiert anschaute.

Bei diesem Anblick musste Kendra unwillkürlich lächeln, auch wenn sie immer noch eine rasende Wut auf Hutch verspürte.

„Der Cowboy-Mann hat nicht auf Wiedersehen gesagt“, stellte Madison verunsichert fest. Sie schien kurz davor zu sein, in Tränen auszubrechen.

Das war jetzt eine von diesen Ausnahmesituationen, die eine Lüge als Antwort rechtfertigten, fand Kendra. „Weißt du, Mr Carmody hatte es sehr eilig, aber er hat mich gebeten, dir von ihm auf Wiedersehen zu sagen. Er hat auch gesagt, dass es ihm leidtut, dass er so plötzlich gehen musste.“

Aber Madison war zu aufgeweckt, als dass sie sich so leicht etwas vormachen ließe. Sie machte eine skeptische Miene, schien aber die Lüge zu akzeptieren – bis sie auf einmal erklärte: „Ich habe wütende Stimmen gehört.“

Und dabei waren Kendra und Hutch so sehr darauf bedacht gewesen, sich gegenseitig nicht anzuschreien, auch wenn ihr der Sinn danach gestanden hätte, und Hutch wahrscheinlich auch. Madison hatte von dem eigentlichen Wortwechsel nichts mitbekommen, aber sie musste die gereizte Atmosphäre gespürt haben.

„Es wird Zeit für dein Bad und für eine Gutenachtgeschichte", sagte Kendra und vermied es, auf Madisons Bemerkung einzugehen. Wie konnte Hutch es nur wagen zu behaupten, dass sie ihn verlassen hatte? Er war doch derjenige gewesen, der sie Jeffrey förmlich aufgedrängt hatte, um dann zufrieden seines Weges zu gehen.

„Man soll zu Leuten nett sein", ermahnte Madison sie. „Das sagst du mir immer."

Sanft legte Kendra eine Hand an den Rücken ihrer Tochter und dirigierte sie durch den Flur in Richtung Badezimmer. Bei jedem Schritt spürte sie, wie das Kind sich ihr ein wenig widersetzte.

„Aber wir haben noch nicht zu Abend gegessen", protestierte Madison schließlich.

Tatsächlich! Kendra stutzte, als ihr klar wurde, dass sie das Abendessen völlig vergessen hatte. „Ja, du hast recht", erwiderte sie und ärgerte sich über sich selbst, dass ihr so etwas hatte passieren können. „Weißt du was? Wir füttern jetzt erst mal Daisy, und wenn du gebadet hast, mache ich für uns Sandwiches mit Grillkäse. Was hältst du davon?"

Madison sah sie an, und dann nahm ihr Gesicht einen sanfteren Zug an. „Ich mag Grillkäse", erklärte sie.

„Ich auch", stimmte Kendra ihr lächelnd zu.

Während Madison sich unter den wachsamen Blicken von Daisy auszog, ließ Kendra das Badewasser mit einem Schuss Schaum ein. Dann kletterte die Kleine in die Wanne, während die Hündin den Kopf auf den Wannenrand legte und ihr kleines Frauchen aufmerksam beobachtete.

„Darf Daisy auch in die Wanne?", fragte Madison, während sie nach ihrem rosa Schwamm und dem Stück Seife in Form einer Ente griff.

„Nicht heute Abend, Süße“, sagte Kendra, was ihrer Meinung nach besser klang als ein absolutes Nein.

Madison seufzte einmal leise, dann begann sie, sich einzuseifen, was sie schon perfekt allein erledigen konnte. Ein paar Minuten später rief sie fröhlich: „Ich bin jetzt sauber, Mommy!“

Lächelnd gab Kendra ihr einen Kuss und griff nach dem Handtuch, während sie das Ziehen zu ignorieren versuchte, das den Teil ihres Herzens betraf, den Hutch noch immer für sich beanspruchte.

Hutch hatte schon immer die Fähigkeit besessen, alles Ärgerliche von sich abprallen zu lassen, weil es stets notwendig gewesen war. Doch was Kendra ihm vorgeworfen hatte, das schrie förmlich nach einer Erwiderung. Er war so wütend, dass er sich mit jedermann aus jedem beliebigen Grund angelegt hätte.

Als er im Rückspiegel sah, wie kurz vor der Einfahrt zur Whisper-Creek-Ranch die Blaulichter von Boones Streifenwagen aufblitzten, freute es ihn, am den Straßenrand anzuhalten.

„Was ist los?“, herrschte er Boone durch das offene Beifahrerfenster an, als der sich dem Wagen näherte.

„Musst du irgendwo einen Großbrand löschen?“, gab Boone zurück. „Da hinten gilt fünfunddreißig, aber du warst mit fünfzig unterwegs.“

Hutch fluchte innerlich und hielt das Lenkrad noch fester umfasst. „Tut mir leid“, behauptete er und sah nach vorn auf den Feldweg, der sich durch die Landschaft wand, bis er auf den Highway traf, der bis nach Idaho und Washington führte. Im Moment hätte er gute Lust, dieser Straße bis zum Pazifik zu folgen.

„Sieh mich an, Hutch“, forderte der Sheriff ihn auf.

Hutch drehte sich zu ihm um und sah Boone an. „Schreib mir den Strafzettel, und dann ist gut“, knurrte er.

„Hm, wer hat dir denn heute Morgen in deine Cornflakes gespuckt?“ Boone stützte sich mit verschränkten Armen auf der Tür ab und musterte Hutch aufmerksam.

„Ich hab im Moment viel um die Ohren“, gab er zurück. „Okay?“

Seufzend fuhr sich Boone durchs Haar. „Das weiß ich. Trotzdem kann ich nicht zulassen, dass du durch meinen County rast, weißt du? Sonst sagen die Leute demnächst, dass ich die Augen zudrücke, wenn meine Freunde gegen das Gesetz verstoßen. Aber das kann ich mir nicht erlauben, Hutch, und das weißt du.“

„Dann schreib endlich den Strafzettel!“, wiederholte er ungehalten. Er wollte endlich weiterfahren, er wollte sich von der Stelle bewegen, er wollte sich auf sein Pferd setzen und so schnell übers Land reiten, wie es nur ging. Er wollte den Big Sky Mountain zu Fuß besteigen. Hauptsache, er musste nicht an einem Punkt verharren.

„Wie du willst.“ Boone zog seinen Block heraus, schrieb einen Strafzettel aus und reichte ihn Hutch durchs Fenster. Der riss ihm den Zettel aus der Hand und konnte sich nur mit Mühe davon abhalten, ihn zu zerknüllen und gleich wieder aus dem Fenster zu werfen.

„Danke“, sagte er und warf Boone einen wütenden Blick zu.

Der musste lachen. „Ich würde ja ‚Gern geschehen‘ sagen, aber das wäre gelogen.“ Er ließ Hutch nach wie vor nicht aus den Augen. „Ich bin nicht im Dienst und eigentlich auf dem Weg nach Hause, jedenfalls war ich das bis zu dem Moment, als du wie ein Irrer an mir vorbeigeschossen bist. Was hältst du davon, wenn du hinter mir herfährst? Dann trinken wir bei mir ein paar Bier und bemitleiden uns gegenseitig.“

Hutch musste lachen, und obwohl er es eigentlich nicht wollte, willigte er zähneknirschend ein. „Also gut“, brummte er. „Solange du mich nicht erst mit Alkohol abfüllst und mich dann anhältst, weil ich was getrunken habe.“

„Darauf gebe ich dir mein Wort“, versprach Boone grinsend. „Wir sehen uns gleich bei mir.“ Dann kehrte er zu seinem Streifenwagen zurück, dessen Blaulicht noch immer eingeschaltet war, was ein paar vorbeikommende Autofahrer zum Gaffen veranlasste.

Boones Grundstück lag am anderen Ende von Parable, eine Seite grenzte an den Fluss, eine andere stieg sanft an und ging allmählich in die Ausläufer der Berge über. Doch trotz der erstklassigen Lage sah es dort aus, als würde der Eigentümer schwere Zeiten durchmachen. Der große Trailer bot einen scheußlichen Anblick, ringsum standen ein paar ausgeschlachtete Schrottautos im hohen Gras. Am Trailer war überall Rost zu entdecken, die behelfsmäßige Veranda war in der Mitte eingesunken. Davor stand eine alte Toilette, aus der ein paar vertrocknete Blumen ragten. Boone und seine Frau Corrie – die niemals ein Toilettenbecken im Vorgarten geduldet hätte – waren sich einig gewesen, nur so lange im Trailer zu leben, bis ihr bescheidenes Traumhaus errichtet war, doch als Corrie dann vor ein paar Jahren an Brustkrebs starb, schien Boones Leben komplett zum Stillstand gekommen zu sein.

Hätte er einen Hund gehabt, dann hätte er ihn weggegeben, davon waren die Leute überzeugt. Immerhin hatte er seine beiden kleinen Söhne Griffin und Fletcher zu seiner Schwester nach Missoula geschickt, weil er meinte, sie seien dort besser aufgehoben. Die Bewerbung für den Posten des Sheriffs, der frei geworden war, weil Slade sich nicht hatte wiederwählen lassen wollen, war das erste echte Lebenszeichen gewesen, das Boone nach Corries Beisetzung von sich gegeben hatte. Allgemein war man davon ausgegangen, dass er sich nun endlich wieder in den Griff bekam und seine Jungs nach Parable holte, wo sie hingehörten.

Hutch stellte seinen Truck hinter dem Streifenwagen ab und verspürte Mitleid mit seinem alten Freund. Boone hatte Corrie von der ersten Schulklasse an geliebt, und in gewisser Weise war es so, als hätte er sich nach ihrem Tod einfach aufgegeben und wäre zu ihr ins Grab gekrochen.

„Ich könnte schwören, dass es hier jedes Mal ein bisschen übler aussieht als davor“, stellte Hutch beim Aussteigen fest. Er hätte von zwei aufgeweckten Jungs begrüßt werden sollen, die Abend für Abend darauf warteten, dass ihr Dad von der Arbeit heimkam. Und von einem Hund, der erfreut bellte, vielleicht auch von einer Frau, die auf der Veranda stand und nach ihm Ausschau hielt.

Doch nichts davon entsprach der Realität, und die war so totenstill wie ein Friedhof.

„Du hörst dich schon an wie diese Hühnerfarmerin", gab Boone ironisch zurück und deutete mit dem Daumen über die Schulter in Richtung des Nachbargrundstücks, auf dem sich im letzten Jahr Tara Kendall niedergelassen hatte. „Sie sagt, von meinem Trailer kriegt man Augenschmerzen."

Hutch musste grinsen. „Da liegt sie gar nicht so verkehrt." Um es nicht zu übertreiben, wechselte er das Thema. „Wie geht es den Jungs?"

Auf dem Weg zur eingesunkenen Veranda drehte Boone den Kopf zu ihm um. „Sie sind bei ihrer Tante und ihrem Onkel und dem ganzen Rest gut aufgehoben. Fang jetzt also nicht damit an."

Im Spaß hob er abwehrend die Hände. „Von mir bekommst du garantiert keine Beziehungsratschläge zu hören", sagte er zu seinem ältesten und engsten Freund. „Momentan gehöre ich zu den zehn unbeliebtesten Männern der USA, da bin ich bestimmt nicht in der Position, irgendwem irgendwas zu empfehlen."

„Da hast du recht", grummelte Boone. „Du bist auch völlig zu Recht einer von den zehn Unbeliebtesten. Ich habe schon immer gewusst, dass deine Frauengeschichten dir eines Tages noch eine Menge Unannehmlichkeiten bereiten würden."

Lachend folgte Hutch ihm in den Trailer. Boone sagte immer, was er dachte, aber gefallen musste das niemandem.

Im Trailer selbst war alles halbwegs sauber, aber es war recht düster und roch nach dem Leben eines Junggesellen – nasse Kleidung, die zu lange in der Waschmaschine gelegen hatte, Müll, der dringend nach draußen in die Tonne gebracht werden musste, ein Karton mit den Überresten der Pizza von gestern Abend.

Boone machte den Kühlschrank auf und holte zwei Dosen Bier heraus, eine reichte er Hutch, die andere öffnete er und trank erst einen großen Schluck. Dann verließ er den Trailer und setzte sich auf einen der klapprigen Gartenstühle auf der armseligen Veranda.

Hutch nahm neben ihm Platz, betrachtete das, was als Vorgarten durchgehen sollte, und sagte schließlich: „Alter Freund, du brauchst eine Frau. Und das ist erst der Anfang."

„Du brauchst selbst eine Frau", konterte Boone. „Aber du bringst sie alle dazu, vor dir davonzulaufen."

Ohne auf die spitze Bemerkung zu reagieren, trank Hutch einen Schluck Bier und sagte: „Slade ist jetzt Vater. Kannst du dir das vorstellen?"

„Ja, das kann ich tatsächlich", antwortete Boone. Die drei waren seit Langem eng befreundet. Während Slade und Hutch sich vor dem Tod ihres Vaters nicht verstanden hatten, war Boone mit ihnen beiden über Jahre hinweg eng befreundet gewesen. „Slade hatte Joslyn nur einmal gesehen, und da war es bereits um ihn geschehen. Ich sage dir, in Kürze werden die einen ganzen Stall voller kleiner Barlows zu Hause haben."

Auch wenn Hutch darüber amüsiert lachen musste, hatten seine Gedanken dennoch eine düstere Richtung eingeschlagen. „Ich schätze, ihnen gefällt die Methode, die Babys nach sich zieht", meinte er. Nach einer Pause und einem weiteren Schluck Bier fragte er: „Was glaubst du, was hat Slade, das uns beiden fehlt?"

Boone tat gar nicht erst so, als hätte er die Frage nicht verstanden, dennoch ließ er sich Zeit mit seiner Antwort. „Ich geb das nicht gerne zu", erwiderte er schließlich. „Aber ich glaube, es ist das gute alte Rückgrat. Slade hat keine Angst davor, sein Herz einzusetzen und zu riskieren, dass darauf herumgetrampelt wird. Wir beide dagegen sind nur ein paar elende Feiglinge."

Eine Weile dachte Hutch darüber nach. Es war nicht gerade einfach, solche Tatsachen zu akzeptieren. Er fürchtete sich vor nichts, außer davor, am Wasserturm in der Stadt hochzuklettern, und davor, einen Teil seiner Ranch an eine rachsüchtige Exfrau abzugeben. Dennoch musste er einräumen, dass Boones Überlegungen nicht völlig aus der Luft gegriffen waren. Deshalb fühlte er sich auch nicht beleidigt. „Was macht dir am meisten Angst, Boone?“

Der sah eine Zeit lang schweigend zum Horizont und dachte darüber nach, was er antworten sollte. „Eine Frau so zu lieben, wie ich Corrie geliebt habe. Und sie dann so zu verlieren, wie ich Corrie verloren habe. Ich glaube, das würde ich nicht ertragen, Hutch.“

Eine Weile sprachen sie kein Wort, sondern saßen nur da mit der Bierdose in der Hand, während ihr Blick in die Vergangenheit gerichtet war.

„Deine Jungs werden größer, Boone“, wagte Hutch irgendwann einen erneuten Vorstoß. „Sie brauchen dich.“

„Sie brauchen das, was sie haben“, gab Boone gereizt zurück. Seine Finger zitterten, so als müsste er sich mit Gewalt davon abhalten, die Bierdose zu zerquetschen. „Sie brauchen ein normales Leben in einer normalen Familie, und das haben sie.“ Er hielt inne, fluchte leise und schüttelte den Kopf. „Verdammt, Hutch, du weißt, ich kann mich nicht so um sie kümmern, wie Molly das macht.“

Hutch verkniff sich die offensichtliche Erwiderung darauf – dass Boone sich zusammenreißen sollte und dass er dann wie Millionen andere alleinerziehende Väter seine beiden Jungs bei sich großziehen konnte. Aber woher sollte er sich das Recht nehmen, einem anderen zu sagen, dass der sich zusammenreißen sollte.

Auf ihn warteten zu Hause auch keine Kinder und keine Ehefrau.

Und seit Jasper bei Slade untergebracht war, hatte er ja nicht mal einen Hund.

Aus irgendeinem Grund verzichtete Boone darauf, ihn auf diese Tatsache hinzuweisen, aber das hieß noch lange nicht, dass er die Unterhaltung deswegen auch in eine andere Richtung lenken würde.

Aber das war nur fair, schließlich hatte Hutch dieses Thema ja auch angefangen.

„Brylees Freundinnen machen im Internet ja ziemlich viel Wirbel“, sagte Boone nach einiger Zeit.

Hutch verkniff sich einen Seufzer und trank stattdessen noch einen Schluck Bier. „Ich bin ein Opfer des digitalen Zeitalters geworden“, erwiderte er todernst.

Das brachte Boone zum Lachen. „Und so unschuldig wie frisch gefallener Schnee bist du auch noch“, fügte er dann an. So wie Slade vor ihm trug Boone nur selten seine Uniform, sondern war meistens so unterwegs wie jeder beliebige Rancher in Montana, nämlich in Jeans, Stiefeln und Hemd im Westernschnitt. Er öffnete die obersten beiden Hemdknöpfe und atmete durch, als hätte ihm der Kragen die Luft genommen. „Du und ich“, sagte er, „wir scheinen dafür bestimmt zu sein, als alte Junggesellen zu enden.“

In dem Moment musste er an Kendra denken, wie sie bei ihm zu Hause in der Küche stand und das Abendessen zubereitete. Und er sah Madison und sogar die Hündin Daisy, die ihm beide entgegengelaufen kamen, um ihn zu begrüßen, wenn er nach Hause kam und aus seinem Truck ausstieg oder von seinem Pferd absaß.

„Ich glaube, es gibt Schlimmeres“, meinte Hutch, auch wenn er das Gefühl hatte, dass seine Kehle mit einem Mal zugeschnürt war.

„Zum Beispiel?“, fragte Boone nachdenklich. Vermutlich dachte er gerade an glücklichere Tage und verglich sie mit dem, was er jetzt hatte.

„Zum Beispiel mit der verkehrten Frau verheiratet zu sein“, antwortete er finster.

Boone seufzte, trank sein Bier aus und starrte auf die leere Dose. „Dazu kann ich nichts sagen.“ Auch wenn ihn seine Stimme nicht im Stich ließ, war dennoch deutlich, was er damit sagen wollte: dass er mit der richtigen Frau verheiratet gewesen war.

Hutch trank ebenfalls aus und stand auf. Er hatte daheim noch Arbeit zu erledigen, und die Leere würde ihn den ganzen Abend über erwarten, selbst wenn er die Heimkehr noch so lange hinauszögerte. Da konnte er das Ganze auch jetzt hinter sich bringen, dann hatte er wenigstens Ruhe. „Wir beide sind schon ein Paar“, sagte er und warf die Dose in eine Schubkarre, die kaum noch Platz für weitere Dosen aufwies. Die Schubkarre stand in etwa an der Stelle, an der Corrie früher große Pflanzkübel aufgestellt hatte.

Auch Boone erhob sich von seinem Platz. Er versuchte zu grinsen, doch das wollte ihm nicht gelingen. „Hast du dich dieses Jahr fürs Bullenreiten eingetragen?“, fragte er mit Blick auf das anstehende Rodeo. Der 4. Juli fiel in diesem Jahr auf einen Samstag, was für die meisten Leute ein Glücksfall war, allerdings nicht für Boone, der sicher einige ehemalige Deputys aus dem Ruhestand zurückholen musste, damit sichergestellt war, dass in Parable County alles friedlich blieb.

„Natürlich“, gab Hutch zurück, der mit einem Mal wieder ein wenig gereizt war. „Walker Parrish hat mir den schlimmsten Bullen auf Gottes Erdboden versprochen.“

„Das kann ich mir gut vorstellen“, merkte Boone amüsiert an und warf seine Dose in Richtung der Schubkarre, verfehlte sie aber um mindestens einen Meter. „Wenn du an der Reihe bist, werden wohl ein paar Zuschauer darauf hoffen, dass der Stier gewinnt.“

Hutch öffnete die Tür seines Trucks. Die Dämmerung stieg am Horizont auf und breitete sich immer schneller aus. Seine Pferde fragten sich bestimmt schon, wann sie denn wohl endlich ihre abendliche Ration Heu und Getreide bekämen. „So wie jedes Jahr“, wiegelte er ab. „Irgendwer ist *immer* für den Bullen.“

„Denk mal drüber nach“, meinte Boone und klang völlig ernst. Ausgerechnet der Mann, der seine Söhne bei Verwandten einquartiert hatte, auch wenn er sie noch so sehr liebte, und der Mann, der das Unkraut auf seinem Grundstück so in die Höhe schießen ließ, dass es irgendwann seinen Trailer verschlucken würde.

„Worüber soll ich nachdenken?", fragte er und blieb stehen.

„Über das Leben. Die Menschen. Darüber, wie einem die Zeit davonlaufen kann und man sich auf einmal in einem Pflegeheim wiederfindet, ohne Hoffnung darauf, dass sich irgendjemand die Mühe machen wird, einem einen Besuch abzustatten."

„Ich will verdammt sein, wenn du nicht dümmer bist als der nächstbeste Zaunpfosten", sagte Hutch, ging weiter und stieg in seinen Truck ein.

„Wenigstens kenne ich meine Grenzen", rief Boone ihm nach.

„Danke für das Bier", erwiderte Hutch missgelaunt und schlug die Wagentür zu. Dann fuhr er los, allerdings viel langsamer, als es ihm eigentlich lieb gewesen wäre. Aber Boone hatte ihn heute schon einmal wegen einer Geschwindigkeitsübertretung belangt, und das genügte ihm vollauf.

Als er Whisper Creek erreichte, hatte er sich wieder ein wenig beruhigt. Aber Boones Bemerkung, sie seien beide Feiglinge, versetzte ihm nach wie vor einen Stich, als hätte er in Stacheldraht gegriffen.

Neben seinem Haus stand ein ihm bekannter, vorsintflutlicher Kombi. Opal war früher als erwartet eingetroffen, wurde ihm beim Anblick des Wagens bewusst. Er murmelte etwas vor sich hin, stieg aus seinem Wagen aus und ging direkt in den Stall, wo er sich fast eine Stunde lang um seine Pferde kümmerte. Es war bereits dunkel, als er wieder nach draußen kam. In der Küche brannte Licht, das den Hof in einen angenehmen goldenen Schein tauchte.

Als er das Haus betrat, nickte er Opal zum Gruß zu, fragte sie aber nicht, was zum Teufel sie in seiner Küche machte. Immerhin wusste er es ja längst, weil er riechen konnte, dass sie für ihn Brathähnchen im Country-Stil zubereitete. Es war ein himmlisches Aroma.

„Geh dich erst mal waschen, bevor du dich an den Tisch setzt“, forderte Opal ihn auf, zog die Bänder ihrer Schürze fester und musterte ihn durch ihre dicken Brillengläser.

„Das mache ich üblicherweise so“, gab Hutch beiläufig zurück und stellte sich an die Spüle, drehte den Wasserhahn auf und griff nach der harten orangefarbenen Seife, von der dort immer ein Stück lag.

„Sieh dir nur diese Stiefel an“, schimpfte Opal auf ihre sonderbare Art, die schroff und liebevoll zugleich war und die für jene Leute bestimmt war, deren Verhalten von ihr auf den rechten Weg gebracht werden musste. „Ich wette, an den Sohlen klebt noch jede Menge Pferdemist.“

Hutch seufzte leise. Er hatte die Stiefel draußen vor der Tür gründlich abgetreten, so wie er es auch gelernt hatte, als er damit *begonnen* hatte, Stiefel zu tragen.

„Wenn du jetzt hier bist“, konterte er, „wer nörgelt dann an Slade Barlow herum?“

„Sheas Mama ist früher angekommen“, antwortete sie und spießte mit einer Fleischgabel Hähnchenteile auf, um sie auf einem großen Teller anzuordnen. „Da dachte ich mir, ich kann auch eher damit anfangen, hier alles in Ordnung zu bringen.“

Hutch trocknete seine Hände ab, dann drehte er sich zu ihr um und räumte grinsend ein: „Mit dem Abendessen da hast du auf jeden Fall schon mal einen guten Anfang gemacht.“

Sie lachte und redete weiter: „Dazu gibt es Kartoffelpüree und Soße, außerdem grüne Bohnen mit Speck und Zwiebeln. Und jetzt setz dich hin, Hutch Carmody. Auf dich wartet die erste ausgewogene Mahlzeit seit einer halben Ewigkeit.“

Er wartete, bis alle Speisen auf dem Tisch standen und Opal sich gesetzt hatte. Erst dann nahm er auch Platz. Voller Ironie dachte er daran, dass er sich vor gar nicht so langer Zeit genau dieses Szenario vorgestellt hatte.

Nur, dass da eine andere Frau am Tisch gesessen hatte.

7. KAPITEL

Als Kendra am nächsten Morgen das Herrenhaus an der Rodeo Road betrat, kam es ihr seltsam leer vor, obwohl der größte Teil der Möbel noch immer an seinem Platz stand und die Handwerker hier und da ihrer Arbeit nachgingen.

Sie stand im riesigen Eingangsbereich, legte den Kopf in den Nacken und betrachtete die fantastische Decke, während sie darauf wartete, dass sie Bedauern oder Traurigkeit verspürte – irgendeine Gefühlsregung in dieser Art, immerhin hatte sie einen Teil ihres Lebens hier verbracht. Lange bevor sie Jeffrey Chamberlain kennengelernt und geheiratet hatte, war es schon ihr größter Wunsch gewesen, in diesem Haus zu leben. Nach ihrer Heirat waren in diesen Zimmern viele Träume mit Leben erfüllt worden, aber auch gestorben.

Daher überraschte es Kendra, dass sie nur Erleichterung verspürte, das wohltuende Gefühl, ein Überbleibsel aus der Vergangenheit abzustoßen und nach vorn zu schauen. Es kam ihr nicht so vor, dass sie einen Teil von sich selbst aufgab, sondern dass sie etwas Überflüssiges abstieß, wodurch sie zu ihrem wahren Selbst fand.

Das besaß etwas Tröstendes, ja sogar Begeisterndes.

Als sie dieses Haus zum ersten Mal betreten hatte, war sie noch ein kleines, von Ehrfurcht erfülltes Mädchen gewesen, kurz zuvor auf der Veranda eines heruntergekommenen Trailers ausgesetzt, der auf der falschen Seite des Lebens stand. Joslyn war diejenige gewesen, die mit ihrer Mom Dana, ihrem Stiefvater Elliot und natürlich mit Opal hier gelebt hatte.

Auf Kendra hatte dieser Ort insbesondere zu Weihnachten wie ein Schloss gewirkt, und Joslyn war die Prinzessin gewesen. Als Kind und Jugendliche hatten die Dimensionen dieses Bauwerks sie immer wieder aufs Neue fasziniert. Hier gab es nicht nur Schlaf-, Ess- oder Badezimmer, wie man sie – zumindest dem Namen nach, wenn auch in wesentlich kleineren Abmessungen – in jedem normalen Haus vorfand, sondern es gab Räume, in denen nur Pflanzen gezüchtet oder Karten gespielt oder ferngesehen wurde. Zimmer, in denen man nur Bücher las oder nur die Hausarbeit erledigte oder in denen man sich einfach nur … *hinsetzte*, um dort zu sitzen. Im Trailer ihrer Großmutter hatte es natürlich Schränke gegeben, hier jedoch waren diese Schränke so groß wie ganze Zimmer, und man konnte sie betreten. Hier gab es Glasvitrinen für Schuhe und Handtaschen, und wo man auch hinschaute, überall fand man ein Badezimmer. Außerdem gab es diesen einen Raum, der um ein Vielfaches größer war als das, was sich im Trailer ihrer Großmutter Wohnzimmer nannte – ein Raum, der nur dazu diente, Geschenke einzupacken und mit kunstvollen Schleifen, kleinen Anhängern und glitzernden künstlichen Blumen zu verzieren.

Für ein Kind, dem ein paar Dollar in die Hand gedrückt wurden, damit es seine eigenen Geburtstags- und Weihnachtsgeschenke kaufen konnte, war allein der Gedanke an etwas so Erlesenes so fantastisch, dass es eigentlich gar nicht wahr sein durfte.

Doch nachdem Kendra selbst Herrin über diesen monströsen Palast geworden war, hatte sie schon bald erkennen müssen, dass sie eigentlich weder das Gebäude noch den damit verbundenen Luxus hatte haben wollen.

Vielmehr war es die Familie gewesen, die hier gelebt hatte, das Gefühl, einen Platz inmitten anderer Menschen zu haben, Teil von etwas Größerem zu sein. *Das* hatte sie haben wollen.

Für einen außenstehenden Betrachter mochte es so ausgesehen haben, dass Joslyn in jener Zeit hier glücklich gewesen war, dass sie ein traumhaftes Leben geführt hatte. Doch dann sollte ein Skandal ans Tageslicht kommen, der alles zerstörte und nur Ruinen hinterließ.

Vor dem finanziellen Niedergang ihres Stiefvaters, der dadurch ausgelöst worden war, dass er Freunde und Fremde gleichermaßen um ihr Geld betrogen hatte, da hatte es Joslyn an nichts gefehlt. Aber auch wenn manche Leute sie darum beneidet und sie für verwöhnt und selbstverliebt gehalten hatten, hatte Kendra da längst eine ganz andere Seite an Joslyn kennengelernt: Joslyn hatte mit Kendra mitgefühlt, weil sie mit völlig anderen Lebensbedingungen zurechtkommen musste, aber sie hatte sie nie mitleidig oder gönnerhaft behandelt. Es war für sie ganz selbstverständlich gewesen, ihr Spielzeug und später auch ihre wunderschöne Kleidung mit ihr zu teilen.

Viel wichtiger aber war gewesen, dass sie auch ihre Mom, Opal und den kleinen Cockerspaniel Spunky mit ihr geteilt hatte. Ihr Stiefvater Elliot Rossiter war immer mal kurz daheim gewesen, ein witziger, netter und großzügiger Mann, der sich aber stets bald wieder um seine Geschäfte hatte kümmern müssen.

Geschäfte, die darin bestanden, andere Leute um ihr Geld zu erleichtern, wie sich später herausstellen sollte.

Als Erwachsene hatte Kendra dann gehofft, zusammen mit Jeffrey wenigstens einen Teil ihrer eigenen Träume zu verwirklichen – nämlich die Gründung einer Familie. Auf Umwegen war ihr das dann sogar gelungen, denn sie hatte jetzt Madison.

„Hallo?“ Eine Stimme riss Kendra aus ihren Gedanken und ließ sie zusammenzucken, obwohl sie gewusst hatte, sie war nicht allein im Haus. Die Wagen der Maler und der Reinigungsfirma in der Auffahrt waren ein nicht zu übersehender Hinweis gewesen.

Charlie Duke von Duke’s Painting and Construction stand vor ihr, er trug einen Overall, der mit Farbspritzern übersät war, und wischte sich eben die Hände an einem Lappen ab. Er grinste Kendra an, sodass sie die Lücke zwischen den Schneidezähnen sehen konnte.

„Morgen, Ms Shepherd“, sagte er. „Wollen Sie sich ansehen, wie die Arbeiten vorankommen?“

Kendra lächelte. „Kann man so sagen“, erwiderte sie. Sie kannte Charlie und seine Frau Tina schon seit Jahren, und wenn man sich auf der Post oder im Supermarkt begegnete, dann wurde sie von beiden mit „Kendra“ angesprochen. Aber die

Dukes waren auch ein wenig altmodisch, und wenn Charlie im Dienst war, dann waren alle Unterhaltungen so förmlich, dass aus Kendra auf einmal „Ms Shepherd“ wurde.

„Mit dem großen Salon sind wir fast fertig“, ließ Charlie sie stolz wissen und ging vor ihr her durch den Flur. Er trug einen Schutzüberzug über seinen Arbeitsschuhen, und in seinem T-Shirt klaffte in Höhe der rechten Schulter ein Loch, das vom Träger seines Overalls nur teilweise verdeckt wurde.

Kendra folgte ihm und kam sich vor, als würde sie sich in irgendeinem fernen Land einen prachtvollen Wohnsitz ansehen. Es war fast so, als hätte sie dieses Haus noch nie zuvor gesehen, was einerseits verrückt war, andererseits aber ihrer kühlen, distanzierten Stimmung entsprach.

Der Salon war ihr Büro und zugleich der Empfangsbereich von Shepherd Real Estate gewesen, und alle Möbel, die sie nicht in das Ladenlokal mitgenommen hatte, standen noch an ihrem angestammten Platz, nur dass sie jetzt unter großen Tüchern aus weißem Leinen verschwunden waren. Das blasse Rosé der Wände war dem Farbton von Eierschalen gewichen, da angeblich neutrale Farben ein Muss waren, wenn ein Haus zum Verkauf angeboten wurde. Die Hoffnung war dabei, dass man so ein breiteres Spektrum an möglichen Kaufinteressenten ansprechen konnte.

Kendra nahm eine zügige Besichtigung des Hauses vor, was kein so einfaches Unterfangen war bei einem Gebäude von solchen Ausmaßen. Sie grüßte die beiden Söhne von Charlie, die die Küche in einem sehr blassen Gelb strichen, und etliche Mitarbeiter der Reinigungsfirma, von denen manche hoch oben auf einer Leiter standen und die hohen Fenster putzten. Dann kehrte sie zurück zu ihrem Wagen, wo Daisy auf dem Beifahrersitz saß und geduldig auf sie wartete. Kendra hatte Madison auf dem Weg hierher schon an der Tagesstätte abgesetzt, als nächster Halt war Kendras neues Büro vorgesehen.

Als sie dort ankam, stellte sie den Wagen ab und ging mit Daisy noch rasch Gassi, um dann durch den Hintereingang das

Ladenlokal zu betreten. Die Hündin begann sofort, jeden Winkel zu erkunden, denn auch wenn sie schon mal hier gewesen war, bestand ja durchaus die Möglichkeit, dass sich seit dem letzten Mal irgendetwas Bedeutsames verändert hatte. Während Kendra ihren Computer hochfuhr, die Ladentür aufschloss und das Offen/Geschlossen-Schild umdrehte, schnupperte Daisy an künstlichen Pflanzen, Aktenschränken und Fensterbänken.

Kendra stand in der winzigen Küche, die einen Teil des Vorratsraums ausmachte, und hatte soeben Wasser in die Kaffeemaschine gegossen, um sich einen Kaffee aufzubrühen, da hörte sie, wie jemand das Geschäft betrat. Als Daisy dann auch noch leise zu knurren begann, kam Kendra sofort nach vorn geeilt, um nach dem Rechten zu sehen.

An der Tür stand ein ausgesprochen gut aussehender Mann in der für Parable typischen Kleidung, bestehend aus Jeans, Hemd, Stiefeln und Hut. Er zog seinen Hut, nickte Kendra höflich zu und grinste Daisy an, die inzwischen entschieden hatte, dass er doch keine Bedrohung darstellte. Das Knurren hatte sie schnell wieder eingestellt, stattdessen stieß sie mit der Nase die Hand an, die der Mann ihr zum Beschnuppern hinhielt.

Es dauerte einen Moment, ehe Kendra den Mann zuordnen konnte. Er war kein Fremder, aber er lebte auch nicht unmittelbar in Parable. Natürlich konnten Leute von anderswo nach Parable umgezogen sein, während sie auf Reisen gewesen war, doch das kam ihr nicht sehr wahrscheinlich vor. Schließlich musste sie in ihrem Beruf wissen, was in der Gemeinschaft los war, wer herzog, wer von hier wegzog, und durch Joslyn war sie auch in der Zeit immer auf dem Laufenden gewesen, als sie sich nicht in Parable aufgehalten hatte.

Im nächsten Moment erkannte sie ihn dann endlich. Sein Name war Walker Parrish, ein wohlhabender Rancher aus der Nähe von Three Trees. Neben dem Vieh, das geschlachtet wurde und ihm mit dem Fleisch viel Geld einbrachte, züchtete er auch noch Bullen und halbwilde Pferde für Rodeos.

Und dann war er ja auch noch der Bruder von Brylee Parrish, der Beinahe-Braut, die das jüngste Opfer des Serienherzensbrechers Hutch geworden war. Ein wenig verunsichert fragte sich Kendra, ob er möglicherweise glaubte, sie könnte etwas damit zu tun gehabt haben, dass Hutch in buchstäblich letzter Sekunde die Hochzeit abgesagt hatte. Zugegeben, jeder wusste, dass sie und Hutch mal ein Paar gewesen waren, doch das war Jahre her.

Aber ... was sollte Parrish sonst von ihr wollen? Ihm gehörte bereits ein beträchtlicher Teil des Countys, also war er wohl nicht auf der Suche nach weiteren Grundstücken oder Anwesen. Sein eigenes Haus war seit Generationen in Familienbesitz, das würde er sicher nicht verkaufen wollen.

Schließlich wurde ihr bewusst, dass sie einfach nur dastand, anstatt etwas zu tun. Hastig erwiderte sie sein Lächeln. „Was kann ich für Sie tun, Mr Parrish?"

„Also", begann er und legte den Kopf schräg, während er sie angrinste. „Sie könnten damit anfangen, Walker zu mir zu sagen."

In der Zwischenzeit hatte sich Daisy so auf dem Fußboden platziert, dass sie den Kopf auf Walkers rechten Stiefel legen konnte. Es sah so aus, als wollte er sie nicht mehr gehen lassen, damit er sie für den Rest des Tages hingebungsvoll anschauen konnte.

„Also gut", sagte Kendra. „Walker." Als Nachgedanken ergänzte sie ein wenig erschrocken: „Ich bin Kendra."

„Ja", gab er zurück. „Ich weiß, wer Sie sind." Er räusperte sich. „Ich bin hergekommen, weil ich Sie nach dem Haus auf der Rodeo Road fragen möchte. Ich habe gehört, dass Sie es verkaufen wollen."

Kendra nickte und hoffte, dass ihre Verwunderung ihr nicht anzusehen war. Womöglich war es ein voreiliger Schluss gewesen, Walker zu unterstellen, er sei nicht wegen eines Kaufs oder Verkaufs zu ihr gekommen. „Ja", sagte sie und erinnerte sich mit reichlicher Verspätung an ihre Manieren. Nachdem sie ihm endlich einen Platz angeboten hatte, setzte sie sich wieder an ihren Schreibtisch. „Was möchten Sie denn wissen?"

Daisy hob seufzend den Kopf, als Walker wegging, dann zog sie sich in eine Ecke des Büros zurück und rollte sich zusammen, um ungestört schlafen zu können.

Seinen Hut legte er auf den freien Platz gleich neben seinem Stuhl. Der Hutrand hatte einen interessanten Abdruck in seinen braunen Haaren hinterlassen, und einmal mehr ging es Kendra durch den Kopf, wie verdammt gut er aussah – und wie verdammt wenig das bei ihr irgendeine Reaktion auslöste.

Sie überlegte, was sie über ihn wusste, und stellte fest, dass das so gut wie nichts war. Sie hatte das Gefühl, dass er weder Frau noch Freundin hatte, aber weil das nur der Eindruck war, den sie von ihm hatte, sagte es nichts über die wahren Verhältnisse aus.

War das etwa Wunschdenken von ihrer Seite? Vielleicht ja. Falls er noch Single war, stellte sich die Frage nach dem Grund dafür. Wieso war ein Mann wie Walker Parrish immer noch Single? Ganz offenbar waren die Guten doch noch nicht alle bereits vergeben.

„Ich denke, zuallererst würde ich gern etwas zum Kaufpreis erfahren", erwiderte Walker, während in seinen Augen ein Funkeln aufblitzte. Hatte er ihr etwa angemerkt, was sie über seinen Familienstand spekuliert hatte? Die Vorstellung ließ sie vor Schreck erstarren.

In normalem Tonfall gelang es ihr dann aber, ihm die astronomisch hohe Summe zu nennen.

Walker zuckte nicht mal mit der Wimper. „Angemessen", fand er.

Ihre Neugier ließ sich nicht länger bändigen. „Haben Sie vor, nach Parable zu ziehen?", erkundigte sie sich.

Er lachte leise und schüttelte den Kopf. „Nein, ich frage das für eine Freundin. Sie ist … im Showbusiness tätig, geschieden mit ein paar Kindern, die sie gern in einer Kleinstadt aufziehen will. Sie braucht ein großes Haus, weil sie Platz für ihr eigenes Tonstudio benötigt. Und weil sie von der Band und den Roadies genauso umgeben ist wie vom Dienstpersonal und den Büromitarbeitern, benötigt sie viel … Ellenbogenfreiheit, um es mal so auszudrücken."

Kendra war fasziniert, als sie das hörte – allerdings auch ein bisschen skeptisch. Es war nicht ungewöhnlich, dass berühmte Leute rings um Parable Land kauften und dort Häuser bauten, die noch größer waren als ihr eigenes, und auf den Grundstücken Landebahnen für ihre Privatjets anlegen ließen. Viele von ihnen richteten nach und nach „Zufluchten" für irgendwelche exotischen Tierarten ein, die so gar nicht zu den Rindern, Pferden, Schafen und Hühnern passten, die von Normalsterblichen gezüchtet wurden. Im Allgemeinen waren diese Fremden ganz freundlich, und die Einheimischen begegneten ihnen ohne Vorurteile, doch es schien so, dass neu Zugezogene mit der Zeit fast ausnahmslos für Ärger sorgten, mal wegen irgendwelcher Wasserrechte, mal wegen Abschussprämien für Wölfe und Kojoten, womit sie den Zorn der Einheimischen auf sich zogen. Nach einer Weile zogen sie dann einfach weg, um sich ins nächste Abenteuer zu stürzen. Dabei schien es so, als würden sie ihr Leben für einen Film und Parable für eine Kulisse halten, nicht aber als einen real existierenden Ort mit echten Menschen ansehen.

„Irgendjemand, den ich kennen müsste?", fragte Kendra zögerlich.

Auf einmal wirkte Walkers Miene ein wenig verschlossener. „Der Name wird Ihnen etwas sagen", antwortete er. „Aber sie hat mich gebeten, ihn vorerst aus dem Spiel zu lassen. Eine reine Vorsichtsmaßnahme für den Fall, dass sich die Sache am Ende womöglich zerschlägt."

Kendra nickte. Sie kannte sich mit diesen Dingen aus. Die meisten Prominenten verhielten sich so, was bei manchen von ihnen schon an Paranoia grenzte. Aber dafür gab es auch gute Gründe, denn sie mussten nicht nur aufdringliche Paparazzi fürchten, sondern auch Stalker, Kidnapper oder noch Schlimmeres. Eine zumindest relative Sicherheit wurde dabei durch

Verschwiegenheit gewährleistet, und Kleinstädte wie Parable oder Three Trees konnten diese relative Sicherheit bieten, weil hier jeder jeden kannte und Fremde schnell auffielen.

„Kann ich verstehen“, sagte sie. „Im County finden sich immer ein oder zwei luxuriöse Objekte für jemanden wie Ihre Bekannte …“ Zwei fielen ihr auf Anhieb ein, die beide schon seit einer Weile leer standen. Eines davon hatte einen Swimmingpool im Haus, der groß genug war, um für olympische Wettkämpfe genutzt zu werden. Das andere verfügte über ein Heimkino mit einem Saal für fast hundert Leute. Dass sich der Kaufpreis im oberen siebenstelligen Bereich bewegte, war da kein Wunder, aber sie hatte nicht das Gefühl, dass Walkers anonyme Freundin damit ein Problem haben würde.

Doch Walker schüttelte bereits den Kopf, da er aus der Gegend hier stammte und selbst gut genug wusste, welche Objekte in dieser Größenordnung verfügbar waren und in welchem Zustand sie sich befanden. Außerdem hatte er ja ganz gezielt nach dem Haus an der Rodeo Road gefragt. „Sie will hier in der Stadt wohnen“, sagte er und zog plötzlich ein wenig skeptisch die Brauen zusammen. „Gibt es einen bestimmten Grund, weshalb Sie Ihr Haus noch nicht besichtigen lassen wollen?“

„Nein, nein“, beteuerte Kendra. „Damit hat das gar nichts zu tun. Wenn Sie wollen, können wir sofort hinfahren. Es ist nur so, dass Leute aus …“ Sie unterbrach sich, da ihr nichts einfallen wollte, wie sie ihre Bedenken diplomatisch rüberbringen konnte.

„… dass Leute aus dem Showbusiness manchmal unberechenbar sind“, führte Walker den Satz für sie zu Ende. Seine Miene war gleich wieder entspannt, und er lächelte verstehend. „Ich kann mich da noch gut an diese Rockband erinnern, die vor Jahren in Three Trees ein Geisterhaus gebaut hatte und bei einer Party die Grange Hall verwüstete. Damals wäre fast auch noch der halbe Wald abgebrannt, weil sie irgendein bescheuertes Ritual durchgeführt hatten. Aber es ist sicher nicht fair, dafür auch jeden anderen büßen zu lassen, nur weil er Gitarre spielen kann und mit seiner Musik seinen Lebensunterhalt verdient, nicht wahr?"

Kendra seufzte und schüttelte bedächtig den Kopf. Walker hatte recht, das wäre wirklich nicht fair. Außerdem hatte er doch etwas davon gesagt, dass diese Freundin ihre Kinder in einer Kleinstadt aufwachsen lassen wollte. Damit hatte sie mindestens eines mit Kendra und mit den meisten ihrer Freundinnen gemeinsam.

So wie in jeder Gemeinde gab es auch in Parable Probleme, aber die Kriminalitätsrate war niedrig. Die Menschen kannten sich hier, und bodenständige Werte waren noch immer wichtig. Man konnte durchaus sagen, dass Parable eine große Familie und das Three Trees so etwas wie ein Cousin war.

In vielen Dingen wetteiferten beide Städte gern miteinander, aber wenn Ärger drohte, standen sie eng Seite an Seite und stellten sich dem Ärger in den Weg.

„Wenn Sie Zeit haben", wiederholte sie ihr Angebot, „dann zeige ich Ihnen das Haus jetzt gleich."

„Das wäre gut", sagte Walker und stand auf. „Als Kind bin ich ein paar Mal dort gewesen, auf Partys und so weiter, aber ich kann mich nicht mehr an Einzelheiten erinnern."

Kendra erhob sich ebenfalls und griff nach ihrer Handtasche und Daisys Leine. Im nächsten Moment bekam sie einen roten Kopf, da ihr einfiel, wie es in ihrem Volvo aussah. Vor Madison und vor Daisy hatte sich ihr Wagen immer in einem tadellosen Zustand befunden, weil sie das schon ihren Kunden gegenüber für notwendig gehalten hatte. Aber mittlerweile …

„Ich fürchte, mein Wagen muss erst mal gründlich gestaubsaugt werden. Die Hündin haart und …"

Walker winkte lachend ab. „Bei meiner Arbeit stören mich ein paar Hundehaare nicht. Ich habe selbst drei von der Sorte. Aber ich will sowieso meinen eigenen Wagen nehmen, weil ich anschließend noch einige andere Termine wahrnehmen muss."

Kendra nickte, nahm Daisy an die Leine und gab Walker zu verstehen, dass sie das Büro durch den Hinterausgang verlassen wollte, weshalb sie hinter ihm die Ladentür abschließen musste.

„Ich fahre schon mal vor", sagte er und verließ das Büro.

Auf dem Parkplatz hinter dem Haus musste Kendra noch einen Moment lang warten, da Daisy erst ihr Geschäft verrichten wollte, dann machten sie beide sich zum zweiten Mal an diesem Morgen auf den Weg zur Rodeo Road.

„Wenn du so weitermachst", murrte Hutch gut gelaunt und betrachtete den randvollen Teller, den Opal ihm als verspätetes Mittagessen oder als verfrühtes Abendessen hingestellt hatte, „werde ich in ein paar Tagen zu fett sein, um noch am Rodeo teilzunehmen."

Opal lachte fröhlich. „Ach, hör auf zu meckern. Setz dich lieber hin und iss", forderte sie ihn auf.

Sie war den ganzen Tag über schwer beschäftigt gewesen, davon zeugte auch das Bügelbrett, das noch in der Küche stand. Wenn sie sich nicht gerade um den Hackbraten gekümmert hatte, von dem nun eine dicke Scheibe dampfend auf dem Teller vor ihm lag, war sie offenbar darum bemüht gewesen, jedes einzelne Hemd aus seinem Kleiderschrank mit Sprühstärke einzunebeln und zu bügeln.

Zum Hackbraten gehörten auch noch Erbsen sowie in Bratensoße ertränktes Püree. Allein der Anblick dieser Köstlichkeit ließ ihm das Wasser im Mund zusammenlaufen und den Magen knurren.

Aber er setzte sich nicht, da Opal immer noch stand. Sie seufzte leise, als ihr seine schmeichelnde Geste klar wurde, und nahm Platz. Dann nickte sie ihm zu, damit er sich nun auch endlich setzte.

Das tat er zwar auch, aber er fühlte sich nach wie vor unbehaglich. „Willst du denn gar nichts essen?", fragte er, da der Tisch nur für ihn gedeckt war.

Opals leises Lachen hatte etwas Melodisches und erinnerte an die Gospelmusik, die sie so gerne sang, wenn sie glaubte, allein im Haus zu sein. „Ich kann nicht so wie ein Cowboy essen", erwiderte sie. „Wenn ich das machen würde, käme ich in ein paar Wochen nicht mehr durch die Tür."

Hutch vergaß jegliche Selbstbeherrschung. Er war einfach zu hungrig, und das Essen auf seinem Teller war viel zu verlockend, um zu widerstehen. Also griff er zum Besteck und begann zu essen. Nachdem er nach den ersten Bissen Opals Kochkünste gelobt hatte – es kam ihm wie ein Wunder vor, dass er trotz der angebrannten Gerichte, die er und auch sein Vater mit viel Mühe zustande gebracht hatten, überhaupt so alt geworden war – erkundigte er sich nach Joslyn und dem Neugeborenen.

„Beiden geht es bestens", konnte Opal ihm zufrieden berichten, während sie jeden Bissen auf dem Weg vom Teller zu seinem Mund genau verfolgte. „Joslyns Mutter Dana ist die geborene Grandma, und Callie Barlow ist vom gleichen Schlag. Da wäre ich einfach nur im Weg gewesen."

„Das möchte ich bezweifeln", widersprach Hutch ihr. Opal war in seinen Augen mehr als nur ein ganz normaler Mensch. Sie war ein lebendes Urbild, eine Weise, eine Erdmutter. Verdammt, ging es ihm durch den Kopf. Entwickelte er auf seine alten Tage etwa eine philosophische Ader?

„Ich bin gerne da, wo ich gebraucht werde", sagte sie.

„Oh", gab er mit gespieltem Erschrecken zurück. „Bin ich dann etwa so was wie ein Waisenkind?" Auch wenn er es nicht in ernstem Tonfall gesagt hatte, sah sie in ihm vermutlich wirklich etwas in der Art.

„Deine Mama war sehr gut zu mir", erwiderte sie in sanftem Ton, „als ich damals nach Parable kam, um für die alte Mrs Rossiter zu arbeiten. Das Mindeste, was ich im Gegenzug tun kann, ist, mich um ihren einzigen Sohn zu kümmern, damit er nicht halb verhungert und wie ein Obdachloser angezogen durch die Gegend läuft."

Diesmal musste er laut lachen. „Sehe ich tatsächlich aus wie ein Obdachloser?" Ihre Worte amüsierten ihn, aber ein wenig empfand er sie auch als Beleidigung. So wie Generationen von

Carmodys vor ihm hatte er sein Leben auf diesem Land hier verbracht, und die Erde war längst Teil seines Bluts geworden, sodass er unmöglich wie ein Obdachloser aussehen konnte.

„Genau genommen nicht", räumte Opal nachdenklich ein und wurde sehr ernst. „Aber du siehst aus wie ein Mann, der keine Frau hat."

Jetzt wurde auch Hutch ernst. Opal hatte nicht viele Worte über die abgesagte Hochzeit verloren, doch er wusste, sie hatte sie längst noch nicht vergessen. *Niemand* hatte sie bislang vergessen, und so würde es auch noch lange bleiben. Er wünschte, dass sich irgendetwas wirklich Einschneidendes ereignete, damit die Leute sich endlich mit etwas anderem befassten.

Vielleicht ein Erdbeben.

Oder der Jüngste Tag.

Oder wenigstens ein Lottogewinn, der irgendjemanden in Parable um ein paar Millionen reicher machte.

„Meinst du, eine Frau ist die Antwort auf alle meine Probleme?", wollte er wissen und legte die Gabel weg.

„Nicht auf alle, aber auf die meisten", stellte Opal mit einem schelmischen Grinsen klar. „Ich verrate dir jetzt, was ich damit *nicht* sagen will, Hutch. Ich will damit nicht sagen, dass du Brylee Parrish hättest heiraten sollen. Eine Ehe ist schon schwierig genug, wenn beide Seiten mit ganzem Herzen dabei sind. Aber wenn ein Partner das nicht ist, dann kann eine solche Ehe nicht funktionieren. Deshalb finde ich, dass es richtig von dir war, die Hochzeit abzusagen. Allerdings hätte es nichts geschadet, diesen Entschluss viel früher zu fassen."

Er griff wieder nach der Gabel. „Ich habe versucht, mit Brylee darüber zu reden", sagte er. Zwar hatte er längst aufgehört, sich vor den meisten Leuten zu rechtfertigen, wenn er darauf angesprochen wurde, aber bei Opal war eine Ausnahme angebracht. „Sie wollte mir einfach nicht zuhören."

Sie seufzte. „Ja, sie ist ein sehr starrsinniges Mädchen, ganz so wie ihre Mama. Die Leute haben sehr früh gemerkt, dass eine Parrish sich von niemandem etwas sagen lässt."

Hutch aß weiter, weil er einen so großen Hunger verspürte, dass er einfach nicht aufhören wollte. „Gibt es im Umkreis von fünfzig Meilen eigentlich irgendeinen Menschen, dessen Mutter du nicht gekannt hast?", zog er sie zwischen zwei Bissen auf.

„Von den neuen Leuten kenne ich nicht viele", erwiderte sie. „Auch nicht die Verwandten von ihnen. Aber ich kannte deine Mutter, und ich weiß, sie hat ihren Jungen geliebt. Es brach ihr das Herz, als sie erkrankte und ihr klar wurde, dass du bei deinem Daddy aufwachsen musstest."

Hutchs Kehle war wie zugeschnürt, was ihm das Schlucken erschwerte. Als seine Mutter an Krebs starb, war er erst zwölf Jahre alt gewesen, doch auch wenn er sehr um sie getrauert hatte, war ihm recht schnell klar geworden, dass sein alter Herr die Ansicht vertrat, man solle die Toten einfach ruhen lassen. John Carmody hatte nur selten von seiner verstorbenen Frau gesprochen, und er hatte Hutch nie dazu ermutigt, das Thema anzusprechen. Doch damit nicht genug: Noch vor der Beisetzung hatte er alles weggeräumt, was im Haus an sie erinnerte.

Hutch war dem Vorbild seines Vaters gefolgt und hatte die Erinnerung an seine Mutter in den hintersten Winkel seines Verstands verbannt und versucht, nicht darüber nachzudenken, welche Lücke mit ihrem Tod in sein Leben gerissen worden war.

„Dad war nicht der beste Vater, den man sich wünschen konnte", äußerte sich Hutch nach einer Weile. „Aber er war auch nicht der schlechteste."

Opals sanfte Miene nahm einen härteren Zug an, und sie presste die Lippen zusammen. „John Carmody war einfach nur egoistisch", erklärte sie voller Überzeugung, als sei das die Feststellung einer allgemeingültigen Tatsache, nicht nur ihr persönliches Urteil. „Solange er bekam, was er haben wollte, war für ihn alles andere unwichtig."

Hutch wunderte sich über diese deutliche Aussage aus Opals Mund, auch wenn es gar keinen Grund gab, sich darüber zu wundern. Er kannte kaum einen anderen Menschen, der so unverblümt seine Meinung sagte wie Opal. Bei ihr empfand er das als eine positive Eigenschaft, während andere ihre sogenannte „Ehrlichkeit“ nur als Vorwand benutzten, um Gemeinheiten zu verbreiten.

Er wollte zu einer Erwiderung ansetzen, musste aber erkennen, dass er gar nicht wusste, was er sagen sollte.

Opal lächelte ihn an und legte eine Hand auf seinen rechten Unterarm. „Ich habe kein Recht, so etwas zu sagen“, murmelte sie. „Es tut mir leid.“

„Das muss es nicht“, versicherte er ihr, wobei seine Stimme schroffer klang als beabsichtigt. „Es ist gut, wenn ich von Zeit zu Zeit daran erinnert werde, dass ich nicht der Einzige bin, der meinen Vater für ein Arschloch gehalten hat.“

Opal riss erschrocken die Augen auf. „Hutch Carmody!“, platzte sie heraus. „Ich wäre dir dankbar, wenn du in meiner Gegenwart nicht solche Worte in den Mund nimmst, schon gar nicht, wenn du von Toten redest!“

„Tut mir leid“, sagte er, auch wenn das nicht so ganz ernst gemeint war.

„Wir können über deinen Daddy und deine Mama reden“, erklärte sie, „oder wir wechseln das Thema. Das liegt ganz an dir.“

Sein Hunger war fürs Erste gestillt, er schob den fast leeren Teller zur Seite, dann sah er Opal ernst an. „Offensichtlich gibt es da irgendetwas, das du mir sagen willst. Also bitte, red weiter.“

„Ich weiß nicht, was für ein Vater Mr Carmody war“, begann sie prompt. „Aber ich weiß, als Ehemann hätte ihm niemand eine Auszeichnung verliehen.“

Hutch erwiderte nichts, sondern stützte die Ellbogen auf den Tisch und wappnete sich für das, was Opal ihm zu sagen hatte.

Als sie schließlich fortfuhr, hörte es sich so an, als hätte sie mitten in einem Gedankengang angefangen zu reden. „Ja, ich weiß, er war eigentlich noch nicht mit deiner Mutter verheiratet, als er was mit Callie Barlow anfing. Aber sie trug seinen Verlobungsring, und der Hochzeitstermin stand auch schon fest.“

Es kam ihm so vor, dass der Apfel nicht weit vom Stamm fiel, wie man so sagte. Zwar hatte er Brylee nicht mit einer anderen Frau betrogen, aber ihr in einer voll besetzten Kirche vor dem Altar zu sagen, dass es keine Hochzeit geben würde, war auch nicht viel besser.

„Das hatte Mom tief getroffen“, sagte er. „Soweit ich das beurteilen kann, ist sie darüber nie so ganz hinweggekommen.“

Opal nickte zustimmend. „In mancher Hinsicht war sie sehr zerbrechlich.“

Hutch verspürte einen Anflug von Verärgerung. Er hatte seine Mutter wirklich geliebt, aber sie war ihm auch immer als schwach erschienen, und in gewisser Weise sogar ein wenig naiv. Schließlich hatte sie seinen alten Herrn geheiratet, obwohl sie wusste, dass er sie nicht nur betrogen hatte, sondern, dass eine andere Frau von ihm schwanger geworden war.

Und was das Ganze noch schlimmer machte: Das uneheliche Kind – Slade Barlow – wuchs praktisch vor ihren Augen auf und sah John Carmody so extrem ähnlich, dass jeder Zweifel an seiner Vaterschaft ausgeschlossen war.

„Ich glaube, sie hat sich immer eingeredet, dass das alles Callies Schuld war“, überlegte Hutch, „und dass Dad nur ein unschuldiges Opfer war.“

„Ein tolles Opfer“, schnaubte Opal betrübt. „Er wollte Callie haben, und er hat ihr nachgestellt. Sie war jung und naiv, er sah gut aus und konnte ein richtiger Schmeichler sein, wenn er das wollte. Callie hat vermutlich wirklich geglaubt, dass er sie liebte. Es war sehr tapfer von ihr, in ihrem Alter bereits Mutter zu sein und Slade ganz allein großzuziehen – und das in dieser Kleinstadt.“

Hutch musste an Callie denken, wie er ihr im Krankenhaus begegnet war, wie glücklich sie war, einen Enkel zu haben. Mit einem Mal war die lebenslange Abneigung gegen diese Frau nicht mehr ganz so heftig. „Ich schätze, die meisten Leute versuchen einfach, das Beste aus dem zu machen, was das Leben ihnen vorsetzt“, sagte er. „Auch Callie.“

„Es ist eine Schande“, sprach Opal nach einer Weile, „dass du und Slade nicht gemeinsam aufgewachsen seid. Ich habe nie begriffen, warum dein Daddy Slade bis zu seinem Tod nicht als seinen Sohn anerkannt hatte. Es ergibt keinen Sinn, zumal ihr beide euch doch von Anfang an so ähnlich gesehen habt.“

Nach langem Überlegen kam er zu dem Schluss, dass er Opal etwas anvertrauen konnte. Sie wusste zwar alles Mögliche über jedermann, aber sie erzählte es nicht weiter. Was er zu sagen hatte, würde sie für sich behalten, und sie würde auch nicht glauben, dass er sich selbst bemitleidete, denn er war derjenige, der sich glücklich schätzen konnte. „Als ich nur noch Dad hatte“, erwiderte er schließlich, „da hat er oft zu mir gesagt, dass er wünschte, ich wäre der uneheliche Sohn gewesen, nicht Slade. Aus Dads Blickwinkel war Callie diejenige, die es besser angetroffen hatte.“

Opal antwortete nicht sofort darauf, doch ihm entging nicht das wütende Aufblitzen ihrer Augen.

„Slade ist ein anständiger Kerl, und Callie hat ihn gut erzogen. Niemand, der halbwegs bei Verstand ist, wird etwas anderes behaupten wollen. Aber er ist kein bisschen besser oder schlechter als du, Hutch.“

Hutch reagierte mit einem etwas betrübten Lächeln. Zugegeben, es hätte ihm gefallen, wenn sein Vater wenigstens ab und zu stolz auf ihn gewesen wäre, aber es war sinnlos, über Dinge nachzudenken, die sich sowieso nicht mehr ändern ließen. Um das nachzuholen, was bei ihm versäumt worden war, musste er – wenn die Zeit gekommen war – für seine eigenen Kinder eine andere Art von Vater sein.

Er schob seinen Stuhl nach hinten, stand auf und brachte den Teller mit dem Besteck zur Spüle. Opal war im nächsten Moment bei ihm und drängte ihn zur Seite, dann nahm sie ihm alles aus der Hand. „Das erledige ich“, sagte sie entschieden. „Du tust das, was du abends eben so tust.“

„Ich hatte eigentlich vor, noch mal in die Stadt zu fahren und zu sehen, was im Boot Scoot los ist.“

„Ich werde dir sagen, was in dem runtergekommenen Schuppen los ist", gab Opal mit gespielter Missbilligung zurück. „Die Leute vergeuden da ihre Zeit und ihr Geld, sie trinken Alkohol und hören sich Lieder an, in denen es ums Gefängnis geht und um Männer, deren alter Hund vom Auto überfahren wird, weil die Ehefrau gar nicht schnell genug die Flucht ergreifen kann."

„Wow, Opal", zog Hutch sie amüsiert auf. „Heißt das etwa, du kommst nicht als mein Date mit?"

„Pass bloß auf", ermahnte Opal und holte mit dem Küchentuch nach ihm aus. Dann fügte sie lachend hinzu: „Und dass du mir ja nicht zu viel Bier trinkst."

8. KAPITEL

Nachdem er geduscht und sich umgezogen hatte, machte sich Hutch später an diesem Abend auf den Weg zur Boot Scoot Tavern, auch wenn er eigentlich gar kein Interesse daran hatte, dieses Lokal aufzusuchen. Auf dem Weg dorthin war er einen großzügigen Umweg gefahren, der ihn an Kendra Shepherds hell erleuchtetem neuen Haus vorbeiführte. Früher hätte er keinen Grund gebraucht, um zu jeder beliebigen Tages- oder Nachtzeit bei ihr anzuklopfen, doch diese Zeiten waren vorbei, und das nicht nur, weil sie jetzt eine Tochter hatte. Und auch nicht, weil er beinahe Brylee Parrish geheiratet hatte und weil Kendra die Ehefrau von Sir Jeffrey geworden war, wie Hutch den Mann insgeheim nannte, wenn er guter Laune war.

Nein, es gab noch andere Gründe.

Solange er Kendra kannte, war sie an diesem monströsen Haus drüben an der Rodeo Road interessiert, ja, fast davon besessen gewesen. Als Kind hatte sie es wie ein kleiner, sehnsüchtiger Geist heimgesucht, so wie der blasse Schatten von Joslyn. Als Erwachsene hatte sie dann den Prinzen gefunden, der das nötige Kleingeld besaß, um ihr das Haus zu kaufen. Nach der Scheidung war sie dann jahrelang allein dort gewesen, abermals wie ein Geist, der nicht loslassen konnte.

Und jetzt auf einmal war sie in ein bescheidenes kleines Häuschen umgezogen, das sie auch noch von Maggie Landers mietete, und ihr Maklerbüro hatte sie in ein Ladenlokal verlegt, und dann war auch noch der schicke Sportwagen einem Volvo gewichen! Einem *Volvo*, dazu noch einem Kombi!

Was hatte das alles zu bedeuten, abgesehen natürlich von der Tatsache, dass sie jetzt Mutter war? Und hatte es überhaupt etwas zu bedeuten? Frauen waren wundervolle, aber auch rätselhafte Geschöpfe, wie Hutch fand. Ihre Vorgehensweise war sogar manchmal für ihresgleichen mysteriös, und das galt für einen ahnungslosen Mann wie ihn erst recht.

Außer dass sie in Parable geblieben war, hatte Kendra ihr Leben in jeder Hinsicht umgekrempelt und so gut wie alle Gewohnheiten geändert.

Die Frage war, ob das etwas Gutes oder etwas Schlechtes zu bedeuten hatte.

Hutch wollte viel lieber die Antwort auf diese Frage erfahren, anstatt ein frisch gezapftes Bier zu trinken. Da er Letzteres aber für ein paar Dollar bekommen konnte, während Ersteres ihm vermutlich eine gehörige Portion Stolz abverlangen würde, fuhr er lieber weiter und bog auf den Parkplatz gleich neben dem Boot Scoot ein.

Die Eingangstür dieser nie mit einem Anstrich versehenen Wellblechhütte, die ein Überbleibsel aus dem Zweiten Weltkrieg war, stand weit offen, um die kühle Abendluft hereinzulassen. Das Licht schien auf den Fußweg davor, von drinnen hörte er Gelächter und gitarrenlastige Musik aus der Jukebox, untermalt von der typischen Geräuschkulisse eines Billardtischs.

Amüsiert machte Hutch das Licht aus und stellte den Motor ab, öffnete die Tür und stieg aus. Unter seinen Schuhsohlen knirschte bei jedem Schritt der Kies, als er in Richtung Eingang schlenderte.

Früher war man in dem Lokal beim Hineingehen in eine bläuliche, dichte Wolke aus Zigarettenqualm geraten, der im Hals kratzte und die Augen brennen ließ. Aber seit es verboten war, in Lokalen und öffentlichen Gebäuden zu rauchen, war es damit glücklicherweise vorbei. Trotzdem konnte man manchmal sogar vor dem Lokal immer noch den Geruch von brennendem Tabak und auch von anderen Substanzen wahrnehmen, die sich inhalieren ließen.

Als Hutch eintrat, schlug ihm der typische Montana-Kneipengeruch entgegen, der von dem Sägemehl auf dem Fußboden ebenso ausging wie von abgestandenem Schweißgeruch, den Männer wie Frauen mit dem einen oder anderen intensiven Parfüm oder Rasierwasser zu überdecken versuchten. Und er spürte auch jene ganz besondere Art persönlicher Einsamkeit, die die Leute ins Boot Scoot trieb, wenn sie eigentlich anderswo Wichtigeres zu erledigen hatten.

Hutch nickte Freunden und Bekannten zu, als er zur Theke ging und ein Bier bestellte.

Eine Handvoll Paare tanzte zu den recht wehmütigen Klängen aus der Jukebox, bei deren Anblick er unwillkürlich an Opals äußerst zutreffende Beschreibung der Situation hier im Lokal denken musste. Am meisten war rund um die Billardtische am anderen Ende des lang gestreckten Raums los.

Hutchs Bier wurde frisch gezapft, er bezahlte und nahm den Bierkrug entgegen, dann schlenderte er zu den Billardtischen. Am Rodeo-Wochenende und während der Feiern rund um den Unabhängigkeitstag war es hier regelmäßig so voll, dass es eine halbe Ewigkeit dauerte, wenn man von einem Ende des Lokals zum anderen gelangen wollte.

Er fand einen Platz, ohne einen der anderen Gäste anzurempeln, und sah den Spielern zu. Deputy Treat McQuillan, der zwar zivile Kleidung trug, dessen Bürstenhaarschnitt ihn aber auf Anhieb als Cop auswies, stand mit dem Queue in der Hand da, während sein Mitspieler eine Kugel nach der anderen in den Taschen versenkte und auf dem besten Weg war, den Tisch komplett abzuräumen.

McQuillan war noch nie ein guter Verlierer gewesen, und als das Gemetzel endlich vorüber war, machte er mit hochrotem Kopf auf dem Absatz kehrt, rammte mit seinem schmächtigen Arm den Queue in die Wandhalterung und stürmte davon.

Ein paar von den alten Jungs – vorwiegend Farmer und Rancher, die Hutch bereits seit Urzeiten kannte – schüttelten angesichts des unsportlichen Verhaltens den Kopf, gleich darauf ignorierten sie McQuillan, so wie es auch die meisten anderen taten. Sich mit diesem Mann anfreunden zu wollen war einfach eine zu mühselige und undankbare Aufgabe, an die sich niemand heranwagte. Folglich bewegte sich die Zahl der Freunde, die er vorweisen konnte, irgendwo in der Nähe des Nullpunkts.

Aus einem unerfindlichen Grund verspürte Hutch ein Kribbeln im Genick und ein sonderbares Unbehagen, das sich schnell steigerte. Er sah dem Deputy hinterher, wie der sich seinen Weg durch die Menge bahnte und anscheinend immun gegen die fröhlichen Rufe der Gäste war, an denen er vorbeiging.

Hutch hatte McQuillan noch nie leiden können, und damit gehörte er in Parable keiner Minderheit an, doch in diesem Moment tat ihm der Mann ein bisschen leid. Das änderte aber nichts an seiner Wachsamkeit, denn es hing eindeutig etwas in der Luft, und das war ganz sicher nichts Gutes.

Auf halber Strecke durch das lange Ladenlokal blieb McQuillan an einem Tisch stehen, an dem sich mehrere Frauen zusammengefunden hatten. Er streckte die Hand aus, packte eine der Frauen am Arm und zog sie von ihrem Stuhl, um sie dann fest an sich gedrückt zu halten, während sie beide zur langsamen Musik tanzten. Zuerst konnte Hutch keine Details erkennen, weil zu viele Leute im Weg waren, die ihm die Sicht versperrten. Dann aber kam Unruhe auf, wohl weil die Auserwählte gar nicht mit Treat McQuillan tanzen wollte. Die anderen Frauen sprangen von ihren Plätzen auf, einige so plötzlich, dass Stühle nach hinten kippten.

„Hör auf, Treat", warnte ihn eine der Frauen.

Auf einmal begannen sich die Gäste um die Tanzfläche zu scharen. Als eine Lücke entstand, erkannte Hutch, wer da nicht mit McQuillan tanzen wollte. Es war Brylee.

Er stellte seinen Bierkrug auf dem nächstbesten Tisch ab und ging auf die beiden zu, um sich McQuillan vorzunehmen. Doch kurz bevor er das Paar erreicht hatte, streckte jemand den Arm quer vor ihm aus, um ihm den Weg zu versperren.

„Meine Schwester", erklärte Walker Parrish, der fast genau neben ihm stand. „Mein Kampf."

Hutch hatte beim Hereinkommen keinen der beiden Parrishs gesehen, weshalb er sich in diesem Moment überrumpelt vorkam. Gleich darauf schubste Walker McQuillan weg von

Brylee und holte mit seiner Faust aus, die den Deputy genau am Kinn traf.

Das war der gesamte Kampf gewesen, das und nichts weiter. Aber in den kommenden Tagen würde jeder, der einem anderen davon erzählte, noch irgendeine Kleinigkeit ergänzen, bis irgendwann eine Version kursierte, die mit den tatsächlichen Begebenheiten nichts mehr zu tun hatte.

McQuillan verdrehte die Augen, seine Knie knickten ein, und er landete auf dem Boden. Gleichzeitig fasste Walker seine Schwester am Arm, die gerade noch Zeit genug hatte, ihre Handtasche an sich zu nehmen. Dann wurde sie von ihrem Bruder in Richtung Ausgang gezogen.

„Wir fahren jetzt heim“, verkündete er dabei in einem Tonfall, der keinen Widerspruch duldete.

„Verdammt noch mal, Walker“, brüllte Brylee ihn an und versuchte vergeblich, sich aus seinem Griff zu befreien. „Lass mich los! Ich kann auf mich selbst aufpassen!“

Unwillkürlich musste Hutch lächeln, denn Brylee hatte völlig recht: Sie konnte auf sich selbst aufpassen, und auf lange Sicht würde sie damit auch gut fahren.

Ja, diese Frau besaß Temperament, daran gab es keinen Zweifel. Sein Leben hätte so viel einfacher sein können, wenn er nur in der Lage gewesen wäre, sie zu lieben.

Kurz darauf waren die Parrish-Geschwister schon auf dem Parkplatz, und irgendwer half McQuillan hoch. Der rieb sich das Kinn, und er hatte heftiges Nasenbluten, doch davon abgesehen, schien er in Ordnung zu sein. Jedenfalls machte er nicht den Eindruck, als müsste man irgendwas nähen oder in Gips legen.

„Ich werde ihn verklagen!“, tobte McQuillan. „Ihr seid alle Augenzeugen! Ihr habt gesehen, was Walker Parrish mir angetan hat!“

„Ach, Treat“, gab einer der Männer zurück. „Gib doch Ruhe. Du hast seine Schwester angefasst, obwohl sie dir gesagt hat, dass sie nicht mit dir tanzen will …“

McQuillans kleine Glupschaugen funkelten wütend. Er versuchte, das Nasenbluten mit dem Hemdsärmel zu stillen, jedoch ohne Erfolg. Ein Teil der Sägespäne auf dem Fußboden würde man heute Abend wegfegen müssen, so viel stand schon mal fest.

„Das ist mein Ernst“, beharrte er aufgebracht. „Parrish hat einen Polizisten tätlich angegriffen, und das wird nicht ohne Konsequenzen bleiben!“

Hutch, der ganz in der Nähe stand, öffnete seine Faust und wartete, bis der Wunsch nachgelassen hatte, McQuillan gleich wieder zu Boden zu schicken, damit der Typ endlich Ruhe gab.

Es gelang ihm auch, und er drehte sich weg, um dorthin zurückzugehen, wo er sein Bier abgestellt hatte. Dabei hätte er fast Brylees beste Freundin Amy Jo DuPree angerempelt.

„Du besitzt tatsächlich die Dreistigkeit, dich hier blicken zu lassen, Hutch Carmody?“, fauchte sie ihn an und stellte sich so dicht vor ihn, dass sie sich fast den Hals verrenken musste, um ihm ins Gesicht zu sehen. Mit ihren knapp eins fünfzig und einem Gewicht von kaum fünfzig Kilo war die Tochter von Frank und Marge DuPree ein Fliegengewicht, ein hübsches dazu, aber sie hatte vor nichts und niemandem Angst, ganz gleich, wie groß ihr Gegner auch war.

In Montana schien es kaum andere als diese zierlichen Frauen zu geben.

Hutch zog eine Braue hoch. „Wie bitte?“, gab er zurück und musste erst lauter werden, da die Jukebox zu dröhnen begann, als Carrie Underwood von Baseballschlägern und Kerosin zu singen begann, die als Rachewerkzeuge zur Anwendung kommen sollten.

Vielleicht ist das ja der Grund, wieso es in letzter Zeit so unmöglich war, mit Frauen zurechtzukommen, überlegte Hutch beiläufig. Denkbar, dass es an diesen aufhetzenden Texten lag, denen sie tagtäglich auf ihren iPods lauschten.

„Du hast mich genau verstanden“, knurrte sie und schlug ihm in die Magengrube, zwar nicht schmerzhaft, aber doch so, dass er den Treffer spürte.

Davon beeindruckt, aber auch verärgert über dieses unfaire Verhalten ihm gegenüber, nahm er Amy Jo am Arm und brachte sie nach draußen. Auf dem Parkplatz war es nur unwesentlich leiser als in der Kneipe, da sich Walker und Brylee erst noch eine Weile gegenseitig anbrüllten, ehe sie dann endlich in Walkers Truck abfuhren. Gleich darauf traf Boone in seinem Streifenwagen ein und ließ seine Sirene einmal kurz und ohrenbetäubend aufheulen, damit auch alle, die seine fahrende Lichtorgel nicht gesehen hatten, nun wussten, dass er eingetroffen war.

„Verdammt!", schnaubte Hutch, als er sah, dass der Sheriff ein wenig abgekämpft aus seinem Wagen ausstieg und auf den Eingang zum Boot Scoot zuging. „McQuillan zieht das durch. Er will Walker tatsächlich anzeigen."

„*Dich* sollte auch jemand anzeigen!", fauchte Amy Jo, aber es steckte schon nicht mehr ganz so viel Energie dahinter wie noch vor ein paar Minuten. „Wie konntest du ihr das nur antun, Hutch? Wie konntest du es bloß so weit kommen lassen, Brylee zum Gespött der Leute zu machen? Hast du überhaupt eine Ahnung, was eine Hochzeit für eine Frau bedeutet? Sie freut sich ihr Leben lang auf diesen Tag, von dem Moment an, wenn sie zum ersten Mal das Wort Hochzeit hört, und dann …"

Sie verstummte, da Boone an ihnen vorbeiging und ihnen finster zunickte. Dann betrat er das Lokal, um den Schauplatz des Verbrechens zu begutachten, wie McQuillan es zweifellos bezeichnet haben musste. Vermutlich hatte er per Handy den Sheriff angerufen und den Vorfall gemeldet.

Dieser Idiot hatte bestimmt inzwischen die Stelle weiträumig abgesperrt, an der er zu Boden geschickt worden war.

Hutch wandte sich wieder Amy Jo zu und fragte aufgebracht: „Was genau erwartet euer Haufen eigentlich von mir?"

Beleidigt schob sie ihr zierliches Kinn vor. „Haufen? Redest du von Brylees Freundinnen?"

„Ich rede davon", gab er gereizt zurück, „dass dieser ‚Team Brylee'-Mist allmählich langweilig wird. Ich habe mein ganzes Leben hier verbracht, und ich werde auch weiter hier leben, und ich werde den Teufel tun, einen Bogen um das Boot Scoot oder irgendeinen anderen Ort zu machen, nur weil du und der Rest deiner Brylee-Gang meint, ich solle mich verziehen." Er beugte sich vor, und Amy Jo wich vor ihm zurück. „Ich habe Neuigkeiten für dich, und die darfst du gern weitererzählen. Schreib sie auf eure dämliche Website. Bedruck T-Shirts, verteil Flugblätter. *Ich gehe hier nicht weg, und ich tue, was mir gefällt. Damit das klar ist.*"

Amy Jo musste schlucken. Sie war eigentlich nicht so übel, aber sie und Brylee waren von Kindheit an so eng befreundet gewesen wie Kendra und Joslyn. Und wie er und Slade es hätten sein können, wenn ihr alter Herr nicht so entschlossen gewesen wäre, den einen Sohn zu ignorieren und den anderen runterzuputzen.

Loyalität war eine wichtige Eigenschaft für einen Freund, selbst wenn es Loyalität von der besonders starrköpfigen Art war, die Amy Jo demonstrierte.

„Niemand erwartet von dir, dass du von hier wegziehst", antwortete sie schließlich sehr kleinlaut.

„Gut", sagte Hutch, gerade als es im Lokal wieder laut wurde. „Ich werde nämlich auch noch in Parable sein, wenn der Jüngste Tag anbricht."

Amy Jo nickte stumm und kehrte ins Boot Scoot zu ihren Freundinnen zurück. Zwar riet Hutchs Verstand ihm, in seinen Truck einzusteigen und nach Hause zu fahren, wo er von vornherein hätte bleiben sollen, doch er vermutete, das Boone ein wenig Hilfe gebrauchen konnte, um da drinnen für Ruhe zu sorgen. Also folgte er Amy Jo in die Kneipe.

McQuillan hatte inzwischen völlig die Beherrschung verloren und fuchtelte mit dem freien Arm, während er die andere Hand gegen seine blutende Nase gedrückt hielt.

Boone seinerseits stand ganz ruhig und gelassen da. „Also, Treat", sagte er freundschaftlich, aber bestimmt. „Ich möchte wirklich nicht einen meiner Deputys wegen Ruhestörung und Trunkenheit in der Öffentlichkeit festnehmen, aber bei Gott, ich werde dich in die Ausnüchterungszelle stecken, wenn du nicht jetzt sofort Ruhe gibst!"

Aus dem Augenwinkel sah Hutch, wie Amy Jo und ihre Freundinnen nach den Handtaschen und anderen Accessoires griffen und dann zügig die Kneipe verließen. Es war vermutlich eine kluge Entscheidung, da McQuillan mit seinem Verhalten die Atmosphäre im Lokal nur immer weiter aufheizte.

„Du willst *mich* festnehmen?", brüllte der Deputy. Treat hatte noch nie verstanden, wann es klüger war, den Mund zu halten, und genau das war schon immer Teil seines Problems gewesen. „*Ich* bin hier das Opfer! *Ich* wurde angegriffen!"

„Darüber werden wir noch reden", versicherte Boone ihm. „Aber erst, wenn du dich wieder beruhigt hast."

„Ich hätte dir auch eine gescheuert, McQuillan", meldete sich eine Männerstimme irgendwo aus der Menge, die sich allmählich auflöste. „In einer gottverdammten Cowboy-Bar kannst du dir nicht einfach eine Frau greifen und glauben, dir wird schon keiner was tun."

„Harley, halt die Klappe", sagte Boone, der die Stimme sofort erkannt hatte. Während er redete, ließ er McQuillan nicht aus den Augen, dessen blutverschmiertes Gesicht vor Wut verzerrt war.

Hutch musste Harley recht geben. Es musste zu Ärger führen, wenn man eine Frau gegen ihren Willen zum Tanzen zwang, und hier, von Cowboys umgeben, war so etwas fast schon ein selbstmörderisches Unterfangen.

Dennoch stellte er sich links von Boone hin, immer noch auf Abstand zu ihm, aber schon nahe genug, um sofort einzuspringen, wenn es doch noch Ärger geben sollte.

Boone bemerkte ihn und sah ihn von der Seite an. „Steckst du auch mit drin?", fragte er.

Hutch verschränkte die Arme vor der Brust und wippte leicht auf den Hacken vor und zurück. „Also bitte, Boone. Die Frage kommt ja einer regelrechten Beleidigung gleich. Ich war bloß hier im Raum, das ist alles."

Zwar blieb Boones Gesichtsausdruck skeptisch, aber nicht mehr ganz so sehr. Seufzend wandte er sich an seinen Deputy: „Jetzt komm schon, Treat. Ich fahre dich zum Krankenhaus, du lässt dich untersuchen, danach bringe ich dich nach Hause. In deiner Verfassung wirst du selbst heute Abend keinen Meter mehr fahren."

Treat war unverändert aufgebracht. „Lieber gehe ich zu Fuß", reagierte er abweisend. Boone war zwar sein Boss, aber er war auch der Mann, der McQuillan bei der Wahl zum Sheriff deutlich geschlagen hatte, und über diese Enttäuschung war der Mann noch immer nicht hinweg. McQuillan hatte von Kindheit an Sheriff werden wollen, auch wenn er für diesen Posten gar nicht geeignet war.

„Wie du meinst, Treat", erwiderte Boone. „Aber dein Wagen bleibt bis morgen früh da stehen, wo er geparkt ist."

„Sobald morgen früh das Gericht öffnet, werde ich Walker Parrish anzeigen", beharrte der andere Mann und ging in Richtung Ausgang. Die Schaulustigen verloren das Interesse, die Gruppe löste sich komplett auf, die Männer widmeten sich wieder ihren Billardpartien und ihrem Bier.

Boone wandte sich an Hutch. „Was ist hier vorgefallen?"

Auch wenn der Zwischenfall längst Geschichte war, hatte er Hutch dennoch berührt. Er liebte Brylee Parrish zwar nicht, aber er konnte nicht tatenlos zusehen, wenn ein betrunkener Mistkerl eine Frau zu etwas zu drängen versuchte, was sie gar nicht wollte.

Als Hutch ihm den Vorfall schilderte, ließ er die Tatsache aus, dass er selbst McQuillan hatte außer Gefecht setzen wollen. Stattdessen beschränkte er sich darauf, ihm zu erzählen, dass Walker sich eingemischt und den Deputy mit einem Schlag zu Boden geschickt hatte.

„Wunderbar", sagte Boone und schnaubte leise. „Das ist einfach wunderbar. Wenn McQuillan bis morgen früh nicht zur Vernunft kommt, was aus meiner Erfahrung nicht geschehen wird, dann erwartet Walker eine Anklage wegen Körperverletzung."

„Komm schon“, protestierte Hutch. „Ich habe dir doch gerade erzählt, was passiert ist. McQuillan hat sich das Ganze selbst eingebrockt.“

Boone ging in Richtung Ausgang, Hutch folgte ihm, da er von der Bar so wie von allem anderen genug hatte. „Es war Walkers gutes Recht, seine Schwester zu beschützen“, entgegnete der Sheriff über seine Schulter. „Aber er ist dabei zu weit gegangen. Er ist über einen Kopf größer als McQuillan, und ganz gleich, wie ich über den alten Treat denke, ist er immer noch ein Polizist. Ihm einen Fausthieb ins Gesicht zu verpassen mag noch so verlockend sein, das muss ich selbst zugeben, aber das Gesetz sieht so was strenger, als wenn er beispielsweise dich zu Boden geschickt hätte.“

Sie hatten den Parkplatz erreicht, die Lichter an Boones Streifenwagen waren noch eingeschaltet und tauchten die Umgebung in einen Wirbel aus blauem, weißem und rotem Licht.

„Das kann er ja gerne mal versuchen“, meinte Hutch gereizt. War sogar sein bester Freund der Meinung, dass er nichts weiter als ein Schwätzer war, nur weil er die Hochzeit im letzten Moment abgesagt hatte?

Boone machte die Wagentür auf, beugte sich nach drinnen und schaltete die Lichter ab, was Hutch als Erleichterung empfand, da er davon allmählich Kopfschmerzen bekam. „Fahr nach Hause, Hutch“, sagte er dann. „Ich habe im Augenblick mit Treat McQuillan genug am Hals, ich kann nicht für noch jemanden das Kindermädchen spielen.“

„Ich verstoße nicht gegen irgendwelche Gesetze“, stellte Hutch klar und ärgerte sich darüber, dass da schon wieder jemand war, der ihm Vorschriften machen wollte, wo er sich aufhalten und was er tun sollte. Wenn er sich nicht irrte, war das hier immer noch ein freies Land.

„Das stimmt“, bestätigte Boone. „Aber wenn Walker McQuillan nicht als Erster zu Boden geschickt hätte, wärst du auf den Mann losgegangen. Du brauchst das gar nicht abzustreiten, weil ich dich kenne, Hutch. Dir steht ins Gesicht geschrieben, wie stinksauer du bist, und wenn du noch eine Weile in der Stadt bleibst und nach Ärger Ausschau hältst, wirst du den auch finden." Der Sheriff seufzte wieder. „Meine Aufgabe ist es, für Ruhe und Frieden zu sorgen, und das versuche ich gerade."

Hutch hätte am liebsten weiter darauf gepocht, dass es sein gutes Recht war, sich in der Stadt aufzuhalten, sooft und so lange er wollte, auch wenn ihm Boones Argument auf eine komplizierte Weise einleuchtete. Er musste zugeben, dass es ihn ärgerte, wie Walker dazwischengegangen war, als McQuillan Brylee belästigt hatte. Er fühlte sich zurückgesetzt und kampfbereit zugleich – alles andere als eine vielversprechende Kombination.

Ehe er aber noch etwas sagen konnte, wechselte Boone abrupt das Thema: „Meine Jungs kommen mich besuchen. Am 4. Juli bleiben sie über das Wochenende bei mir."

Hutch grinste erfreut. „Das ist gut", sagte er, aber einen Moment später fügte er an: „Oder nicht?"

„Nein, das ist überhaupt nicht gut", antwortete Boone und schaute zerknirscht drein. „Mein Trailer befindet sich nicht in einem Zustand, um von menschlichen Wesen bewohnt zu werden. Ich weiß nicht, was ich ihnen zu essen hinstellen soll, wann sie ins Bett müssen, wie lange sie vor dem Fernseher sitzen dürfen …"

Als er das hörte, musste Hutch auflachen. Das war gut, weil er sich dadurch so schnell entspannte, als hätte er soeben einen doppelten Whiskey runtergekippt. „Dann solltest du vielleicht mal aufräumen und sauber machen", schlug er ihm vor. „Und wann sie ins Bett müssen … ja, das wirst du schon merken, Boone. Wir reden hier über Kinder, nicht über irgendwelche Außerirdische, über die wir nichts wissen."

Boone schob mit der rechten Stiefelspitze ein paar Kieselsteine hin und her. „Du hast gut reden, mein Freund, weil deine einzige Beschäftigung darin besteht, deine unendlichen Weisheiten in Sachen Erziehung zum Besten zu geben, obwohl du selbst nicht mal Kinder hast."

Hutch klopfte ihm auf die Schulter. „Was hältst du denn davon, *alter Freund*, wenn du dir ein oder zwei Tage freinimmst, und ich komme zu dir und helfe dir beim Ausmisten?"

„Das würdest du machen?", fragte Boone und sah Hutch mit zusammengekniffenen Augen an.

„Zweifelst du etwa an meinen Worten?", gab Hutch zurück und tat so, als sei er tief getroffen. „Du, der du mein Trauzeuge bei meiner Beinahe-Hochzeit warst?"

Auch Boones Anspannung ließ ein wenig nach, und er musste sogar leise lachen. „Ich muss auf jeden Fall McQuillan im Auge behalten, aber morgen könnte ich einen freien Tag einlegen und übermorgen noch für ein paar Stunden freinehmen."

„Gut", sagte Hutch. „Ruf mich an, wenn du loslegen willst, dann komme ich mit zwei Macheten und ein paar Stangen Dynamit vorbei."

Diesmal kam Boones Lachen von Herzen. „Macheten und Dynamit? Keine Flammenwerfer?"

„Die sind ausverkauft", antwortete Hutch und ging weiter zu seinem Truck. Er ließ den Motor an, hupte einmal kurz, um sich von Boone zu verabschieden, und machte sich dann auf den Heimweg.

Nachdem sie Madison an der Kindertagesstätte abgesetzt und Daisy bei Tara abgeliefert hatte, damit die den Tag mit Lucy verbringen konnte, hielt Kendra am Butter Biscuit Café an, um sich ein Schokoladencroissant und einen doppelten fettarmen Latte zu gönnen, ehe sie ins Büro weiterfuhr. Sie war gut gelaunt, weil Walker Parrish tags zuvor eindeutig Interesse an ihrem Herrenhaus gezeigt hatte. Zwar hatte er nicht gesagt, dass das Haus exakt den Vorstellungen seiner mysteriösen Freundin entsprach, doch instinktiv wusste sie, bald würde die Kasse klingeln.

Allerdings war noch kein Angebot abgegeben worden, hielt sie sich pflichtbewusst vor Augen, während sie darauf wartete, ihre Bestellung aufzugeben. Und ein Verkauf war immer erst dann getätigt, wenn der Scheck ihrem Konto gutgeschrieben worden war und nicht mehr zurückgebucht werden konnte.

Sie war so in diese Unterhaltung mit sich selbst vertieft, dass ihr Deputy McQuillan zunächst gar nicht auffiel. Erst nach einer Weile sah sie ihn an der langen Theke sitzen, zu beiden Seiten umgeben von freien Plätzen, obwohl das Butter Biscuit während der Frühstückszeit immer überlaufen war. Er trug nicht nur einen Verband auf seiner Nase, diese war zudem geschient worden, und er hatte zwei blaue Augen.

„Ich bringe ihn vor Gericht", sagte er zu sich selbst, dabei machte er den Eindruck eines Mannes, der soeben im Begriff war, sich selbst in Rage zu reden.

Die anderen Gäste ignorierten ihn geflissentlich.

„Achten Sie gar nicht auf Treat", flüsterte die ältere Kellnerin Kendra zu, als sie mit dem Bestellblock zur Theke kam. „Er redet bloß drauflos, weil er gestern Abend in der Boot Scoot Tavern Brylee Parrish dumm angemacht hat und Walker ihm daraufhin eine gelangt hat."

Kendra verzog den Mund, als sie sich diese Szene vorstellte. „Autsch", murmelte sie.

„Hat ihm die Nase gebrochen", ergänzte die Kellnerin das Offensichtliche und hörte sich sehr zufrieden darüber an.

McQuillan musste ihre Unterhaltung mitbekommen haben, da er sich auf einmal zu ihnen umdrehte und Kendra einen Blick zuwarf, der sie unwillkürlich zusammenzucken ließ.

„Ja, mach nur weiter, Millie", fuhr er die Kellnerin an. „Erzähl der ganzen Welt *Walkers* Version der Geschichte."

„Es ist die *einzige* Version der Geschichte", konterte Millie unbeeindruckt. „Du hast dich im Boot Scoot zum Affen gemacht, das ist eine Tatsache. Wenn du mich fragst, kannst du noch froh sein, dass Walker dich erwischt hat, bevor Hutch Carmody auf dich losgehen konnte."

Dass Hutchs Name in Verbindung mit einer Kneipenschlägerei wegen einer gewissen Brylee Parrish genannt wurde, gefiel Kendra ganz und gar nicht. McQuillans Gesicht lief rot an, und auf einmal galt seine ganze Aufmerksamkeit Kendra. „Sie sollten sich das lieber noch mal gut überlegen, bevor Sie wieder was mit Carmody anfangen", ließ er sie wissen. „Der Kerl taugt nichts."

Kendra brachte keinen Ton heraus, so wütend war sie über McQuillans anmaßende Worte. Für wen hielt der Mann sich, dass er glaubte, er könnte so mit ihr reden?

„Halt endlich die Klappe, Treat", fuhr Millie ihn an. „Die Leute hier wollen ihren morgendlichen Kaffee genießen oder in Ruhe frühstücken. Warum willst du sie dabei stören?"

Gebannte Stille legte sich über das ganze Café, als müsste es jeden Moment eine gewaltige Explosion geben. Hier und da war zu hören, wie Stuhlbeine über den Fußboden rutschten, da vereinzelt männliche Gäste in Lauerstellung gingen, um sofort einschreiten zu können, sollte die Lage plötzlich eskalieren.

„Dabei wollte ich doch nur Brylee helfen, über ihr gebrochenes Herz hinwegzukommen", redete McQuillan ungerührt weiter. „Ich wollte mit ihr tanzen und ihr vielleicht einen Drink spendieren." Dann deutete er mit dem Zeigefinger auf sein ramponiertes Gesicht. „Und das ist der Dank für meine Bemühungen."

In diesem Moment kam Essie, die langjährige Eigentümerin des Butter Biscuit, aus der Küche nach vorn, wischte sich die Hände an der Schürze ab und ging zielstrebig hinter der Theke entlang, bis sie Treat McQuillan erreicht hatte. Sie blieb stehen und sah ihn an, ihre Augen mit dem dicken Lidstrich, der sie wie Kleopatra aussehen ließ, funkelten den Mann wütend an.

„Ich habe jetzt endgültig genug von dir, Treat", sagte sie so laut, dass sie auch noch im hintersten Winkel verstanden wurde. „Entweder du benimmst dich wie jeder andere Gast oder ich rufe Boone an, damit er herkommt und dich nach draußen schleift."

McQuillans Gesicht nahm einen noch dunkleren Rotton an. „Dann wirst du schon Slade anrufen müssen", gab er verbittert zurück. „Er springt heute für Boone ein. Schätze, der alte Slade kann's nicht lassen und will noch ein bisschen Sheriff spielen."

„Notfalls werde ich den Präsidenten anrufen, wenn's nicht anders geht", konterte Essie. „Und komm mir nicht noch mal so frech, Treat McQuillan. Ich kannte schon deine Mama."

Ich kannte schon deine Mama.

Fast hätte Kendra trotz der unverändert angespannten Situation im Café gegrinst, als sie diesen sehr vertrauten Satz hörte. In Parable waren Freundschaften und Feindschaften eng miteinander verbunden, so wie die Wurzeln der alten Bäume in einem überwucherten Wald, die sich so ineinander verschlungen hatten, dass sie nicht mehr getrennt werden konnten.

„Ich kannte schon deine Mama" war eine Äußerung, die in den meisten Fällen genügte, um einen anderen verstummen zu lassen.

Auch McQuillan konnte sich der Wirkung dieser Worte nicht entziehen, drehte sich mit seinem Hocker um und verließ zielstrebig das Lokal, ohne nach links und rechts zu sehen.

Amüsierte Kommentare geisterten durch das Café, nachdem die Tür hinter ihm zugefallen war.

„Ich bin mir nicht sicher, ob dieser Mann nicht doch ein bisschen verrückt ist", überlegte Essie, während sie ihm nachsah.

Niemand widersprach ihr.

Kendra bestellte den Latte und das Croissant, wartete, bezahlte und verließ mit ihrem Einkauf das Restaurant, wobei sie feststellte, wie ungewöhnlich nervös der Zwischenfall sie gemacht hatte.

Auf dem Weg zum Büro holte sie ihr Handy aus der Tasche und tippte auf die Kurzwahltaste für Joslyns Nummer. Sie hoffte, dass sie ihre Freundin nicht beim Erholungsschlaf oder etwas ähnlich Wichtigem störte.

Joslyn meldete sich aber schon nach dem ersten Klingeln und klang viel zu fröhlich für eine Frau, die erst vor Kurzem ein Kind zur Welt gebracht hatte und jetzt aus dem Schlaf geholt worden war. „Hi, Kendra", begrüßte sie sie. „Was geht ab?"

„Ich weiß nicht so genau", musste Kendra ihr eingestehen. Wieso bitte schön hatte sie Joslyn angerufen?

Ihre Freundin wartete einfach ab.

„Ich habe gehört, dass Slade für Boone eingesprungen ist“, sagte sie schließlich, während sie vor ihrem Laden angekommen war und mit ihrem Schlüsselbund hantierte. „Als Sheriff, wollte ich sagen.“ Sie war daran gewöhnt, mit Handtaschen, Aktenkoffern, Handys und Kaffeebechern zu jonglieren, doch heute Morgen wollten ihre Finger nicht richtig zufassen, so als seien sie feucht.

„Ja, Boones Söhne kommen ihn besuchen“, erklärte Joslyn gut gelaunt. „Deshalb muss er zu Hause Ordnung schaffen, und darum hat er freigenommen. Slade hat sich angeboten, für ein paar Tage einzuspringen.“

„Aha“, sagte Kendra, schloss die Tür und flüchtete sich förmlich in ihr Büro. Was sollte sie sagen, wenn sie wissen wollte, wieso sie sich nach einer Sache erkundigte, die sie wirklich in keiner Weise etwas anging?

„Wieso fragst du?“, wollte Joslyn wie auf ein Stichwort hin wissen.

Kendra seufzte, stellte die Handtasche und den Kaffeebecher auf ihrem Schreibtisch ab, dann legte sie die Tüte mit dem Croissant daneben. Aber selbst diese Sekunden, die sie damit herausgeholt hatte, genügten nicht, um sich einen plausiblen Vorwand für ihre Frage auszudenken.

Also konnte sie nur zur Wahrheit greifen. „Deputy McQuillan hat vorhin im Butter Biscuit Theater gemacht. Er sprach davon, dass Walker Parrish ihn gestern Abend attackiert hat und dass er ihn vor Gericht bringen werde.“

„Ja, ich habe davon gehört, dass es im Boot Scoot zu einer kleinen Streiterei gekommen sein soll“, antwortete sie ein wenig zögerlich.

„Und Hutch war auch daran beteiligt.“

„Indirekt“, bestätigte Joslyn.

„Nicht, dass es mich etwas angeht, was Hutch Carmody macht.“ Kendra redete eigentlich mehr mit sich selbst als mit Joslyn.

Die lachte amüsiert. „Außer dass du ein bisschen in Sorge um ihn zu sein scheinst“, stellte sie fest. „Warum gibst du nicht wenigstens deiner vorrangigen besten Freundin gegenüber zu, dass du immer noch was für den Kerl übrig hast?“

„Weil ich nichts für ihn übrig habe.“

„Aber sicher“, gab Joslyn ironisch zurück.

„Ich bin jetzt Mutter“, redete Kendra drauflos und stellte fest, dass sie aus einem unerfindlichen Grund nicht damit aufhören konnte. „Ich habe einen Hund und einen Volvo, und ich muss meinen Lebensunterhalt verdienen.“

Diesmal musste Joslyn sogar laut lachen. „Und was willst du mir damit sagen? Dass du in deinem Leben keine Romanze brauchst? Oder mal ein bisschen Sex?“

„Sex?“ Das Wort kam wie ein schriller Aufschrei über ihre Lippen. „Wer redet denn hier von Sex?“

„Na du“, sagte Joslyn ihr auf den Kopf zu. „Natürlich nicht wörtlich. Aber ein bisschen eifersüchtig bist du schon, nicht wahr? Weil du dir ausmalst, wie Hutch in der Boot Scoot Tavern Brylees Ehre verteidigt hat, stimmt's?“

„Als ... Eifersucht ... würde ich das eigentlich nicht bezeichnen“, erwiderte Kendra nach einer Weile.

„Okay“, meinte Joslyn. „Und als was würdest du es stattdessen bezeichnen?“

„Du bist keine große Hilfe für mich“, hielt Kendra ihr vor und fühlte sich noch mutloser. Dennoch lächelte sie, denn mit Joslyn zu reden tat ihr immer gut, selbst wenn es nicht gelang, ein Problem zu lösen.

„Lass uns in ein paar Tagen zu Mittag essen gehen“, schlug Joslyn vor. „Wenn Mom wieder unterwegs nach Santa Fe ist und sich hier alles normalisiert. Vielleicht kann Tara ja auch mitkommen.“

Kendra fühlte sich immer noch wie eine Idiotin, während sie dem Vorschlag zustimmte, sich verabschiedete und auflegte.

Den Morgen verbrachte sie vor ihrem Computer, wobei sie einen großen Bogen um die Website machte, die gegen Hutch

Carmody wetterte – obwohl sie dazu das eine oder andere hätte beisteuern können. Außerdem nahm sie ganze zwei telefonische Anfragen entgegen.

Gegen Viertel vor elf wurde sie auf einmal so rastlos, dass sie das Telefon im Büro auf ihr Handy umleitete, den Laden abschloss und rausfuhr zu Taras Hühnerfarm, um Daisy abzuholen und nach Hause zu fahren. Madison war noch für ein paar Stunden in der Tagesstätte, deren Vorschulprogramm ihr von Tag zu Tag besser gefiel. Da wollte Kendra nicht stören, auch wenn sie sie gern früher abgeholt hätte.

Tara hielt sich vor dem Haus auf, als Kendra in die holprige Zufahrt einbog. Sie trug einen roten Overall und hielt eine Schaufel in der Hand. Daisy und Lucy tollten ungestüm umher und spielten Nachlaufen und Fangen.

„Sag nichts“, rief Tara ihr zu und grinste spitzbübisch, als sie auf den Volvo zuging. „Du bist hergekommen, um mir dabei zu helfen, die Hühnerställe sauber zu machen. Ach, du bist doch eine wahre Freundin, Kendra Shepherd.“

„Das könnte dir so passen“, gab Kendra lachend zurück. Es war schön, mal für eine Weile weder an Hutch Carmody noch an Sex zu denken. Beides waren natürlich zwei völlig verschiedene Themen, dennoch war es ihr seit dem Telefonat mit Joslyn nicht mehr möglich gewesen, die beiden Dinge voneinander zu trennen.

„Und was bitte willst du dann hier?“, fragte Tara mit gespielter Enttäuschung.

„Kann ich nicht mal eine Freundin besuchen?“, gab Kendra zurück, machte die Tür auf und stieg aus, wobei sie sofort im Morast stand. Hätte sie doch bloß Gummistiefel angezogen, bevor sie sich auf den Weg hierher gemacht hatte!

Nicht, dass sie überhaupt ein Paar Gummistiefel besessen hätte …

Tara musste lachen, als sie Kendras vorsichtige Schritte bemerkte. Sie deutete auf einen Weg durch den Morast, der nicht ganz so aufgeweicht war, dann lehnte sie die Schaufel gegen den

Hühnerstall und folgte Kendra in das alte Farmhaus, mit dessen Renovierung sie im letzten Jahr begonnen hatte.

Diese Frau war die Widersprüchlichkeit in Person, fand Kendra. Gesicht und Körper gehörten eindeutig zu einem Model, aber den versteckte sie in albernen Overalls.

Sie setzten sich auf der Veranda hin, da das Wetter schön war und die Hunde so ausgelassen spielten, dass es eine Schande gewesen wäre, sie dabei zu stören.

Tara deutete mit einer Kopfbewegung auf das angrenzende Grundstück, das Boone Taylor gehörte. „Endlich macht er da drüben mal sauber“, sagte sie in einem Tonfall, der sich in Kendras Ohren sonderbar nachdenklich anhörte. „Möchte nur wissen, warum.“

9. KAPITEL

Als Hutch am Morgen bei Boone vorfuhr, rückte er mit einem halben Dutzend seiner Ranchhelfer an, mit einem Truck mit hydraulischer Seilwinde, um schwere Lasten zu heben, und mit einem Berg an Werkzeugen für jeden nur erdenklichen Zweck. Opal folgte dem Trupp in ihrem riesigen Kombi, vollgepackt mit Eimern Kartoffelsalat und gebratenen Hähnchenteilen, dazu selbst gebackene Biskuits.

Boone stand mit nacktem Oberkörper in seinem überwucherten Garten, griff aber sofort nach seinem T-Shirt, das er über eine Schubkarre gelegt hatte, und zog es an, da nun eine Dame anwesend war.

Hutch musste grinsen, als er das sah, und rangierte seinen Truck zu einem Stapel alter Reifen, dann stieg er aus. Sofort kam Boone zu ihm und begrüßte ihn, während sein Blick über die Armee aus Helfern schweifte, die angetreten war, um bei ihm für Ordnung zu sorgen.

„Wenn, musst du aber auch immer gleich angeben, wie?“, kommentierte Boone.

„Entweder fahr alle Geschütze auf, oder bleib lieber gleich zu Hause“, gab er humorvoll zurück. „Du kennst doch mein Motto.“

„Ja, zusammen mit ‚Mach Ärger, wo immer du kannst‘ und ‚Geh zum Rodeo, bis dir alle Zähne ausgeschlagen worden sind‘, wie?“, zog Boone ihn auf.

„Gibt es ein Gesetz, das es mir verbietet, mehr als ein Motto zu haben?“, gab Hutch augenzwinkernd zurück.

„Vermutlich nicht“, räumte Boone ein und betrachtete mit finsterer Miene das Chaos, das auf seinem Grundstück herrschte. „Ich weiß deine Hilfe zu schätzen, Kumpel.“

„Nicht der Rede wert. Dafür hat man schließlich Freunde.“

Boone nickte, einen Moment später räusperte er sich. „Und was ist, wenn Griff und Fletch hier ankommen und gleich wieder zurück nach Missoula wollen?“, fragte er leise, damit die anderen Helfer und Opal ihn nicht hören konnten.

„Immer eins nach dem anderen, Boone", hielt Hutch ihm vor Augen. „Zuerst mal sollten wir dafür sorgen, dass deine Jungs in dem meterhohen Gras nicht verschwinden."

Mit einem rauen Lachen antwortete er: „Ich habe genügend Bier in den Kühlschrank gestellt."

„Gute Idee", meinte Hutch und ging zur Heckklappe seines Trucks, um Schaufeln und elektrische Unkrautschneider von der Ladefläche zu nehmen. „Aber verteil davon nichts, solange Opal noch hier ist, sonst bekommen wir eine lange Predigt über die Gefahren des Alkohols zu hören, und sie nimmt all die Leckereien wieder mit, für die sie die halbe Nacht aufgeblieben ist."

Boone musste von Herzen lachen. „Sie kann predigen, so viel sie will, solange ich nur eine Portion von ihrem Kartoffelsalat abbekomme", sagte er und ging zu Opal, um sie zu begrüßen. Sie war soeben ausgestiegen und stand da wie angewurzelt. Aus dem Augenwinkel verfolgte Hutch mit, wie Boone ihr einen schmatzenden Kuss auf die Stirn gab, worauf sie ein wenig errötete und dabei so tat, als schaue sie ihn ermahnend an.

„Es wird auch Zeit, dass du dein Leben in den Griff bekommst, Boone Taylor", sagte sie. Dann fiel ihr Blick auf die alte Toilettenschüssel, in der Blumen wuchsen, und sie schüttelte entsetzt den Kopf. „Dieses Scheusal", verkündete sie, „muss sofort verschwinden!"

Sie rief zwei Ranchhelfer zu sich und wies sie an, das störende Objekt zu entfernen. Zwei weitere Männer wurden losgeschickt, um das Essen in Boones vernachlässigten Trailer zu bringen und die Putzmittel zu verteilen.

„Typisch Mann", murmelte sie. „Wer sonst kommt schon auf die Idee, eine Toilette in seinen Vorgarten zu stellen?" Fassungslos folgte sie mit Eimern bewaffnet den anderen Männern auf die windschiefe Veranda. „Was ist denn an süßen kleinen Gartenzwergen so verkehrt? Oder an Windrädern, die aussehen wie große Blumen?"

„Redet sie immer so viel mit sich selbst?", wunderte sich Boone und nahm einen Unkrautschneider von der Ladefläche.

„Ja, auch wenn ich sie nicht allzu oft um mich habe", bestätigte Hutch und füllte Benzin in den Tank des Rasenmähers. „Aber wenn, dann redet sie gern drauflos."

Die nächsten Stunden verbrachten sie damit, das Unkraut zu entfernen. Darunter kam noch mehr rostiger Metallschrott zutage, außerdem etliche zerbrochene Flaschen und der Kadaver eines Eichhörnchens, das an Altersschwäche gestorben sein musste, als Montana zum eigenständigen Bundesstaat erhoben wurde.

Von Zeit zu Zeit kam Opal nach draußen auf die Veranda und klopfte ihre Schürze aus. Dann stand sie da, stemmte die Hände in die Hüften und wollte wissen, wie ein halbwegs vernünftiger Mensch in einem solchen Durcheinander leben konnte.

„Sie scheint dich für halbwegs vernünftig zu halten", sagte Hutch zu Boone, die beide Seite an Seite arbeiteten und Schrott und Unrat auf die Ladeflächen der Trucks warfen, die zwischendurch wegfuhren, um den Müll wegzuschaffen.

„Wer hätte das gedacht", gab Boone erstaunt zurück. So wie alle anderen war er nass geschwitzt, das T-Shirt klebte auf seiner Haut.

„Und glaubt ja nicht, ich hätte nicht das Bier im Kühlschrank entdeckt!", rief sie an alle gerichtet, ehe sie murrend in den alten Trailer zurückkehrte, um ihren persönlichen Feldzug gegen Staub und Schmutz und Unordnung fortzusetzen.

„Ein Bier", stöhnte einer der Helfer mit gespielter Verzweiflung. „Das könnte ich jetzt gut gebrauchen. Am besten gleich zehn Bier!"

Gegen Mittag, als die Sonne hoch am Himmel stand und jedem allmählich der Magen zu knurren begann, kam Opal wieder nach draußen auf die Veranda und verkündete, die Küche sei jetzt endlich sauber genug, um das Essen servieren zu können. Jeder ließ sofort alles stehen und liegen und stürmte den Trailer. Nachdem sie sich der Reihe nach am Spülbecken frisch gemacht hatten, bediente man sich am Büfett, dann nahm sich jeder der Helfer „heimlich" eine Dose Bier aus dem Kühlschrank – während Opal ganz zufällig wegsah – und ging nach draußen, um im Schatten der Bäume zu Mittag zu essen.

Opal saß am Tisch mitten in Boones auf Hochglanz polierter Küche, Boone und Hutch setzten sich zu ihr. „Du kannst wirklich Wunder vollbringen“, sagte Boone zu ihr, als er sich umsah. Natürlich war deutlich zu erkennen, dass die Möbel alt und abgestoßen waren, doch alle Oberflächen glänzten und waren wieder sauber.

„Du lebst eben schon zu lange ohne eine Frau hier“, gab Opal auf ihre ganz besondere Weise zurück, die einen Vorwurf mit liebevollem Verständnis kombinierte.

Boone schaufelte Kartoffelsalat auf seinen Teller – die selbst gemachte Variante hatte er vermutlich seit dem Tag nicht mehr zu essen bekommen, an dem Corrie krank geworden war – und legte mehrere Stücke panierte Hähnchenbrust dazu. „Mich überrascht, was du da sagst, Opal“, zog er sie auf. „Wenn man dich so hört, klingt das, als seien Frauen dazu da, hinter den Männern aufzuräumen. Wenn das rauskommt, werden die militanten Feministinnen dich auf dem Scheiterhaufen verbrennen.“

Sie atmete schnaubend aus und tat seine Bemerkung als groben Unfug ab, aber dann wurde sie ernst und musterte Boone durch die Gläser ihrer altmodischen Brille, als hätte sie ihn noch nie zuvor gesehen. „So was wie das hier hätte Corrie nicht gewollt“, sagte sie leise. „Nicht für dich und ganz sicher nicht für deine beiden Jungs.“

Boone legte die Gabel hin, auf der sich Kartoffelsalat türmte, und sah schweigend auf seinen Teller. Dabei sah er so todtraurig aus, dass Hutch den Wunsch verspürte, seinem Freund zur Seite zu stehen. Doch er hielt sich zurück, da er wusste, dass Opal recht hatte. Vielleicht würde es ihr ja gelingen, zu Boone durchzudringen, was er, Slade und andere Leute bislang vergeblich versucht hatten.

„Wir wollten nicht ewig in diesem Trailer leben“, redete er tonlos vor sich hin. „Es war nur eine Zwischenlösung, bis wir unser Haus gebaut hätten.“

„Ich weiß“, entgegnete Opal in sanftem Tonfall. „Aber meinst du nicht, es wird Zeit, die Vergangenheit hinter dir zu lassen und nach vorn zu schauen? Zeit, dieses Haus endlich zu bauen, deine Jungs zu dir zu holen, wo sie hingehören, und vielleicht wieder eine Frau zu finden?“

Jetzt erst hob Boone den Kopf. Dabei schaute er so unendlich traurig in die Runde, dass Hutch mit den Tränen kämpfen musste.

„Ich kann keine Frau heiraten, die ich nicht liebe“, erklärte er heiser. „Und ich werde niemals eine andere Frau als Corrie lieben.“

Schweigen machte sich breit.

Nach einer Weile hob Boone die Gabel, um demonstrativ etwas zu essen, doch sein Appetit hatte ihn längst verlassen.

„Was du durchmachen musstest, war wirklich schlimm“, sagte Opal schließlich verständnisvoll. „Aber Corrie kommt nicht mehr zurück, Boone. Du dagegen lebst noch, und das trifft auch auf deine Söhne zu. Die beiden brauchen ihren Daddy.“

„Meine Schwester …“

„Ich weiß, Molly liebt die Jungs“, sagte sie, als Boone nach diesen zwei Worten gleich wieder verstummte. „Aber sie sind *deine* Jungs, sie sind *dein* Fleisch und Blut. *Sie gehören zu dir!*“

Boone schob seinen Stuhl zurück und machte den Eindruck, als wollte er im nächsten Augenblick aufspringen und weglaufen, doch letztlich blieb er sitzen. „Ich weiß deinen Einsatz hier zu schätzen, Opal“, sagte er, ohne dabei sie oder Hutch anzusehen. „Ich will auch nicht respektlos erscheinen, aber du weißt nicht, was du da redest. Du hast keine Ahnung, wie gut es Griff und Fletch bei ihrer Tante und ihrem Onkel mit all ihren Cousins haben.“

„Es tut mir leid, Boone“, erwiderte Opal. „Du hast mich nicht nach meiner Meinung gefragt, und ich hätte den Mund halten sollen.“

Daraufhin stand Boone auf, verließ wortlos die Küche und

ging nach draußen. Die Fliegengittertür, die schief in ihren Scharnieren hing, fiel hinter ihm laut zu.

„Es ist ein Fortschritt, Opal“, sagte Hutch zu der Frau, die sichtlich mit den Tränen kämpfte. „Dass Boone die Jungs an einem Feiertag übers Wochenende nach Parable kommen lässt, das ist schon ein enormer Schritt nach vorn. Zu Weihnachten ist er noch nach Missoula gefahren, um sich da mit ihnen zu treffen. Jetzt macht er hier sauber und lässt sich von uns helfen, also genau das, wogegen er sich lange Zeit gesträubt hat.“

Opal schniefte leise und winkte ab. Während Hutch weiteraß, nahm sie Boones Teller weg. „Seit wann bist du so scharfsinnig?“, fragte sie. „Ich dachte, du besitzt nicht einen Funken Verstand, weil du an Rodeos teilnimmst, Hochzeiten abbläst und wie ein Einsiedler lebst, der doppelt so alt ist wie du.“

„Warum redest du alles schön, Opal?“, scherzte er. „Sag mir doch einfach, was du wirklich denkst.“ Das Essen war verdammt gut, und sein Appetit war ihm nicht verdorben worden.

„Der Mann ist depressiv“, erklärte sie sorgenvoll und stellte den Teller in das nun wieder saubere Spülbecken. „Als Sheriff spielt er uns allen was vor, aber er muss sich ziemlich mies fühlen, wenn er das hier alles so verkommen lässt.“

„Mach dir nicht zu viel Sorgen“, riet Hutch ihr. „Corries Tod hat ihn aus der Bahn geworfen, aber er kommt allmählich zur Besinnung, Opal. Endlich“, fügte er an.

„Ich hoffe, du hast recht“, sagte sie und klang gar nicht überzeugt von seinen Worten.

„Du wirst schon sehen“, versicherte er und fragte sich insgeheim, woher auf einmal diese Zuversicht kam, was die Zukunft seines Freundes anging. Er, Slade und viele andere waren seit Jahren in Sorge um Boone. Dass er sich zur Kandidatur für den Posten des Sheriffs durchgerungen hatte, war das erste Lebenszeichen von ihm seit Corries Tod gewesen, doch seitdem hatte es kaum etwas gegeben, was ihn weiter hätte ermutigen können.

Boone beherrschte seinen Job, denn schon als Slades Deputy war er zuverlässig und grundehrlich gewesen. Seine Kleidung war gebügelt, die Stiefel glänzten, und mit der Präzision eines Uhrwerks ließ er sich einmal im Monat im Frisiersalon Curly Burly die Haare schneiden.

Aber nach dem Dienst kam er heim zu diesem Trailer, und Gott allein wusste, was er in seiner Freizeit machte.

„Er würde gut zu Tara Kendall passen, weißt du?“, überlegte Opal wehmütig. „Beide sind einsam, ihre Grundstücke grenzen aneinander …“

„Und sie hassen sich gegenseitig“, ergänzte Hutch.

„Ja, so wie du und Kendra“, konterte sie lächelnd.

Hutch bemerkte, dass seine Ohren kochend heiß waren. Vermutlich glühten sie in tiefem Rot. „Ich hasse Kendra nicht“, stellte er klar. Ob Kendra ihn hasste, wusste er nicht, aber das wollte er lieber nicht hoffen, weil das für ihn einfach eine zu schlimme Vorstellung gewesen wäre.

„Eben, und Boone hasst Tara auch nicht“, redete Opal weiter und war fest davon überzeugt, dass sie recht hatte. „Sie weckt bei ihm Gefühle, mit denen er lieber nichts zu tun haben möchte, und das macht ihm Angst. Und Tara fürchtet sich ihrerseits genauso sehr vor Boone Taylor.“ Die Pause, die sie folgen ließ, sollte vermutlich nur die Spannung erhöhen, denn gleich darauf legte sie nach: „So wie bei dir und Kendra.“

Hutch war zu aufgebracht, um noch etwas zu essen, auch wenn sein Hunger nach der anstrengenden Arbeit auf dem Grundstück noch nicht ganz gestillt war. Die Aufräumaktion hatte ihn so hungrig werden lassen, als hätte er den ganzen Vormittag auf der Ranch gearbeitet. Das kam in letzter Zeit allerdings immer seltener vor, da er vor allem seine Mitarbeiter beaufsichtigte, ob sie alles seinen Vorgaben entsprechend erledigten. Wenn er unterwegs war, dann in seinem Truck, während er – wenn die Zeit es zuließ – nur noch zum Vergnügen ritt, nicht aber, um die Herde zusammenzutreiben oder die Zäune auf der Weide zu kontrollieren.

Wenn er nicht aufpasste, würde sich noch seine eigene Prophezeiung erfüllen, und er wäre nächste Woche tatsächlich zu dick, um am Rodeo teilzunehmen.

Er stand auf und brachte Teller und Besteck zur Spüle und tauchte beides in das heiße Spülwasser ein, das Opal vorbereitet hatte. Dann verließ er die Küche.

„Wir sollen da rübergehen?“, wiederholte Kendra ungläubig, während sie durch das Fernglas sah, das Tara mit auf die Veranda genommen hatte, damit sie heimlich beobachten konnten, was sich auf Boones Grundstück abspielte. Ihr wurde heiß, als sie sah, wie Hutch sein T-Shirt auszog und seinen schlanken, muskulösen Oberkörper präsentierte. Unwillkürlich musste sie daran denken, wie gern sie sich früher an seine Brust geschmiegt hatte. „Bist du verrückt?“

„Unter Nachbarn ist das doch ganz normal“, erwiderte Tara und nahm das Fernglas an sich. Lucy und Daisy, die sich den Tag über in Taras Garten beim Nachlaufen und bei der Jagd auf Grashüpfer müde gespielt hatten, lagen im Schatten eines knorrigen alten Apfelbaums und schliefen fest.

„Seit wann unterhältst du denn mit Boone so etwas wie eine ‚nachbarschaftliche Beziehung‘?“, wollte Kendra wissen. Natürlich hätte sie Hutch Carmody zu gern aus der Nähe ohne Hemd erlebt, aber diesem Verlangen durfte sie nicht nachgeben.

„Tu ich gar nicht“, gestand Tara ihr ein. „Aber nach all meinen spitzen Bemerkungen über seinen Schandfleck von Grundstück ist es doch wohl das Mindeste, wenn ich ihn anfeure, diesen Frühjahrsputz bloß konsequent durchzuziehen.“ Sie gab Kendra das Fernglas zurück, die es gleich wieder benutzte. „Außerdem ist Opal auch da und macht sich die Finger schmutzig. Vielleicht können wir ihr ja helfen.“

„Klar“, meinte Kendra dazu und warf einen Blick auf ihren Anzug und ihre hochhackigen Schuhe. „Ich bin ja auch für so was genau richtig angezogen.“ Ihr Herz schlug schneller, als sie sah, wie Hutch sich mit dem T-Shirt den Schweiß von der Stirn und aus dem Nacken wischte. Das Spiel seiner Arm- und Schultermuskeln ließ ihr das Wasser im Mund zusammenlaufen. „Du dagegen siehst so aus, als hättest du gerade den Acker umgepflügt. In deiner Aufmachung kannst du ohne Weiteres rübergehen und deine Hilfe anbieten."

„Nicht ohne Verstärkung", beharrte Tara.

„Dann nimm Opal, sie ist Verstärkung genug", konterte Kendra.

Es kam ihr fast so vor, als wüsste Hutch, dass sie ihn beobachtete. Jede seiner Gesten wirkte so übertrieben und so betont langsam, als wollte er sie damit aus der Ruhe bringen. Allein die Art, wie er ging, so gemächlich und selbstsicher wie ein Revolverheld aus alten Zeiten, so als würde ihm der Boden gehören, über den er ging. Und wie er zwischendurch den Kopf in den Nacken warf und über etwas lachte, das Opal ihm von der Veranda aus zurief.

„Hast du etwa Angst?", neckte Tara sie.

„Nein", behauptete sie und ließ das Fernglas nur unwillig sinken. Sie brauchte einen Moment, um das Bild des halb nackten Hutch Carmody zu verarbeiten. „Aber ich muss Madison von der Tagesstätte abholen, dann muss ich mir Gedanken über das Abendessen machen und …"

„Madison musst du erst in zwei Stunden abholen", betonte Tara.

„Warum willst du das überhaupt machen?", fragte Kendra, die sich von Taras Logik in die Ecke gedrängt fühlte. „Du kannst Boone Taylor doch gar nicht ausstehen!"

„Wie ich schon sagte", erklärte Tara in einem selbstgerechten Tonfall. „Gutes Verhalten sollte man loben und fördern. Außerdem will ich wissen, was ihn dazu antreibt, da drüben auf einmal alles auf Vordermann zu bringen."

Seufzend musste Kendra an ihr Telefonat mit Joslyn denken, das sie am Morgen geführt hatte. „Wenn es nur darum geht, kann ich dir auch die Antwort liefern", entgegnete sie wichtigtuerisch. „Boones Jungs kommen über Wochenende zu Besuch, und deshalb räumt er jetzt auf."

„Boone hat Kinder?" Taras Miene verriet, dass sie wirklich überrascht war.

„Zwei“, antwortete sie und fragte sich, wie Tara schon so lange in Parable leben konnte, ohne jemals davon gehört zu haben. „Seit dem Tod seiner Frau leben sie bei der Familie seiner Schwester in Missoula.“

„Dass er Witwer ist, wusste ich“, sagte Tara betrübt. „Aber dass er Kinder hat … und die beiden hat er nach dem Tod ihrer Mutter einfach bei seiner Schwester einquartiert?“

„Also, ich glaube nicht, dass es für ihn so ‚einfach‘ gewesen sein dürfte …“, begann Kendra, verstummte dann aber. Sie mochte Boone, und sie wollte sich auf seine Seite stellen, falls das nötig werden sollte. Auch wenn sie ihn so wie praktisch jeder in Parable am liebsten gepackt und durchgeschüttelt hätte, weil ihm nichts Besseres in den Sinn gekommen war, als die beiden Jungs, die soeben ihre Mutter verloren hatten, zu seiner Schwester zu schicken, womit ihnen praktisch auch noch der Vater genommen worden war.

„Er ist ja noch egoistischer, als ich gedacht hatte“, urteilte Tara energisch. Sie stand von ihrem Stuhl auf und brachte das Fernglas ins Haus, dann kehrte sie auf die Veranda zurück. Offenbar war die Zeit der Spionage vorbei. „Wie kann man so etwas nur tun?“, schimpfte sie und setzte sich wieder hin.

„Du warst nicht dabei, als seine Frau starb“, sagte Kendra, die mit Boone mitgefühlt hatte und es jetzt auch noch tat. „Es war einfach schlimm, Tara. Corrie hatte zum Ende hin schreckliche Schmerzen, und Boone konnte nichts tun, um ihr zu helfen. So etwas ist für jeden Menschen schlimm, aber vor allem für einen Mann, der sein Leben lang hatte stark sein müssen.“

„Ich wette, für die beiden Jungs wird es auch nicht leicht gewesen sein“, wandte Tara in einem etwas versöhnlicheren Ton ein. „Wie alt sind sie eigentlich?“

Kendra überschlug es kurz im Kopf, dann antwortete sie: „Ich glaube, sie sind fünf und sechs. So in der Größenordnung. Beide absolut süß und ihrem Vater wie aus dem Gesicht geschnitten.“

Tiefe Trauer zeigte sich in Taras Augen. Kendra überlegte unterdessen, ob ihre eigene Mutter sie vielleicht gar nicht zu ihrer Großmutter gebracht hatte, weil sie sie nicht liebte, sondern, weil das Leben insgesamt für sie zu viel geworden war. Vielleicht hatte sie so wie Boone unter Depressionen gelitten, aus denen sie keinen Ausweg mehr gefunden hatte.

Vielleicht, vielleicht, vielleicht.

„Urteile nicht zu hart über Boone“, sagte sie und beschloss, aufzubrechen. „Er und Corrie haben jung geheiratet und sich wirklich sehr geliebt.“

Tara nickte bedächtig und sah in Richtung von Boones Trailer, auch wenn die Leute dort ohne Fernglas betrachtet so winzig waren, dass man sie nicht unterscheiden konnte.

„He“, rief Kendra ihrer gedankenverlorenen Freundin zu, als sie schon die Verandastufen runterging. „Was hältst du davon, wenn du nachher mit Lucy zum Abendessen zu uns kommst?“

Tara lächelte und stand auf, um sich auf das Verandageländer aufzustützen. „Danke“, sagte sie kopfschüttelnd. „Vielleicht nächstes Mal.“

Gleich darauf war Kendra auch schon mit Daisy im Wagen auf dem Feldweg unterwegs zur Hauptstraße. Ihre Gedanken und Gefühle überschlugen sich. Sie sah Hutch, wie er mit nacktem Oberkörper in der Nachmittagssonne auf dem Grundstück arbeitete, aber sie sah auch Boone bei Corries Beerdigung. An jenem düsteren Tag im Spätwinter hatte es geregnet, und ein eisiger Wind hatte die Trauergäste dazu angetrieben, gleich nach dem „Amen“ den Friedhof fast fluchtartig zu verlassen – alle bis auf Boone. Er hatte ganz allein dort gestanden, den Kopf gebeugt, die Hände gefaltet, den Anzug bis auf die Haut durchnässt, während er den Blick nicht vom Sarg seiner Frau abwenden konnte.

Irgendwann waren dann Hutch, Slade und noch ein paar andere zu ihm gegangen, um ihn abzuholen, aber er hatte sie mit Fausthieben traktiert und sie angebrüllt, er werde Corrie nicht allein im Regen zurücklassen. Letztlich hatten sie ihn dann doch wegschleifen können, aber Boone hatte sich mit Händen und Füßen dagegen gewehrt, bis ihm die Kraft ausgegangen war.

Seitdem war er nie wieder der Alte gewesen.

Er stürzte sich in die Arbeit – alle wussten, dass er seiner Schwester regelmäßig Schecks schickte, um für die Ausgaben aufzukommen, die sie wegen der Jungs hatte – und kehrte zurück auf dieses trostlose Fleckchen Land, für das er früher einmal so große Pläne gehegt hatte. Die ganze Stadt trauerte mit ihm, denn letztlich war Parable eine große Familie, und Boone war so wie Hutch und Slade ein Sohn dieser Familie.

Als Boone für den Posten des Sheriffs kandidierte, machte sich jeder Hoffnung, er würde damit sein Leben endlich wieder in den Griff bekommen. Doch das war eine trügerische Hoffnung gewesen, denn bis zu diesem Morgen – also bis kurz vor Beginn dieser plötzlichen Aufräumaktion – hatte es keinen weiteren Hinweis darauf gegeben, dass sich viel geändert hatte.

Zu Hause angekommen, zog Kendra ihre khakifarbenen Shorts, ein grünes Tanktop und Sandalen an. Dann bürstete sie ihr schulterlanges Haar aus und band es zum Pferdeschwanz zusammen. Anschließend durchforstete sie den Kühlschrank, um festzustellen, welche Gerichte sich aus dem Vorhandenen zusammenstellen ließen.

Glücklicherweise dachte sie nicht länger an Boones Situation, doch Hutch wollte ihr einfach nicht aus dem Kopf gehen, auch wenn sie noch so sehr versuchte, sich abzulenken.

Eine Viertelstunde lang warf sie hinter dem Haus einen Tennisball quer durch den Garten, den Daisy jedes Mal apportierte, bis sie keine Lust mehr hatte. Danach holte sie die Post aus dem Briefkasten am Gartentor, aber sie fand nur unpersönliche Wurfsendungen vor. Ihr fiel ein, dass sie einen Nachsendeantrag stellen musste, da alle Briefe bis auf Weiteres an ihre alte Adresse geschickt wurden.

Im Zeitalter von E-Mails bekam sie aber sowieso nur wenig herkömmliche Post.

Sie warf alles in die Altpapiertonne, kehrte ins Haus zurück und fuhr den Computer in ihrem Arbeitszimmer hoch, doch im elektronischen Postfach wartete auch keine Mitteilung auf sie.

Dann war es allmählich Zeit, Madison abzuholen. Daisy saß auf dem Beifahrersitz, hechelte aufgeregt und nahm mit ihren sanften braunen Augen alles interessiert in sich auf, was es ringsum zu sehen gab, fast so, als müsste sie später bei einem Quiz Fragen dazu beantworten, was sie unterwegs alles gesehen hatte.

Die Kindertagesstätte nahm eine Ecke des Gemeindezentrums ein, in dem auch die Handelskammer ihren Sitz hatte. Das lang gestreckte Gebäude wies zudem mehrere Konferenzräume auf sowie einen Saal mit Bühne, der für Aufführungen genutzt werden konnte. Dort waren unter anderem das örtliche Laientheater zu Hause sowie der Kunst- und der Gartenverein. Es fanden Tanzveranstaltungen, Hochzeitsfeiern und anderes statt. Draußen gab es zudem ein Schwimmbad, einen Tennis- und einen Baseballplatz.

Die Stadt war mit Recht stolz auf die gesamte Anlage, deren Pflege vor allem von Freiwilligen geleistet wurde.

Kendra stellte den Wagen wie üblich nahe dem Baseballplatz ab, dann nahm sie Daisy an die Leine und hielt für alle Fälle einen Häufchenbeutel bereit. Es dauerte eine Weile, ehe Madisons „Klasse“ entlassen wurde und die Kinder nach Hause konnten. Als dann die Glocke schrillte, vergingen nur wenige Augenblicke, bis die Türen aufflogen und die Kinder laut lachend und tobend nach draußen gestürmt kamen, um ihrer aufgestauten Energie freien Lauf zu lassen und um die wiedergewonnene Freiheit zu feiern.

Als Madison nach draußen kam, sah sie sofort zu Kendras Wagen und kam mit strahlender Miene zu ihr gelaufen, während sie mit einem Blatt Papier herumfuchtelte. „Guck mal, was ich gemalt habe!“, krähte sie und drückte Kendra das Blatt in die Hand, dann warf sie sich ins Gras, um Daisy zu streicheln.

Kendra betrachtete das Kunstwerk ihrer Tochter und spürte, wie ihr ein Stich durchs Herz ging. Madison hatte mit grünem Stift ein Haus gezeichnet, das auf Anhieb als das Haus zu erkennen war, in dem sie jetzt lebten. Im Garten standen vier markante Figuren – ein Mädchen mit feuerrotem Haar, ein gelber Hund, ein Strichmännchen mit großer blauer Halskette, das Kendra darstellte, und daneben ein großer Mann in Jeans, lila Hemd, braunen Stiefeln und einem riesigen Cowboyhut auf dem Kopf.

Hutch.

„Das ist eine *Familie*", erklärte Madison aufgeregt. „Eine mit einem Cowboy-Daddy."

Kendra schluckte. „Das sehe ich", sagte sie leise, ehe sie Madison das Blatt zurückgab. „Das ist ein sehr schönes Bild", fügte sie noch an, traute sich aber nicht, mehr zu sagen, weil sie nicht wusste, ob sie dann ihre Tränen noch zurückhalten konnte.

„Können wir das an den Kühlschrank hängen?", fragte Madison und sah sie so ernst an, als erwarte sie, eine Absage zu bekommen und dagegen protestieren zu müssen.

„Ja, natürlich", antwortete Kendra, nachdem sie sich geräuspert hatte, dann verbrachte sie die nächsten Minuten damit, Kind und Hund sicher im Wagen unterzubringen.

„Meine Freundin Brooke hat einen Daddy", verkündete Madison, als Kendra schließlich losgefahren war. „Und die meisten anderen Kinder auch."

Gib mir Kraft, schickte sie ein Stoßgebet zum Himmel. „Ja", sagte sie nur.

„Sie malen alle einen Daddy in ihr Bild, und darum hab ich das auch gemacht", erläuterte Madison. „Ich hab aus meinem einen Cowboy gemacht."

„Hat denn dein Cowboy auch einen Namen?", wollte Kendra wissen. Sie konnte dem Kind nicht einfach den Mund verbieten, und das Thema konnte sie auch nicht wechseln, denn Madison würde so lange über Daddys reden, bis sie genug davon hatte.

„Cowboy-Mann", sagte sie fröhlich und so selbstverständlich, als könnte es keinen anderen Namen geben. „Er hat ganz viele Pferde, und irgendwann darf ich bei ihm auf einem Pferd reiten."

„Das wird bestimmt aufregend werden", stimmte Kendra ihr lächelnd zu.

„Er hat es gesagt", bekräftigte Madison. „Du hast doch gehört, dass er das gesagt hat, Mommy. Dass ich auf einem Pferd reiten darf, wenn du einverstanden bist."

„Ja, das habe ich gehört." Konnte sich Hutch überhaupt noch an dieses Angebot erinnern? Oder hatte er dem Kind nur das erzählt, was es in dem Moment von ihm hatte hören wollen? Vermutlich war es von ihm nur so dahingesagt worden.

Aber für Madison war es ein heiliges Versprechen gewesen.

Nachdenklich kaute Kendra auf ihrer Unterlippe herum. Sie konnte natürlich mit dem Argument ankommen, dass sie Madison so etwas erst in einigen Jahren gestatten würde, wenn sie älter und größer war. Aber sie wollte kein ängstliches Kind großziehen, und sie sah auch nicht ein, warum sie diejenige sein sollte, die Madison eine Enttäuschung bereitete, während Hutch als derjenige dastand, der ihren Traum hatte erfüllen wollen.

Nein. Dieses eine Mal würde er sein Versprechen einlösen müssen.

Madison sollte ihren Ritt auf einem Pferderücken bekommen, dafür würde Kendra schon sorgen.

Kaum waren sie zu Hause angekommen, holte Madison den Klebefilm aus Kendras Büro, kletterte auf einen Stuhl und klebte voller Stolz ihr Familienporträt an den Kühlschrank. „So", sagte sie dann, sprang vom Stuhl und betrachtete ihr Kunstwerk.

Auch Kendra bewunderte das Bild und sagte nachdenklich: „Am besten malst du noch ein paar Bilder, sonst sieht es ein bisschen einsam aus."

Das fand Madison auch und lief los, um ihre Buntstifte zu suchen. Daisy war ihr dabei dicht auf den Fersen.

In der Zwischenzeit stellte Kendra den Stuhl zurück an den Tisch, griff nach ihrem Handy und blätterte das Namensregister durch, bis sie Hutchs Nummer fand. Unwillkürlich fragte sie sich, wann sie ihn eigentlich das letzte Mal angerufen hatte.

„Hallo?", meldete er sich nach dem zweiten Klingeln.

„Wir müssen reden", sagte sie leise genug, um nicht von Madison gehört zu werden. „Wann können wir uns treffen?"

10. KAPITEL

Wir müssen reden. Wann können wir uns treffen?

Es wäre eine maßlose Untertreibung gewesen, Hutchs Reaktion auf Kendras Worte als Erstaunen zu bezeichnen. Dennoch hoffte er, dass er einigermaßen lässig klang, als er erwiderte: „Okay, von mir aus. Ich fahre gerade bei Boone ab, ich muss zu Hause ein paar Dinge erledigen, und ich könnte noch eine Dusche gebrauchen."

Halt die Klappe, ermahnte er sich. Das geht sie doch gar nichts an!

Außerdem hatte sie ihn nicht darum gebeten, sich über seine Gepflogenheiten in Sachen Körperhygiene zu äußern.

Da er es gar nicht mochte, wenn Leute während des Autofahrens telefonierten, lenkte Hutch seinen Wagen an den Fahrbahnrand und hielt an, damit die Männer, die er von Whisper Creek mitgebracht hatte, mit ihren Trucks vorbeifahren konnten. Auch Opal wollte er passieren lassen, doch die schien zu denken, dass es irgendwelche Schwierigkeiten gab. Deshalb brachte sie ihren Kombi neben seinem Wagen zum Stehen und begann, das Seitenfenster herunterzukurbeln. Doch bevor sie ihn fragen konnte, lächelte Hutch sie beruhigend an und gab ihr ein Handzeichen, damit sie weiterfuhr.

Kendra hörte sich ein wenig nervös an, als sie weiterredete. Auf ihn wirkte es, als würde sie bereits bereuen, dass sie ihn überhaupt angerufen hatte – von der konkreten Aufforderung zu einem Treffen einmal ganz abgesehen. „Heute oder morgen Abend vielleicht … wann es dir am besten passt", brachte sie mit Mühe heraus.

Obwohl jeder Muskel schmerzte und er einen Bärenhunger hatte, fühlte sich Hutch mit einem Mal viel besser. Offenbar war er nicht der Einzige, der sich in diesem Moment überfordert fühlte, außerdem faszinierte ihn der Satz: „Wir müssen reden."

„Ach so, dann ist es nicht so dringend", folgerte er in einem

Tonfall, der ein Lächeln vermitteln sollte. Er musste Kendra jetzt nicht sehen, er wusste auch so, dass sie in diesem Augenblick einen hochroten Kopf bekam. Ihr Gesicht verriet ihm ohnehin jede ihrer Gefühlsregungen, und auch wenn Kendra Shepherd auf den ersten Blick wie eine Eiskönigin aus dem hohen Norden wirken mochte, wusste Hutch nur zu gut, dass sie so heiß und sinnlich wie die Tropen sein konnte.

Unterdessen kämpfte sich Kendra durch das Telefonat, um ihm zu sagen … was immer sie ihm auch sagen wollte. „Nein … das heißt … also, ich schätze, wir könnten auch jetzt darüber reden …"

„Von mir aus gern", willigte er ein und genoss es, diese sonderbare Unterhaltung mit Kendra zu führen.

„Ja, Madison", sagte sie auf einmal zu ihrer Tochter, die im Hintergrund zu hören war. „*Natürlich* musst du dir vor dem Essen die Hände waschen. Schließlich hast du den Hund gestreichelt."

Hutch musste leise lachen. „Ich komme heute Abend vorbei", schlug er vor. „Wann geht Madison schlafen?"

„Um acht", kam Kendras zögerliche Antwort.

„Dann werde ich gegen halb neun da sein."

Es folgte eine so lange Pause, dass Hutch bereits damit rechnete, Kendra würde es sich noch anders überlegen und ihm erklären, er müsse gar nicht vorbeikommen, weil sie ihm auch am Telefon sagen könne, um was es ging. Aber aus irgendeinem Grund schien sie nicht zu wollen, dass Madison mit anhörte, was sie mit ihm bereden wollte.

„Halb neun", bestätigte sie und seufzte dabei leise.

Er legte das Handy auf den Beifahrersitz und fuhr nach Hause, fütterte die Pferde, duschte und schlang kaltes Hühnchen und Kartoffelsalat runter – die Reste von dem Essen, das Opal am Mittag bei Boone aufgetischt hatte.

Dabei sah er alle fünf Minuten auf die Uhr, aber selbst nachdem er mit dem Abendessen fertig war, musste er feststellen, dass es erst kurz vor sechs war. Wie sollte er die nächsten zweieinhalb Stunden totschlagen, bis er endlich bei Kendra vor der Tür auftauchen konnte?

„Was ist los? Hast du Hummeln im Hintern, dass du so aufgedreht rumläufst?“, fragte Opal, die die letzten Reste des Mittagessens wegpackte. Einen Teil des Essens hatte sie bei Boone gelassen, und die Rancharbeiter, die so tatkräftig angepackt hatten, waren auch damit versorgt worden. Zu Opals Kartoffelsalat sagte schließlich niemand Nein. „Wieso bist du bloß so nervös?“

Gut gelaunt drängte Hutch sie zur Seite und übernahm ihre Arbeit, Plastikboxen voll mit Hühnchen und Kartoffelsalat in jeder freien Ecke des Kühlschranks zu verstauen. „Warum nimmst du dir nicht heute Abend frei?“, fragte er beiläufig, nachdem hoffentlich genug Zeit verstrichen war, damit seine Frage nicht zu leicht durchschaubar klang.

„Wenn ich bedenke, dass ich gar nicht für dich arbeite“, gab Opal zurück, „dann ist das schon ein interessanter Vorschlag. Was hast du vor, Hutch Carmody? Willst du heute Abend schon wieder in die Boot Scoot Tavern und noch mehr Staub aufwirbeln?“

„Nein“, erwiderte er lachend. „Ich gehe ganz sicher nicht ins Boot Scoot, aber selbst wenn, würde es dich nichts angehen.“

Opal kniff argwöhnisch die Augen zusammen. „Heute ist Bingo-Abend. Das lasse ich mir nie entgehen, schon gar nicht, wenn ich eine Glückssträhne habe. Das heißt, ich fahre nachher in die Stadt, dann kann ich dich doch auch mitnehmen, irgendwo absetzen und dich auf dem Heimweg wieder abholen.“

„Ich fahre selbst“, betonte er. „Das mache ich schon so, seit ich meinen Führerschein habe.“

„Na gut“, gab Opal pikiert zurück, zog ihre Schürze aus und begab sich in ihren Teil des Hauses, wo sie sich zweifellos für ihren großen Bingo-Abend im Keller des Elks’ Club fein machen würde. „Dann verrätst du mir eben *nicht*, was du vorhast. Als ob ich das nicht früher oder später sowieso herausfinden würde. Ich muss nur die Ohren aufmachen, und irgendwann höre ich jemanden sagen, dass er dich heute Abend gesehen hat. Und dann werde ich auch alle Einzelheiten erfahren, wann du wo gewesen bist."

Kopfschüttelnd musste Hutch erneut lachen. Er hätte sich früher nie träumen lassen, dass ihm das Genörgel einer Frau mal fehlen könnte, aber wenn er Opal hörte, wurde ihm bewusst, wie sehr er sie vermisst hatte. Opal bei sich zu haben, das war so, als hätte man auf einmal wieder eine Mom. Es war ein gutes Gefühl, selbst wenn er eingestehen musste, dass er sich durch sie in seiner Freiheit ein wenig eingeschränkt fühlte. „Ich fahre rüber zu Kendra", verriet er ihr schließlich: „Und frag mich jetzt bitte nicht nach dem Grund. Das Ganze war ihre Idee, und ich habe nicht den Hauch einer Ahnung, was sie von mir will."

In Opals Augen war auf einmal ein schelmisches Leuchten zu sehen. „Na ja", sagte sie. „Kendra will dich sehen. Und was sie von dir will, kann sich eigentlich jeder denken, außer er ist so ein großer dummer Cowboy wie du." Sie schwieg einen Moment lang, um über etwas nachzudenken. Schließlich wurde sie etwas ernster. „Du hast wieder irgendwas falsch gemacht, ja? Ist es das?"

„Bei Kendra mache ich immer alles falsch", antwortete Hutch unbekümmert.

Opal ging an ihm vorbei, machte den Kühlschrank auf und begann, alles umzuräumen und neu zu sortieren, was er gerade eben irgendwie reingestopft hatte. „Denk dran, ihr ein paar Blumen mitzunehmen, wenn du hinfährst", wies sie ihn an und drehte sich erneut zu ihm um. „Falls du bei ihr wieder ins Fettnäpfchen getreten bist, was mich wirklich nicht wundern würde, wird sie dir vielleicht etwas leichter verzeihen, wenn du Blumen mitbringst."

„Mir verzeihen?", wiederholte er und tat so, als sei er soeben zutiefst beleidigt worden. „Ich habe nichts getan, was sie *mir* verzeihen müsste!"

„Vielleicht nicht in den letzten paar Tagen", räumte Opal ein und warf ihm einen Blick zu, der Bände sprach. „Aber in der

Vergangenheit hast du genug angerichtet, das man dir mit Fug und Recht für den Rest deines Lebens vorhalten kann. Kauf Blumen. Im Supermarkt habe ich gestern schöne Gerbera gesehen."

Hutch verbeugte sich tief, um Opal zu zeigen, dass er sich geschlagen gab. Sie konterte mit einem spöttischen Lachen, winkte ihm zu und ging weiter. Auf sie wartete ein wilder Bingo-Abend.

Kendra spähte hinaus in den gelblichen Lichtschein der Verandabeleuchtung und erschrak.

Natürlich hatte sie Hutch erwartet, aber bei jeder geplanten und zufälligen Begegnung mit ihm bekam sie das Gefühl, als hätte sie an einen elektrischen Zaun gefasst.

Er trug noch ziemlich neu aussehende Jeans, ein frisch gebügeltes und anscheinend sogar gestärktes, blassgelbes Baumwollhemd, auf Hochglanz polierte Stiefel und einen ordentlichen Hut, der im Gegensatz zu seiner üblichen Kopfbedeckung nicht so aussah, als wäre er unter die Hufe einer ganzen Rinderherde geraten. Und dazu hielt er in der linken Hand einen ... farbenfrohen *Blumenstrauß*!

Offenbar hatte er den Grund für ihren Anruf völlig verkehrt gedeutet, überlegte sie und spürte, wie ihr Herz zu rasen begann. Mit einem Mal war sie so kurzatmig, dass sie fürchtete, jeden Moment ohnmächtig zu werden, wenn sie sich nicht sofort zusammenriss.

Nachdem sie einmal sehr langsam und sehr tief durchgeatmet hatte, öffnete Kendra die Haustür. Er hatte sie durch die ovale Mattglasscheibe in der Tür sehen können, deshalb war es jetzt zu spät gewesen, noch so zu tun, als sei sie gar nicht zu Hause.

Als er seinen Hut lüftete, geschah das mit einem Geschick, das sie an andere dezente, intimere Bewegungen erinnerte, wie sie sie in ihrer gemeinsamen stürmischen Zeit erlebt hatte.

„Die Blumen waren Opals Idee", war das Erste, was er zu ihr sagte.

Amüsiert lächelte Kendra, während ihr klar wurde, dass Hutch es zwar wirklich gut zu überspielen verstand, er aber in Wahrheit mindestens genauso nervös war wie sie. Und vielleicht sogar noch ein bisschen nervöser.

„Keine Flasche Wein?", gab sie augenzwinkernd zurück. „Du lässt nach, Cowboy."

Zwar flüchtig, aber trotzdem sehr wachsam ließ er seinen Blick über sie wandern, als sie einen Schritt zur Seite machte, damit er hereinkommen konnte. „Ich dachte, das könnte zu viel des Guten sein", entgegnete er. Ob er das ernst meinte oder nicht, konnte sie beim besten Willen nicht sagen.

Sie ging vor ihm her in die Küche und bot ihm einen Platz am Esstisch an. Die Überreste des Abendessens waren längst weggeräumt, Madison hatte gebadet, Kendra hatte ihr eine Geschichte vorgelesen und sie beten lassen. In der letzten halben Stunde hatte sie dann bestimmt ein Dutzend Mal nach der Kleinen gesehen, aber Madison und Daisy waren gleich nach dem Hinlegen eingeschlafen und seitdem nicht noch mal aufgewacht.

Kendra nahm Hutch den Blumenstrauß ab, suchte eine Vase und betrachtete den Strauß, als er im Wasser stand. Das Farbenspiel aus Rot-, Orange- und Lilatönen begeisterte ihre Sinne.

Als sie sich mit der Vase in der Hand umdrehte, wäre sie fast mit Hutch zusammengestoßen. Ihre Wangen begannen prompt zu glühen, und sie ging zügig um ihn herum, damit sie die Vase in die Tischmitte stellen konnte.

„Ich habe Kaffee gemacht, falls du eine Tasse willst", sagte sie, wobei sie sich so schüchtern verhielt, als hätte sie einen Wildfremden vor sich, aber nicht den Mann, mit dem sie sich früher einmal an den skandalösesten Orten geliebt hatte.

Reiß dich zusammen, ermahnte sie sich.

Das Funkeln in Hutchs Augen verriet ihr, dass er schon viel zu viel gesehen hatte. So unglaublich ignorant er manchmal sein konnte, besaß er dennoch auch eine sehr scharfsinnige Seite – die üblicherweise dann zum Vorschein kam, wenn es für ihn von Vorteil war. „Danke“, sagte er, „aber ich habe heute schon zu viel Kaffee getrunken. Noch eine Tasse mehr, und ich werde vermutlich die Nacht damit verbringen, ein neues Dach auf die Scheune zu setzen.“

Kendra musste lächeln, als sie sich das bildhaft vorstellte. Sie spürte, wie sie etwas ruhiger wurde. „Ich sehe nur noch mal schnell nach Madison“, sagte sie und zog sich hastig in den Flur zurück. Was hatte Hutch bloß an sich, dass in seiner Gegenwart all ihre Nervenenden in Flammen zu stehen schienen?

Er sagte nichts, als sie die Küche verließ, doch sie hätte schwören können, dass sie seinen sengenden Blick auf jeder Stelle ihres Körpers spürte, der nicht vom Stoff ihrer Shorts und ihres Tanktops bedeckt wurde.

Madison schlief nach wie vor in ihrem Prinzessinnenbett, zumindest aber lieferte sie eine oscarreife Vorstellung eines schlafenden Mädchens ab, was Kendra nicht ausschließen konnte. Daisy, die zusammengerollt an Madisons Füßen lag, hob kurz ihren Kopf, gähnte einmal von Herzen und kehrte dann ins Reich der Hundeträume zurück.

Da es keinen Grund gab, noch länger in Madisons Zimmer zu bleiben, und da es ja Kendra selbst gewesen war, die ein Treffen gewünscht hatte, zwang sie sich, wieder in die Küche zu gehen und mit Hutch zu reden.

Er stand noch immer mitten im Zimmer, in einer Hand hielt er seinen Hut. Als er sie hereinkommen sah, zog er für sie einen Stuhl zurück, als wären sie in einem vornehmen Restaurant, aber nicht in ihrer bescheidenen Küche.

Sie setzte sich hin und legte die Hände verschränkt auf den Tisch, während sie sich fragte, warum sie sich nur selbst in eine solche Situation hineinmanövriert hatte. Das passte einfach nicht zu ihr. Selbst ernannte Psychologen würden es vermutlich so auslegen, dass ihr Unterbewusstsein es auf etwas Bestimmtes anlegte. Zum Beispiel auf Sex.

Aber das stimmte nicht.

Mit Madison im Haus war Sex überhaupt kein Thema.

Zu dumm nur, dass durch diesen speziellen Cowboy die Atmosphäre in der kleinen Küche wie elektrisiert war. Während Kendras Hirn versuchte, ihr Verhalten zu begreifen, hängte Hutch seinen Hut an einen Haken neben der Hintertür, dann setzte er sich zu ihr und sah sie eine Zeit lang ernst an. Schließlich fragte er leicht betrübt: „Also?“

Nachdem sie sich zuvor so über sein Versprechen ereifert hatte, Madison zum Reiten mitzunehmen, kam Kendra sich auf einmal albern vor. Warum hatte sie ihn nicht einfach am Telefon an sein Versprechen erinnert?

Warum? Weil sie Hutch hatte *sehen* wollen.

Seit sie ihn von Taras Veranda aus mit dem Fernglas beobachtet hatte, war er ihr nicht mehr aus dem Kopf gegangen. Natürlich wollte sie nur verhindern, dass Madison enttäuscht wurde, weil sie sich auf den Ritt auf einem Pferd freute, der vielleicht nie stattfinden würde. Jede Mutter würde das Gleiche für ihr Kind wollen, aber wenn sie jetzt darüber nachdachte, dann musste ihr Grund für dieses Treffen … na ja … fadenscheinig wirken.

Gott, was war das peinlich!

„Eigentlich ist es keine große Sache“, begann sie unbeholfen. „Es ist nur …“

Und dann brachte sie kein weiteres Wort mehr heraus. Ihr Gesicht glühte, und sie hätte sich am liebsten hastig weggedreht, doch ihr Stolz ließ nicht zu, dass sie sich so aus der Affäre zog.

„Ich höre“, forderte er sie leise zum Weiterreden auf.

„Also … Madison geht felsenfest davon aus, dass du sie auf einem Pferd reiten lässt“, platzte sie heraus.

Er zog nur eine Augenbraue hoch.

„Ich hab das völlig falsch angefangen“, murmelte sie. „Es war mir eigentlich wie eine gute Idee vorgekommen, alles offen auszusprechen und so weiter, aber jetzt …“

Hutch schaute unübersehbar ratlos drein. So ratlos, dass Kendra über seine Miene hätte lachen wollen, wäre sie sich in diesem Moment nicht so unsagbar dumm vorgekommen.

„Aber jetzt?“, hakte er nach und wusste noch immer nicht, was sie von ihm wollte. „Hast du entschieden, dass Madison doch nicht reiten soll?“

Plötzlich begann sie zu kichern. Natürlich war das nur eine nervöse Reaktion, aber die half ihr, die Anspannung ein wenig abzubauen, durch die sie so verkrampft war. „Nein, das meinte ich nicht“, antwortete sie, nachdem sie wieder ernst geworden war. „Mir war nur der Gedanke gekommen, du könntest vielleicht vergessen, was du ihr versprochen hast. Ich weiß, dass sie …“

„… dass sie sich schon sehr darauf freut und fest damit rechnet“, führte er ihren Satz zu Ende. Obwohl er das offenbar verstanden hatte, blickte er sie noch immer fast genauso ratlos an wie zuvor. „Kendra, was zum Teufel redest du da?“

Diesmal kam ihr Kichern als ein fast hysterisches Lachen über die Lippen. Hastig hielt sie sich den Mund zu und hoffte, nicht von spontaner Hemmungslosigkeit heimgesucht zu werden. Schon gar nicht, wenn sie Hutch Carmody gegenübersaß.

Noch bevor ihr eine brauchbare Antwort in den Sinn kommen wollte, verfinsterten sich Hutchs Augen, da er begriffen hatte. Es erinnerte sie an den Vorboten eines Gewitters, das so schnell nicht vorüberziehen würde.

„Du bist automatisch davon ausgegangen, dass ich Madison enttäusche. Das willst du doch damit sagen, nicht wahr?“, raunte er ihr zu und beugte sich ein wenig vor. Seine Augen funkelten gekränkt.

Sie straffte die Schultern und hob das Kinn ein wenig an. „Nicht so ganz“, brachte sie heraus. Nicht so ganz? hallte es in ihrem Kopf voller Spott und Häme wider. Also bitte, er hatte doch gerade genau das ausgesprochen, was sie dachte. Sie hatte Angst, er könnte ihr kleines Mädchen enttäuschen und es damit verletzen, und sie war zu dem Schluss gekommen, einen solchen Verlauf unbedingt zu verhindern.

„Falls du dich erinnern kannst“, redete Hutch in kühlem Tonfall weiter, „habe ich zu Madison gesagt, dass sie auf einem meiner Pferde reiten darf, sofern du nichts dagegen hast. *Du* warst diejenige, die sich nicht auf ein verbindliches ‚Ja' festlegen wollte, denn du hast dich mit einem ‚Vielleicht' aus der Affäre gezogen. Und jetzt soll *ich* auf einmal derjenige sein, der deine Tochter enttäuscht?"

Kendra schluckte angestrengt und schaute zur Seite.

„Kendra", sagte er nur, weiter nichts. Aber das musste er auch nicht, weil sie längst begriffen hatte.

„Also gut", erwiderte sie leise und sah ihn wieder an. „Es tut mir leid, das war verkehrt von mir. Können wir das dann jetzt bitte vergessen?"

Er lächelte sie an, doch seine Augen hatten einen ernsten, ja sogar einen betrübten Ausdruck angenommen. „Es war von mir so gemeint, wie ich es gesagt hatte", entgegnete er schließlich. „Wenn du einverstanden bist, suche ich das sanftmütigste Pferd heraus, und dann darf Madison auf ihm reiten. Oder sie reitet mit mir zusammen. Du musst es nur sagen."

Kendras Kehle war wie zugeschnürt, und sie konnte einfach nicht anders, als sekundenlang zur Seite zu sehen, ehe sich ihre Blicke erneut begegneten. Seine Augen schienen bis in ihr tiefstes Inneres sehen zu können, um jedes Geheimnis zu suchen und zu finden, das sie über die Jahre dort versteckt hatte – auch vor sich selbst.

„Wann?", fragte sie. Obwohl sie noch immer über ihr eigenes Verhalten entsetzt war, versuchte sie, es zu überspielen. „Madison wird ein genaues Datum wissen wollen."

Wieder lächelte er, und diesmal spiegelte es sich auch in ihren Augen wider. „Wann immer du willst."

Sie seufzte leise. Soeben hatte er ihr wieder den Ball zugespielt, und das würde er sie nicht vergessen lassen. „Morgen?", fragte sie zögerlich. „Wenn ich Madison von der Tagesstätte abgeholt habe?"

„Das soll mir recht sein", antwortete er, ohne sie aus den Augen zu lassen. „Um wie viel Uhr kann ich dann mit dir und deiner Kleinen rechnen?"

„Halb vier? Oder ist dir das zu früh? Ich weiß, du hast viel zu tun, und ich will dich nicht von deiner Arbeit abhalten."

Na toll. Letztlich würde sie ihn ja doch von seiner Arbeit abhalten, aber jetzt gab es erst recht kein Zurück mehr.

„Halb vier auf der Whisper Creek", bestätigte Hutch. Dann auf einmal streckte er eine Hand aus und legte sie um ihre Finger. „Eine Frage habe ich, Kendra. Warum war das so schwer für dich, mir das zu sagen? Wir beide haben eine gemeinsame Vergangenheit, und die war nicht nur schlecht. Ganz und gar nicht."

„Ich … ich bin mir nicht sicher", gestand sie ihm leise.

„Das ist doch wenigstens eine ehrliche Antwort, auch wenn sie nicht sehr ergiebig ausfällt", meinte er und schenkte ihr ein aufrichtiges, wenngleich nur flüchtiges Grinsen. Dann stand er auf, ging zur Hintertür und nahm seinen Hut vom Haken, schließlich drehte er sich zu Kendra um. „Morgen um halb vier, Whisper-Creek-Ranch?", vergewisserte er sich.

„Aber wenn das für dich unpraktisch ist, können wir auch einen anderen Tag nehmen. Ganz ehrli…"

Hutch kniff die Augen zusammen, nicht vor Wut, sondern vor Ratlosigkeit, als könnte er auf diese Weise einen Aspekt ihres Wesens ausmachen, der ihm bis dahin nicht aufgefallen war. „Frauen", stöhnte er frustriert auf.

Auch Kendra erhob sich und lief vor ihm her von der Küche bis zur Haustür. „*Männer*", konterte sie und verdrehte dabei die Augen.

Was dann geschah, hatte sie nicht geplant und Hutch vermutlich auch nicht. Aber kaum hatten sie das Haus verlassen und waren aus dem Lichtschein der Verandabeleuchtung getreten, da wurde Kendra bewusst, dass sie viel zu dicht bei Hutch stand.

Plötzlich legte er eine Hand unter Kendras Kinn und drückte es leicht nach oben – und dann auf einmal küsste er sie. Es fühlte sich so natürlich an wie damals, in der guten alten Zeit, als sie mal ein Paar gewesen waren.

Kendra erwiderte den Kuss, in ihrem Körper erwachten neue und zugleich vertraute Gefühle, die mit ihr Achterbahn fuhren.

Sie schnappte lautlos nach Luft. Es war noch alles da, absolut alles – die Leidenschaft, das Verlangen, die Wildheit, all jene Dinge, die sie in den Jahren nach ihrer Trennung so sehr hatte vergessen wollen.

Sie wusste, sie musste die Notbremse ziehen, bevor es zum großen Knall kam, aber sie konnte einfach nicht. Sie hatte sich in diesem Kuss verloren, in der Art, wie Hutch sie fest und sicher in seinen starken Armen hielt und an sich drückte.

Ihre Beine wollten ihr wegknicken, weshalb sie die Finger in sein Hemd krallte und sich an ihm festklammerte. Immer noch küsste er sie, noch inniger und fordernder als zuerst. Fast erschien es ihr, der Kuss hätte ein Eigenleben entwickelt, dem sie sich nicht widersetzen konnte.

„Mommy?"

Dieses eine Wort, ausgesprochen hinter der Fliegengittertür ihres Hauses, schob sich wie eine Messerklinge zwischen sie und Hutch. Sofort lösten sie sich voneinander und hielten Abstand.

„Du hast mir nicht gesagt, dass der Cowboy-Mann hier ist", sagte Madison völlig ahnungslos, rieb sich mit einer Hand den Schlaf aus den Augen und drückte ihre Nase gegen das alte Fliegengitter. Sie machte einen neugierigen, jedoch wenigstens keinen misstrauischen Eindruck. Ihre Begleiterin Daisy stand neben ihr.

„Ich wollte dich nicht aufwecken", antwortete Hutch freundlich. „Deine Mom und ich, wir haben uns überlegt, wann ich dich auf meinem Pferd reiten lassen kann, so wie ich es dir versprochen habe."

Sofort riss Madison die Augen auf, dann machte sie die Tür einen Spaltbreit auf, durch den sie und Daisy sich zwängen konnten, um barfuß nach draußen zu gelangen.

„*Echt?*", rief die Kleine aufgeregt. „Wann denn? Wo denn?"

Als sie Hutch erreicht hatte, bückte er sich und nahm sie in seine Arme. „Ja, echt", bestätigte er. „Morgen Nachmittag, bei mir auf der Ranch."

„Ich habe dir ja gesagt, dass Madison ein genaues Datum von dir hören will", brachte Kendra nur mit Mühe so heraus, dass es unbeschwert klang. Ihr Gesicht glühte immer noch, ihr Herz raste, und sie wollte unbedingt wissen, wie viel Madison gesehen hatte, bevor sie diesen dummen, *wundervollen* Kuss unterbrochen hatte. Noch wichtiger war allerdings, wie sie das Beobachtete deuten würde.

Madison quietschte vor Freude. „Jaaa!", jubelte sie und streckte ihre kleine Faust triumphierend in die Luft.

Amüsiert ließ Hutch sie wieder runter und fuhr ihr leicht durch ihre kupferfarbenen Locken, während sein Blick zu Kendra zurückgekehrt war. Da sein Gesicht nur noch schwach von der Lampe auf der Veranda beschienen wurde, konnte sie seinen Ausdruck nicht genau erkennen. Zumindest sah sie seine Zähne aufblitzen, als er sie anlächelte.

„Das wäre dann ja wohl geklärt", meinte er, setzte seinen Hut auf und tippte zum Abschied an die Krempe. „Gute Nacht, Ladies. Wir sehen uns morgen."

„Warte!", rief Madison, während Kendra erleichtert bemerkte, dass sie nicht diejenige war, die ihm dieses Wort zugerufen hatte. Es hatte ihr auf der Zunge gelegen, und beinahe wäre es ihr über die Lippen gekommen.

Warte!

Worauf sollte er warten? Auf eine zweite Chance? Sollte sich ein Tunnel in die Vergangenheit öffnen, in jene Zeit, als die Welt für sie und Hutch noch in Ordnung gewesen war?

Dir geht's wohl nicht mehr gut, ging es ihr durch den Kopf.

Hutch blieb stehen und schaute über die Schulter, während er darauf wartete, dass das Mädchen weiterredete.

Sowie Kendra das sah, wurde sie an seine ruhige Seite erinnert, die sie mit der Zeit vergessen hatte. Hutch war immer ein ungestümer Cowboy gewesen, für den es manchmal nicht rau genug zugehen konnte, und daran hatte sich bis heute vermutlich nichts geändert. Aber in seinem Inneren war auch Platz für eine immense Ruhe, als wäre er auf irgendeine Weise mit dem Universum verbunden und würde daraus Selbstvertrauen schöpfen.

„Darf Daisy auch mitkommen?“, wollte Madison wissen.

„Von mir aus ja, aber du musst erst noch deine Mutter fragen“, erwiderte Hutch, was sich ein wenig schroff anhörte.

Kendra hatte keine Ahnung, ob sie es schaffen würde, einen Ton herauszubringen, daher nickte sie einfach Sie wusste nur, sie wollte, dass Hutch bei ihr blieb, damit sie mehr von diesen Küssen bekam. Und sie sehnte sich so sehr danach, wieder all das zu verspüren, was er mit seinen Küssen bei ihr auslöste.

Aber das würde nicht geschehen, ermahnte sie sich. Jedenfalls nicht heute Nacht.

Hutch folgte dem Weg durch den Garten, zog das Tor hinter sich zu, schritt um seinen Truck herum und stieg ein. Während er aufbrach, kehrte Kendra mit Madison und Daisy ins Haus zurück.

Durch einen blasslila Sommerabend fuhr Hutch zurück zur Ranch. Er fühlte sich fantastisch, gleichzeitig aber auch so verängstigt, dass es an Panik grenzte. Die Nachwirkungen dieses Kusses waren jetzt noch immer zu spüren, so als hätte jemand ein paar Kugeln abgefeuert, die durch seinen Körper jagten und wieder und wieder abprallten. Alle seine Instinkte trieben ihn dazu an, so schnell wie möglich die Flucht vor dieser Frau zu ergreifen.

Nur existierte kein Ort, an dem er vor ihr sicher gewesen wäre.

Er kurbelte das Fenster runter, damit der Fahrtwind ins Auto wehen konnte, drehte das Radio lauter und sang einen Song mit, das auf seinem bevorzugten Country & Western-Sender lief. Als er sich der letzten Kurve vor der Abfahrt zu seiner Ranch näherte, war das Adrenalin abgeebbt, und er konnte Hoffnung schöpfen, bald wieder in der Lage zu sein, klar zu denken.

Diesmal hielt er sich ans Tempolimit, da ihm der Strafzettel, den Boone ihm verpasst hatte, immer noch sehr gut in Erinnerung war, dennoch hätte er um ein Haar das Tier überfahren, das wie aus dem Nichts mitten auf der Fahrbahn auftauchte. Er riss das Lenkrad herum und kam mit quietschenden Reifen zum Stehen, dann stellte er den Motor ab und stieg aus. Sowie er um den Wagen herumgelaufen war, stellte er erleichtert und auch ein wenig erstaunt fest, dass das Tier unversehrt geblieben war.

Das Geschöpf, bei dem es sich entweder um einen schwarzen Hund oder um einen sehr mageren Bären handelte, kauerte unverändert in der Fahrbahnmitte, wimmerte leise und duckte sich, als er näher kam.

„Tut dir was weh?", fragte Hutch, nur allzu bewusst, dass jeden Moment ein Wagen in die Kurve fahren konnte, der ihn und das Tier – das sich bei genauerem Hinsehen als Hund entpuppte – geradewegs ins Gelobte Land befördern würde. Er hockte sich hin und tastete mit der Erfahrung eines Ranchers das Tier ab, dann richtete er sich wieder auf. „Jetzt komm schon", sagte er, nachdem er sich sicher sein konnte, dass der Hund keine Knochenbrüche erlitten hatte. „Zeig mir, dass du laufen kannst."

Langsam kehrte Hutch zu seinem Wagen zurück. Der Hund beobachtete ihn, und schließlich stand er auf und humpelte hinter ihm her.

Vorsichtig hob er dann den Streuner auf den Beifahrersitz seines Trucks.

„So solltest du dich besser nicht hinsetzen. So mitten auf der Straße", sagte er zu dem Tier, nachdem er wieder eingestiegen und losgefahren war. „Auf die Tour kann man ziemlich schnell überfahren werden."

Da saß er also und unterhielt sich mit … einem Hund!

Eigentlich war das schon etwas seltsam, aber es fühlte sich gut an. Der Hund sah ihn dabei mit müdem, aber klarem Blick an, und er schien am ganzen Leib zu zittern.

Hutch überlegte, ob er wenden und zurück in die Stadt zur Tierklinik oder wenigstens zu Martie Wren fahren sollte, damit sie sich den Hund ansah und überprüfte, ob er womöglich einen Chip hatte. Andererseits war er sein Leben lang den Umgang mit Tieren von Pferden über Rinder bis hin zu Hunden und Katzen gewohnt gewesen, und sein Gefühl sagte ihm, dass diesem Hund eigentlich nichts fehlte, von einer großen Portion Hundefutter abgesehen – und von einem Bad, um den Dreck aus seinem Fell zu waschen.

Als er sich seinem Haus näherte und Opals Kombi entdeckte, atmete er erleichtert auf. Offenbar war der Bingo-Abend schon vorbei, denn normalerweise hielt sie es im Keller des Elks so lange aus, bis auch noch die letzte Zahl gezogen war.

Er parkte den Wagen, hob den Hund vom Beifahrersitz und stellte ihn auf seine vier dünnen, etwas zittrigen Beine. „Dich kriegen wir schon wieder hin, Kumpel", ließ er den Hund wissen. „Darauf geb ich dir mein Wort."

Gemeinsam gingen sie ins Haus, wo Opal am Küchentisch saß, eine Tasse Tee trank und in der Bibel las.

„Gütiger Herr im Himmel", sagte sie, als sie den Hund sah. „Was ist denn *das*?"

„Nur ein Wanderer, der auf seinem Weg ein wenig Pech hatte", gab er zurück.

Opal klappte die Bibel zu, stand auf und nahm die Brille ab, damit sie sie mit dem Rand ihrer Schürze putzen konnte. Nachdem sie sie wieder aufgesetzt hatte, musterte sie den Hund gründlich. „Ach, du Ärmster", murmelte sie. „Dich werden wir erst mal genau unter die Lupe nehmen."

Mit diesen Worten räumte sie Teetasse und Bibel weg, dann breitete sie einen großen Müllbeutel auf dem Tisch aus. „Hilf ihm mal da rauf", forderte sie Hutch auf, der sofort gehorchte.

Unschlüssig stand der Hund einen Augenblick später auf dem Tisch und schien zu befürchten, dass ihm Ärger drohte. Wieder zitterte er am ganzen Leib.

„Niemand wird dir etwas tun", versicherte Opal ihm aufmunternd, während sie ihn genauer untersuchte. „Sieh dir nur an, wie die Rippen hervortreten", sagte sie und ging einen Schritt zurück. „Wann hast du das letzte Mal etwas zu essen bekommen, Hund?“

Hutch nahm ihn vom Tisch und setzte ihn auf den Boden, dann füllte er einen Napf mit Wasser und stellte ihn dem Hund hin. Binnen Sekunden hatte er geräuschvoll alles ausgetrunken und sah Hutch auf eine Weise an, die jede ausgesprochene Bitte nach mehr überflüssig machte. Hutch füllte den Napf noch einmal.

Nachdem Opal sich die Hände gewaschen hatte, begann sie, den Kühlschrank zu durchforsten, und nahm zwei Hähnchenteile und eine Packung Hüttenkäse raus. Als würde sie sich jeden Tag um ausgehungerte Fundtiere kümmern, trennte sie die Hühnerknochen ab und schnitt das Fleisch in kleinere Stücke. Sie mischte etwas Hüttenkäse darunter, das Ergebnis stellte sie auf einem Teller dem Hund hin.

Der hatte sich bis gerade eben noch für das Wasser interessiert, aber als er den neuen Teller sah, stürzte er sich darauf und schlang innerhalb weniger Augenblicke alles herunter, als hätte er Angst, das Fressen könnte sich in Luft auflösen, wenn er zu lange zögerte. Hutch nahm den leeren Teller hoch und bat Opal um Nachschlag, aber die lehnte strikt ab. „Sein Magen ist keine großen Portionen mehr gewohnt, das kannst du dem Tier ansehen. Mit dem, was er jetzt gefressen hat, ist seine Verdauung erst einmal eine Weile beschäftigt“, erklärte sie.

Danach ging Hutch mit ihm in die Waschküche, die am besten dazu geeignet war, den Hund zu baden. Anschließend holte er ein paar Handtücher frisch aus dem Trockner und begann, den Hund trocken zu rubbeln, bis sein zerzaustes Fell glänzte. Als er mit dem Hund in die Küche zurückkehrte, hatte Opal den Tisch bereits abgeräumt und saß wieder da, um bei einer Tasse Tee weiter in der Bibel zu lesen. Mit dem Zeigefinger tippte sie auf die aufgeschlagene Seite und sagte: „Leviticus. Das ist der perfekte Name für unseren vierbeinigen Freund.“

„Wieso das?“, fragte er und wusch sich die Hände im Spülbecken. Sein frisch gebügeltes und gestärktes Hemd war vom

Hundebaden klatschnass und schmutzig, doch das kümmerte ihn im Moment gar nicht.

„Weil ich in dem Moment das Dritte Buch Mose gelesen habe, als du mit dem Hund ins Haus gekommen bist."

Unwillkürlich musste Hutch lächeln. Er dachte an seine Kindheit zurück, als seine Mom ihm jeden Tag aus der Bibel vorgelesen hatte. Sie hatte immer gesagt, wenn es jemand schaffte, das Dritte Buch Mose bis zum Schluss zu lesen, dann konnte er im Leben alles erreichen.

„Ich nehme an, Bingo war ein voller Erfolg?", fragte er und beobachtete dabei Leviticus, der auf einen Stapel alter Decken zusteuerte, die Opal dort für ihn hingelegt haben musste. Er nahm darauf Platz, rollte sich mit einem leisen Seufzer zusammen und machte die Augen zu.

„Ich habe den Jackpot gewonnen", ließ sie Hutch wissen und lächelte stolz. „Fünfhundert Dollar. Ich bin jetzt also ziemlich gut bei Kasse."

Hutch schaute den schlafenden Hund an und stellte fest, dass der schon jetzt einen Platz in seinem Herzen erobert hatte. „Wo wir gerade von Geld reden", erwiderte er. „Ich bin dir was schuldig für die Arbeit, die du hier geleistet hast, und natürlich auch heute drüben bei Boone."

„Ich will dein Geld nicht, Hutch", sagte sie und fuchtelte abweisend mit ihrer Hand. „Außerdem habe ich dir doch gerade eben erzählt, dass ich heute Abend fünfhundert Dollar gewonnen habe, oder nicht?"

Leise lachend schüttelte er ungläubig den Kopf. „Du bist wirklich eine starrsinnige Frau."

„Ein Grund mehr, nicht mit mir zu diskutieren", konterte sie siegessicher. Dann zog sie die Brauen hoch, und noch bevor sie den Mund aufmachen konnte, sah er die Frage, die ihr ins Gesicht geschrieben stand: „Wie war es bei Kendra?"

Hutch verschränkte die Arme vor der Brust und lehnte sich neben der Spüle gegen den Tresen. „Immerhin so gut, dass sie morgen mit Madison herkommt, damit die Kleine reiten kann."

Das war mehr, als er jedem anderen Menschen erzählt hätte, aber das schuldete er Opal. Außerdem fiel es ihm leicht, mit ihr über solche Dinge zu reden.

Opal strahlte vor Freude. „Dann werden sie zum Abendessen bleiben“, verkündete sie. „Ich werde meine berühmte Tamale-Pastete machen. Kendra hat die immer geliebt, und ihr kleines Mädchen wird sie auch mögen.“

„Dann solltest besser du diese Einladung aussprechen“, meinte er und spreizte die Hände. Er musste an den Kuss denken. Inzwischen bedauerte Kendra sicher, dass sie ihn hatte gewähren lassen, anstatt ihm eine Ohrfeige zu geben. „Wenn ich davon anfange, wird sie eher ablehnen.“

„Tja, da frage ich mich doch, wie so etwas sein kann“, meinte Opal und tat so, als müsse sie angestrengt nachdenken. Schließlich wanderte ihr Blick zurück zum Hund, und sie fragte: „Du wirst Leviticus doch behalten, oder?“

„Solange sich niemand meldet, der ihn sucht“, erwiderte Hutch. „Ich werde morgen bei Martie nachfragen, ob jemand den Hund vermisst.“

„Niemand vermisst ihn“, erklärte Opal mit trauriger Gewissheit. „Wenn er jemandem gehören würde, hätte er ein Halsband und eine Hundemarke um.“

Hutch verspürte Mitleid mit dem Hund, aber auch einen Anflug von Besitzgier. Leviticus würde nur Ärger machen, er würde an allem rumkauen, und er war vermutlich nicht mal stubenrein. Trotzdem wollte er ihn behalten. Das war für ihn im Moment das Wichtigste, abgesehen lediglich davon, dass er einen gemeinsamen Nenner mit Kendra finden wollte, damit sie wieder gelassener miteinander umgehen konnten.

Den morgigen Tag konnte er kaum noch abwarten.

11. KAPITEL

Ich brauche Stiefel", verkündete Madison am nächsten Morgen beim Frühstück. „Können wir welche kaufen gehen? Bitte! Können wir das heute machen?"

Von dem Moment an, als Madison aufgewacht war, drehte sich für sie alles nur noch um den anstehenden Ritt auf einem Pferd auf der Whisper-Creek-Ranch. Selbst als sie die Schale ihrer absoluten Lieblingscornflakes auslöffelte, bewegte sie unter dem Tisch bereits die Beine hin und her, als sei es bereits halb vier am Nachmittag und sie müsse rennen, um ja nicht ihr großes Abenteuer zu verpassen.

„Wir werden sehen", antwortete Kendra und nippte an ihrem Kaffee. Normalerweise ließ sie das Frühstück nicht aus, doch an diesem Morgen konnte sie nicht mal einen Bissen Toastbrot runterkriegen. Sie hatte diese ganze Sache angeleiert und sich auf ein weiteres Geplänkel mit Hutch eingestellt – und nun wurden sie und Madison allmählich von der Realität eingeholt.

Was hatte sie da nur getan?

Und vor allem: Warum hatte sie sich und ihre Tochter völlig unnötig in diese Situation manövriert?

„Alle anderen in der Vorschule haben Stiefel", beharrte Madison.

Daisy hatte ihren Napf leer gegessen, durchquerte das Zimmer und stellte sich zu Madison, um den Kopf auf ihren Oberschenkel zu legen. Dabei sah sie sie mit einem Ausdruck reiner, selbstloser Liebe in ihren Augen an, wie man ihn von einem Heiligen erwarten sollte.

„Die meisten von ihnen haben ja auch mit dem Reiten begonnen, als sie noch ganz klein waren", hielt Kendra dagegen und verzog das Gesicht, als sie die Kaffeetasse abstellte. Was war bloß los mit ihr? Normalerweise war eine Tasse Kaffee ein Muss, aber heute Morgen schmeckte das Zeug einfach nur bitter und widerlich. „Stell dir vor, du gehst heute reiten und merkst dabei, dass dir das gar keinen Spaß macht. Dann hast du deine

Reitstiefel und willst eigentlich nie wieder auf einem Pferd sitzen."

„Ganz bestimmt nicht", widersprach Madison ohne einen Hauch von Zweifel. Woher nahm sie nur diese unerschütterliche Überzeugung? War das etwas Genetisches? Irgendein Überbleibsel ihrer englischen Vorfahren, die zu Pferd auf die Jagd gegangen waren und Hecken und Bäche hatten überwinden müssen?

Kendra verdrängte diesen Gedanken. Sie hatte letzte Nacht kaum ein Auge zugetan, weil ihr tausend Dinge durch den Kopf gegangen waren, was alles schiefgehen könnte. Das rächte sich jetzt, da ihre Überlegungen genauso wirr waren wie ihre Gefühle. „Und wieso bist du dir da so sicher, junge Lady?", forderte sie Madison mit einem schwachen Lächeln heraus.

Grinsend erwiderte Madison: „Du hast doch selbst gesagt, dass es gut ist, wenn man etwas Neues ausprobiert." Der Triumph in ihrer Stimme verstärkte Kendras Eindruck, dass das Kind in Wahrheit eine alte Seele war, die sich nur als Vierjährige ausgab.

Erwischt, dachte Kendra. Tatsächlich erzählte sie Madison immer wieder, dass sie vor nichts Angst haben sollte – zum Beispiel nicht vor dem Unterricht oder davor, sich zu melden, wenn sie in der Klasse etwas zu sagen hatte, oder wenn sie auf dem Spielplatz fremde Kinder ansprach, um sich mit ihnen anzufreunden. Und jetzt hatte sie doch tatsächlich versucht, ihre eigenen Vorbehalte auf das Mädchen zu übertragen. Dabei hatte sie in Wahrheit mit dem ängstlichen Mädchen gesprochen, das sie selbst früher gewesen war, nicht mit dieser mutigen kleinen Madison, die ihr gegenübersaß und sich unbändig auf alles freute, was dieser sonnige Morgen so für sie bereithalten würde.

„Ich mache dir einen Vorschlag", sagte Kendra und lächelte Madison an. „Wenn du nach deinem ersten Ritt auf einem Pferd immer noch Stiefel haben willst, dann werden wir ein Paar kaufen gehen." Unwillkürlich fragte sie sich, ob sich die Kleine in diesem Moment auf dem Rücken eines ausgewachsenen Hengstes sah, der über Felder und Wiesen galoppierte, wenn es doch viel wahrscheinlicher war, dass sie am Ende nur ein Pony oder bestenfalls eine Stute mit Arthritis bekommen würde.

„Okay", willigte Madison ein, klang aber nicht allzu erfreut darüber, sich auf einen Kompromiss einlassen zu müssen. „Aber ich werde die Stiefel dann immer noch haben wollen."

„Jetzt beeil dich und iss dein Frühstück auf", sagte Kendra lachend. „Während ich Daisy kurz in den Garten rauslasse, gehst du dir die Zähne putzen. Du musst pünktlich im Unterricht sein, und ich kann nicht zu spät ins Büro kommen."

Die Renovierungsarbeiten im Herrenhaus neigten sich dem Ende zu, wenn sie den Berichten der Maler und des Reinigungsteams glauben konnte, und sie hatte schon zwei Besichtigungstermine vereinbart, einen für heute Mittag, den anderen für den nächsten Morgen.

Es ging also tatsächlich voran.

Nur, warum erschien es ihr auf einmal so schwer, mit den Ereignissen mitzuhalten?

Madison legte den Löffel weg, kletterte von ihrem Stuhl und trug die fast leere Schale zur Spüle, wo sie sich auf die Zehenspitzen stellen musste, um die Schale abstellen zu können. Auf dem Weg zum Badezimmer summte sie leise vor sich hin.

Daisy wollte ihrem kleinen Frauchen folgen, aber als Kendra die Hintertür öffnete, stürmte die Hündin schwanzwedelnd nach draußen. Als Kendra nach ihr vor die Tür trat, atmete sie erst mal tief durch.

Es war ein wunderschöner Morgen, das Gras leuchtete in kräftigem Grün und es duftete nach frisch gemähtem Rasen, aus den Gärten ringsum waren die rhythmischen Geräusche der Rasensprenger zu hören. In den Bäumen sangen und zwitscherten die Vögel, und ein paar von ihnen balancierten auf Kendras Wäscheleine, von wo aus sie Daisy zusahen, wie sie durch den Garten lief.

Madison kam in dem Moment in die Küche, als Daisy und Kendra aus dem Garten zurückkehrten. Sie setzte zu einem breiten Grinsen an, damit Kendra ihre geputzten Zähne sehen konnte. Die hob rasch die Hände vors Gesicht, als würde das strahlende Weiß sie so sehr blenden. Es war eine von diesen kleinen Routinen, die ihren Alltag auszeichneten.

„Du bist lustig, Mommy“, sagte sie kichernd, während Kendra sich vorbeugte und ihr einen Kuss auf den Kopf gab.

„Hab ich dir schon gesagt, dass ich dich soooo lieb habe?“, entgegnete Kendra und hielt ihre Arme so weit auseinandergestreckt, wie sie nur konnte.

„Und ich hab dich *zehnmal* so viel lieb“, reagierte Madison wie auf ein Stichwort hin.

„Dann hab ich dich *hundertmal* so viel lieb“, legte Kendra nach. Sie befestigte die Leine an Daisys Halsband und griff nach ihrer Handtasche und den Wagenschlüsseln, während die Hündin versuchte, sie in Richtung Haustür zu ziehen.

„Und ich hab dich so viel lieber wie die größte Zahl der Welt“, versuchte die Kleine, sie zu übertrumpfen.

„Dann hab ich dich noch zehntausend Mal lieber“, erwiderte Kendra, als sie gemeinsam das Haus verließen und zum Auto gingen.

„Das ist unfair“, protestierte Madison. „Ich hatte doch schon die größte Zahl der Welt.“

„Okay“, lenkte Kendra lächelnd ein. „Du hast gewonnen.“

Hutch ging im Stall von einer Box zur nächsten und sah sich in Ruhe jedes seiner Pferde an. Es waren größtenteils ganz gewöhnliche Pferde, aber sie erschienen ihm alle viel zu groß, um von einer Vierjährigen geritten zu werden.

Blieb noch Zeit, um ein Pony zu kaufen?

Bei dem Gedanke musste er lachen und schüttelte den Kopf über eine solche Idee. Whisper Creek war eine echte Ranch, und die Pferde waren alle hier, um zu arbeiten, genauso wie die Menschen. Die gesamte Cattlemen's Association würde ihn bis zum Jüngsten Tag auslachen, wenn er hier ein Shetlandpony herumlaufen ließe.

Die gemütliche alte Stute, die er immer für Reitanfänger freigehalten hatte, war im letzten Winter eines Nachts friedlich eingeschlafen. Sosehr er dieses Pferd auch geliebt hatte, war er nie auf die Idee gekommen, es zu ersetzen.

Opal kam zu ihm in den Stall, gerade als er sich von der letzten Box abwandte. Sie hatte sich schick gemacht, wohl weil sie in die Stadt wollte. Wie üblich trug sie ein Jerseykleid, dazu aber auch einen Hut und glänzende Schuhe. An einem Arm hing eine große Handtasche mit einem mit Edelsteinen besetzten Verschluss.

„Ich muss zu einem Treffen in der Kirche", ließ sie ihn wissen. „Anschließend will ich noch bei Joslyn vorbeifahren und nachsehen, wie da alle zurechtkommen."

Lächelnd kam Hutch ihr entgegen. Seine Arbeiter hatte er bereits auf den Weg geschickt, damit sie draußen auf den Wiesen und Weiden ihre üblichen Aufgaben erledigten. Ihm selbst blieb damit nicht viel mehr zu tun, als im Internet seinen eigenen Namen in die Suchmaschinen einzugeben und sich ein Bild davon zu machen, wohin die öffentliche Meinung über ihn neigte.

Er musste aber nicht erst noch suchen, die Antwort war auch so klar. Brylees Team war ganz sicher immer noch auf dem Kriegspfad, um ihn zu beschimpfen, und bislang hatte sich kein Team gefunden, das für ihn und gegen Brylee Stimmung machen wollte.

„Du arbeitest nicht für mich", gab er genau das zurück, was sie erst vor Kurzem als Argument benutzt hatte. „Du bist mir keine Rechenschaft schuldig, wo du hingehst und was du tust."

Opal stellte sich ihm in den Weg und machte keine Anstalten, zur Seite zu gehen. Ihre Handtasche drückte sie mit beiden Händen gegen ihren Busen, als könnte die Tasche ihr jederzeit entrissen werden. „Ich wohne unter deinem Dach", konterte sie nüchtern. „Da verlangt es allein schon die Höflichkeit, dass ich dir von meinen Plänen erzähle."

„Na gut." Er räusperte sich. „Du hast es mir jetzt gesagt. Es wäre nicht nötig gewesen, aber ich weiß es trotzdem zu schätzen."

Opal stand noch immer wie angewurzelt da, vielleicht hielt sie ihre Handtasche nicht mehr ganz so fest umklammert. Aber sicher war er sich nicht. „Du und Boone“, begann sie plötzlich und klang überraschend müde, obwohl seit dem Frühstück nicht mal eine Stunde vergangen war. „Lass dir gesagt sein, dass die Sorge um euch beide mich eines Tages noch ins Grab bringen wird.“

Hutch quittierte ihre Klage mit einem heiseren, leisen Lachen. „Das wäre doch eine Schande, Opal. Boone und ich, wir kommen schon klar.“

„Trotzdem“, beharrte sie. „Manchmal frage ich mich, ob es mir wohl jemals gelingen wird, euch beide von meiner Gebetsliste zu streichen.“

„Wir stehen auf deiner Gebetsliste?“, erkundigte er sich amüsiert. „Opal, ich bin gerührt, und ich fühle mich geschmeichelt.“

„Das solltest du lieber nicht“, reagierte sie schroff. „Das bedeutet nämlich, dass du ein verdammt schwieriger Fall bist, und das gilt auch für Boone.“

„Ah, verstehe“, sagte Hutch, obwohl das eigentlich nicht der Fall war. Am liebsten hätte er laut gelacht, doch sein Instinkt riet ihm davon ab, da Opal die Sache mit der Gebetsliste ernst zu meinen schien. „Na gut, dann … dann fühle ich mich vielleicht doch nicht geschmeichelt. Aber gerührt bin ich trotzdem.“

Sie lächelte auf diese bedächtige, warmherzige Art, die wie ein Sonnenaufgang wirkte und jeden einzubeziehen schien, der sich in ihrer Nähe aufhielt. „Es gibt für dich vielleicht doch noch Hoffnung“, sagte sie in einem undefinierbaren Tonfall. „Ich werde früh genug zurück sein, um für dich, Kendra und das reizende kleine Mädchen ein Abendessen zuzubereiten. Versuch einfach nur, sie nicht zu vertreiben, bevor ich wieder hier bin.“

Hutch nickte, woraufhin sie kehrtmachte und mit immer noch an ihre Brust gedrückter Handtasche den Stall verließ.

Die Pferde hatte er schon vor einer Weile gefüttert, jetzt wollte er sie eines nach dem anderen aus ihren Boxen und auf die Weide bringen. Bis auf Remington. Er hörte, wie der Motor von Opals Wagen dröhnend zum Leben erwachte. Dann fuhr sie mit durchdrehenden Rädern los, dass der Kies nur so aufspritzte.

Egal, was Opal tat, sie war immer mit Eifer und Leidenschaft bei der Sache.

Amüsiert holte er sein Zaumzeug aus dem Materialraum und ging zu dem Wallach, der geduldig die Reste seines Frühstücks vertilgte.

Hutch musste nur die Boxentür öffnen, da kam Remington auch schon heraus. Er kannte die Abläufe ganz genau, und jetzt konnte er es auf einmal kaum erwarten, endlich gesattelt zu werden, um die Enge des Stalls gegen das weite, offene Land einzutauschen.

Fünf Minuten später saß Hutch auf und verließ den Stall in Richtung Weiden. Am Anfang von Hutchs liebstem Trampelpfad wurde das Tier langsamer, da es nun bergauf ging und sich unter seinen Hufen immer wieder kleine Steine befanden, die ein vorsichtiges Vorankommen erforderlich machten.

Hutch beugte sich weit über den Hals seines Pferds, als es unter den tief hängenden Ästen von Eichen und Ahornbäumen hindurchging, die nach Ross und Reiter zu greifen schienen.

Der Berg stellte für Hutch Carmody vieles dar, und soweit er zurückdenken konnte, war er immer dann hergekommen, wenn es einen Grund zur Freude oder zur Trauer gab … oder wenn er einfach nur ganz in Ruhe nachdenken wollte.

Von einer bestimmten Stelle aus konnte er genau die Welt sehen, die ihm von allem am meisten bedeutete: die weitläufige Ranch mit den Viehherden und den Kühen, die Wasserläufe, die das Land durchzogen, und in der Ferne das Städtchen Parable.

Nach einem anstrengenden Anstieg, der eine Viertelstunde dauerte, erreichten er und Remington endlich die kleine Lichtung mit einer Bergwiese, die für ihn das Herz der Whisper-Creek-Ranch darstellte.

Hier hatte er mit zwölf Jahren um seine tote Mutter geweint.

Hier hatte er dem Zorn auf seinen Vater freien Lauf gelassen, wenn er so wütend auf ihn gewesen war, dass ihn nichts in der Schule, in seinem Zimmer oder in der Scheune hatte halten können.

Und hier hatten er und Kendra sich zum ersten Mal geliebt – und auch zum letzten Mal.

Seufzend saß er ab und ließ Remington in Ruhe grasen. Der hüfthohe Steinhaufen, der mit seinen gut zwei Metern Länge an ein Grab erinnerte, war natürlich immer noch da. Ein Fremder würde das Ding wohl für einen Opferaltar eines unbekannten Gottes halten.

Opal würde eine solche Einstellung ganz sicher nicht gutheißen, ging es ihm durch den Kopf. Es war ein Grund mehr, ihn nicht von ihrer Gebetsliste zu streichen.

Den Platz auf dieser Liste hatte er sich zweifellos mehr als verdient.

Nachdem er einen Moment lang innegehalten hatte, um sich zu sammeln, legte er die Hände auf die kühlen, staubigen Steine und tauchte in seine Erinnerungen ein. Jeder dieser Steine stand für eine bestimmte Sache, die er John Carmody hätte sagen sollen, die er ihm aber nie gesagt hatte, oder für eine Sache, die er besser unausgesprochen gelassen hätte.

Hoch über ihm wehte der Wind durch die Äste der Ponderosa-Kiefern und der wenigen Ahornbäume und Eichen, die hier oben hatten Wurzeln schlagen können, lange bevor er auf die Welt gekommen war. Remington wieherte zufrieden, sein Zaumzeug klimperte leise.

Ein Gefühl von Frieden senkte sich auf Hutch herab.

„Es war schwierig, dich zu lieben, alter Herr“, sagte er sehr leise. John Carmody lag nicht unter diesen Steinen begraben, er war auf dem Pioneer Cemetery beigesetzt worden, aber hierher kam Hutch, wenn er eine Verbindung zu seinem Vater suchte, ob aus Wut oder Trauer heraus.

Die Wut war weitestgehend verflogen, nachdem er nach Johns Tod oft genug diese Steine berührt hatte, aber die Trauer war geblieben, auch wenn er sie jetzt besser im Griff hatte. Sie war so sehr ein Teil von ihm wie das Land und der grenzenlose blaue Himmel.

Das, so fand er, war auch richtig, denn genau betrachtet war das Leben eine Mischung aus guten und schlechten Dingen und allem, was sich irgendwo dazwischen bewegte. Er wandte dem Steinhaufen den Rücken zu, verschränkte die Arme und nahm die grandiose Aussicht in sich auf, als wäre sie ein Atemzug für die Seele.

In der Ferne konnte er die Spitzen der verschiedenen Kirchtürme von Parable sehen, dort war das bescheidene Kuppeldach des Gerichtsgebäudes, auf dem die Fahne im Wind flatterte. Da war der Fluss, von dem so viele Nebenarme abzweigten und das Land durchzogen wie die Finger einer riesigen, glitzernden Hand.

Sein Blick wanderte weiter, bis er den Wasserturm erreichte.

So wie die Anhöhe, auf der er jetzt stand, besaß auch dieses klapprige alte Bauwerk eine besondere Bedeutung für ihn. Er hatte Bullen und Mustangs geritten, die von mittelmäßig bis diabolisch reichten und die ihn über die Jahre hinweg ein paar Knochenbrüche gekostet hatten. Er war auf einigen der tosendsten Flüsse im Westen unterwegs gewesen, er war halsbrecherisch schnell Auto gefahren, hatte Skydiving und Bungeespringen mitgemacht, ohne auch nur einmal Angst zu verspüren.

Aber da war ja noch der Wasserturm.

So wie die meisten Kinder, die in Parable aufwuchsen, war auch er einmal hinaufgeklettert, hatte sich von einer morschen Sprosse zur nächsten auf der uralten Leiter nach oben gewagt, während sein Herz so laut schlug, dass er nichts anderes mehr hörte, und während ihm die Angst so sehr die Kehle zuschnürte, dass er kaum noch atmen konnte.

Auf dem schmalen Laufsteg in rund fünfzehn Metern Höhe war er dann vor Angst erstarrt und hatte sich am Geländer festgeklammert, während der Wasserturm an sich wie eine Kirmesattraktion zu schwanken schien. Kalter Schweiß war ihm ausgebrochen, und er hatte trotz der sommerlichen Hitze am ganzen Leib gezittert. Als ob das nicht peinlich genug gewesen wäre, hatte auch noch Slade Barlow anwesend sein müssen.

Slade, sein Halbbruder und zu der Zeit sein ärgster Feind, der ihn herausgefordert hatte, den Wasserturm zu besteigen. Ironischerweise war es dann auch Slade gewesen, der zu ihm nach oben gekommen war und so lange auf ihn eingeredet hatte, bis er sich in der Lage gefühlt hatte, wieder nach unten zu klettern. Allerdings war auch sonst niemand zugegen gewesen. Glücklicherweise.

Selbst jetzt, nach so vielen Jahren, bereitete ihm die Erinnerung ein so unangenehmes Gefühl im Magen, als hätte er etwas Verdorbenes gegessen.

Er zwang sich dazu, den Blick vom Wasserturm abzuwenden. Die meisten Leute in der Stadt waren der Meinung, dass man das ohnehin überflüssig gewordene Relikt endlich abreißen sollte, bevor sich noch ein Kind bei einer Mutprobe verletzte oder sogar das Genick brach. Seltsam war, dass darüber zwar diskutiert wurde, aber niemand etwas unternahm, damit das Ding endlich verschwand. Vielleicht war es Nostalgie und die Erinnerung an die verflossene Jugend, vielleicht auch nur pure Trägheit, und irgendwie begnügten sich die Leute damit, immer nur über einen Abriss zu diskutieren.

Hutch seufzte ein wenig deprimiert und fragte sich, wieso er überhaupt hergekommen war. Er ging zu Remington, griff nach den Zügeln und saß auf. Nachdem er ein paar Sekunden lang in den Steigbügeln gestanden hatte, um die Beine zu strecken, ließ er sich in den Sattel sinken und machte sich auf den Weg nach Hause, wo er von niemandem erwartet wurde.

Gegen Mittag zeigte Kendra dem ersten potenziellen Käufer das Herrenhaus, einem Geschäftsmann aus San Francisco, der nach eigenen Angaben auf der Suche nach guten Gelegenheiten war, in die er investieren konnte. Seine Frau hatte schon immer eine Pension in einer Kleinstadt wie Parable eröffnen wollen.

Kendra hörte ihm aufmerksam zu und lächelte freundlich, stellte und beantwortete Fragen, und schließlich verriet sie dem Mann, dass es in der Stadt bereits drei Pensionen gab, die sich nur mit Mühe über Wasser halten konnten.

Der Mann nahm das betrübt zur Kenntnis, dankte Kendra für ihre Zeit und fuhr dann in seinem gemieteten SUV weg. Wahrscheinlich hatte er seiner Frau versprochen, sich das Objekt anzusehen, das hatte er nun getan, und er konnte das Thema reinen Gewissens abhaken. Kendras Instinkt hatte ihr bereits gesagt, dass er kein Angebot abgeben würde, dennoch war sie nicht entmutigt.

Anschließend kehrte sie ins Büro zurück, wo Daisy immer noch fest schlafend in der gleichen Ecke lag wie zuvor, als Kendra gegangen war. Sie setzte sich an ihren Schreibtisch und aß zu Mittag – einen Becher Joghurt und einen Apfel.

Den Kunden durch das Herrenhaus zu führen war trotz der Überzeugung, dass dabei nichts herauskommen würde, eine angenehme Ablenkung von dem Wirrwarr in ihrem Kopf gewesen. Aber jetzt, da sie allein in ihrem ruhigen Büro saß, kehrten die Gedanken an Hutch und an das bevorstehende Treffen am Nachmittag schnell wieder an die Oberfläche ihres Verstands zurück.

Niemand rief an, um sie wieder abzulenken.

Der Monitor ihres Computers starrte sie an, als wollte er sie in einem Stück verschlingen.

Sie war über alle Maßen erfreut, als der Postbote hereinkam, obwohl er für sie nur einen Stapel Rechnungen und Wurfsendungen hatte. Sie war völlig begeistert, als die Politesse vorbeischaute, um nur mal einen guten Tag zu wünschen.

„Ich drehe langsam durch“, vertraute sie Daisy an, als sie mit der Hündin wieder allein in dem stillen Raum war. „Du wurdest von einer Verrückten adoptiert.“

Daisy musterte sie kurz, gähnte ausgiebig, machte die hübschen braunen Augen wieder zu und schlief weiter.

„Tut mir leid, ich wollte dich nicht langweilen“, sagte sie leise.

Daisy reagierte mit einem unüberhörbaren Schnarcher.

Als es drei Uhr war, fühlte sich Kendra wie kurz vor einem Nervenzusammenbruch. Sie atmete erleichtert auf, als sie Daisy endlich die Leine anlegen und das Licht im Laden ausmachen konnte. Nachdem sie die Tür abgeschlossen hatte, rannte sie regelrecht zu ihrem Wagen.

Am Gemeindezentrum angekommen, wartete Madison bereits auf sie, und zwar zusammen mit ihrer Lehrerin Miss Abbington, die gar nicht glücklich dreinschaute.

„Was ist los?", fragte Kendra, sobald sie ausgestiegen und um den Wagen herumgelaufen war.

„Ich glaube, diese Frage sollte Madison beantworten", erwiderte die zierliche, ernste Frau mit dem spitzen Gesicht, das ihr etwas extrem Wachsames verlieh – also genau die Eigenschaft, die Kendra bei einem Menschen schätzte, in dessen Obhut sich ihre Tochter jeden Tag für etliche Stunden befand.

Madisons Wangen waren rot angelaufen, aber das Kinn hatte sie trotzig vorgeschoben. „Ich war unwichtig", sagte sie zu Kendra.

„*Uneinsichtig*", korrigierte Miss Abbington sie prompt.

„Was ist denn passiert?", wollte Kendra besorgt von ihrem kleinen Mädchen wissen. Wie konnte man eine Vierjährige als „uneinsichtig" bezeichnen? Nannte man so nicht Schwerverbrecher, die wieder und wieder im Gefängnis landeten?

„Ich habe die ganze Klasse verstört", antwortete die Kleine.

„*Gestört*", warf Miss Abbington ein.

Nach einem vielsagenden Blick in Richtung der Frau konzentrierte Kendra sich wieder ganz auf ihre Tochter. „So was ist nicht gut, Madison. Aber was genau hast du denn gemacht?"

Madison straffte ihre schmalen Schultern und befreite sich mit einem Ruck aus Miss Abbingtons Griff. „Ich habe mir die Cowgirl-Stiefel von Becky Marston geborgt", gestand sie ohne Spur von Reue. „Als sie sie ausgezogen hat, um ihre Turnschuhe für den Turnunterricht anzuziehen."

„Ohne Erlaubnis", unterstrich Miss Abbington. „Und als Becky ihre Stiefel wiederhaben wollte, da hast du ihr gesagt, dass du noch nicht fertig bist."

„Madison", seufzte Kendra. „Wir haben doch beim Frühstück über die Sache mit den Stiefeln gesprochen, weißt du nicht mehr?"

„Ich wollte nur wissen, wie das ist, wenn man sie anhat", erklärte Madison. Das leichte Zittern ihrer Unterlippe ließ erkennen, dass sie ihrer Sache inzwischen nicht mehr ganz so sicher war. „Ich wollte sie ihr ja morgen zurückgeben."

Kendra sah Miss Abbington an. „Ich kümmere mich von hier an darum", sagte sie.

„Na gut", erwiderte die andere Frau und ging zurück ins Gebäude.

„Es ist verkehrt, wenn man etwas nimmt, was einem anderen gehört, Madison. Das weißt du doch."

Im Auto steckte Daisy die Schnauze durch einen Spalt im Fenster und begann zu winseln, während Madison Tränen in die Augen stiegen, weil es ihr leidtat. Sie war keines von den Kindern, die zu weinen anfingen, nur um ihren Willen durchzusetzen.

„Bist du böse mit mir, Mommy?"

„Nein", antwortete Kendra und musste sich ein Grinsen verkneifen, da sie sich ungewollt vorstellte, wie Madison in geliehenen Stiefeln umherstapfte. Das ist nicht witzig, ermahnte sie sich, doch das half nicht viel.

„Darf ich trotzdem zum Haus vom Cowboy-Mann und auf einem Pferd reiten?"

Eine Absage wäre insofern sinnvoll gewesen, als dass Madison dann darüber hätte nachdenken können, welche Folgen es hatte, wenn sie etwas anstellte. Aber Kendra war aus zwei Gründen dagegen. Zum einen wusste sie, dass Madisons grenzenlose Enttäuschung in keinem Verhältnis zu ihrem Handeln stehen würde, und zum anderen würde sie mit Hutch einen neuen Termin ausmachen müssen. Sie wusste nicht, ob sie es aushalten würde, noch länger zu warten. Sie war schon jetzt mit den Nerven am Ende.

„Ja“, sagte sie, als sie zum Wagen gingen und Kendra ihr in den Kindersitz half. Daisy war sofort zur Stelle, um Madison zur Begrüßung das Gesicht abzulecken. „Du kannst trotzdem bei Mr Carmody auf einem Pferd reiten. Aber morgen entschuldigst du dich bei Miss Abbington *und* bei Becky für das, was du heute getan hast. Einverstanden?“

Madison dachte über ihre Frage nach, als sei es bloß ein unverbindlicher Vorschlag, nicht aber eine klare Aufforderung. „Okay“, stimmte sie schließlich zu. „Trotzdem finde ich, dass Becky eine große Heulsuse ist.“

„Übertreib es lieber nicht“, warnte Kendra sie und ließ den Motor an.

„Das wär alles nicht passiert“, argumentierte Madison daraufhin, „wenn ich meine eigenen Stiefel hätte.“

Kendra kniff einen Moment lang die Augen zu und verkniff sich ein Lachen. Sie wollte aus Madison kein ängstliches Mädchen machen, das sich nicht traute, den Mund aufzumachen. Aber eine vorlaute, anmaßende Madison sollte sie auch nicht werden.

„Wenn ich noch ein Wort über diese Stiefel höre“, sagte sie und sah ihre Tochter im Rückspiegel an, „dann gibt es keinen Besuch auf Mr Carmodys Ranch, du wirst nicht reiten, und der Tag beim Rodeo findet ganz sicher auch nicht statt.“

Madison kniff die Lippen zusammen. Offenbar hatte sie noch einiges mehr zu sagen, aber sie war klug genug, den Mund zu halten. Der Ritt auf einem Pferd war ihr eindeutig wichtiger.

Nach einem kurzen Zwischenstopp zu Hause, wo Kendra und Madison sich umzogen, weil Jeans und T-Shirt für den Nachmittag angenehmer waren, machten sie sich gemeinsam auf den Weg zur Whisper-Creek-Ranch.

Unterwegs hielt sich Kendra vor Augen, dass sie aus dem Besuch bei Hutch eine viel zu große Sache machte. Nichts Weltbewegendes würde geschehen. Vielmehr würde er ein Pferd aus dem Stall holen, Madison in den Sattel setzen und sie ein paar Minuten lang über den Hof führen – und das war dann auch schon alles.

Sie und Madison konnten dann gleich wieder nach Hause fahren, und alle waren zufrieden.

Vor ihnen ragte in einiger Entfernung der Big Sky Mountain in den Himmel, während sie sich der Ranch näherten. Wenn es in Parable oder Umgebung eine Sache gab, die Kendra sofort an Hutch Carmody denken ließ, dann war es dieser Berg. Wie oft waren sie mit den Pferden hinaufgeritten oder hatten ihn zu Fuß bezwungen, um diese verborgene Aussparung im Fels zu finden, die ihm so viel bedeutete. Wie oft hatten sie beide da oben gesessen und geredet und gelacht und sich im warmen Sonnenschein und im silbrigen Licht der Sterne geliebt?

Sie bemerkte, dass ihr Hals und die Wangen mit einem Mal glühten.

Zu oft, dachte sie mit finsterer Miene, viel zu oft.

Es war wundervoll gewesen.

Und dann war ihre Großmutter hinter die Affäre gekommen, vermutlich indem sie einfach Kendras Tagebücher gelesen hatte. „Du bist genau wie deine Mutter, ich kann dir genauso wenig von hier bis zur nächsten Ecke trauen wie ihr. Wenn du mir ankommst und sagst, du bist schwanger, dann wasche ich meine Hände in Unschuld."

Kendra hatte alles getan, um *nicht* schwanger zu werden, aber nicht etwa, weil die Drohung ihrer Großmutter ihr Angst gemacht hätte. Vielmehr wollte sie Hutch nicht das Gefühl geben, von ihr reingelegt worden zu sein, damit er sie heiratete, weil sie von ihm ein Kind erwartete. Ein paar Mitschülerinnen hatten diesen Trick bei ihren Freunden versucht, und die Ergebnisse waren, zurückhaltend formuliert, sehr ernüchternd gewesen.

Zwar hatte sie Hutch geliebt – und manchmal fürchtete sie, dass sie das immer noch tat –, doch ihr Wunsch war es gewesen, zuerst einmal aufs College zu gehen. Ja, sie hatte Kinder haben wollen, aber erst dann, wenn der richtige Zeitpunkt gekommen war. Da sie wusste, wie es sich anfühlte, durch die bloße Existenz einem anderen Menschen zur Last zu fallen, hatte sie beschlossen, zu warten und erst dann eine Familie zu gründen, wenn sie und Hutch beide bereit waren.

Aber dann war sie Jeffrey Chamberlain begegnet. Anfangs war es nur eine harmlose Freundschaft gewesen. Sein Akzent, sein trockener britischer Humor und seine Manieren hatten sie fasziniert. Dennoch hatte sie ihn nicht aus Liebe geheiratet. Sie hatte ihn lieben wollen, so wie sie das märchenhafte Leben hatte führen wollen, das er ihr bot. Sie hatte für vollendete Tatsache sorgen wollen, damit sie sich endlich wieder ihrem Leben widmen konnte.

Doch bis zu dem Moment, als sie in der Kirche vor dem Altar stand, um Jeffrey das Jawort zu geben, hatte sie immer noch erwartet, dass Hutch sich zu Wort melden, sie für sich beanspruchen und alles tun würde, um sie zurückzugewinnen.

Natürlich war es dazu nicht gekommen. Er hatte sich nicht blicken lassen, und sie war ein verträumter Dummkopf gewesen, überhaupt darauf zu hoffen.

Jetzt näherten sie sich der langen Zufahrt zu Hutchs Ranch, und Kendra verdrängte alle Gedanken an früher. Das ist alles lange her, sagte sie sich.

Hutch hielt sich vor dem Stall auf, wo drei fertig gesattelte Pferde warteten – zwei Tiere von normaler Größe, dazu ein kleines graues Pony mit schwarzen und weißen Punkten.

Daisy begann zu bellen, als sie den schüchternen schwarzen Hund sah, der sich in der Nähe aufhielt, während Madison beim Anblick des Ponys vor Begeisterung quiekte.

Unterdessen war Kendra damit beschäftigt, noch einmal die gesattelten Pferde zu zählen.

Das war eindeutig ein Pferd zu viel.

Kaum war der Wagen zum Stehen gekommen, befreite Madison sich auch schon aus dem Kindersitz, machte die Tür auf und sprang aus dem Auto. Daisy war dicht hinter ihr, und gemeinsam stürmten sie auf Hutch zu, der das Schauspiel lachend mitverfolgte. Er stellte ihnen seinen eigenen Hund Leviticus vor, der auf Abstand zu den Neuankömmlingen blieb und sie alle ein wenig argwöhnisch musterte.

„Das ist bestimmt das allerkleinste Pferd auf der ganzen Welt!“, rief Madison begeistert, die von dem anderen Hund kaum Notiz nahm, sondern vor dem Pony stehen blieb und es staunend ansah.

„Könnte sein“, stimmte Hutch ihr amüsiert zu, dann drehte er sich um und sah Kendra in die Augen.

„Ich bin auch klein“, redete Madison aufgeregt weiter.

Hutch machte einen nachdenklichen Eindruck. „Na, wenn das kein Zufall ist. Dann passt das Pony ja genau zu dir“, sagte er.

Unwillkürlich ballte Kendra die Fäuste und musste sich dazu zwingen, sich zu entspannen und sie wieder zu öffnen. Sie hatte praktisch keine Ahnung, welche Arbeiten tagtäglich auf der Whisper-Creek-Ranch anfielen, aber sie wusste mit neunundneunzigprozentiger Sicherheit, dass zu keiner davon ein Pony nötig war.

Alles an dem Tier war winzig, sogar der Sattel und das Zaumzeug.

„Nur die Ruhe“, flüsterte Hutch ihr grinsend zu. „Ich habe mir das Pony bei einem Nachbarn ausgeliehen. Es ist völlig sanftmütig.“

„Aha“, brachte Kendra heraus, nachdem sie geschluckt hatte.

Dann wandte er sich wieder Madison zu, die noch immer außer sich vor Begeisterung war. „Willst du es mal versuchen?“, fragte er.

Madison nickte eifrig. Daisy hatte inzwischen das Interesse verloren und strich auf dem Boden schnuppernd umher. Verfolgt wurde sie dabei von Leviticus, als wollte der sicherstellen, dass sich die Hündin während ihres Besuchs auch benahm.

Dann bemerkte Kendra, dass Hutch sie wieder ansah, und nach einer kurzen Pause wurde ihr klar, er wartete auf ihr Einverständnis.

„Und du bist dir sicher, dass das Tier zahm ist?“, fragte sie.

„Zahmer geht's nicht", beteuerte Hutch.

„Tja …" Sie unterbrach sich und biss sich auf die Unterlippe. „Also gut, meinetwegen."

Daraufhin umfasste Hutch Madisons Taille, hob sie hoch und setzte sie vorsichtig in den Sattel. Er drückte ihr die Zügel in die Hand, erklärte ihr, wie sie sie halten musste und dass sie nicht zu fest daran ziehen durfte, weil sie sonst dem Pony wehtat.

Madison war nicht nur außer sich vor Freude, sie schien sich auf einem anderen Planeten zu befinden.

„Guck mal, Mommy!", rief sie. „Ich sitze auf einem Pferd! Einem *richtigen* Pferd!"

„Ja", stimmte Kendra ihr zu und setzte ein Lächeln auf. „Du sitzt tatsächlich auf einem Pferd."

Hutch führte das Pony langsam in immer ausladenderen Kreisen über den Hof, damit Madison ein Gefühl dafür bekam, wie man in einem Sattel saß. Die Kleine schien von etlichen starken Scheinwerfern gleichzeitig beschienen zu werden, so sehr strahlte sie vor Glück.

„Ich sitze auf einem Pferd! Einem richtigen Pferd!"

Kendra seufzte innerlich.

Madison würde von jetzt an immer wieder herkommen wollen.

Was für Kendra bedeutete, sie immer wieder herbringen zu müssen.

12. KAPITEL

Hutch beobachtete Kendra, die ihrer Tochter beim Reiten zusah, was die Kleine inzwischen schon gut beherrschte. Er war froh, dass er Ruffles bei der benachbarten Familie „ausgeliehen“ hatte, auch wenn er jetzt schon wusste, seine Arbeiter und noch einige andere Leute würden darüber mehr als genug Witze reißen. In Wahrheit hatte er der Familie das Pony abgekauft, da die Hendrix-Kinder längst zu groß für das Tier geworden waren und die kleine Stute sich in den letzten Jahren sehr einsam gefühlt hatte, wie ihm von Paula Hendrix berichtet worden war.

Darauf bedacht, ihr nahe zu sein, aber nicht zu nahe zu kommen, stellte er sich zu Kendra.

Ihr standen vor Glück Tränen in den Augen, und sie strahlte regelrecht mütterlichen Stolz aus. „Sie ist völlig begeistert“, flüsterte sie so leise, dass er sich nicht sicher sein konnte, ob sie mit ihm sprach oder Selbstgespräche führte.

„Madison ist ein Naturtalent“, stimmte er ihr nur unwesentlich lauter zu. „Eine geborene Reiterin.“

„Du hast dir viel Mühe gegeben“, redete Kendra weiter, sah ihn aber immer noch nicht an. „Dass du extra ein Pony ausgeliehen hast, meine ich.“

Sie freute sich, das merkte er ihr an, doch zugleich wirkte sie angespannt, so als sei sie auf dem Sprung, um zu ihrem Baby zu eilen, sobald irgendeine Gefahr drohte.

Aber er spürte auch noch eine andere Anspannung, die nichts mit Madison oder dem Pferd zu tun hatte.

Es war, als bohrte sich eine Nadel in sein Herz. Wäre alles anders gekommen, dann wäre Madison ihr gemeinsames Kind, dann wäre sie eine Carmody, aber keine Shepherd oder Chamberlain oder wie ihr Nachname auch lauten mochte. Dann wäre es für Madison kein seltener Ausflug, um einmal auf einem Pferd sitzen zu dürfen, sondern es wäre für sie etwas Natürliches – so wie für jedes Kind, das auf einer Ranch aufwuchs.

Aber wie so oft im Leben war es anders gekommen. Die Dinge liefen nicht immer so, wie man es wollte. Leute kamen von ihrem ursprünglichen Weg ab, weil sie etwas sagten oder taten – oder es *nicht* sagten oder *nicht* taten – und schon war das Leben verkorkst.

„Und? Bist du bereit zum Ausreiten?", fragte er, um die Unterhaltung wieder in Gang zu bringen.

„Ich bin seit Jahren nicht mehr geritten", gestand Kendra ihm. „Nicht mehr seit …"

Sie unterbrach sich mit hochrotem Kopf und verfiel in betretenes Schweigen.

Es gab keinen Zweifel daran, dass sie sich genauso wie er daran erinnerte, was damals so oft passiert war, wenn sie gemeinsam ausgeritten waren.

„Das ist wie Fahrradfahren", sagte er und tat so, als hätte er ihre Verlegenheit nicht bemerkt. „Wenn du einmal gelernt hast, wie man auf einem Pferd sitzt, dann vergisst du das nie wieder."

Ihr Blick blieb auf Madison gerichtet, die jetzt mit strahlender Miene auf sie zugeritten kam. Daisy hielt mit Ruffles mit, während Leviticus im Schatten des Stalls blieb und das Treiben aus einigermaßen sicherem Abstand verfolgte. Die vier gaben zusammen ein Bild ab, das als Foto eine Western-Grußkarte hätte schmücken können.

Als Kendra schließlich wieder etwas sagte, überraschte sie ihn ein wenig. „Wie können wir das überwinden, Hutch?", fragte sie verhalten.

„Was meinst du damit?", gab er zurück.

Flüchtig zuckte sie mit den Schultern. „Dieses Umeinanderherum-Tänzeln oder wie man es nennen soll." Ihre Stimme zitterte ganz leicht. Sie machte eine Pause und schüttelte den Kopf, als würde sie versuchen, sich von allen störenden Gedanken zu befreien. „Ich kann nicht so tun, als wäre zwischen uns nichts gewesen", erklärte sie, während Madison immer näher kam. „Genau das versuche ich zwar die ganze Zeit, aber es macht mich wahnsinnig."

Hutch lachte leise: „Na, wenn das so ist, warum hörst du dann nicht einfach auf, es zu versuchen. Es ist nun mal, wie es ist. Wir haben da kein großes Mitspracherecht mehr."

Seufzend beobachtete sie weiter Madison, doch sie wirkte mit einem Mal nicht mehr ganz so nervös. „Ja, du hast recht", sagte sie. „Sosehr wir uns auch wünschen, wir könnten die Vergangenheit ändern, es geht nun mal nicht."

Zu gern hätte er von ihr gewusst, was genau sie geändert hätte, wenn es ihr möglich gewesen wäre, doch in diesem Augenblick kam Opal in ihrem Kombi auf den Hof gefahren.

„Guck mal!", rief Madison, als Opal ausgestiegen war. „Ich reite auf einem Pferd."

„Das ist nicht zu übersehen", meinte Opal lächelnd, dann sah sie zu Hutch und Kendra sowie zu den beiden anderen gesattelten Pferden, die offenbar noch nicht von der Stelle bewegt worden waren. „Bist du denn jetzt genug geritten?", fragte sie das Mädchen. „Ich muss mich nämlich ums Abendessen kümmern, und da kann ich Hilfe gut gebrauchen."

Vermutlich wäre Madison noch tagelang im Sattel geblieben, wenn es niemanden gestört hätte, aber sie besaß eine hilfsbereite Ader und erklärte prompt: „Ich glaube, ich habe jetzt genug. Für heute", fügte sie dann noch geistesgegenwärtig an.

Hutch ging zu ihr und hob sie aus dem Sattel. „Geh ruhig schon mal zu Opal", sagte er, wobei ihm ihr beunruhigter Blick nicht entging. Er ahnte, was los war. „Ich kümmere mich jetzt um Ruffles. Beim nächsten oder übernächsten Mal werde ich dir zeigen, wie das geht, damit du weißt, was du zu tun hast."

Madison nickte ernst und tätschelte die Nase des Ponys. „Ich wünschte, du würdest mir richtig gehören", sagte sie zu Ruffles, dann sah sie zu Kendra und wartete auf ein bestätigendes Nicken, dass sie mit Opal ins Haus gehen durfte.

Als Hutch Kendra aus dem Augenwinkel beobachtete, kam es ihm so vor, als hätte sie gerade eben ein wenig widerwillig genickt. Opal hielt ihr die Hand hin, die Madison ohne zu zögern ergriff, dann gingen sie Seite an Seite zum Haus und unterhielten sich ausgelassen. Die Hunde folgten ihnen in gemächlichem Tempo.

„Sehr geschickt", kommentierte Kendra ironisch, während sie zusah, wie die vier durch die Hintertür ins Haus verschwanden.

Hutch griff nach Ruffles' Zügeln und führte das Pony in Richtung Stalltür. „Ich habe Opal nicht dazu angestiftet, falls du darauf anspielst", konterte er grinsend. „Pass du lieber auf, dass die beiden Pferde nicht abhauen. Ich bin gleich wieder da."

Ich bin gleich wieder da.

Kendra seufzte. Jetzt sollte sie mit ihm ausreiten, mit Hutch Carmody und niemandem sonst. Und das hatte sie sich auch noch selbst eingebrockt!

Sie musste wirklich verrückt sein.

Zögerlich griff sie nach den Zügeln der beiden Pferde und wartete, bis Ruffles von seinem Sattel und Zaumzeug befreit worden war. Sie wartete … und wartete. Der große Wallach, vor dem sie stand, war Remington, Hutchs Lieblingspferd, aber die langbeinige Stute daneben kannte sie nicht.

„Ich muss ein Kind großziehen und mich um mein Geschäft kümmern", erzählte sie der Stute. „Ich kann es mir nicht leisten, mir irgendwelche Knochen zu brechen, also komm nicht auf dumme Gedanken."

Die Stute wieherte leise, als wollte sie ihr versprechen, dass sie vorsichtig sein würde.

Hutch kam eher zu ihr zurück, als Kendra erwartet hatte, und nahm ihr Remingtons Zügel aus der Hand. „Das ist Coco", sagte er und deutete mit einem Nicken auf die Stute. „Sie ist sehr lebendig und schnell, aber auch ziemlich gutherzig."

„Ziemlich?", wiederholte Kendra und wartete darauf, dass ihr Körper endlich reagierte und sich in Bewegung setzte, bevor sie sich noch mehr zum Narren machte.

Hutch lachte und hielt die Stute für sie fest, indem er sie am Zaumzeug fasste. „Das hier ist keine Feriensiedlung", betonte er und genoss sichtlich ihr Zögern. „Außer Ruffles muss sich hier jedes Pferd auf die eine oder andere Art seinen Lebensunterhalt verdienen."

Da sie nichts zu erwidern wusste – jedenfalls nichts, was kein wüster Fluch gewesen wäre –, griff Kendra nach dem Sattelknauf, schob einen Schuh in den Steigbügel und stieß sich vom Boden ab. Völlig unerwartet bekam sie dabei Unterstützung von Hutch, der eine Hand auf ihren Po legte und ihr so viel Schwung gab, dass sie mit einem richtigen Satz im Sattel landete.

Das Ganze geschah so plötzlich, dass sie unwillkürlich nach Luft schnappen musste.

Wieder lachte Hutch ausgelassen und saß auf Remington auf, den er dann neben Kendras Pferd dirigierte. „Fertig?", fragte er.

Ihre Wangen glühten, weshalb sie es vermied, sich zu ihm umzudrehen. Es war eine alberne Annahme, aber solange sie ihn nicht sah, konnte sie sich immer noch einreden, dass er auch nicht in der Lage war, sie zu sehen. „Fertig", bestätigte sie stur bis zum Äußersten.

„Gut", meinte er, dann ritt er los. Sein Pferd steuerte gemächlich trabend auf das vor ihnen liegende weite Land zu. Sofort folgte Coco den beiden und schüttelte Kendra auf dem Sattel hart durch. Kendra konzentrierte sich ganz darauf, sich an Cocos Bewegungen anzupassen, und nach gut hundert Metern hatte sie ihren Rhythmus gefunden.

Hutchs Wallach wollte unbedingt drauflosgaloppieren, das war ihm deutlich anzumerken, aber Hutch schien ihr stummes Gebet gehört zu haben, dass sie das auf keinen Fall mitmachen wollte. Er hielt sein Pferd mit einer Mühelosigkeit davon ab, seinem Temperament freien Lauf zu lassen, die bewundernswert und ärgerlich zugleich war. Diesem Mann schien einfach alles zuzufliegen, und das fand sie völlig unfair.

„Wohin?", fragte er, als Coco ihr Tempo an Remington angepasst und ihn eingeholt hatte.

„Egal, nur nicht nach da oben zur Bergwiese", antwortete Kendra und wäre am liebsten sofort im Erdboden versunken. Was für eine grandiose freudsche Fehlleistung! Hutch hatte ihr geheimes Liebesnest mit keinem Wort erwähnt, aber *sie* musste damit natürlich rausplatzen!

Ihre zerknirschte Miene entlockte ihm ein leises Lachen. „Sag mal, Kendra. Vor wem hast du eigentlich mehr Angst: vor mir oder vor dir selbst?“

„Sei nicht albern“, protestierte sie sofort. „Es geht nur darum, dass ich lange nicht mehr geritten bin, und die Bergwiese ist ziemlich hoch gelegen. Deshalb …“

„Ganz langsam“, mahnte er in beschwichtigendem Tonfall. Meinte er sie oder sein Pferd?

Sie hoffte für ihn, dass es um das Pferd ging.

Doch dann wurde ihr klar, er hatte damit sie angesprochen. „Kendra“, fuhr er fort. „Ich habe nicht vor, über dich herzufallen, sobald uns keiner mehr sehen kann. Wir sind zwei alte Freunde, die zusammen ausreiten. Mehr steckt nicht dahinter.“

Für dich vielleicht nicht, dachte Kendra missmutig. Die Antwort auf seine vorangegangene Frage schwirrte ihr noch immer im Kopf herum. Sie hatte tatsächlich Angst. Allerdings vor sich, nicht vor ihm. Sie hatte Angst vor ihrem Verlangen und davor, wie ihr Verstand jedes Mal aussetzte, sobald Hutch sie nur ansah. Dabei ließ er seinen Charme nicht einmal absichtlich spielen. Doch das war egal, der Schaden war angerichtet.

Ob er es nun wusste oder nicht – wobei es naiv wäre zu glauben, dass er keine Ahnung hatte –, Hutch war von dem Moment an, als sie mit Madison auf die Ranch gekommen war, darauf aus gewesen, sie zu verführen. Das sollte ihm auch nicht schwerfallen. Indem er die Rolle der einen Person spielte, die Madison so gern in ihrem Leben gehabt hätte, die eines Daddys, weichte er Kendras Widerstand Stück für Stück auf.

Eine Weile ritten sie schweigend weiter, wobei sie die Pferde den Weg bestimmen ließen. Zumindest hatte Kendra diesen Eindruck, als beide an einem Bach anhielten, die großen Köpfe senkten und ihren Durst stillten.

In der Zwischenzeit war Hutch ernster geworden, und obwohl er sich die ganze Zeit über gleich neben ihr befand, kam es ihr so vor, dass er sich im Geiste an einem weit entfernten Ort aufhielt. Auf dem Wasser des leise gurgelnden Bachs spiegelte sich tanzend der Sonnenschein.

„Warum bist du hergekommen, Kendra?", fragte er schließlich und kniff gegen die grelle Nachmittagssonne die Augen zusammen.

„Auf deine Ranch?"

„Nach Parable."

Sofort versteifte sie sich und erwiderte verhalten: „Weil das hier mein Zuhause ist. Und weil ich Madison an einem Ort großziehen will, wo die Leute sich kennen und sich einer um den anderen kümmert."

Hutch saß ab und stellte sich neben Remington, dabei ließ er Kendra nicht aus den Augen. „Und du warst hier als Kind so glücklich, dass du Madison zuliebe zurückgekommen bist?" Da er alles über ihre Kindheit bei ihrer Großmutter wusste, konnte er sich diese leicht spitze Bemerkung nicht verkneifen.

„Nicht immer", räumte sie zurückhaltend ein. Sie war versucht, ebenfalls abzusitzen, damit sie Hutch gegenübertreten und mit ihm diskutieren konnte. Aber dann hätte sie anschließend wieder in den Sattel steigen müssen, und sie war sich nicht sicher, ob ihre Beine das mitgemacht hätten. „Niemand ist immer glücklich."

Er reagierte mit einem rauen Lachen und betrachtete die gekräuselte Oberfläche des Bachs, der murmelnd und wispernd an ihnen vorbeizog – was der Ranch ihren Namen gegeben hatte: Whisper Creek. Flüsternder Bach.

„Da ist was Wahres dran", stimmte er ihr zu.

Während er redete, rutschte sie im Sattel hin und her. Sie wusste, spätestens morgen würde ihr alles wehtun, da sie es nicht mehr gewohnt war zu reiten.

Aber besser, ihr taten irgendwelche Körperpartien weh, die sich mit einem heißen Bad lindern ließen, als dass ihr Herz schmerzte.

„Das mit dem Pony ist gelogen", sagte Hutch aus heiterem

Himmel. Dabei hob er einen flachen Kieselstein auf und schleuderte ihn so von sich, dass dieser ein paar Mal auf dem Wasser hüpfte, ehe er unterging.

Kendra saß auf ihrem Pferd und zog ratlos die Brauen zusammen. Alles an diesem Mann verwirrte sie, was er auch tat oder sagte. „Was?“, fragte sie schließlich.

„Ich habe Ruffles nicht ausgeliehen“, erklärte er und schaute ihr in die Augen. „Ich habe das Pony gekauft. Die Kinder, für die es mal gedacht war, sind inzwischen groß und längst aus dem Haus. Es war bei der Familie völlig einsam und allein.“

Seine Worte rührten Kendra an, und sie entspannte sich ein wenig. „Und warum hast du das nicht sofort gesagt?“

„Weil ich mir überlegt habe“, er räusperte sich, „dass du glauben würdest, ich wollte mich über Madison an dich heranmachen.“

Ihre etwas rücksichtslosere Seite drängte sich in den Vordergrund und ließ sie nachhaken: „Und stimmt das? Hast du versucht, über meine Tochter an mich heranzukommen?“ Sie bemerkte, wie er einen Moment lang die Lippen zusammenpresste.

„Wie kannst du mir so etwas nur unterstellen?“, stieß er wütend hervor, was sie wiederum erstaunlich fand, hatte er doch das Thema erst zur Sprache gebracht.

„Ich habe nur wiederholt, was du gesagt hast“, erwiderte sie.

Sie kam nicht dazu, noch mehr zu sagen, weil Hutch sie in diesem Augenblick um die Hüften packte, sie mühelos aus dem Sattel hob und einen Moment eng an sich drückte, bevor er sie zu Boden ließ.

„Wenn ich mich an dich heranmachen will, Kendra“, ließ er sie wissen, „dann kann ich das auch, ohne dafür ein unschuldiges Kind oder sonst jemanden vorschieben zu müssen.“

Völlig verwirrt und atemlos schaute sie ihn an. Es gelang ihr nicht, einen klaren Gedanken zu fassen.

In diesem Moment küsste er sie. Nicht zart und zurückhaltend, sondern mit all dem Verlangen, das ein Mann für eine Frau empfinden konnte.

Ihr erschien es, als würde ihr ganzer Körper in Flammen stehen. Als hätten sie einen eigenen Willen, legten sich ihre Arme um seinen Nacken und verschränkten sich. Sie stellte sich auf die Zehenspitzen und gab sich ohne Vorbehalte diesem Kuss hin.

Wie durch einen Nebel tauchte der Gedanke auf, dass damit ihre schlimmsten Befürchtungen wahr wurden – und ihr geheimster Traum.

Nach einigen Sekunden rückte Hutch von ihr ab. Er atmete heftig aus und fuhr sich mit der rechten Hand durchs Haar. „Verdammt", fluchte er.

Kendra, die eben noch in seinen Armen dahingeschmolzen war, erstarrte augenblicklich zu Eis. „Komm ja nicht auf die Idee, *mir* dafür die Schuld zu geben, Hutch", fauchte sie ihn aufgebracht an. „*Du* hast damit angefangen."

Er erwiderte nichts, er sah sie nicht mal an. Und dann drehte er sich auch noch weg, bis er ihr nur noch den Rücken zuwandte. „Tut mir leid", murmelte er nach einer Weile.

Es tat ihm leid? Mit seinem Kuss hatte er ihre Welt aus den Angeln gehoben und auf den Kopf gestellt. Und ihm tat es leid?

„So viel zum Thema, dass zwei alte Freunde einfach ein bisschen durch die Gegend reiten", hörte sie sich sagen. Demütigung und Wut spornten sie dazu an, wieder in ihren Sattel zu steigen, ohne dass Hutch Carmody ihr dabei helfen musste.

Er drehte sich wieder zu ihr um und schaute sie finster an. „Mach das nicht", warnte er sie. „Tu es nicht mit Ironie ab, Kendra. Hier ist gerade eben was passiert, etwas Wichtiges."

„Ja", erwiderte sie. Dass er neben ihrem Pferd stand und sie selbst im Sattel saß, vermittelte ihr ein völlig falsches Gefühl für die Machtverhältnisse, und sie genoss es wenigstens für den Augenblick. „Du hast mich *geküsst*, schon vergessen?"

„Davon rede ich nicht", erklärte er.

„Wovon redest du dann?"

„Davon, dass das zwischen uns noch nicht vorüber ist", antwortete er. „Davon rede ich."

„Tja, da irrst du dich aber", konterte sie und spürte, wie Wut in ihr hochzukochen begann. „Zwischen uns ist alles vorüber, und zwar komplett. Und das schon seit Jahren, falls dir das noch nicht aufgefallen sein sollte.“

„Dein Kuss sagt aber etwas ganz anderes.“ Er stieg auch wieder auf und lenkte seinen Wallach einmal halb im Kreis, sodass er Kendra ins Gesicht sehen konnte.

„Das war *dein* Kuss. *Du* hast *mich* geküsst“, beharrte sie fast panisch.

„Damit hast du verdammt recht. Doch du hast den Kuss erwidert. Wären wir nicht hier unten auf dem flachen Land, sondern oben auf der Wiese, wo uns niemand beobachten kann, dann würden wir uns jetzt wieder so lieben wie damals, genauso hitzig und leidenschaftlich.“

„Dein Ego ist so riesig, dass selbst das Universum dagegen winzig wirkt“, warf sie ihm an den Kopf. „Ich bin keine von diesen Frauen, die du kriegen kannst, wann immer du sie haben willst.“

Er lachte, allerdings klang es verkrampft ... wie eine Herausforderung ... oder ein Versprechen. „Beweis es“, verlangte er.

Mittlerweile war Kendra so außer sich, dass sie nur zurück zum Stall wollte, um von diesem verdammten Pferd abzusteigen, ihre Tochter und ihren Hund zu nehmen und auf dem schnellsten Weg nach Hause zu fahren. Da konnte sie dann wenigstens so tun, als wäre das alles nie geschehen. „Was soll ‚Beweis es‘ heißen?“, spuckte sie ihm förmlich vor die Füße.

„Opal passt auf Madison auf. Lass uns auf den Berg reiten, Kendra. Nur du und ich. Jetzt auf der Stelle.“

„Auf gar keinen Fall“, hielt sie abfällig dagegen. Insgeheim wunderte sie sich jedoch darüber, wie gern sie sich auf dieses Spiel eingelassen hätte, obwohl – oder gerade weil? – sie wusste, dass sie verlieren würde.

„Angst?“, flüsterte er und beugte sich kurz vor, um ihre Lippen ganz leicht mit seinen zu streifen.

„Ja“, antwortete sie in einem Anflug von Ehrlichkeit.

„Vor mir?“

Sie schluckte angestrengt, dann schüttelte sie wortlos den Kopf. Er hatte vorhin recht gehabt. Sie hatte nicht vor ihm, sondern vor sich selbst Angst, aber das würde sie unter keinen Umständen zugeben.

„Wahrscheinlich lässt es sich gar nicht vermeiden“, redete Hutch weiter und klang auf eine sonderbar fröhliche Weise resigniert. „Dass wir beide uns lieben werden, wollte ich damit sagen.“

„Du kannst dir ja gern einreden, was du willst“, erwiderte sie betont schroff. „Aber den Weg habe ich schon einmal beschritten, Hutch, und das werde ich kein zweites Mal machen. Ich bin kein leichtgläubiges junges Ding mehr. Ich bin eine verantwortungsbewusste Frau, die eine Tochter hat.“

„Und deshalb gibt es in deinem Leben keinen Platz mehr für Sex?“

„Das werde ich mit *dir* ganz sicher nicht diskutieren“, schleuderte sie ihm entgegen und ließ Coco kehrtmachen, um zurück zur Ranch zu reiten. Und zurück zu Madison und Daisy. Dorthin zurück, wo der gesunde Menschenverstand herrschte.

Natürlich hatte Hutch keine Mühe damit, sie auf dem Rückweg wieder einzuholen. Als er neben ihr herritt, grinste er frech. So wie ein siegessicherer Cowboy, wie ein siegessicherer Mann.

Sie steckte in Schwierigkeiten.

In verdammt großen Schwierigkeiten.

Sie und Madison mussten noch zum Abendessen bleiben, weil Opal kein Widerwort geduldet hätte. Außerdem wusste Kendra, dass sie nicht wutschnaubend nach Hause hätte fahren können, weil das viel zu offensichtlich gewesen wäre.

Also blieb sie noch.

Sie überließ es Hutch, sich um beide Pferde zu kümmern, der dabei von seinem treuen Begleiter Leviticus beobachtet wurde. Sie selbst ging ins Haus und wusch sich in der Spüle die Hände ab. Madison stand auf einem Stuhl an der Arbeitsplatte. Sie war in eine viel zu große Schürze gewickelt und knetete einen Teig, in dem sie bis zu den Ellbogen verschwand.

„Bald dürfte sie ihre eigene Sendung auf dem Food Channel bekommen“, erklärte Opal voller Stolz, die neben Madison an der Kücheninsel stand und jeden Handschlag beaufsichtigte.

„Daran habe ich nicht den geringsten Zweifel“, erwiderte Kendra und hoffte, dass ihr Gesicht mittlerweile wieder eine normale Färbung angenommen hatte.

„Ich mache Biskuits“, verkündete Madison.

„Sehr beeindruckend“, lobte Kendra sie. „Wirst du mir beibringen, wie man das macht?“

Madison kicherte. „Mommy, du bist dumm. Du musst doch nur ins Kochbuch gucken, da steht drin, wie das geht.“

„Jetzt hast du mich aber ertappt“, sagte sie leise seufzend und gab ihrer Tochter einen Kuss auf die Wange, an der etwas Mehl haftete.

„Der Kaffee da ist ganz frisch“, warf Opal ein und deutete auf die volle Kanne in der Kaffeemaschine. „Becher stehen im Schrank darüber.“

„Danke.“ Kendra brauchte dringend etwas, um ihre Hände zu beschäftigen, also holte sie einen Becher aus dem Schrank und goss etwas Kaffee ein. Sie nippte daran und hoffte, sie würde davon nicht die halbe Nacht wach liegen und an ihre jüngste Runde mit Hutch denken. Sie war auch so schon aufgeregt genug.

„Wie war der Ritt?“, fragte Opal, der es allen Bemühungen zum Trotz nicht gelang, ihrer Frage etwas Beiläufiges zu verleihen.

„Gut“, erwiderte Kendra ausweichend.

„Wo ist denn Mr Hutch?“, wollte Madison wissen.

So, so, dachte Kendra. Er war also bereits von Cowboy-Mann zu Mr Hutch aufgestiegen. Was kam als Nächstes? Etwa Daddy?

„Er versorgt die Pferde.“ Kendra stand gegen den Tresen gelehnt und trank noch einen Schluck Kaffee. Seltsamerweise schien das Koffein ihre überstrapazierten Nerven zu beruhigen, anstatt sie noch aufgedrehter werden zu lassen. Dankbar nahm sie zur Kenntnis, dass wenigstens der Kaffee auf ihrer Seite war.

„Wann kaufen wir meine Stiefel?“, meldete sich Madison zu Wort.

„Heißt das, du willst wieder reiten gehen?“, fragte Kendra lachend.

Madison nickte nachdrücklich und knetete weiter den Teig in der großen Schüssel, die vor ihr stand. „Ich will gaaanz weit reiten“, verkündete sie. „Nicht nur immer im Kreis auf dem Hof, so wie ein kleines Kind.“

„Du *bist* ja auch noch ein kleines Kind“, stellte Kendra amüsiert fest.

„Ich glaube, der Teig kann jetzt ausgerollt und geschnitten werden“, warf Opal ein. Sie zog Madisons Hände aus der Schüssel, wischte sie mit einem feuchten Lappen ab und hob das Mädchen von dem Stuhl.

„Ich kann dir dabei helfen“, bot sich Madison an.

„Davon bin ich überzeugt“, stimmte Opal ihr zu.

Die Frau hatte wirklich eine Engelsgeduld. Kendra lächelte sie an und sagte lautlos: „Danke.“

„Aber erst muss ich noch Ruffles Gute Nacht sagen“, meinte die Kleine.

„Das kannst du nach dem Essen machen“, wandte Kendra ein.

Hutch betrat auf Strümpfen die Küche, da er seine schmutzigen Stiefel auf der Veranda gelassen hatte. Seine Haare waren zerzaust, an seiner Kleidung hing hier und da ein wenig Stroh. Während er die Ärmel hochkrempelte, musste Kendra erstaunt feststellen, wie verdammt gut er doch aussah, obwohl er geradewegs aus der Scheune hergekommen war.

Er nickte Opal und Kendra zu, dann zwinkerte er Madison zu und begann, mit dem Ellbogen den Heißwasserhahn an der Spüle aufzudrehen. Zweimal seifte er sich die Hände und Unterarme mit der intensiv riechenden orangefarbenen Seife ein.

Wenn man ihn so beobachtete, wie er vornübergebeugt dastand und seine Hände wusch, wäre niemand auf die Idee gekommen, dass er vor nicht einmal einer Stunde Kendra so geküsst hatte, wie sie noch nie geküsst worden war – nein, nicht mal von ihm. Und dass er innerhalb von ein paar Herzschlägen ihre ganze Welt in einen wundervollen Aufruhr versetzt hatte. Er hatte sie mit seinem Kuss überfallen, und sie war nicht nur damit einverstanden gewesen, sondern sie hatte diesen Kuss auch noch erwidert.

Seiner Meinung nach war es unvermeidlich, dass sie sich wieder lieben würden. Und um es zu beweisen, hatte er sie herausgefordert, auf diesen verdammten Berg zu reiten, hin zu dieser verfluchten und zugleich verzauberten Bergwiese. Dorthin, wo Himmel und Erde sich zu berühren schienen und wo sich damals ihre Körper wieder und wieder berührt hatten.

Hör schon auf damit, ermahnte sie sich stumm.

„Ich hab die Biskuits gemacht", sagte Madison zu Hutch, als der sich von der Spüle wegdrehte und sich die Hände abtrocknete. „Na ja, ich hab geholfen."

Opal kam lachend mit einem Teigroller und einem Biskuitschneider zu ihr. „Kletter wieder auf deinen Stuhl, junge Lady, dann werde ich dir zeigen, was du als Nächstes machen kannst."

Hastig kehrte die Kleine auf ihren Stuhl zurück. Opal wischte ihr noch einmal die Hände ab, dann fingen sie gemeinsam an, den Teig auszurollen. Als er dünn genug war, zogen sie mit dem Schneider Kreise durch die Masse und legten die ausgeschnittenen Teile auf ein mit Backpapier ausgelegtes Backblech.

Als Hutch an ihnen vorbeiging und nach dem Griff der Backofentür greifen wollte, rief Opal energisch: „Lass den Ofen zu! Sonst entweicht die ganze gute heiße Luft!"

Einen Moment lang schaute Hutch drein wie ein neugieriger kleiner Junge. „Was immer darin schmort, es riecht auf jeden Fall köstlich."

„Das ist meine Tamale-Pastete", gab sie schroff zurück. „Und ich wäre dir dankbar, wenn du deine Finger davon lässt, bis wir am Tisch sitzen und dem Herrn für das Mahl gedankt haben."

Hutch hob kapitulierend die Hände. „Jawohl, Ma'am. Ich werde mich hüten, das Abendessen anzufassen."

„Merk dir das auch gleich für die Zukunft", schickte Opal ihm hinterher, immer darauf bedacht, das letzte Wort zu haben.

Es war eigentlich eine ganz banale Unterhaltung, doch Kendra genoss diesen foppenden Umgang miteinander, dieses Geplänkel zwischen Menschen, die so füreinander da waren, als wären sie eng miteinander verwandt. Als sie noch jünger war, war jedes Essen ein Kampf gewesen. Falls ihre Großmutter sich mal dazu herabließ, etwas für sie zu kochen, hatte sie mit den Pfannen und Töpfen gescheppert und ihr das Essen lustlos auf den Teller geklatscht, damit Kendra auch ja begriff, dass ihre Großmutter diese Arbeit als Belastung empfand. Dass sie Kendra als Belastung empfand.

Diese Zeiten liegen in ferner Vergangenheit, hielt sie sich vor Augen. Außerdem hatte sie sie ja ganz gut überstanden. Jetzt konnte sie für Madison eine gute Mutter sein, und das auch aus dem Wunsch heraus, das Mädchen besser zu behandeln, als es ihr selbst widerfahren war.

„Ich würde ja zu gern wissen, was dir gerade durch den Kopf geht", hörte sie auf einmal Hutch sagen, der sich so dicht neben sie gestellt hatte, dass er sie ohne Weiteres berühren könnte, wenn er das wollte. Warum musste er sie nur immer so aufmerksam beobachten?

„Ich habe nur gerade darüber nachgedacht, wie glücklich ich bin", antwortete sie.

Grinsend sah er zu, wie Madison dabei „half", das Backblech in den zweiten Ofen zu schieben, der in die Wand eingebaut worden war. „Das bist du wirklich", erwiderte er. In seiner Stimme schwang etwas mit, das ihn nicht mehr ganz so bissig klingen ließ wie zuvor.

Das war eine von Hutchs Eigenarten, die sie bei ihm hatte beobachten können: In dem einen Moment konnte er nett und freundlich sein, und gleich darauf zeigte er sich wieder von dieser anderen, gar nicht so netten Seite. Die meiste Zeit über war es ihr unmöglich, aus ihm schlau zu werden.

Wenig später saßen sie alle – Opal, Madison, Kendra und Hutch – beim Abendessen zusammen, was für Kendra ein wenig zu sehr dem entsprach, was sie sich wünschte. Nachdem sie so hart gekämpft hatte, um ihre Gefühle wieder ins Gleichgewicht zu bringen, kam es ihr nun wieder so vor, als stehe sie kurz vor einem völligen Zusammenbruch.

Aber so nervös sie auch war, hatte sie doch großen Hunger und schaffte es, eine ordentliche Portion von Opals köstlicher Pastete sowie zwei Biskuits zu essen.

Madison hatte einen aufregenden Tag hinter sich, und als das Abendessen vorüber war und alles benutzte Geschirr bereits in der Spülmaschine stand, konnte man ihr anmerken, dass sie mit sich ringen musste, um nicht noch am Tisch einzuschlafen. „Mommy hat gesagt, ich darf Ruffles noch Gute Nacht sagen“, beharrte sie, obwohl sie ständig gähnen musste.

Als Hutch die Kleine vom Stuhl hob und an sich gedrückt hielt, sah er Kendra an, während er antwortete: „Und wenn deine Mommy etwas sagt, dann hält sie auch, was sie verspricht. Komm, wir gehen in den Stall.“

Was hatte das denn heißen sollen? War diese Bemerkung eine Anspielung auf irgendetwas gewesen? Doch Kendra beschloss, nicht noch mehr von ihrer allmählich schwindenden Energie auf Spekulationen zu verwenden, die sich ohnehin nicht aufklären ließen. Sie dankte Opal für das Abendessen und dafür, dass sie Madison bei den Vorbereitungen hatte helfen lassen, dann folgte sie Hutch, Madison und der hellwachen Daisy durch die Hintertür nach draußen. Sie überquerten den Hof und gingen zum Stall, während Madison bereits im Halbschlaf den Kopf auf Hutchs Schulter hatte sinken lassen.

Hutch machte das Licht an, als sie eintraten, und trug Madison bis zu Ruffles' Box. Mit gemischten Gefühlen sah sie mit an, wie sich Madison über die Boxentür beugte und den Kopf des Ponys streichelte.

„Gute Nacht, Ruffles“, sagte sie, während sie den anderen Arm fest um Hutchs Hals gelegt hatte, um nicht den Halt zu verlieren. Ganz ernst wies sie das kleine Pferd an, es solle gut schlafen und etwas Schönes träumen.

Dabei spürte Kendra, wie ihr ein Stich durchs Herz ging und wie sich ihre Kehle zuschnürte. Zu spät bemerkte sie Hutchs Blick, der auf sie gerichtet war und wie üblich mehr zu sehen bekam, als es ihr hätte recht sein können.

„Wir sollten jetzt besser gehen“, erklärte sie und musste sich zwingen, diese Worte auszusprechen. Hutch verließ vor ihr die Scheune und setzte mit einer Selbstverständlichkeit Madison in ihren Kindersitz, als würde er das seit Jahren jeden Tag mindestens zweimal machen. Als die Hündin mit einem Satz auf den Rücksitz sprang, lachte er laut auf.

Nachdem er fertig war, musste sich Kendra zurückhalten, damit sie nicht überprüfte, ob er alle Gurte auch wirklich richtig geschlossen hatte. Natürlich hatte er alles richtig gemacht, schließlich war er Hutch Carmody, der Mann, der immer alles richtig machte – jedenfalls dann, wenn er es wollte.

„Danke“, sagte Kendra und stand neben ihrem Wagen. Obwohl es warm war, hatte sie die Arme eng um sich geschlungen. Damit Hutch nicht auf die Idee kam, sie könnte diesen berauschenden Kuss meinen, den er ihr am Ufer des Whisper Creek gegeben hatte, fügte sie rasch hinzu: „Dass du Madison auf Ruffles hast reiten lassen, wollte ich sagen.“

Er grinste sie lässig an, während über ihnen zahllose Sterne und ein fast voller Mond am nachtschwarzen Himmel hingen. „War mir ein Vergnügen“, entgegnete er. Leviticus saß neben ihm und wartete geduldig ab.

„Okay.“ Mehr fiel ihr nicht ein.

Hutch zog für sie die Fahrertür auf und sah gelassen zu, wie sie einstieg, in ihrer Handtasche nach dem Wagenschlüssel suchte, den Gurt anlegte und den Motor anließ. Dass Madison bereits schlief, war Kendra klar, auch ohne sich erst noch zu ihr umdrehen zu müssen. Ansonsten hätte sie längst gefragt, wann sie denn wieder herkommen würden, damit sie auf Ruffles reiten konnte.

Da Hutch noch immer neben ihrem Wagen stand, kurbelte sie das Fenster runter. Zwar hatte sie so ihre Probleme mit dem Mann, trotzdem wollte sie ihm beim Zurücksetzen nicht über die Zehen fahren. „War noch was?“, fragte sie und hoffte, möglichst beiläufig zu klingen.

„Ja“, sagte er und beugte sich vor. „Kommt ihr zwei zum Rodeo?“

„Selbst wenn ich wollte, könnte ich mich davor nicht mehr drücken“, antwortete sie lächelnd. „Madison hat das noch nie mitgemacht, und sie freut sich schon auf das Wochenende mit Feuerwerk und allem anderen.“

Apropos Feuerwerk, dachte sie, als ihr völlig überraschend die Erinnerung an den Kuss durch den Kopf ging und ihr sofort wieder heiß wurde, während ihr Herz zu rasen begann.

„Am Samstagnachmittag habe ich mich fürs Bullenreiten eingetragen“, erklärte er, „aber ich würde euch gern das Abendessen spendieren und vielleicht mit Madison ein paar Kirmesattraktionen mitmachen, bevor das Feuerwerk beginnt.“

Sie musste nur Nein sagen, sich die Zeit nehmen, auf Abstand zu ihm zu gehen, und zu ihrer ursprünglichen Sichtweise der Dinge zurückkehren. Stattdessen fiel ihr nichts Besseres ein, als sofort „Okay“ zu sagen.

„Das ist schön“, erwiderte Hutch erfreut. „Ich rufe dich an, und dann können wir die Einzelheiten absprechen.“

Sie nickte, als sei am heutigen Tag überhaupt nichts Außergewöhnliches geschehen.

Aber vielleicht war es für ihn nicht außergewöhnlich gewesen.

Was für ein düsterer Gedanke!

Nachdem sie Hutch eine gute Nacht gewünscht hatte, ging er ein paar Schritte zur Seite, damit sie losfahren konnte.

Daheim angekommen, holte sie Madison aus dem Kindersitz und trug sie ins Haus. Zwar war sie wach, aber so schläfrig, dass Kendra ihr helfen musste, den Schlafanzug anzuziehen. Sie achtete darauf, dass die Kleine sich die Zähne putzte und ihr Gebet sprach, dann deckte sie sie zu und gab ihr einen Kuss auf die Stirn.

„Gute Nacht, Annie Oakley", sagte sie leise.

Daisy lief an der Tür unruhig hin und her, vermutlich musste sie noch mal raus.

„Wer ist das?", wollte Madison wissen, gähnte ausgiebig, und dann war sie so schnell eingeschlafen, dass Kendra gar nicht mehr antworten konnte.

Sie verließ das Kinderzimmer und ging mit Daisy in die Küche, wo sie die Hintertür öffnete und dann auf der Veranda wartete, während die Hündin im Garten ihr Geschäft erledigte.

Kaum war sie zurück, marschierte Daisy schnurstracks in Madisons Zimmer und legte sich dort schlafen.

Da Kendra noch immer etwas zu aufgedreht war, um ins Bett zu gehen, räumte sie noch eine Weile auf, goss die Grünpflanzen und zog sich dann in ihr Büro zurück, um nach ihren E-Mails zu sehen, den privaten wie den geschäftlichen. Anschließend würde sie noch ein ausgiebiges Bad nehmen, sozusagen eine Vorsichtsmaßnahme gegen die Schmerzen, die die Stunden im Sattel morgen früh nach sich ziehen würden.

Sie sortierte die Werbemails aus, die es trotz allem immer wieder durch den Filter schafften, danach waren noch zwei Nachrichten übrig, eine von Tara und eine von Joslyn. Beide hatten sie Anhänge und waren sicher nur an sie weitergeleitet worden.

Als sie Joslyns Mail öffnete, rechnete sie mit einem Foto von ihrem Neugeborenen. Stattdessen jedoch wurde sie mit einer Seite von einem dieser sozialen Netzwerke konfrontiert. Jemand hatte ein Foto von ihr und Hutch beim Dreibeinlauf während des Friedhofspicknicks gemacht, das sie beide zeigte, wie sie lachend den Halt verloren, um gleich darauf im Gras zu landen.

Die Bildunterschrift war kurz und knapp. „Er hat schon wieder eine Neue", stand dort zu lesen. „Das ging ja schnell."

13. KAPITEL

Wie versteinert saß Kendra da und starrte auf den Monitor, der das Foto von ihr und Hutch zeigte. Ihr war, als hätte ihr jemand eine Ohrfeige gegeben. Sie kehrte zurück zur Mail, die Joslyn ihr geschickt hatte, und las: „Jetzt sind sie zu weit gegangen. Das bedeutet Krieg."

Taras Mail las sich ganz ähnlich. Die Anti-Hutch-Kampagne war für ihre beiden engsten Freundinnen hinnehmbar gewesen, doch dass man nun auch noch versuchte, Kendra in den Dreck zu ziehen, das war ein Fehler gewesen. Offenbar saßen die beiden schon in den Startlöchern, um den ersten Gegenschlag zu starten.

Gemächlich lehnte Kendra sich zurück, atmete ein paar Mal tief durch und hielt sich vor Augen, dass das Ganze eigentlich nur halb so wild war. Diese Internetseite war ein Ventil für Leute, die ein bisschen Dampf ablassen wollten und die einfach zu viel Freizeit haben mussten, wenn sie sich mit so etwas beschäftigen konnten. Es war ja nicht so, als hätte ihr jemand mit einem Ziegelstein das Wohnzimmerfenster eingeschlagen oder in ihrem Vorgarten ein Kreuz aufgestellt und angezündet.

Dann schickte sie je eine Mail mit der Zeile „Ich kümmere mich darum" an Tara und Joslyn. Danach fühlte sie sich ruhiger – was aber nichts daran änderte, dass sie eine solche Verletzung ihrer Privatsphäre als unverschämt empfand. Sie druckte die Website aus, faltete das Blatt zweimal und ging in die Küche. Dort steckte sie das Blatt in ihrer Handtasche ganz tief unten unter die Brieftasche und ihr Schminkmäppchen, dann sah sie noch einmal nach ihrer Tochter und ging ins Badezimmer, um das lange, heiße Bad zu nehmen, das sie sich vor einer Weile selbst versprochen hatte.

Das warme Wasser wirkte lindernd, und die Schmerztabletten vor dem Zubettgehen taten ihr Übriges. Sie hatte damit gerechnet, sich lange Zeit im Bett hin und her zu wälzen, doch dann war sie schnell in einen tiefen, traumlosen Schlaf gefallen, aus dem sie erst wieder geholt wurde, als die Sonne ihre Lider in einen rötlich-orangefarbenen Schein tauchte.

Als sie sich aufrichtete, spürte sie, dass Po und Oberschenkel vom Reiten wehtaten, jedoch nicht so sehr, dass es ihr etwas ausgemacht hätte. Sie stürzte sich in ihre morgendliche Routine, weckte Madison, damit sie aufstand und sich anzog, ließ Daisy in den Garten hinaus und stellte ihr frisches Wasser und ein Schälchen Trockenfutter hin. Den üblichen Kaffee ließ sie allerdings aus, dafür trank sie diesmal eine Tasse Kräutertee.

„Du siehst hübsch aus, Mommy", sagte Madison beim Anblick von Kendras makellos sitzendem Hosenanzug aus Leinen. In letzter Zeit hatte sie einfach zu oft Jeans getragen.

„Ich habe heute Morgen einen Termin. Jemand will sich das andere Haus ansehen. Wenn du dich also beeilen könntest ..."

„Wegen meiner Stiefel ...", begann Madison daraufhin.

Kendra musste innerlich ironisch grinsen. Dann hatte sie sich also doch nicht getäuscht, dass das Kompliment über ihre Kleidung zwar ernst gemeint gewesen, aber mit einem Hintergedanken ausgesprochen worden war.

„Beim Rodeo am Wochenende gibt es jede Menge Händler. Da sehen wir uns um, wo es die richtigen Stiefel für dich gibt."

Madison strahlte vor Freude, aber dann wurde sie gleich wieder ernst. „Ich muss mich ja noch bei Miss Abbington und Becky entschuldigen", fiel ihr ein.

„Auf jeden Fall", bekräftigte Kendra. „Stell dir vor, Becky hätte deine Stiefel genommen, ohne dich um Erlaubnis zu fragen. Wie würdest du dich dann fühlen?"

„Dann wär ich sauer", räumte sie ein.

„Also?"

„Also ist Becky sauer", sagte Madison. Dann jedoch fiel ihr etwas ein. „Aber ich habe nicht die Schuhe von Miss Abbington genommen. Warum muss ich mich bei ihr entschuldigen?"

„Das reicht", gab Kendra energisch zurück, ließ aber ein Lächeln folgen. „Du weißt ganz genau, warum du dich bei Miss Abbington entschuldigen musst."

„Echt?“, fragte Madison und setzte dabei eine Unschuldsmiene auf, aber Kendra wartete nur geduldig ab, bis Madison schließlich erklärte: „Weil ich den Unterricht verstört habe.“

„Bingo“, meinte Kendra nur.

Eine Stunde später war Madison längst in der Vorschule, und Daisy hütete das Büro, während Kendra einem zweiten Interessenten das Herrenhaus zeigte. Er war im Auftrag eines Investmentunternehmens hergekommen, das in Erwägung zog, das Haus in einen Apartmentkomplex umzuwandeln.

Für Kendra war sofort klar, dass dieser Kunde das Haus nicht kaufen würde, aber das machte ihr nichts aus. In der Immobilienbranche ging es immer nur darum, die im Bestand befindlichen Häuser wieder und wieder zu präsentieren, bis der Richtige gefunden war. Es war normal, dass sie eine Menge Köder auswerfen musste, bevor endlich jemand angebissen hatte.

Allerdings war ihre Arbeit im Moment ohnehin das, was sie am wenigsten interessierte. Vielmehr kreisten ihre Gedanken die ganze Zeit über um den Ausdruck dieser Website, der tief in ihrer Handtasche vergraben schlummerte.

Gegen Mittag schloss sie das Büro, packte die stets abenteuerlustige Daisy in ihren Volvo und machte sich auf den Weg in die Nachbarstadt Three Trees.

Sie kannte Brylee Parrish nur flüchtig, immerhin klaffte zwischen ihnen eine Lücke von fünf Jahren, außerdem waren sie in zwei verschiedenen, wenn auch benachbarten Städten aufgewachsen. Aber zumindest wusste sie genau, wo sie sie finden konnte. Brylees erfolgreiches Unternehmen zur Planung perfekter Partys hatte seinen Sitz mit Lagerhaus und Büros am Stadtrand von Three Trees.

Während der Fahrt probte Kendra nicht, was sie ihr sagen würde, weil sie das noch gar nicht so genau wusste. Sie zweifelte außerdem daran, dass Brylee persönlich etwas mit dem Foto im Internet zu tun hatte, doch sie würde wissen, an wen sich Kendra wenden musste.

Als sie vor dem Gebäude von Brylees Firma Décor Galore anhielt, ließ sie das Seitenfenster einen Spaltbreit offen, damit Daisy genug frische Luft bekam. Sie versprach der Hündin, bald wieder da zu sein.

Eine Empfangsdame begrüßte sie mit einem förmlichen Lächeln und einigen verstohlenen Blicken, als sie ihre Chefin anrief, um ihr zu sagen, dass Kendra Shepherd sie sprechen wollte. „In ein paar Minuten hat sie Zeit für Sie", sagte sie, nachdem sie den Hörer aufgelegt hatte. Wieder sah sie Kendra nur aus dem Augenwinkel an, als wollte sie ihr einfach nicht direkt ins Gesicht schauen. Mit einem Nicken deutete sie auf eine kleine, geschmackvoll zusammengestellte Sitzgruppe. „Nehmen Sie doch ruhig Platz."

„Danke, aber ich bleibe lieber stehen", sagte Kendra höflich.

Als Brylee schließlich den Kopf durch eine Seitentür ins Vorzimmer steckte, reagierte Kendra völlig verblüfft, weil diese Frau mit ihren großen nussbraunen Augen und den zum Pferdeschwanz zusammengebundenen kastanienfarbenen Haaren so unglaublich gut aussah.

„Kommen Sie bitte?", bat Brylee sie, wobei ihre geröteten Wangen mit einem Mal blass wurden.

Kendra folgte ihr durch einen langen Korridor, der durch ein Lager führte, in dem hektisches, lautes Treiben herrschte. Schließlich hatten sie ein erstaunlich schlicht eingerichtetes Büro erreicht. Die Einrichtung – ein Schreibtisch, zwei Stühle, unterschiedliche Aktenschränke und ein einzelnes Regal – wirkte so, als sei diese aus ehemaligen Armeebeständen zusammengestellt worden. An den Wänden hingen keine Fotos, nirgendwo fand sich irgendwelche Dekoration oder auch nur irgendein Schnickschnack.

„Setzen Sie sich doch bitte", sagte Brylee und nahm hinter ihrem Schreibtisch Platz.

Nachdem Kendra sich ihr gegenüber hingesetzt hatte, holte sie den Ausdruck aus der Tasche und schob ihn über den Tisch. Bei seinem Anblick schluckte Brylee sichtlich, ihre Hände – die nicht im Mindesten manikürt waren – zitterten leicht, als sie das Blatt auseinanderfaltete und glattstrich.

Kendra verspürte ein gewisses Mitgefühl mit dieser Frau. Sie verstand nur zu gut, wie traumatisch es für sie gewesen sein musste, Hutch Carmody zu verlieren, nachdem sie bereits in ihrem Hochzeitskleid dagestanden hatte, umgeben von ihrer Familie und all ihren Freunden, die Zeuge dieses Ereignisses hatten werden wollen.

Brylee seufzte schwer, schloss die Augen und kniff mit Daumen und Zeigefinger ihren Nasenrücken zusammen. Dann straffte sie ihre schmalen Schultern und sah Kendra in die Augen.

„Ich kann nicht davon ausgehen, dass Sie mir glauben werden", erklärte sie so würdevoll, wie es die Situation zuließ. „Aber ich kann nur sagen, dass ich davon nichts wusste."

„Ich wüsste nicht, warum ich Ihnen das nicht glauben sollte", erwiderte Kendra verhalten. Sie atmete tief durch und redete weiter, wobei sie sich fast von einem Wort zum nächsten hangelte. „Manche Leute … vielleicht sogar sehr viele Leute … würden sagen, dass das nur ein harmloses Foto ist und dass ich deswegen nicht so ein Theater machen sollte. Kann ich verstehen. Aber ich muss auch an meine vierjährige Tochter denken, Ms Parrish, und deshalb …"

Rasch hob Brylee eine Hand. Sie wirkte zwar immer noch skeptisch, aber in ihren Augen war ein freundliches Funkeln zu erkennen. „Bitte", unterbrach sie Kendra, „sagen Sie doch Brylee zu mir. Wir beide sind nicht verfeindet, jedenfalls hoffe ich das. Ich kann sehr gut verstehen, weshalb Sie so aufgebracht sind." Sie hielt inne und biss sich auf die Lippe, während sie Kendra mit einem Anflug von Neugier betrachtete. „Das können Sie mir glauben."

„Dann haben wir ja kein Problem", sagte Kendra, die eigentlich nur freundlich zu ihr sein wollte, die aber zugleich auch merkte, wie sehr Brylee die Frage auf den Nägeln brannte, was denn wohl zwischen ihr und Hutch lief. „Sagen Sie nur bitte demjenigen, der das Bild ins Internet gestellt hat, dass er es wieder entfernen und mich in Ruhe lassen soll.“

Brylee zog ihre makellose Braue hoch. „Was ist mit Hutch?“

„Was soll mit ihm sein?“, gab Kendra zurück und schaute kurz zur Seite. Mit Erleichterung nahm sie zur Kenntnis, dass Brylee nicht weiter nachfragte. *Was ist mit Hutch?* Das hätte sie auch gern gewusst. Sie hatte keine Ahnung, was eigentlich zwischen ihr und Hutch Carmody war. Zugegeben, er hatte sie geküsst, und sie wollte ihn so gern haben. Aber er hatte eben erst seine Braut am Altar stehen lassen. Zu irgendeinem Zeitpunkt musste ihm Brylee etwas bedeutet haben, sonst wäre er nicht auf die Idee gekommen, ihr einen Heiratsantrag zu machen.

Diese plötzliche Erkenntnis traf sie, als hätte ihr jemand einen Eimer eiskaltes Wasser über den Kopf gekippt. Erschrocken begann sie, mit ihrer Handtasche zu spielen, und stand auf. „Ich … sollte jetzt besser gehen. Mein … mein Hund … ich habe ihn im Auto gelassen. Und …“

Auch Brylee erhob sich und lächelte betrübt. „Das mit der Website tut mir leid, Kendra. Anfangs war es ganz harmlos. Alle meine Freundinnen waren sauer auf Hutch, so wie ich ja auch, aber … es reicht jetzt. Ich werde dafür sorgen, dass sie diese Seite stilllegen.“

Aus Kendras Sicht war Hutch ein erwachsener Mann, der sich um diese Dinge selbst kümmern konnte. Ihr ging es nur darum, dass sie jetzt ungefragt auch auf dieser Seite aufgetaucht war. „Vielen Dank“, sagte sie.

Brylee begleitete sie durch das Lager und durch den Empfangsbereich bis nach draußen auf den Parkplatz. Sie musste lächeln, als sie sah, wie Daisy die Schnauze durch den Fensterspalt zu schieben versuchte. Doch Kendra nahm davon kaum etwas wahr, da sie wusste, dass Brylee noch etwas zu ihr sagen wollte, und es wäre ihr lieb gewesen, das möglichst schnell hinter sich zu bringen.

„Ich glaube, Hutch ist nie über Sie hinweggekommen“, begann Brylee leise und ohne einen boshaften Unterton. „Ich hätte die Zeichen nicht so leichtfertig ignorieren sollen. Unter anderem sprach er mich ein paar Mal mit Ihrem Namen an, aber ich schätze, ich war einfach zu verrückt nach ihm, um die Dinge zu sehen, die sich vor meinen Augen abspielten."

Wieder verspürte Kendra Mitleid mit dieser Frau, auch wenn sich in ihr alles gegen die Dinge sträubte, die sie hier zu hören bekam. „Nochmals danke", sagte sie nur und stieg in ihren Wagen ein.

Daisy winselte auf dem Rücksitz – vielleicht, weil sie dringend rausmusste, vielleicht auch, weil sie Brylee näher kennenlernen wollte, womöglich auch beides zusammen. Aber die Hündin würde warten müssen. Auf keinen Fall würde sie zulassen, dass Daisy ihr Geschäft hier auf dem Parkplatz vor den Augen dieser Frau verrichtete. Am Ende würde die das noch als eine symbolische Geste auslegen.

Brylee winkte ihr nach, als Kendra losfuhr, die das Winken erwiderte.

Zurück auf dem Highway, der zurück nach Parable führte, wurde sie wieder und wieder von Brylees Worten verfolgt. *Ich glaube, Hutch ist nie über Sie hinweggekommen … Unter anderem sprach er mich ein paar Mal mit Ihrem Namen an …*

„Jetzt hör schon auf", ermahnte Kendra sich lautstark.

Abermals winselte Daisy, diesmal noch drängender. An der nächsten Parkbucht fuhr sie den Wagen rechts ran, stieg aus, beugte sich über den Rücksitz und griff nach der Leine. Dann sprang die Hündin auch schon aus dem Wagen und ließ sich von Kendra ausführen.

Als sie wenig später wieder unterwegs waren, kam sich Kendra mit einem Mal albern und kleinlich vor, dass sie Brylee überhaupt mit diesem Ausdruck konfrontiert hatte. Bei der nächsten Gelegenheit hielt sie erneut an, holte ihr Handy aus der Tasche und rief Joslyn an.

„Hast du geschlafen?", war die erste Frage, die ihr durch den Kopf ging, als Joslyn sich meldete.

Joslyn musste lachen, als sie das hörte. „Ich bin eine frischgebackene Mutter. Mütter wie ich schlafen einfach niemals."

Kendra stimmte in das Lachen mit ein. „Ist deine Mom noch zu Besuch?"

„Nein, sie ist heute Morgen abgereist", antwortete sie. „Mom war mir eine große Hilfe und Callie ebenfalls, aber es wird Zeit, dass sich die Dinge endlich wieder normalisieren. Außerdem können Slade und Shea wunderbar mit dem Baby umgehen."

„Das ist gut."

„Du hast nur angerufen, weil du wissen wolltest, ob ich schlafe?", zog Joslyn sie auf. „Es geht um diese dämliche Website, richtig? Nachdem ich die Mail abgeschickt hatte, begann ich zu überlegen, dass ich das vielleicht besser nicht so ohne Vorwarnung hätte machen sollen. Tara findet das inzwischen auch."

„Ist schon in Ordnung", wehrte Kendra ab und sah zu, wie Personenwagen und Trucks über den Highway fuhren. „Aber … ja, ich rufe deswegen an. Ich war eben bei Brylee."

„Du musst sofort herkommen", befahl Joslyn ihr gut gelaunt. „Und wenn das nicht geht, dann komm auf der Stelle her. Ich will jedes Detail erfahren."

„Es ist nichts passiert", sagte sie sofort. Sie hatte sich schließlich nicht auf Brylee gestürzt, um ihr büschelweise Haare auszureißen. Die Zeiten, als man sich noch auf der Highschool um einen Jungen geprügelt hatte, waren lange vorüber.

„Auch egal", wischte Joslyn den Einwand beiseite. „Auf jeden Fall brauchst du jetzt eine gute Freundin, sonst hättest du nicht angerufen. Komm vorbei."

„Ich kann in zwanzig Minuten da sein", sagte Kendra nach einem Blick auf die Uhr.

„Gut. Bis gleich."

Als Kendra mit Daisy auf der Windfall-Ranch eintraf, parkte Taras Sportwagen neben Joslyns unauffälligem Auto. Slades Wagen war nicht zu sehen. Vielleicht war er ja mit seiner Schwiegermutter auf dem Weg zum Flughafen.

Joslyn und Tara kamen beide nach draußen auf die rückwärtige Veranda, als Kendra aus ihrem Wagen ausstieg und Daisy vom Rücksitz holte. Taras Hund Lucy war sofort zur Stelle, und beide tollten herum, offenbar erfreut darüber, sich wiederzusehen.

Während Joslyn ihr fröhlich zuwinkte, hatte Tara eine ernste Miene aufgesetzt. „Habe ich mich jetzt zur größten Idiotin der Welt gemacht?", fragte Kendra, als sie sich der Veranda näherte. Inzwischen hatte Joslyn Tara längst davon erzählt, was sie angestellt hatte.

Dann endlich begann auch Tara zu lächeln. „Da bin ich mir nicht so sicher", scherzte sie. „Komm rein, dann können wir bei Kaffee und Gebäck darüber entscheiden."

Im Gänsemarsch ging es in Joslyns frisch renovierte Küche, wo sie von Slades Hund Jasper begrüßt wurden, während Joslyns Katze von niemandem Notiz nahm, auch nicht von Lucy und Daisy.

Der kleine Trace lag in seinem Kinderbett und strampelte leise brabbelnd mit Händen und Füßen, als versuche er, den Sonnenstrahl zu fassen zu bekommen, der durchs Fenster in die Küche fiel.

Glücklich lächelnd zog Joslyn die Decke gerade und gab ihm einen Schmatzer auf die Stirn. „Ich hab dich so lieb, mein kleiner Cowboy", flüsterte sie ihm zu.

Kendras Augen brannten ein wenig, da sie von der Freude für ihre beste Freundin fast überwältigt wurde. Joslyn hatte aus eigener Kraft ein kleines Softwareunternehmen aufgebaut, es für ein Vermögen verkauft und ein altes Unrecht wiedergutgemacht, obwohl sie damit eigentlich gar nichts zu tun hatte. Aber das hier – Slade, ihre Stieftochter Shea, das Baby und die Ranch –, das war ihr Wirklichkeit gewordener Traum.

Dabei war nichts davon in irgendeiner Weise selbstverständlich gewesen.

Doch jetzt strahlte sie von Glück erfüllt über alles, was ihr geschenkt worden war.

Tara folgte Kendras Blick und sagte: „Seht sie euch an, die glücklichste Frau der Welt."

Kendra nickte und musste ihre Tränen zurückhalten. Schließlich setzten sie sich alle an den Esstisch und Joslyn schenkte ihnen Tee ein. Auf einem Teller lagen zudem einige Donuts mit Streuseln auf dem Zuckerguss.

„Fehlt dir deine Mom schon, jetzt, da sie auf dem Heimweg nach Santa Fe ist?", wollte Kendra von Joslyn wissen. Sie entschied, auf die Donuts zu verzichten, da ihr Magen immer noch ein wenig verrücktspielte.

„Ja, natürlich", antwortete Joslyn. „Es war schön, sie bei mir zu haben, aber sie hat auch noch ihr eigenes Leben. Außerdem werden wir uns bestimmt schon bald wiedersehen."

„Wir hätten dir diese Website nicht weiterleiten sollen", warf Tara betreten ein und kam abrupt auf das eigentliche Thema zu sprechen. „Ich weiß nicht, was wir uns dabei gedacht haben."

„Ist schon gut", wehrte Kendra wahrheitsgemäß ab. „Früher oder später hätte ich sowieso davon erfahren, und dann ist es mir lieber, wenn es von euch beiden zuerst kommt."

„Und du bist tatsächlich zu Brylee Parrish gefahren?", fragte Joslyn ungläubig.

„Nein, damit wollte ich euch nur aufregen", scherzte sie und fuhr fort: „Ja, ich bin zu ihr gefahren, und inzwischen wünschte ich, ich hätte das nicht gemacht. Ich stehe jetzt da wie jemand, der sich über jede Kleinigkeit aufregt."

„Ich finde, du hattest allen Grund, dich aufzuregen", hielt Tara treu zu ihr. „Es fängt mit etwas Kleinem wie dieser spöttischen Bildunterschrift an, und ehe du dich versiehst, ist daraus eine riesige Sache geworden."

„Na ja, passiert ist es jetzt so oder so", redete Kendra mit einem flüchtigen Achselzucken weiter. „Brylee ist eigentlich sehr nett, muss ich sagen. Sie wird dafür sorgen, dass diese Website abgeschaltet wird. Also ist nichts weiter passiert."

„Hat sie gefragt, ob was zwischen dir und Hutch läuft?",

wollte Joslyn wissen, die ihrer typischen Art entsprechend nie um ein Thema herumredete, sondern ohne Umschweife das ansprach, was Sache war.

„Das wollte sie, aber sie hat es dann doch nicht gemacht."

„Und?", hakte Tara nach.

„Und was?"

„Und läuft was zwischen dir und Hutch?", fragte Tara und betonte jede Silbe einzeln.

„Nein", sagte Kendra, während sie im Geiste anfügte: nicht, wenn man diesen leidenschaftlichen Kuss gestern Nachmittag am Whisper Creek ignoriert.

„Ich habe gehört, er hat ein Pony für Madison gekauft", beharrte Tara.

„Wer hat dir denn das erzählt?", wollte Kendra wissen.

„So was spricht sich rum."

„Opal", mutmaßte Kendra und fand sich sofort bestätigt, als sie das Mienenspiel ihrer Freundinnen sah.

„Sei ihr nicht böse", warf Joslyn hastig ein. „Ich habe mit ihr telefoniert, und dabei ist ihr das mit dem Pony rausgerutscht. Tja, und da ist es ja wohl normal, dass man gewisse Schlussfolgerungen zieht."

„Was ihr beide natürlich auch gemacht habt", sagte Kendra ihnen amüsiert auf den Kopf zu. „Zu schade, dass ihr damit falschliegt. Hutch hat das Pony gekauft, weil es ihm leidgetan hat. Sein Vorbesitzer hatte es für seine Söhne gekauft, aber die sind inzwischen erwachsen und von zu Hause ausgezogen."

Tara und Joslyn warfen sich vielsagende Blicke zu.

„Jeder Viehzüchter braucht ja auch unbedingt ein Pony namens Ruffles", stellte Joslyn ironisch fest.

„Es hat nichts zu bedeuten", beharrte Kendra.

„Wenn du das sagst", stimmte ihr Tara grinsend zu.

„Ihr zwei seid unmöglich!"

„Wenigstens sind wir objektiv", wandte Joslyn ein. „Im Gegensatz zu gewissen anderen Leuten, auf die ich mit dem Finger zeigen könnte."

Kendra nahm ihre Tasse hoch und trank extrem bedächtig einen Schluck Tee. „Wenn ihr eines *nicht* seid, dann objektiv“, konterte sie schließlich.

„Wir wollen doch nur, dass du glücklich bist“, beteuerte Tara.

„Tja, und ich will doch nur, dass du glücklich bist“, gab sie an Tara gewandt zurück. „Warum versuchen wir also zur Abwechslung nicht mal, dich mit jemandem zu verkuppeln. Wie wär’s zum Beispiel mit Boone Taylor?“

Prompt liefen Taras Wangen rot an. „Oh, *bitte*!“, rief sie empört.

Joslyn, die mit ihrer Ehe und ihrem Familienleben glücklicher nicht hätte sein können, grinste ihre beiden Freundinnen gut gelaunt an. Glückliche Menschen konnten ja unausstehlich sein, dachte Kendra. Vor allem dann, wenn sie auch noch beweisen wollten, dass sie recht hatten. „Es gab mal eine Zeit“, erzählte Joslyn daraufhin, „da habe ich Slade Barlow wie die Pest gehasst. Und jetzt seht euch an, was daraus geworden ist.“

„Aber klar“, schnaubte Tara und stellte ihre Tasse klirrend zurück auf den Unterteller. „Wir ziehen los und suchen uns jeder einen Mann, den wir nicht ausstehen können, nicht wahr, Kendra? Und dann leben wir mit ihm glücklich bis an unser Lebensende. Warum sind wir nicht schon früher auf diese Idee gekommen?“

Joslyns Augen funkelten vor diebischem Vergnügen. „Wunder du dich nicht, wenn du Boone den Anstoß gegeben hast, den er gebraucht hat“, sagte sie zu Tara und drehte sich zu Kendra um. „Und was dich angeht, Ms Shepherd, wissen wir doch alle, dass Hutch Carmody dein Herz davongaloppieren lässt. Warum also leugnen?“

„Vielleicht hast du ja recht“, erwiderte sie fast im Flüsterton, nachdem sie einen tiefen Seufzer ausgestoßen hatte. „Aber das heißt nicht, dass aus uns beiden was werden kann. Beim ersten Mal hat das auch schon nicht geklappt.“

„Dann empfindest du also was für ihn“, betonte Joslyn und tätschelte Kendras Hand.

„Ich weiß aber nicht, was ich empfinde“, gab sie zurück. „Ich weiß nur, er macht mir schreckliche Angst.“

„Wieso denn das?“, fragte Tara leise.

„Schlechte Erfahrung würde ich sagen.“ Sie sah auf ihre Armbanduhr, auch um damit anzuzeigen, dass sie nicht länger über Hutch reden wollte. „Ich sollte besser zurück ins Büro fahren“, ergänzte sie, „bevor noch jemand auf die Idee kommt, ich sei pleite, weil der Laden immer zu ist.“

Niemand widersprach ihr, aber Tara und Joslyn standen beide auf, um ihre Freundin zum Abschied zu umarmen. Kendra rief Daisy zu sich, und nur ein paar Minuten später waren sie beide schon wieder unterwegs.

Zurück im Büro, hörte Kendra ihren Anrufbeantworter ab und musste feststellen, dass sie drei neue Aufträge erhalten hatte. Sie rief die Leute zurück, die ihr Eigentum verkaufen wollten, und vereinbarte, sich mit ihnen am Nachmittag zu treffen. Auf diese Weise würde sie wenigstens abgelenkt sein.

Das erste Objekt war ein bescheidenes Haus im Stil einer Ranch mit großem Hof, einzeln stehender Garage und viel Platz für Blumenbeete und einen Gemüsegarten. Der Eigentümer, ein alter Witwer namens John Gerard, hatte beschlossen, das Haus zu verkaufen, weil er sich mit seinem Bruder in Great Falls eine Wohnung teilen wollte. Das Anwesen war in makellosem Zustand, allerdings musste das eine oder andere modernisiert werden. Es würde ein gutes erstes Zuhause für ein junges Paar sein, egal ob mit oder ohne Kinder.

Kendra und Mr Gerard einigten sich auf den Kaufpreis, den sie ansetzen sollte, und klärten andere Details, dann wurden die Papiere unterzeichnet.

Das zweite Objekt war ein gruseliges altes Motel, für das sich angesichts des baufälligen Zustands nur schwer ein Käufer finden lassen würde. Doch Kendra hatte eine Vorliebe für Herausforderungen, also nahm sie dieses Objekt auch in ihre Angebotsliste, was vor allem damit zusammenhing, dass das Grundstück fast mitten in der Stadt lag.

Als sie den dritten Termin wahrnahm, wurde sie ein wenig nervös, da sie wie verabredet Madison um drei Uhr aus der Vorschule abholen musste. Ihr Weg führte sie zu einem großen Trailer in der alten Nachbarschaft ihrer Großmutter, dessen Eigentümer Deputy Treat McQuillan war, was sie beim vorangegangenen Telefonat mit ihm gar nicht bemerkt hatte. Sein Gesicht war noch immer mit blauen Flecken übersät, die er seiner Auseinandersetzung mit Walker Parrish in der Boot Scoot Tavern zu verdanken hatte. Mittlerweile hatte der Zwischenfall in und um Parable fast schon legendenhafte Dimensionen angenommen. Besorgt fragte sie sich, ob Deputy McQuillan seine Drohung wahr gemacht und Walker wegen Körperverletzung angezeigt hatte.

McQuillan trug seine Dienstkleidung, als er Kendra auf der angebauten Veranda stehend zusah, wie sie bei ihm vorfuhr. Auf dem Weg hierher hatte sie Daisy zu Hause abgesetzt, und jetzt war sie froh, dass sie noch auf diesen Gedanken gekommen war. Der Deputy hatte etwas an sich, das ihren Beschützerinstinkt schon von Weitem erwachen ließ, der nicht nur Madison, sondern auch ihren Hund einschloss.

„Hallo“, sagte sie freundlich und ganz geschäftsmäßig, als sie das knarrende Holztor zum ziemlich kargen Vorgarten öffnete. „Ich hoffe, ich habe Sie nicht warten lassen.“

„Es gibt Dinge“, erwiderte McQuillan und ließ seinen Blick auf eine irgendwie schmierige Weise über ihren Körper wandern, „auf die lohnt es sich immer zu warten.“

Sie fühlte sich extrem unbehaglich, was nicht nur mit ihrer letzten Begegnung im Butter Biscuit Café zusammenhing, als er sie vor Hutch gewarnt hatte. Es lag auch daran, dass ihre Großmutter früher gerade mal zwei Trailer weiter gewohnt hatte, auf der anderen Seite der staubigen Straße, die bis heute weder geteert noch gepflastert worden war. Ein allzu vertrautes Gefühl von Ausweglosigkeit und Traurigkeit bestürmte sie, da sie sich vorkam, als hätte sie eine Reise in ihre eigene Kindheit unternommen, als sie allein und verängstigt gewesen war.

„Sie wollen umziehen?“, fragte sie freundlich, um den Eindruck zu erwecken, dass das hier für sie Routine war. Immerhin war McQuillan der Deputy, und auch wenn er in der Bar Brylee gegenüber zu weit gegangen war, gab es keinen Grund, in ihm einen Vergewaltiger zu sehen, der seinem nächsten Opfer auflauerte.

„Bin mir noch nicht sicher“, erwiderte er und sah ihr jetzt wenigstens nicht länger auf die Brüste, sondern ins Gesicht. „Vielleicht kauf ich mir ein Fleckchen Land und baue ein Haus, sofern ich für meinen Trailer genug bekomme.“

„Verstehe“, sagte sie und stand mit gestrafften Schultern und durchgedrücktem Rücken vor ihm. „Und wenn sich sofort ein Käufer findet? Wo wollen Sie in der Zwischenzeit wohnen?“

Sein schiefes Grinsen bescherte ihr eine Gänsehaut. Er kam von der Veranda herunter und gab ihr die Hand. „So weit habe ich mir das Ganze noch nicht überlegt“, räumte er ein. „Ich lasse die Dinge auf mich zukommen.“ Er sah auf seine Armbanduhr und hielt ihr einen Schlüsselbund hin. „In ein paar Minuten fängt meine Schicht an. Wenn's Ihnen nichts ausmacht, können Sie sich ja schon mal umsehen. Ich komme später den Schlüssel bei Ihnen abholen, und dann können wir über die Einzelheiten reden.“

Kendra war daran gewöhnt, sich in Wohnungen und Häusern mit Leuten aufzuhalten, die ihr nicht ganz geheuer waren, weil das zum Job dazugehörte. Aber sie war über alle Maßen erleichtert, dass McQuillan kein Problem damit hatte, sie in seiner Abwesenheit in seinen Trailer zu lassen, damit sie sich einen Eindruck von dem Objekt verschaffen konnte. Der Gedanke, sich in einem Raum mit dem Mann aufhalten zu müssen, hatte etwas sehr Beunruhigendes.

Sie lächelte ihn weiter an und nickte. „Ich werde gegen halb vier zurück im Büro sein. Wenn Sie irgendwann danach vorbeikommen wollen …“

„Sehr gut“, sagte er und ging in Richtung Gartentor, dann winkte er ihr zum Abschied zu, überquerte die Straße und stieg in seinen Privatwagen ein, einen kleinen grünen Truck – eindeutig ein älteres, aber sehr gepflegtes Modell.

Kendra wartete, bis er fröhlich hupend abgefahren war, dann erst betrat sie die Veranda. Die Haustür stand offen, sie musste nur die Fliegengittertür zur Seite schieben, und schon hatte sie das Gefühl, den Trailer ihrer Großmutter zu betreten. Unwillkürlich verkrampfte sich ihr Magen, aber sie rief sich energisch zur Ordnung. Sie war kein kleines Mädchen mehr, und das hier war nicht das Zuhause ihrer Großmutter.

Deputy McQuillans Wohnzimmer wirkte schäbig. Möbelstücke, Teppich und Vorhänge hatten alle schon bessere Zeiten erlebt. Allerdings war alles sauber und auf Hochglanz poliert, ganz so wie sein Truck.

Sie machte eine hastige Runde durch den Trailer, begutachtete die Kochnische, das penibel saubere Badezimmer sowie die drei Schlafzimmer, von denen zwei erschreckend waren. Das größte Schlafzimmer wartete mit einem Wasserbett auf, das Kopfende war verspiegelt, die Tagesdecke war aus dunkelrotem Samt.

Kendra schüttelte sich und verließ den Raum schnell wieder. Natürlich war das eine alberne Reaktion, dennoch musste sie sich zwingen, langsam einen Fuß vor den anderen zu setzen, da sie sonst wie eine Wahnsinnige aus dem Trailer gestürmt wäre.

Als sie endlich wieder draußen war, atmete sie erst ein paar Mal tief durch, bevor sie sich den Garten näher ansah. Es gab einen Geräteschuppen, eine einzeln stehende Garage und einen kleinen Rosengarten, der ringsum von einem weiß gestrichenen Maschendrahtzaun geschützt wurde. Die Blüten machten einen schüchternen, verhaltenen Eindruck, als wären sie Gefangene, die auf ihre Befreiung warteten.

Das war jetzt wirklich nur noch albern, hielt sie sich vor. Dennoch fiel ihr ein riesiger Stein vom Herzen, als sie wieder in ihrem Wagen saß, die Türen verriegelte und davonfuhr.

„Ich habe mich entschuldigt", verkündete Madison, als Kendra sie pünktlich von der Vorschule abholte. „Ich und Becky sind jetzt wieder Freundinnen. Sie hat mich zu sich eingeladen, damit ich bei ihr schlafe. Und sie hat *Pferde* zu Hause ..."

Kendra verkniff es sich, sie zu berichtigen – *Becky und ich* –, als sie der Kleinen im Kindersitz die Gurte anlegte. „Das ist doch schön“, sagte sie. „Hast du dich denn auch bei Miss Abbington entschuldigt?“

Madison nickte eifrig, aber dann wurde sie ernst. „Wo ist Daisy? Du hast sie doch nicht zu der Frau vom Tierheim zurückgebracht, oder?“

Etwas verdutzt richtete sie sich auf. „Daisy ist zu Hause. Natürlich habe ich sie nicht zurückgebracht, Süße. Wie kommst du denn auf diese Idee?“

„Manchmal geben Leute Kinder zurück“, antwortete Madison.

Es kostete Kendra Mühe, mit einem aufmunternden Lächeln zu reagieren. Die Kleine war in ihrem noch so jungen Leben von einer Pflegefamilie zur nächsten weitergereicht worden, sodass es kein Wunder war, wenn sie von solchen Überlegungen geplagt würde, die sie selbst, aber auch Daisy betrafen.

„Du bleibst bei mir“, versicherte sie ihr, „bis du erwachsen bist und aufs College gehst. Und selbst dann hast du immer noch ein Zuhause, in das du immer wieder zurückkehren kannst. Und eine Mommy wirst du dann auch noch haben.“

„Dann gibst du mich nicht zurück? Niemals?“

„Niemals wieder“, versprach Kendra, die weiter mit den Tränen kämpfen musste. „Und das gilt auch für Daisy. Wir drei bleiben zusammen, wir drei sind eine Familie.“

„Trotzdem wäre es schön, wenn ich auch einen Daddy hätte“, meinte Madison, auch wenn Kendras Beteuerungen sie beschwichtigt hatten. Aber diese Dinge hatte sie der Kleinen schon tausendmal gesagt, und sie würde es auch noch tausendmal wiederholen können.

„Könnte schon sein“, sagte Kendra und stieg schnell ein, damit sie endlich nach Hause fahren konnten.

„Wenn ich mir einen Daddy aussuchen könnte, würde ich Mr Hutch nehmen“, redete Madison weiter.

Als Kendra das hörte, stellte sich ihr unwillkürlich die Frage, ob da wohl jemand versuchte, sie zu manipulieren. Allerdings wollte sie ihrer Tochter nicht ein so berechnendes Verhalten unterstellen. Sie fuhr los und winkte den anderen Müttern und Vätern zu, die erst jetzt eingetroffen waren, um ihre Kinder abzuholen. „Leider geht das nicht alles so, wie man es sich wünscht."

„Und wie kriegt man einen Daddy?", wollte sie wissen.

Kendra verkniff sich einen Seufzer. „Es gibt dafür kein Rezept. Das ist nicht so, als würde man Kekse backen."

„Hm", machte Madison und klang so traurig, dass Kendra ein Stich durchs Herz ging.

Ein paar Minuten lang herrschte Schweigen, bis sie auf einmal verlauten ließ: „Das ist nicht fair!"

„Was ist nicht fair?", fragte Kendra geduldig, ohne den Blick von der Fahrbahn zu nehmen.

„Dass mein Daddy im Himmel ist und nicht hier bei uns in Parable", erklärte Madison. „Ich will einen Daddy haben, den ich sehen kann und mit dem ich reden kann."

Kendra war sich nicht sicher, ob sie einen Ton herausbringen konnte, ohne in Tränen auszubrechen. Also schwieg sie und fuhr weiter.

14. KAPITEL

An diesem Abend bat Madison in ihrem Nachtgebet Gott um einen Daddy, und dabei schlug sie auch gleich Hutch Carmody als einen aussichtsreichen Kandidaten vor. Später saß Kendra allein am Küchentisch und fühlte sich noch immer ein wenig benommen, weil in der letzten Zeit so viele Dinge auf sie eingestürmt waren.

Während Madison ihr Gebet gesprochen hatte, war Kendra nur mit Mühe in der Lage gewesen, ihre Tränen zurückzuhalten, doch als sie jetzt dasaß und eine Tasse Kräutertee trank, konnte sie diesen Tränen endlich freien Lauf lassen.

Daisy, die bis gerade eben noch auf Madisons Bett am Fußende gelegen und geschlafen hatte, kam in die Küche und ging schnurstracks auf Kendra zu, stellte sich auf die Hinterläufe und stützte sich mit den Vorderpfoten auf ihrem Oberschenkel ab. Ihre braunen Augen sahen sie mitfühlend an, und sie stieß ein leises, kehliges Wimmern aus.

Kendra lachte schniefend und legte eine Hand auf den Kopf der Hündin. „Du bist ein braves Tier, Daisy“, sagte sie, obwohl all die widersprüchlichen Gefühle ihr die Kehle zuschnürten. Als die Hündin den Kopf auf ihren Oberschenkel legte und dabei herzerweichend seufzte, streichelte Kendra sie weiter, während sie mit der freien Hand die Tasse hochnahm und einen Schluck Tee trank.

„Ich bin völlig durcheinander“, sagte sie schließlich leise, woraufhin Daisy abermals seufzte und die Vorderpfoten von ihrem Bein nahm, um auf allen vieren neben ihrem Stuhl zu stehen und sie mit treuem Blick aufmerksam anzuschauen. Dabei wedelte sie fast gemächlich mit dem Schwanz.

„Nun sieh sich das einer an“, murmelte sie. „Jetzt rede ich schon mit Hunden.“

Daisy saß unterdessen da, als würde sie darauf warten, dass Kendra fortfuhr. *Ja, richtig, du unterhältst dich mit einem Hund. Hast du damit ein Problem?*

Leise lachend wischte sie mit dem Handrücken die Tränen weg. „Ich kriege das schon wieder in den Griff", versicherte sie dem Tier. „Also mach dir bitte keine Sorgen um mich."

Dann stand sie auf, ließ Daisy noch ein letztes Mal für diesen Abend nach draußen in den Garten und kehrte schließlich in die Küche zurück.

Offenbar davon überzeugt, dass ihr zweitliebstes Frauchen zumindest für die nächste Zeit wohl doch keinen Nervenzusammenbruch erleiden würde, kehrte Daisy in Madisons Zimmer zurück, um es sich dort wieder auf dem Bett bequem zu machen. Kendra trank den fast kalten Rest Tee aus, ging ins Arbeitszimmer und fuhr den Computer hoch, um ins Internet zu gehen. Damit hatte sie absichtlich so lange gewartet, weil sie Brylee Zeit lassen wollte, ihr Versprechen einzulösen und das Foto zu entfernen.

Sie war einfach noch viel zu aufgewühlt, als dass sie ein ausgiebiges Bad hätte nehmen oder ein Buch lesen können, von einem frühen Zubettgehen ganz zu schweigen – üblicherweise die drei Methoden, die ihr am besten halfen, um von tragischen Ereignissen bis hin zu mittelmäßigem Frust alles zu heilen, was ihr zu schaffen machte.

Auch wenn das alles bewährte Mittel und Wege waren, um wieder zur Ruhe zu kommen, wurde ihr jetzt allmählich bewusst, dass sie auf diese Weise in Wahrheit nur vor den Problemen davonlief und an Orten Zuflucht suchte, an denen sie vor ihren eigenen Gefühlen und Gedanken sicher war. Orte, an denen ihre verletzliche Seite die Existenz all dieser unerfreulichen Dinge leugnen konnte.

Sie war jetzt eine erwachsene Frau und Mutter, und auch wenn sie als Mutter eigentlich eine ganz gute Figur machte, war die Frau in ihr unzufrieden. *Diese* Kendra war es leid, alles allein zu unternehmen, auch allein in ihrem Bett zu liegen. Sie wollte einen Mann, der sie in seine Arme nehmen konnte, wenn sie in seine Arme genommen werden musste. Einen Mann, der sie auf jede Weise liebte – emotional, geistig und natürlich auch körperlich.

Das Problem dabei war, dass sie nicht das mindeste Vertrauen in ihre Fähigkeit besaß, den für sie richtigen Mann zu finden. Zuerst war da Hutch gewesen, dem sie nicht so viel bedeutet hatte, dass er bereit gewesen wäre, um sie zu kämpfen. Nach all den gemeinsamen Träumen und Hoffnungen hatte er rücksichtslos auf ihrem Herzen herumgetrampelt und ihr Selbstbewusstsein zerschmettert. Dann war sie Jeffrey begegnet, dem Ritter in der nicht ganz so glänzenden Rüstung. Hatte er sie tatsächlich geliebt, oder war er nur sexuell an ihr interessiert gewesen? Sie hatte sich selbst immer nur für durchschnittlich attraktiv gehalten, auch wenn sie genügend Verehrer gehabt hatte – von denen aber zu viele völlig oberflächlich gewesen waren und kein Interesse an einer festeren Bindung gezeigt hatten.

Mittlerweile war sie auf der Hutch-Hasser-Website angekommen. Das Foto mitsamt der gehässigen Unterschrift war tatsächlich verschwunden, aber die Hetzkampagne gegen den fahnenflüchtigen Bräutigam hielt weiter an.

Das ärgerte Kendra, und sie verspürte den Wunsch, sich schützend vor Hutch zu stellen. Ein weiterer Beweise dafür, dass sie einfach nicht rational war, was Hutch anging. Schließlich hatte er sie schon einmal einfach weitergegeben wie ein ausgelesenes Buch. Wieso sollte es dieses Mal anders laufen?

Seufzend wechselte sie zum E-Mail-Programm.

Tara und Joslyn hatten ihr nette Mails geschrieben, und auch von Treat McQuillan war eine Nachricht eingegangen. Am späten Nachmittag, als er bei ihr im Büro vorbeigekommen war, um seinen Schlüsselbund abzuholen, waren sie sich einig geworden, dass sie einen Käufer für seinen Trailer suchen sollte, damit er zu neuen Ufern aufbrechen konnte, wo immer die sich auch befinden mochten.

Um mit ihm in Kontakt bleiben zu können, hatte sie ihm ihre geschäftliche E-Mail-Adresse gegeben. Er hatte seine Nachricht aber an ihre private Adresse geschickt, die eigentlich nur ihre Freunde kannten.

Er schrieb, als würden sie sich schon seit einer Ewigkeit kennen.

Hi, Kendra, wie Sie ja wissen, findet am Wochenende das Rodeo statt, und da habe ich überlegt, ob Sie vielleicht mit mir hingehen möchten. Wenn Sie einen Babysitter finden, können wir zu Abend essen und uns später das Feuerwerk ansehen. Und vielleicht können wir ja noch ein privates Feuerwerk veranstalten.

Instinktiv zog sie die Finger zurück, als hätte sie in etwas Schleimiges gefasst. *Und vielleicht können wir ja noch ein privates Feuerwerk veranstalten.*

Sollte das ein Witz sein?

Sie musste an die Begegnung mit McQuillan im Butter Biscuit Café denken. Wie er ihr mehr oder weniger befohlen hatte, sich nicht mit Hutch Carmody einzulassen – als ob er das Recht besäße, ihr *irgendwelche* Vorschriften zu machen.

Und jetzt war er auch noch so dreist, ihr ein *privates Feuerwerk* vorzuschlagen? Für wen hielt er sich eigentlich?

Sie atmete ein paar Mal tief durch, dann legte sie die Finger wieder auf die Tastatur und schrieb:

Danke für die Einladung, aber ich habe bereits Pläne für den Tag. Außerdem bin ich kein Freund davon, Privates und Geschäftliches zu vermischen. Viele Grüße, Kendra Shepherd

Die Antwort war kurz und knapp, wenn auch nur teilweise wahr. Sie hatte tatsächlich schon etwas vor, da sie mit Hutch und Madison zum Rodeo, auf die Kirmes und anschließend zum Feuerwerk gehen wollte. Allerdings hatte sie mit ihren Kunden durchaus auch private Kontakte, sie wurde zu Essen und Veranstaltungen eingeladen, manchmal gab sie auch Partys für ihre Kunden, und bevor Madison in ihr Leben gekommen war, war sie gelegentlich sogar mit dem einen oder anderen Hausbesitzer ausgegangen.

Mit der Vorstellung jedoch, sich mit Deputy McQuillan auf

einer privaten und möglicherweise auch noch romantischen Basis zu treffen, konnte sie sich ganz und gar nicht anfreunden. Dass er in ihren Augen kein attraktiver Mann war, stellte noch das kleinste Problem dar. Tatsache war, dass sie ihn einfach nicht leiden konnte. Er versuchte, sich ständig aufzuspielen und wichtigzumachen, und wie er sich neulich abends in der Bar Brylee gegenüber aufgeführt hatte, sprach nun wirklich nicht für ihn.

Da sie wusste, wie sehr er von sich eingenommen war, rechnete sie nach ihrer Absage bereits damit, dass er sie als seine Maklerin feuerte und sich einen anderen suchte, der sein Haus verkaufen sollte. Es gab im County zwei oder drei weitere Immobilienmakler, die auch ein paar Außendienstler beschäftigten, doch in Parable selbst konnte er außer ihr niemanden finden.

Als gute Geschäftsfrau gefiel es Kendra nicht, auf eine Provision verzichten zu müssen, auch wenn die im Fall von Deputy McQuillans Haus eher bescheiden ausfallen würde. Aber wenn er ihre Dienste tatsächlich nicht mehr in Anspruch nehmen wollte, dann sollte es eben so sein. Selbst unter den besten Bedingungen war die Arbeit als Immobilienmakler eine wechselhafte Angelegenheit – man zeigte den Leuten viele Häuser, je mehr, desto besser, man musste viel Arbeit investieren, und man musste auch noch eine Portion Glück haben, bis man dann endlich die ersten Häuser verkauft hatte und die Provision einstecken konnte.

Gerade als sie das Mail-Programm schließen wollte, ging noch eine Mail von McQuillan ein.

Bin ich etwa nicht gut genug für Sie?

Kendra lief eine Gänsehaut über den Rücken. Verärgert schrieb sie eine Antwort.

Lesen Sie bitte meine erste Mail.

Nur Sekunden später kam eine weitere Antwort von ihm, doch die öffnete sie nicht mehr. Außerdem stellte sie ihr Programm so ein, dass E-Mails von McQuillan direkt in den Papierkorb wanderten. Sie loggte sich aus und fuhr den Rechner runter.

Ist dieser Mann einfach nur lästig? überlegte sie, während sie in die Küche zurückkehrte. Oder stellte er vielleicht eine Bedrohung für sie dar?

Sie überlegte, ob sie Boone anrufen sollte, entschied sich aber dagegen. Der Sheriff von Parable County hatte auch so schon genug zu tun, außerdem war es kein Verbrechen, unhöfliche E-Mails zu versenden. Zum Glück nicht, ging es ihr durch den Kopf. Sonst hätte man sie dafür auch längst belangt, von Brylee und ihrer Truppe ganz zu schweigen.

Nachdem sie sich eine zweite Tasse Tee aufgebrüht hatte, setzte sie sich an den Küchentisch und nippte an ihrem Tee, während sie sich sagte, dass sie nicht heute Nacht alle Entscheidungen auf einmal treffen musste, die ihren weiteren Lebensweg bestimmen würden. Das musste sie nicht mal bis morgen oder bis in einem Jahr machen. Dafür war immer noch Zeit genug.

Sie würde nicht länger versuchen, alle Dinge voranzutreiben, um möglichst schnell ein Resultat zu erbringen. Vielmehr sollten die Dinge einfach ihren Lauf nehmen und sich so entwickeln, wie sie es wollten – selbst wenn es Kendra umbringen würde.

So wie immer, wenn sie beide einen freien Vormittag hatten, trafen sich Boone und Hutch am nächsten Morgen zum Frühstück im Butter Biscuit Café. Scherzhaft begründeten sie das damit, dass niemand von ihnen erwarten konnte, tagaus, tagein ihre eigenen Kochkünste ertragen zu müssen, nur weil sie keine Ehefrauen hatten.

„Und? Hat McQuillan seine Drohung wahr gemacht und Walker Parrish verklagt?“, fragte Hutch und sah Boone an, während sie beide auf ihre erste Runde Kaffee warteten.

„Allerdings“, sagte Boone, der so erschöpft klang, wie er aussah. Seine Jungs würden bald eintreffen, vermutlich sogar schon mit dem Nachmittagsbus. Ihm war anzumerken, dass er sich vor dieser Begegnung fürchtete. „Eigentlich hätte ich Walker verhaften müssen, aber ich habe frühzeitig Richterin Renson angerufen und mit ihr gesprochen, worauf sie eine Kaution festgesetzt hat, ehe ich einschreiten musste. Walker hat die Kaution natürlich bezahlt, damit er nicht in mein Gefängnis muss. Aber in gut sechs Wochen muss er vor Gericht erscheinen und sich zum Vorwurf der Körperverletzung äußern."

Hutch fluchte leise. „Ich hab mich immer gefragt, warum Slade McQuillan nicht gefeuert hat, als er noch Sheriff war. Und jetzt stelle ich mir bei dir die gleiche Frage. Der Mann ist ein unberechenbarer Hitzkopf, der nur Ärger macht, und eine unglaubliche Nervensäge ist er noch dazu."

„So einfach geht das nicht", antwortete Boone. „Und das weißt du verdammt gut. Wir sind alle Beamte, vergiss das nicht. Auch wenn eine Empfehlung von mir einiges bewirken kann, werden die vorgesetzten Stellen ihn nicht entlassen, bloß weil ihn niemand leiden kann."

Die Bestellung wurde ihnen von Essie persönlich serviert, jeder von ihnen bekam einen Teller mit einem Stapel Pfannkuchen darauf hingestellt. „Das geht aufs Haus", sagte sie und warf Boone einen Seitenblick zu. „*Obwohl* Sie meiner Lieblingsnichte letzte Woche einen Strafzettel verpasst haben, weil sie zu schnell gefahren ist. Und ihre Versicherungsprämie geht jetzt auch noch in die Höhe."

Boone lachte leise. „Heute ist sowieso Carmody mit Bezahlen an der Reihe", sagte er und fügte dann hinzu: „Sagen Sie Laurie, sie soll das Gaspedal nicht so fest durchtreten, dann erledigt sich das Problem mit den Strafzetteln von selbst."

Essie schüttelte den Kopf, als hätte sie von einem Starrkopf wie ihm auch keine andere Reaktion erwartet, und ging wieder weg.

„Freust du dich schon, die Jungs wiederzusehen?", fragte Hutch, nachdem sie beide ihre Pfannkuchen mit Sirup getränkt hatten.

„Natürlich", gab Boone regelrecht schnippisch zurück. „Ich

wünschte nur, ich könnte ihnen ein schöneres Zuhause bieten, das ist alles."

„Hauptsache, es ist ein Zuhause, auch wenn du es vielleicht nicht für schön hältst, Boone. Aber was deine Jungs angeht, wird die das nicht kümmern. Für sie ist ihr Zuhause da, wo ihr Dad ist."

Boone warf ihm über seinen Pfannkuchenstapel hinweg einen finsteren Blick zu. „Entschuldigung, wenn ich das so sage", knurrte er. „Aber wenn ich mich nicht irre, weißt du doch einen Sch… weißt du doch gar nichts darüber, wie man Kinder großzieht, oder sehe ich das falsch?"

Hutch drückte die Gabel in seinen Pfannkuchenturm, um ein Stück herauszutrennen. „Sieh an, du passt ja schon auf deine Ausdrucksweise auf", meinte er unbekümmert. „Das ist doch gut. Es geht ja auch nicht, dass die Kleinen von ihrem alten Herrn alle möglichen Schimpfwörter lernen."

„Halt die Klappe", knurrte Boone, klang aber nicht sehr überzeugend.

Lachend nahm Hutch einen Bissen in den Mund, da betrat Slade das Café und nahm seinen Hut ab, als er die Türschwelle überquerte. Hutch winkte ihn an den Tisch, er kam rüber und zog sich einen Stuhl heran.

„Seit du uns Opal weggenommen hast", sagte Slade zu Hutch, „bekomme ich zum Frühstück nur noch Cornflakes in kalter Milch." Es schien so, als ob das nicht nur als Scherz gemeint war.

„Ach, du Ärmster", bedauerte Hutch ihn grinsend. „Du bist zu bedauern."

„Wie geht's Joslyn und dem Baby?", wollte Boone zwischen zwei Happen wissen.

Als die beiden erwähnt wurden, leuchteten Slades Augen auf. „Den beiden geht's gut." Dann aber wurde er ernst und fügte mit gedämpfter Stimme an, da das Lokal gut besucht war und genügend Leute mithören konnten: „Allerdings mache ich mir ein bisschen Sorgen um Shea."

Essie kam zurück an ihren Tisch, hielt in einer Hand die Kaffeekanne fest und nahm Slades Bestellung auf, der das Gleiche haben wollte wie Boone und Hutch. Nachdem sie in Richtung Küche verschwunden war, fragte Boone verwundert: „Shea? Die ist doch ein richtig braves Kind. Soweit ich weiß, hat sie noch nie irgendwelchen Ärger gehabt."

Seufzend fuhr sich Slade durchs Haar und wirkte dabei, als müsste er irgendwelchen Ärger runterschlucken. „Sie ist ein braves Kind", stimmte er ihm zu. „Aber sie ist auch normal."

„Ich kann dir nicht folgen", gab Boone zurück, der seine Pfannkuchen herunterschlang, als fürchte er, jemand könnte sie ihm wegnehmen. Wenn man ihn so sah, konnte man den Eindruck bekommen, dass er seit einer Woche nichts mehr gegessen hatte.

Hutch fragte sich, ob Shea vielleicht seit Neustem einen Freund hatte, was den Beschützerinstinkt ihres Stiefvaters geweckt haben könnte. Aber ihn ging dieses Thema nichts an, also würde er auch keine Fragen dazu stellen. Stattdessen widmete er sich weiter seinem Frühstück.

„In ein paar Tagen haben wir den 4. Juli", sagte Slade zu Boone. „Du weißt, wie das läuft. Sobald das Feuerwerk abgefeuert wird, klettern immer ein paar Kinder rauf auf den Wasserturm, um besser sehen zu können. Joslyn hat gehört, wie Shea mit einer Freundin genau darüber am Telefon gesprochen hat."

Hutch zuckte leicht zusammen, als der Wasserturm erwähnt wurde, aber weder Boone noch Slade bekamen davon etwas mit, weil sie mit ihren eigenen Sorgen genug zu tun hatten. Ihm konnte das nur recht sein.

„Und jetzt glaubst du, sie wird mit ihren Freundinnen auf den Turm klettern?", fragte Boone, der auf einmal leicht amüsiert klang.

„Joslyn und ich, wir beide haben sie darauf angesprochen, aber sie sagt, so was Dummes würde sie nicht machen", antwortete Slade. „Aber …"

„Auf den Wasserturm zu steigen ist zwar gefährlich", stimmte

Boone ihm in einem etwas versöhnlicheren Tonfall bei, „aber du weißt, es ist nicht verboten."

„Könntest du am Samstagabend nicht einen Deputy da platzieren?", schlug Slade vor, „damit der die Augen offen hält?"

Boone war sein ehrliches Bedauern anzusehen, als er in einer hilflosen Geste die Hände spreizte. „Die Antwort darauf solltest du dir selbst geben können, Slade. Du weißt, ich habe nicht so viele Leute. Und die Deputys, die ich habe, brauche ich, damit bei den Feierlichkeiten alles in geordneten Bahnen verläuft. Nach dem Rodeo sind die Leute richtig aufgeheizt, und wenn sie dann noch ein paar Attraktionen auf der Kirmes mitmachen und noch ein paar Bier trinken, dann genügt schon irgendeine Kleinigkeit, und man geht sich gegenseitig an den Kragen."

„Ach, verdammt, Boone", hielt Slade dagegen, gerade als Essie ihm seine Bestellung brachte. „Wenn von dem verdammten Turm ein Kind runterfällt, kann es sich das Genick brechen! Ich dachte, die Polizei ist unser ‚Freund und Helfer'."

„Ich kann mich nicht vierteilen, um überall zu sein", machte Boone ihm klar. „Und meine Deputys können das auch nicht. Ich kann dir höchstens versprechen, dass einer von ihnen ab und zu am Wasserturm vorbeifährt und nach dem Rechten sieht."

Slade sank ein wenig in sich zusammen. „Dann werde ich mich eben selbst da hinstellen und aufpassen. Auf jeden Fall während des Feuerwerks."

Daraufhin hob Boone seine Hand und zeigte mit der Gabel auf Slade. „Du bist hier nicht mehr der Sheriff, und du bist auch keiner meiner Deputys. Du kannst gern Shea im Auge behalten, wenn du dich dann besser fühlst. Ob die anderen Eltern sich auch so um ihre Kinder sorgen, soll nicht dein Problem sein. Dass dieser Turm eine Gefahr darstellt, daran gibt es gar keinen Zweifel. Aber seit einem halben Jahrhundert oder noch länger klettern Kinder auf den Wasserturm, und noch nie ist eines von ihnen kopfüber abgestürzt. Stimmt's?"

„Es gibt für alles ein erstes Mal", gab Slade mürrisch zurück und widmete sich seinen Pfannkuchen.

Hutch vermied es, die simpelste Lösung – ein Abriss des alten Wasserturms – anzusprechen, weil sich seit Jahrzehnten schon einflussreichere Leute als er genau dafür eingesetzt hatten. Außerdem hatte er keine Lust, Slade an diesen demütigenden Nachmittag zu erinnern, als sie beide noch Kinder gewesen waren und er es fast nicht mehr geschafft hatte, wieder nach unten zu klettern.

Zu Hutchs Erleichterung schlug die Unterhaltung eine andere Richtung ein, da Slade Boone fragte, wie lange denn die Jungs bei ihm bleiben würden.

„Bis Sonntagabend", antwortete er. „Dann müssen sie wieder los, weil sie dieses Jahr in der Sommerschule sind."

„Sommerschule?", wiederholte Hutch ungläubig. „Lieber Himmel, Boone, das ist ja wirklich hart für die beiden. Der Sommer ist dafür da, dass man seinen Spaß hat, dass man schwimmen geht, dass man Baseball spielt oder den ganzen Tag lang reitet. Aber doch nicht, um die Nase in irgendwelche Schulbücher zu stecken. Wie alt sind deine zwei noch gleich? Sechs und sieben?"

„Vielen Dank für Ihr umfassendes Fachwissen, Professor Carmody", gab Boone spöttisch zurück und warf Hutch dabei einen mürrischen Blick zu. „Wenn ich ein paar Cowboys großziehen wollte, wäre das wohl genau der richtige Weg. Nur hab ich das nicht vor."

„Was ist verkehrt daran, ein Cowboy zu sein?", wollte Slade wissen, der schließlich selbst einer war.

„Wenn du Griff und Fletch tatsächlich großziehen wolltest", konterte Hutch und beugte sich vor, um Boone zu zeigen, dass ihn weder der Tonfall noch die Dienstmarke seines Gegenübers beeindruckten, „dann würden sie bei dir leben, so wie es auch richtig wäre."

Boone bekam einen knallroten Kopf. „Meinungen sind so wie Arschlöcher", fauchte er Hutch an. „Jeder Mensch besitzt beides."

Hutch griff nach seiner Kaffeetasse und hob sie wie zu einem spöttischen Toast hoch. „Was für ein Glück, Boone, dass du aufs College gegangen bist. Du hättest bestimmt nicht so viel Ahnung von menschlicher Anatomie, wenn du nur ein … was sollen wir sagen? … wenn du nur ein *Cowboy* wärst.“

Während die beiden sich gegenseitig angifteten, musste Slade schmunzeln. Insgesamt war er nicht für langwierige Unterhaltungen zu haben. Er hatte sich geäußert, was Shea und den Wasserturm anging, und damit war für ihn das Gespräch erst mal abgehakt.

Wutschnaubend beugte sich Boone vor und gab zischend zurück: „Verrat mir doch mal, warum jeder hier im County sich herausnimmt, mir zu sagen, was für *meine* Kinder am besten ist!“

Slade und Hutch sahen sich an, aber bevor einer von ihnen etwas erwidern konnte, ergriff Essie das Wort, die an den Tisch gekommen war, um die Kaffeetassen nachzufüllen.

„Vielleicht liegt das ja daran, dass Sie selbst bei dem Thema offenbar keine Ahnung haben, Boone Taylor. Diese Jungs brauchen ihren Daddy, weiter nichts!“

Auf dem Weg zum Gemeindezentrum fuhr Kendra mit Madison und Daisy am Festplatz vorbei. Ihre Tochter war kaum noch zu halten, so sehr freute sie sich, dass die Kirmes aufgebaut wurde. Banner flatterten im leichten warmen Wind, ein Riesenrad ragte hoch in den Himmel auf. Vor dem Karussell warteten Pferde, Giraffen, Elefanten und Schwäne darauf, ihren Platz einzunehmen, während Männer in Arbeitskleidung die großen Figuren montierten. Lastwagen und kleinere Transporter parkten kreuz und quer vor der großen Halle, in der Händler ihre Waren und Dienstleistungen vorführen und anbieten würden. Das Wochenende rund um den 4. Juli bedeutete für praktisch jedes Geschäft in der Stadt beträchtliche Einnahmen, und es rückte schnell näher.

„Guck mal, Mommy!“, rief Madison, als hätte Kendra tatsächlich das farbenfrohe Spektakel übersehen können, das auf dem großen Festplatz rasch Gestalt annahm. „Da ist ein Zirkus!“

Kendra lächelte. „Das ist die Kirmes. Und am Samstag gehen wir da hin, das weißt du doch noch."

„Können wir nicht jetzt schon hingehen? Nur mal zum Gucken?"

„Nein, Schatz", erwiderte sie und setzte den Blinker, da sie in die Straße einbiegen musste, die zum Gemeindezentrum führte. „Jetzt ist erst mal Zeit für die Vorschule, und außerdem ist da drüben noch gar nichts geöffnet."

„Wann machen die denn auf?"

„Erst am Freitagnachmittag, also in zwei Tagen. Und bis Samstag sind es deshalb noch drei Tage, wenn wir zum Rodeo und auf die Kirmes gehen und uns das Feuerwerk ansehen."

„Mr Hutch will beim Rodeo auf einem Bullen reiten", sagte Madison, die bereit war, zum nächsten Thema zu wechseln. „Und wir gucken ihm zu."

Kendra musste schlucken, da sie nicht wusste, was ihr mehr Angst machte: die Aussicht darauf, dass Hutch wieder all ihre inneren Barrieren überwinden würde, oder die Vorstellung, dass er auf einem wilden Bullen reiten wollte, der ihn tottrampeln konnte.

Und wofür das Ganze? Für eine glänzende Gürtelschnalle und ein Preisgeld, das vermutlich nicht mehr als die Hälfte von dem betrug, was er in seiner Geldbörse mit sich herumtrug. Sofern er überhaupt gewinnen sollte.

Er war wild und unbekümmert, ein kleiner Junge im Körper eines erwachsenen Mannes. Im Geiste setzte sie Bullenreiten mit auf die Liste der Dinge, die Hutch Carmody zu einem Mann machten, der für sie völlig verkehrt war.

Leise seufzend bog sie ab und fuhr in Richtung Gemeindezentrum. Beim Blick in den Innenspiegel sah sie Daisy, die auf der Sitzbank stand und sich mit den Vorderpfoten an der Rückenlehne abstützte, um aus dem Rückfenster zu schauen, wo der Festplatz hinter ihnen zurückfiel.

„Darf Daisy auch mit zum Rodeo?", wollte Madison plötzlich wissen.

„Da wäre sie gar nicht gut aufgehoben, Sweetheart“, erklärte Kendra. „Sie könnte getreten werden, oder wir verlieren sie und finden sie nicht wieder. Und außerdem ist es da so laut, dass sie bestimmt Angst bekommen würde.“

„Aber hat sie zu Hause keine Angst, wenn sie ganz allein ist?“, überlegte Madison.

„Zu Hause ist sie gut aufgehoben“, versicherte Kendra ihr.

Dann hatten sie auch schon das Gemeindezentrum erreicht, und aus der Gruppe Kinder auf dem Spielplatz neben dem Gebäude löste sich ein Mädchen und kam zu ihnen gelaufen.

„Das ist Becky“, rief Madison fröhlich. „Sie ist meine allerbeste Freundin auf der ganzen Welt!“

Kendra lächelte und schaute zu Becky. Das blonde Mädchen trug Jeans, eine Baumwollbluse und ein Paar neonpinke Cowboystiefel, wahrscheinlich das gleiche Paar, das Madison an sich genommen hatte. Nach Beckys strahlendem Lächeln zu urteilen, war der Vorfall längst vergessen.

Kaum war der Wagen zum Stehen gekommen, wand sich Madison aus ihrem Kindersitz und stieg aus, während Daisy aufgeregt bellte.

„Das ist meine Mommy“, sagte Madison zu Becky und zeigte auf Kendra, die in ihrer Arbeitskleidung – einem maßgeschneiderten beigefarbenen Hosenanzug – neben der Fahrertür stand. „Mommy, das ist Becky. Sie ist schon sechs, aber sie mag mich trotzdem, obwohl ich erst vier bin.“

Wegen des grellen Sonnenscheins blinzelte Becky ein wenig, als sie Kendra ansah. „Meine Mom will Sie anrufen, damit Sie sich kennenlernen können, bevor Madison zu uns kommen und übernachten kann.“

„Dann freue ich mich schon, wenn deine Mom anruft“, sagte Kendra und reichte ihr die Hand. Insgeheim hielt sie Madison noch für zu jung, um bei einer Freundin zu übernachten, aber sie wollte den Mädchen nicht die gute Laune verderben und schwieg vorläufig.

Becky schüttelte Kendra ohne zu zögern die Hand. „Mom

sagt, dass Sie ja nicht wissen können, ob unsere Familie nicht vielleicht aus Axtmördern besteht."

„Das möchte ich aber bezweifeln", sagte sie lachend, auch wenn sie schon ein wenig erschrak, als sie sich das bildhaft vorstellte. Beckys Familie konnte erst vor Kurzem nach Parable gezogen sein, da sie keine Ahnung hatte, um wen es sich handeln mochte.

Madison winkte Daisy zu, die es inzwischen auf den Beifahrersitz geschafft hatte und die Nase gegen die Seitenscheibe drückte. Dann wartete sie geduldig ab, während sich Kendra vorbeugte und ihr einen Abschiedskuss auf die Stirn gab.

„Sei ein braves Mädchen", sagte Kendra leise.

So jung Madison auch noch war, verdrehte sie schon jetzt die Augen über Kendras Geste, und tat so, als sei ihr das alles sehr unangenehm. „Mache ich, Mommy. Meistens."

„Versuch, mehr als nur ‚meistens' hinzukriegen, okay?", gab Kendra zurück, verschränkte die Arme und legte den Kopf schräg. Zwar sah sie ihre Tochter mit ernster Miene an, aber mit ihren Augen ließ sie ihr ein Lächeln zukommen, um sie wissen zu lassen, dass sie nicht ganz so streng mit ihr war, wie es den Anschein hatte.

Madison und Becky fassten sich kichernd an den Händen und liefen zurück zum Spielplatz zu den anderen Kindern und ihren Aufsichtspersonen. Erst als sie auch tatsächlich dort angekommen waren, stieg Kendra wieder in ihren Wagen ein und fuhr los. Der betrübt dreinblickenden Daisy versicherte sie, dass alles in Ordnung war.

Als sie ihr Büro erreichte, stand Deputy McQuillan vor der Tür auf dem Fußweg und wartete. Wieder trug er seine Uniform. Daisy knurrte ihn an, nachdem Kendra ausgestiegen war und auf den Mann zuging. „Guten Morgen", begrüßte sie ihn mit einem freundlichen, aber unverbindlichen Lächeln.

McQuillan sah Daisy mit solcher Verachtung an, dass Kendra fürchtete, er könnte die Hündin treten wollen, doch dann wandte er sich wieder Kendra zu. „Ich habe beschlossen, einen anderen Makler zu beauftragen", erklärte er ohne Vorrede. In seinen Augen war ein zorniges Funkeln zu sehen.

Kendra schloss die Ladentür auf und dirigierte Daisy nach drinnen, die sofort unter dem Schreibtisch Zuflucht suchte, an dem üblicherweise Joslyn saß.

„Das ist Ihr gutes Recht", erwiderte sie in kühlem Tonfall, stellte die Handtasche auf den Tisch und suchte den Vertrag heraus, den McQuillan tags zuvor unterschrieben hatte.

Der Deputy nahm das Dokument entgegen, riss es einmal in der Mitte durch und warf es auf ihren Schreibtisch. Dann machte er kehrt, ging mit stampfenden Schritten nach draußen und warf die Tür hinter sich zu.

„Das ist ja hervorragend gelaufen", sagte Kendra missmutig zu Daisy, die eben unter Joslyns Schreibtisch hervorkam, da die Luft jetzt wieder rein war.

Die folgende Stunde verbrachte Kendra mit Routinearbeiten, bearbeitete die eingegangenen E-Mails, erledigte Telefonate und suchte im Internet nach Haus- und Grundstückseigentümern, die auf eigene Faust ihre Immobilie verkaufen wollten. Dabei wurde sie jedoch nicht fündig, und sie spielte bereits mit dem Gedanken, den Laden abzuschließen und für den Rest des Tages blauzumachen, da bekam sie unerwartet Besuch von Walker Parrish.

Daisy lief sofort zu ihm, und er beugte sich lachend vor, um die Hündin hinter den Ohren zu kraulen.

„Meine Bekannte hat sich überlegt, dass sie sich Ihr Haus persönlich ansehen möchte", sagte er zu Kendra, die einmal mehr feststellen musste, dass er wirklich sehr attraktiv war, und sich dann wunderte, dass er bei ihr dennoch keinerlei körperliche Reaktion hervorrief. „Bis nach dem 4. Juli ist Casey mit ihrer Band auf Tour, aber sie sagt, sie könnte Ende nächster Woche kurz herkommen."

„Casey? Doch nicht Casey Elder?", fragte Kendra und hielt gespannt den Atem an. Ihre Arbeit hatte sie schon einige Male mit Promis in Kontakt gebracht, und sie war normalerweise nicht der Typ, der beim Anblick eines Stars dahinschmolz. Aber Casey Elder war nun mal einer der wichtigsten Namen in der Country-Szene, und Kendra war ein Fan ihrer Musik.

„Ähm …", stammelte Walker betreten. „Ja, Casey Elder. Allerdings hätte ich ihren Namen gar nicht erwähnen sollen."

„Ihr Geheimnis ist bei mir sicher", beruhigte sie ihn. „Aber in dem Moment, in dem Ms Elder hier in Parable auftaucht, wird es jeder wissen. Immerhin ist sie ein echter Superstar."

Walker lachte leise. „Sie hatte schon mit dem Gedanken gespielt, sich zu verkleiden."

„Dann schlage ich eine Hornbrille und einen dichten schwarzen Schnauzbart vor, damit man sie für Groucho Marx hält", scherzte sie, wurde dann aber gleich wieder ernst. „Es muss schwierig sein, wenn man überall so schnell wiedererkannt wird."

„Ach, Casey kommt mit dem Ruhm ganz gut zurecht", sagte Walker, während sich Daisy hinsetzte und ihn voller Bewunderung betrachtete. „Außerdem habe ich ihr versichert, dass sie hier zwar viele Fans hat, dass man sie aber nicht die ganze Zeit über belagern wird."

Dieses Versprechen würde er auch halten können. Natürlich würden die Leute anfangs neugierig sein, aber wenn sie sich entschied, auf Dauer ein Teil dieser Gemeinde zu werden, dann würde man sie mit Selbstgebackenem begrüßen und sie zum Abendessen einladen, so wie man es mit jedem anderen auch machte, der sich hier in Parable niederließ.

„Dann haben ihr also die Fotos gefallen, die Sie bei der Führung durch das Haus gemacht haben?", hakte Kendra nach und fragte sich, in welchem Verhältnis Walker und Casey zueinander standen. Aber dann sagte sie sich, dass sie das nichts anging, und sie würde auch nicht auf dieses Thema zu sprechen kommen.

„Ja, die haben ihr gefallen", antwortete Walker und machte den Eindruck, noch etwas ergänzen zu wollen, aber sich nicht darüber im Klaren zu sein, ob er das wirklich machen sollte.

„Haben Sie ihr den Kaufpreis genannt?“

„Sie hat nicht mal mit der Wimper gezuckt“, ließ er sie wissen. Der eigenartige Gesichtsausdruck war noch immer da.

„Walker“, überwand sie sich schließlich. „Was ist los?“

„Casey ist aus Dallas“, erklärte er nur widerwillig. „Ich weiß nicht, ob ihr tatsächlich klar ist, was es heißt, in einer Kleinstadt zu leben, auch wenn sie ständig Lieder über dieses Leben schreibt und aufnimmt.“

Schweigend verschränkte sie die Arme vor der Brust, legte den Kopf ein wenig schräg und musterte den Mann. Worauf wollte er eigentlich hinaus?

„Casey und ich …“, begann er, hielt inne und räusperte sich. „Wir haben eine … eine etwas komplizierte Beziehung.“

Hatte ich doch richtig getippt, dachte sie und triumphierte innerlich. Die zwei sind nicht bloß befreundet.

„Sie müssen mir das nicht erklären“, betonte sie sofort.

Aber Walker schien entschlossen zu sein, weiterzureden. „Wir waren nie verheiratet, wir waren eigentlich noch nicht mal richtig zusammen … aber …“ Er unterbrach sich und schluckte. „Trotzdem … bin ich der Vater von Caseys Kindern.“

Kendra bekam vor Staunen kaum den Mund zu. Dabei war sie gar nicht so verblüfft über das, was er gesagt hatte, sondern vielmehr darüber, dass er ihr so etwas überhaupt anvertraute. „Ich weiß nicht …“, begann sie eine Erwiderung, weiter kam sie jedoch nicht, da sie gar keine Ahnung hatte, was sie überhaupt dazu sagen sollte.

„Die Kinder wissen bis heute nichts davon“, fuhr er fort. „Casey und ich wollen es ihnen schonend beibringen, wenn sie sich erst mal hier eingelebt haben.“

„Dann ist es also ein Geheimnis“, sagte Kendra leise.

Walker nickte, fuhr sich durchs Haar und schlug sich einmal kurz seinen Hut gegen den Oberschenkel. „Niemand sonst weiß davon“, fügte er hinzu. „Nicht mal Brylee.“

„Und … warum erzählen Sie es mir?“

„Das kann ich mir selbst nicht erklären“, gestand er ihr und stand verunsichert da, was schon ein seltsames Bild war, wo er doch sonst immer so viel Selbstbewusstsein ausstrahlte.

„Ich werde schweigen wie ein Grab“, versprach sie ihm.

Walker lächelte sie dankbar und sichtlich erleichtert an. „Vielen Dank“, sagte er. „Casey wird sich in Kürze bei Ihnen melden, um einen Termin für das Haus zu vereinbaren.“

„Gut. Ich hoffe, es gefällt ihr.“

„Das hoffe ich auch“, erwiderte Walker in einem Tonfall, der für Kendra schon etwas Sehnsüchtiges an sich hatte.

Dann aber schüttelte sie sich innerlich, um sich von diesem romantischen Gedanken zu befreien. Seit Hutch sie am Whisper Creek geküsst hatte, neigte sie dazu, viel zu häufig und zu ausgiebig über die Liebe nachzudenken.

Walker ging zur Tür, während sie sich wieder an ihren Schreibtisch setzte. Zum Abschied lächelte er ihr über seine Schulter zu.

„Sehr interessant“, sagte sie zu Daisy, nachdem er gegangen war. Die Hündin zog sich unter Joslyns Schreibtisch zurück, und wenig später war von ihr nur noch ein leises Schnarchen zu vernehmen.

Kendra hätte am liebsten sofort zum Hörer gegriffen und Joslyn und Tara angerufen, um sie zu fragen, ob sie etwas Näheres über Walker und Casey Elder wussten, doch natürlich tat sie es nicht. Schließlich hatte sie ihm versprochen, kein Wort zu verraten, und wenn es eine Sache gab, an die Kendra Shepherd unverrückbar glaubte, dann die, dass man Versprechen immer hielt.

15. KAPITEL

Der Samstagmorgen traf auf die Minute genau ein, auch wenn Madison davon überzeugt gewesen war, dass er auf jeden Fall verschoben werden, vielleicht sogar ganz ausfallen würde.

Es war ein warmer, sonniger Morgen, der Himmel war so blau, dass Kendras Herz bei diesem Anblick von wehmütigen Stichen geplagt wurde. Sie stand an der Spüle, die Hände in das heiße Wasser getaucht, und sah durch das Fenster gleich vor ihr nach draußen sah. Ihrer Meinung nach rechtfertigten zwei kleine Schüsseln, ein paar Löffel und ein benutzter Kochtopf nicht, die Spülmaschine zu benutzen. Außerdem hatten ihre unruhigen Hände so wenigstens etwas zu tun.

Inzwischen war es ein paar Tage her, seit sie Hutch das letzte Mal gesehen hatte. Er hatte einmal angerufen, um mit ihr zu verabreden, wann er sie zum Rodeo abholen sollte. Sie hatten sich auf halb zwölf geeinigt.

Bei seinem Anruf hatte er sich fast ein wenig schüchtern angehört, aber das war wahrscheinlich nur ein Täuschungsmanöver gewesen, denn eines war dieser heißblütige Cowboy Hutch Carmody ganz bestimmt nicht: schüchtern.

Sie hatte wie beiläufig erwidert, die Uhrzeit sei okay. Aber ihre Gelassenheit war nur gespielt gewesen, denn in Wahrheit hatte sie zu ihrer großen Verärgerung seit diesem Moment jede freie Minute damit verbracht, darüber nachzudenken, ob das jetzt wohl ein richtiges Date wäre oder ob sie nur einen gemeinsamen Ausflug unternahmen, da ja Madison mit von der Partie sein würde. Die Kleiderfrage war hingegen relativ leicht gewesen: Langärmliges T-Shirt, Jeans und Turnschuhe sollten für sie und Madison genügen.

Aber was ist mit meinen Haaren? ging es ihr durch den Kopf. Und sollte sie sich schminken? Sie wollte sich natürlich von ihrer besten Seite präsentieren, aber auch wieder nicht den Eindruck erwecken, dass sie sich mit Hutch davonstehlen und auf die Bergwiese zurückziehen wollte.

War sie eine Rabenmutter, wenn sie über so etwas auch nur *nachdachte*? Madison litt unter Trennungsangst, auch wenn sie sich in ihrer Umgebung – also vor allem im neuen Haus und in der Vorschule – mit jedem Tag ein wenig sicherer fühlte, und es gab ohnehin nur wenige Menschen, denen sie ihre Tochter anvertrauen würde: Joslyn, Tara und natürlich Opal. Aber die hatten alle ganz sicher schon etwas vor, und wenn sie eine von ihnen bitten würde, eine Weile auf Madison aufzupassen, dann würden sie alle drei sofort wissen, wohin sie sich zurückziehen wollte – und auch *mit wem*.

Hinter ihr schlurften Madison und Daisy über den Linoleumboden, Madison lachte ausgelassen, Daisy bellte übermütig und damit ganz so wie immer, wenn die beiden miteinander spielten.

Kendra zog den Stopfen, damit das Wasser aus dem Spülbecken ablaufen konnte, dann spülte sie die Hände ab, trocknete sie an ihrer geblümten Schürze und drehte sich zu Kind und Hund um. Laut genug, um auch gehört zu werden, rief sie dann: „Wir sollten uns jetzt besser auf den Weg machen. Wir wollen ja Daisy erst noch zu Tara fahren und dann rechtzeitig zurück sein, wenn Mr Hutch uns abholen kommt."

Es war Taras Vorschlag gewesen, Daisy bei ihr übernachten zu lassen. Sie wohnte weiter draußen auf dem Land und damit recht weit vom Feuerwerk entfernt, sodass es dort nicht so laut und für die Hündin womöglich beängstigend sein konnte. Außerdem hatte sie ja Lucy, und so konnten sich die Hunde gegenseitig Gesellschaft leisten. Am Morgen konnte Tara ihr die Hündin dann nach Hause bringen, oder Kendra kam sie auf der Hühnerfarm abholen, je nachdem, was ihr lieber war.

Madison nickte so eifrig, dass Kendra fast schon befürchtete, ihr könnte davon schwindlig werden. Die Kleine platzte ohnehin vor Freude: neue Stiefel und ein ganzer Tag mit Hutch Carmody – konnte so was überhaupt noch gesteigert werden? Seitdem sie gefrühstückt hatten, war Madison nicht mehr ruhig gewesen, da sie nicht wusste, wie sie die Zeit überbrücken sollte, bis sie sich endlich auf den Weg machen konnten.

Dabei war es nicht so einfach zu sagen, was bei ihr die größte Begeisterung auslöste: dass sie endlich die versprochenen Cowgirl-Stiefel bekommen würde, dass sie Hutch erleben konnte, wie der auf einem Bullen ritt, dass sie die Kirmesattraktionen zu sehen bekam oder dass es ein Feuerwerk geben würde. Das war allerdings frühestens für zehn Uhr abends angesetzt, weil erst dann der Himmel dunkel genug war, um das brillante Lichtspektakel richtig genießen zu können.

Als sie alle in Kendras Volvo saßen und losfahren konnten, ging ihr nicht zum ersten Mal die Erkenntnis durch den Kopf, dass es für Madison ein sehr langer Tag werden sollte. Unwillkürlich biss sie sich auf die Unterlippe, bevor sie rückwärts aus der Auffahrt fuhr und sich in den fließenden Verkehr einfädelte. Für sie selbst würde das allerdings auch ein langer Tag werden, würde sie doch die meiste Zeit Hutch an ihrer Seite haben. Worüber sollten sie bloß reden, wenn sie sich erst mal begrüßt hatten? Ganz sicher nicht über alte Zeiten – *weißt du noch, wie toll der Sex damals war?* –, so viel war klar, doch das Problem an der Gegenwart war, dass es kaum Themen gab, über die sie beide sich unterhalten konnten.

Und was sollte sein, wenn sie ständig an diesen leidenschaftlichen Kuss neulich abends am Whisper Creek denken musste? Sie wäre dann in einem Zustand der Dauererregung, der sie bis zum Abend sicher verglühen lassen würde.

„Können wir beim Rodeo für Daisy ein Geschenk kaufen?", wollte Madison wissen, als sie bereits seit einer Weile auf dem Weg zu Tara waren. „Und auch für Leviticus und Lucy?"

Kendra wusste, ihr kleines Mädchen machte sich Sorgen, die Hunde könnten sich einsam fühlen und Angst bekommen. „Ich glaube, das ist eine gute Idee", erwiderte sie lächelnd. „Weißt du was? Wenn wir uns für deine Stiefel umsehen, dann halten wir Ausschau, ob wir was finden, was den Hunden gefallen könnte." Sofort jubelte Madison, was Daisy zum Anlass nahm, wieder ausgelassen zu bellen.

Als sie bei Tara vorfuhren, kam die gerade aus dem großen

Hühnerstall. Sie trug Arbeitskleidung und bahnte sich ihren Weg zwischen den Hühnern hindurch, die über diese Störung laut gackernd in alle Richtungen davonliefen, sobald Tara ihnen zu nahe kam.

„Gehst du so zum Rodeo?", fragte Madison verwundert, als Tara die Wagentür geöffnet hatte. „Du hast ja Hühnerdreck auf deinen Schuhen."

Tara begann zu lachen und schüttelte den Kopf, aber bevor sie darauf antworten konnte, stürmte Lucy laut bellend von der Veranda zum Auto, was für Daisy der Befehl zu sein schien, in das Gebell einzustimmen.

„Ich bin nicht so für Rodeos zu haben", erklärte Tara, nachdem der Lärm etwas nachgelassen hatte und Madison aus dem Kindersitz geklettert war. „Aber ich komme später in die Stadt, wenn das Feuerwerk stattfindet." Nach einer kurzen Pause fügte sie hinzu: „Dann natürlich nicht mit Schuhen voll Hühnerdreck."

Daisy und Lucy tobten bereits durch den Garten und spielten Nachlaufen, und im nächsten Moment hatte sich Madison an die Fersen der beiden Hunde geheftet.

Als Kendra die Szene betrachtete, empfand sie eine überwältigende Liebe und Dankbarkeit. Sie konnte sich so glücklich schätzen, hielt sie sich vor Augen. Sie hatte alles, was sich eine Frau wünschen konnte.

In diesem Moment wurde die Erinnerung an Hutch und den unglaublichen Kuss wach, was so oft passierte, wenn sie am wenigsten damit rechnete. Prompt wurde ihr wieder heiß, und ihr Herz schlug schneller.

Okay, lenkte sie ein. Sie hatte *fast* alles.

Unterdessen musterte Tara sehr aufmerksam Kendras Zopf, die kleinen goldenen Ohrringe und das sorgfältige aufgelegte Make-up. Schließlich setzte sie ein listiges Lächeln auf. „Na, du hast dich heute aber fein gemacht", sagte sie in einem scheinbar erstaunten Tonfall, nur um dann leiser hinzuzufügen, damit Madison sie auf keinen Fall hören konnte: „Wenn ich dich nicht besser kennen würde, dann würde ich jetzt glatt behaupten, dass du es auf ein bisschen Hutch-Action abgesehen hast."

„Ach, komm schon", wehrte Kendra ab, wich aber dem Blick ihrer Freundin einen Moment lang aus.

Hutch-Action, wiederholte sie im Geiste. *Ach, du lieber Gott.*

Tara verschränkte die Arme vor der Brust und zog ihre perfekten Augenbrauen hoch. Selbst in einem schmutzigen Overall mit Hühnerdreck an den Schuhen sah sie immer noch aus wie die Spitzenfrau, die sie war.

„Madison wird die ganze Zeit bei uns sein", betonte Kendra. „Was soll da schon passieren."

„Gar nichts", stimmte Tara ihr zufrieden zu. „Aber das heißt ja nicht, dass so viel gemeinsam verbrachte Zeit das, was immer da zwischen euch ist, nicht noch um ein paar Stufen steigert. Ich verstehe nicht, warum du und Hutch ...", sie beugte sich vor und sprach im Flüsterton weiter, „... warum ihr zwei es nicht endlich macht. Es wird sowieso passieren, das weißt du. Es ist unvermeidbar, es ist euer Schicksal, eure Bestimmung."

„Blödsinn", widersprach Kendra etwas zu energisch. „Es wird nicht passieren, weil ich es nicht zulassen werde!" Tief in ihrem Inneren war sie davon allerdings nicht so überzeugt, denn ein Teil von ihr wollte zurück zu der Bergwiese, nachdem Hutch sie daran erinnert hatte, was damals dort alles geschehen war. „Wir machen nur einen Ausflug." An den Fingern zählte sie ab: „Rodeo, Kirmes, Feuerwerk. Feierabend."

„Ja, klar", gab Tara zurück, die sich ein spöttisches Grinsen nur mit Mühe verkneifen konnte.

In diesem Moment platzte Kendra aus einem unerfindlichen Grund mit der Frage heraus, die sie eigentlich für sich hatte behalten wollen: „Über was sollen wir nur den ganzen Tag reden?"

Tara lächelte sanft und berührte leicht Kendras Arm. „Ihr beide braucht kein Drehbuch für euren Ausflug. Lass die Dinge einfach auf dich zukommen, und dann wirst du schon sehen, was sich daraus entwickelt."

„Du hast gut reden“, konterte Kendra. „Du hast den ganzen Tag nichts Besseres zu tun, als Hühnerdreck wegzuschaufeln.“

„Es kann eben nicht jeder so viel Glück haben wie ich“, pflichtete ihre Freundin ihr sarkastisch bei. Sie schaute auf und sah Madison auf sie zukommen. Die Hunde hatten sich unter einem Baum in den Schatten gelegt, um ein spontanes Nickerchen einzulegen.

„Können wir jetzt fahren, Mommy?“, drängte sie und griff nach Kendras Hand. „Bald kommt Mr Hutch und will uns abholen.“

„Ein bisschen Zeit haben wir noch, Sweetheart“, versicherte sie ihr nach einem Blick auf die Armbanduhr.

„Dann kommt noch mit rein auf ein Glas Zitronenlimonade“, bot Tara ihnen an. „Die ist ganz frisch von heute Morgen, bevor ich mit der Arbeit angefangen habe.“

Madison schaute zweifelnd drein. So wie die meisten Kinder und nicht wenige Erwachsene schien sie zu denken, dass es mit genügend Willenskraft möglich sein musste, die Zeit schneller verstreichen zu lassen. Es schien das beharrliche, aber vergebliche Bemühen zu sein, dass sie so nervös werden ließ.

„Ich habe auch Kekse“, legte Tara mit wissendem Lächeln nach.

„Welche Sorte?“, wollte die Kleine wissen.

„Madison“, seufzte Kendra.

Tara lachte leise. „Mit Schokoladenstückchen.“

„Aber dann nur einen“, entschied Madison.

„Madison Shepherd“, warf Kendra ein. „Was sagst du, wenn dir jemand sehr freundlich Limonade und Kekse anbietet?“

„Wenn das jemand ist, den ich kenne, meinst du?“, fragte sie. „Mit Fremden soll ich doch nicht reden, oder?“

Kendra verkniff sich einen Seufzer. „Nein“, antwortete sie geduldig. „Mit Fremden sollst du nicht reden. Aber Tara ist keine Fremde.“

Dann auf einmal strahlte Madison über das ganze Gesicht, da sie sich schließlich doch noch an ihre Manieren erinnern konnte – oder einfach nur beschlossen hatte, diese Manieren letztlich doch anzuwenden. „Ja, bitte“, antwortete sie so triumphierend wie die Kandidatin bei einer Quizshow, der gerade noch die richtige Lösung eingefallen war und die jetzt den Hauptpreis einstecken konnte.

Gemeinsam gingen sie ins Haus. Während Tara ihre schmutzigen Schuhe auszog und zur Seite stellte, kamen auch die Hunde ein wenig verschlafen nach drinnen getrottet und legten sich gemeinsam auf Lucys flauschiges Hundekissen in einer Ecke von Taras Küche. Daisy legte ihren Kopf auf Lucys Hals. Im Licht der Sonne, die durch das Fenster in die Küche fiel, strahlten die beiden nahezu goldfarben.

Tara, die von diesem Anblick genauso fasziniert war wie Kendra, griff nach ihrem Handy und machte ein Foto von den Hunden. „Ich schicke dir das Foto mit der nächsten Mail“, sagte sie und legte das Telefon zur Seite.

Kendra nickte, dann gingen sie und Madison ins Badezimmer, um sich die Hände zu waschen. Als sie in die Küche zurückkamen, goss Tara Limonade in Kristallgläser. Auf einem teuren Porzellanteller lagen die versprochenen Kekse.

Der Kontrast zwischen dem alten Farmhaus und Taras eleganten und kostspieligen Sachen, die sie aus New York mitgebracht hatte, ließ Kendra flüchtig lächeln. So eng befreundet sie beide auch waren, hatte Tara über ihr Leben vor dem Umzug nach Parable bislang kaum etwas verlauten lassen. Von einer hässlichen Scheidung war die Rede gewesen, außerdem von ihrem Verlangen, etwas ganz Neues aus sich zu machen, aber das war auch schon alles gewesen.

Kendra war so wie Joslyn der Meinung, dass Tara sich ihnen schon anvertrauen würde, wenn die Zeit dafür gekommen war, und bis dahin würden sie mit dem zufrieden sein, was sie hatten.

Tara, Kendra und Madison unterhielten sich angeregt, während sie Limonade und Kekse genossen, dann wurde es zu Madisons großer Freude allmählich Zeit, nach Hause zu fahren. Das Mädchen verabschiedete sich von Daisy, die ihre Augen nur einen Spaltbreit aufmachte. Kendra dankte Tara für alle ihre Bemühungen.

Sie waren noch keine Viertelstunde zurück zu Hause, da hörte Kendra, wie ein Wagen auf ihr Grundstück gefahren kam.

„Da ist er!", rief Madison aus dem Wohnzimmer, wo sie seit dem Moment ihrer Rückkehr Wache gehalten hatte. „Er hat einen ganz glänzenden Truck!"

Kendra stutzte. Hutch brachte sie immer mit einem der ramponierten alten Pick-ups in Verbindung, die auf der Ranch zum Einsatz gekommen waren. Es schien ihm zu genügen, den Wagen zu nehmen, der gerade von niemandem sonst gebraucht wurde. So wie die meisten Leute vergaß auch Kendra allzu leicht, dass Hutch viel Geld hatte, weil er sich mit einem schlichten Lebensstil begnügte und nicht mit seinem Vermögen prahlte.

Sie ging hinaus auf die hintere Veranda. Mit klopfendem Herzen sah sie zu, wie Hutch aus dem im Sonnenschein glänzenden roten Truck ausstieg.

„Neues Auto?", fragte sie. Ihr Herzschlag dröhnte in ihren Ohren, aber äußerlich war sie die Ruhe selbst.

Jedenfalls hoffte sie das.

„Ich mache eine Probefahrt damit", erklärte er. Seine leicht zerzausten Haare waren eine Spur zu lang. Er trug einen schwarzen Hut, Jeans, ein buntes Hemd und zweckmäßige Stiefel. Immerhin wollte er heute am Rodeo teilnehmen, sagte sie sich. „Wie findest du ihn?"

„Ganz nett", brachte sie irgendwie heraus. Ihr Verstand kreiste längst um die Frage, ob sie ihn vom Bullenreiten würde abhalten können, wenn sie ihn darum bat.

Die Antwort würde sie natürlich nie erfahren, da es gar nicht zur Debatte stand, diese Bitte laut auszusprechen.

Während Kendra noch auf der Veranda stand, schoss Madison an ihr vorbei und auf Hutch zu, der sie auffing, als sie ihn regelrecht ansprang. Als er sie im Arm hielt, nahm er seinen Hut und setzte ihn Madison auf, deren ganzes Gesicht darunter verschwand. „Na, Kleine", fragte er sie. „Bist du bereit für deinen großen Tag?"

Madison spähte unter dem Hut hervor und war von der puren Magie wie gefesselt, die Hutch Carmody ausstrahlte. „Heute kaufen wir Stiefel!“, krähte sie.

Hutch schob sie so, dass er sie auf seiner linken Hüfte abstützen konnte. „Das habe ich auch schon gehört. So ein Hut würde dir aber auch gut stehen, Cowgirl. Vielleicht sollten wir dir so einen auch kaufen.“

Sofort wollte Kendra protestieren, weil sie sich alle Mühe gab, das Mädchen nicht zu sehr zu verwöhnen, was für sie alles andere als einfach war, da sie dazu neigte, jeden Wunsch zu erfüllen. Aber dann überlegte sie es sich anders und sagte sich, dass das keine so große Sache war, wenn sie zu ihren Stiefeln auch noch einen Cowboyhut bekam.

In diesem Moment sah Hutch zu Kendra und ließ seinen Blick über sie wandern. „So wunderschön wie eine Bergwiese“, kommentierte er, als sei das ein ganz gängiges Kompliment ohne einen bestimmten Bezug.

Kendra merkte, wie sich wieder vertraute Hitze in ihr regte. Sollte sie seine Worte als eine Aufforderung verstehen? Oder war das vielmehr ein Versprechen?

„Danke“, sagte sie und lief schnell ins Haus, damit er ihr gerötetes Gesicht nicht sehen konnte. Ein paar Mal atmete sie tief durch und bemühte sich, ihre Fassung wiederzuerlangen. Sie ließ sich Zeit damit, ihre Handtasche zu holen, dann überprüfte sie sorgfältig, dass der Herd ausgeschaltet war und alle Türen und Fenster verschlossen waren.

Als sie aus dem Haus kam, hatte Hutch bereits den Kindersitz in seinem schicken Truck befestigt, Madison hineingesetzt und die Gurte geschlossen. Ausgelassen lachend setzte Madison ihm den Hut wieder auf, der aber schief auf seinem Kopf landete und sein Ohr umknickte. Zu Madisons grenzenlosem Vergnügen schnitt er eine Grimasse, ehe er den Hut geraderückte.

„Bereit?“, fragte er fast schroff, als er sich zu Kendra umdrehte.

Es war eine Frage, die mehr betraf als das Rodeo, die Kirmes und das Feuerwerk. Das war ihr nur zu deutlich bewusst, weshalb sie gar nicht erst so tun konnte, als sei ihr das nicht klar.

Sie antwortete gar nicht, denn ein „Nein“ wäre eine glatte Lüge gewesen, und mit einem „Ja“ hätte sie etwas Unausgesprochenem zugestimmt, das alle möglichen Probleme nach sich ziehen würde.

Sein Grinsen verriet ihr, dass er ihren Gedankengang sehr wohl durchschaut hatte. Als er ihr die Tür aufhielt und sie einsteigen wollte, half er ihr mit der gleichen Geste nach, mit der er sie schon in den Sattel gehoben hatte.

Diese Berührung ließ sie auf das Heftigste erröten, sie schaute stur geradeaus und war entschlossen, nicht Hutch anzusehen, auch wenn sie sein amüsiertes Lachen hören konnte, unmittelbar, bevor er die Beifahrertür schloss und um den Wagen herumkam.

Auf der Fahrt zum Festplatz machte Madison jede Unterhaltung zwischen Kendra und Hutch überflüssig, um nicht zu sagen unmöglich, weil sie in einem fort über Ruffles redete – sie konnte es nicht erwarten, wieder auf dem Pony zu reiten; würde sie das bald wieder dürfen? – und von ihren neuen Stiefeln und weil sie nicht so genau wusste, ob ihr Cowgirl-Hut besser rot oder rosa sein sollte.

Der Parkplatz am Festplatz war bereits fast vollständig belegt, doch Hutch fand noch ein Fleckchen für seinen Truck. Bevor Kendra ausgestiegen und um den Wagen herumgegangen war, hatte Hutch Madison bereits aus dem Kindersitz geholt, sodass sie neben ihm auf dem Kiesboden stand, als Kendra zu ihnen kam.

Hutch zwinkerte ihr zu und grinste Kendra an, während er ihr seinen Hut aufsetzte. „Entspann dich“, sagte er zu ihr. „Wir werden von einem Anstandswauwau im Westentaschenformat begleitet. Das heißt, ich muss mich benehmen, nicht wahr?“

Der Hut duftete verlockend nach Hutch – nach in der Sonne getrockneter Baumwolle, frischer Landluft und einem Hauch von gemähtem Gras – und für einen Augenblick gestattete sich

Kendra, diesen Duft zu genießen. Dabei fühlte sie sich so glücklich wie zuvor Madison, als die zu Hause seinen Hut getragen hatte. Ihre Hände zitterten, als sie ihn wieder absetzte, und dann kam ihr ganz ohne Zutun ihres Gehirns die Frage über die Lippen, die sie unter keinen Umständen hatte aussprechen wollen: „Bist du fest entschlossen, beim Bullenreiten mitzumachen?"

Hutch sah sie eindringlich an, wobei seine eigene Miene keinerlei Regung zeigte. „Ist das wichtig?"

Madison hatte unterdessen nach seiner Hand gegriffen und versuchte, ihn hinter sich her um den Kartenschalter zu ziehen, der gut fünfzig Meter entfernt war.

„Ja", gestand Kendra, während er ihre Hand nahm und sich von Madison mitziehen ließ. „Es ist wichtig."

„Ist ja interessant", erwiderte er. „Und wieso?"

„Was ‚wieso'?", gab sie zurück, um Zeit zu schinden. Sie hatte sich selbst in diese Zwickmühle manövriert, aus der sie nun nicht mehr herauskam. Wenn sie ihn bat, nicht mitzumachen, würde es so aussehen, als wollte sie ihn bevormunden, und dann würde er wahrscheinlich erst recht mitmachen, weil es zu seiner Sturheit passte. Wenn sie ihn aber nicht bat, würde sie sich um die eine Chance bringen, zu verhindern, dass er sich vor ihren Augen – und natürlich vor dem versammelten Publikum und vor allem vor Madison – sein verdammtes Genick brach.

„Warum ist es wichtig?", hakte er nach.

„Es würde mir nicht gefallen, wenn dir was passiert, das ist alles", sagte sie in einem beiläufigen Tonfall, der das genaue Gegenteil von dem war, was sie jetzt fühlte. Immerhin befand sich Madison als der menschliche Schleppkahn in Hörweite.

„Das würde mir auch nicht gefallen", antwortete er und setzte dabei sein klassisches Hutch-Carmody-Grinsen auf. „Aber ich halte nichts davon, dem Geschehen lediglich zuzusehen, nur weil ich dann in Sicherheit bin, Kendra. Ich liebe das Rodeo und vor allem das Bullenreiten."

Sie war frustriert, und schon jetzt verkrampfte sich ihr Magen, obwohl Hutch erst in ein paar Stunden auf einem rasenden

Bullen sitzen würde. „Hast du gar keine Angst?“, fragte sie ihn gegen ihren Willen.

Mittlerweile hatten sie die lange Schlange der Besucher erreicht, die alle darauf warteten, eine Eintrittskarte zu kaufen. Madison ließ Hutchs Hand los und trat nervös auf der Stelle hin und her.

„Was ist denn, wenn alle Stiefel schon weg sind, bis wir dran sind?“, fragte sie besorgt.

Hutch strich sanft über ihren Kopf, ganz so, wie es auch ein Daddy machen würde. „Keine Angst, Kleine“, erwiderte er beschwichtigend, auch wenn sein Blick immer noch auf Kendras Gesicht ruhte. „Wenn wir an der Reihe sind, wird die Auswahl immer noch groß genug sein.“

Hätte *sie* so etwas gesagt, wäre Madison wahrscheinlich nur noch umso unruhiger geworden, dachte Kendra. Bei Hutch hatte es dagegen zur Folge, dass die einsetzende Panik gleich wieder abebbte.

Ein wenig gereizt stemmte sie die Hände in die Hüften, da er ihre letzte Frage noch immer nicht beantwortet hatte.

Schließlich bequemte er sich zu einer Erwiderung. „Walker Parrish hat ein paar besonders gemeine Bullen mitgebracht, die nichts lieber tun, als Cowboys in alle Himmelsrichtungen zu schicken. Deshalb bin ich schon ein bisschen nervös. Ich müsste ein Idiot sein, wenn ich nicht nervös wäre.“

„Und warum machst du es dann überhaupt?“

„Weil ich es will“, sagte er unbekümmert. „Und weil Angst für mich nicht Grund genug ist, um das Leben an mir vorbeiziehen zu lassen.“

Sie hatten das Kassenhäuschen erreicht, sodass sich für Kendra keine Gelegenheit bot, etwas zu entgegnen. Sie biss sich bloß auf die Unterlippe, während Hutch seine Brieftasche hervorholte, um den Eintritt zu bezahlen.

Jeder von ihnen bekam einen Stempel auf den Handrücken gedrückt, damit sie den ganzen Tag über kommen und gehen konnten, sooft sie wollten. Madison fand den Stempel das Coolste überhaupt, was nur noch dadurch gesteigert wurde, dass Hutch ihr sagte, dass der Stempel sogar im Dunkeln leuchtete.

Nachdem sie das Festgelände betreten hatten, hockte er sich vor Madison hin, schob seinen Hut in den Nacken und sah dem Mädchen in die Augen. „Solange wir hier sind, bleibst du immer ganz dicht bei deiner Mama und mir“, sagte er mit ernster Miene. „Wirst du das machen, meine Kleine?“

Madison nickte nachdrücklich.

Als Kendra das sah, ging ihr ein Stich durchs Herz. Es gab Dinge, die waren so wunderschön, dass sie wehtaten.

Hutch richtete sich auf und schob seinen Hut gerade. „Gut, damit hätten wir das geklärt. Dann sollten wir uns jetzt mal umsehen, was es so alles gibt.“

Als Erstes begaben sie sich in die Halle, in der die Händler ihre Verkaufsstände hatten, wo von handgearbeitetem Schmuck aus Silber und Türkis bis hin zu maßgefertigten Sätteln alles angeboten wurde. Natürlich gab es dort auch Hüte und Stiefel in allen nur denkbaren Farben, Formen und Größen.

Madison war sofort von einem Paar begeistert, das mit dem Muster einer Pfauenfeder bestickt und mit Strass besetzt war. „Die sind schön, oder?“, fragte sie und sah Hutch an, was der dazu meinte.

Es tat schon ein bisschen weh, dass sie von ihrer Tochter nicht nach ihrer Meinung gefragt und genau genommen in diesem Moment von ihr nicht mal zur Kenntnis genommen wurde. „Aber die sind zu …“, begann Kendra, doch Hutch griff nach ihrer Hand und drückte sie leicht.

„Die sind wirklich toll“, stimmte er Madison zu, wandte dann jedoch ein: „Aber du darfst nicht vergessen, dass es in Ställen und Scheunen jede Menge Dreck gibt, und beim Reiten wird viel Staub aufgewirbelt. Und wenn es mal durchs Wasser geht, dann werden Stiefel auch richtig nass.“

Madison legte den Kopf schräg und dachte gründlich darüber nach. Kendra schien nach wie vor unsichtbar zu sein. Einzig Hutchs Meinung zählte.

„Dann dürfen Stiefel nicht schön aussehen?", fragte Madison und schaute ein wenig enttäuscht drein. Sie war nun mal ein Mädchen, das rosa Tutus, funkelnden Modeschmuck und hohe Plastikabsätze über alles liebte.

Als Hutch sie daraufhin angrinste, war das wie das Aufblitzen der Sonne an einem wolkenlosen Tag. „Doch", versicherte er ihr. „Schön dürfen sie sein. Aber als richtiges Cowgirl musst du dich fragen, ob so ein Stiefel auf lange Sicht was taugt."

Da Madison ihn etwas ratlos ansah, übersetzte Kendra: „Du brauchst Stiefel, die robust sind und die du lange Zeit tragen kannst." Sie war froh, dass sie zumindest ein wenig behilflich sein konnte, auch wenn sie sich weiterhin irgendwo ganz am Rand der Wahrnehmung durch ihre Tochter bewegte.

Wieder überlegte Madison, dann erklärte sie schließlich: „Okay, dann gucken wir jetzt nach Stiefeln, die lange halten *und* schön aussehen."

„Gute Idee", fand Hutch und warf einen Seitenblick zu Kendra, gefolgt von einem Grinsen, als hätte sich ihre gesamte Kleidung eben in Luft aufgelöst. „Wir suchen einfach weiter, bis wir das richtige Paar gefunden haben."

Schließlich fanden sie das richtige Paar: dunkelbraune, robuste Stiefel mit einer winzigen gestickten Rose am Schaft.

Kendra bezahlte mit Kreditkarte und schüttelte den Kopf, als der Händler ihr den Schuhkarton mitgeben wollte.

„Sie behält sie gleich an", sagte sie. „Trotzdem vielen Dank fürs Angebot."

Madison stolzierte in ihren neuen Stiefeln umher wie ein Pony, das einen Preis gewinnen wollte. Ihre Sneakers, die sie bis vor wenigen Minuten noch getragen hatte, waren vergessen. Sie strahlte über das ganze Gesicht und ließ sich mit ihren Stiefeln von Hutch bewundern, der nur lobende Worte für sie fand.

Während er mit diesem Lob beschäftigt war, musterte Kendra ihn lange und eindringlich.

Vorsicht, meldete sich die Stimme ihrer schwierigen Kindheit ebenso zu Wort wie ihr schon einmal gebrochenes und gerade erst verheiltes Herz. *Gefahr voraus.*

Aber jetzt erwachte noch eine Stimme in ihrem Kopf und wiederholte, was Hutch vor ein paar Minuten gesagt hatte: Angst ist für mich kein Grund, das Leben an mir vorbeiziehen zu lassen.

„Du brauchst auch Stiefel, Mommy“, rief Madison und holte Kendra aus ihren Gedankengängen in die Wirklichkeit zurück. „Dann kannst du mit Mr Hutch und mir reiten.“

„Wo sie recht hat, hat sie recht“, meinte Hutch mit einem Funkeln in den Augen. „Stiefel sind auf jeden Fall vorgeschrieben, wenn man weiter als bis zum Bachlauf reiten möchte.“

Der Bach.

Der *Kuss*.

Und schon steckte sie in dem gleichen alten Dilemma fest wie zuvor. Wenn Madison tatsächlich reiten lernen wollte, und danach sah es im Moment aus, dann musste Kendra dabei natürlich mitmachen, jedenfalls so lange, bis ihre Tochter ein deutliches Stück älter war. Das wiederum hieß, dass sie für sich auch ein Paar Stiefel brauchte. Es war nicht so, als hätte sie sich das nicht leisten können. Ihr Problem war ein ganz anderes, denn mit einer solchen Anschaffung erklärte sie sich auch bereit, nicht nur ein weiteres Mal, sondern viele Dutzend Male mehr zum Reiten mitzukommen.

Wie es schien, hatte bei Hutch immer alles mindestens zwei Bedeutungen.

Es war zum Verrücktwerden.

Eine halbe Stunde später war Kendra im Besitz eines Paars hervorragend gearbeiteter und sehr praktischer schwarzer Stiefel ganz ohne irgendwelchen Schnickschnack. Während sie und Madison an einem Picknicktisch im Schatten eines Zeltdachs nahe der Ansammlung aus diversen Imbissbuden warteten, brachte Hutch ihren Schuhkarton zu seinem Wagen, damit sie ihre Einkäufe nicht die ganze Zeit über mit sich herumtragen mussten.

„Ich wollte *meine Stiefel* aber tragen“, erklärte Madison und lehnte sich auf der Holzbank ein Stück weit nach hinten, damit sie die Beine ausstrecken und ihr neues Schuhwerk bewundern konnten. „Mr Hutch sagt, dass man sie richtig einlaufen muss.“

Mr Hutch sagte dieses, Mr Hutch sagte jenes. Madison war offenbar verliebt.

„Sag mir Bescheid, wenn dir die Zehen drücken oder dir die Fersen wehtun“, sagte Kendra. „Bei neuen Schuhen kommt so was schon mal vor.“

Madison wandte sich um, verdrehte kurz die Augen und nahm eine Fritte aus dem Schälchen, tauchte sie in Ketchup und dirigierte sie auf ihren Mund zu. „Einem Cowgirl ist es egal, ob die Zehen drücken“, verkündete sie. „Wir Cowgirls sind *knallhart*.“

Über diese Erwiderung musste Kendra lachen, und das nicht nur, weil sie sich vorgenommen hatte, das Ganze etwas lockerer zu nehmen. Das hier war Madisons erstes Paar Stiefel, und vermutlich würde sie diesen Tag für den Rest ihres Lebens in Erinnerung behalten. Und das sollte eine gute Erinnerung sein, sagte sich Kendra.

„Ja“, stimmte sie ihr zu. „Das sind Cowgirls wirklich. Und du bist eindeutig ein geborenes Cowgirl.“

Zufrieden nahm Madison noch eine Fritte, gerade als Boone sich ihrem Tisch näherte. Begleitet wurde er von zwei kleinen dunkelhaarigen Jungs, die aussahen wie Miniaturausgaben des Sheriffs. Sie trugen Jeans, gestreifte T-Shirts und neue Sneakers. Beide hatten sie Sommersprossen, und beiden fiel eine Haarlocke in die Stirn. Wäre der eine von ihnen nicht fast einen Kopf größer gewesen, hätte man sie für Zwillinge halten können.

Aber wenn sie die Jungs betrachtete, entdeckte Kendra bei ihnen auch Gesichtszüge ihrer Mutter. Die Erinnerung an Corrie Taylor schnürte ihr die Kehle zu. Sie hatte diese Frau sehr gemocht, und es war für sie immer noch unfassbar, dass Corrie nicht mehr lebte.

„Sieh an“, sagte sie und lächelte die Gruppe an, wobei sie

ein paar Tränen zurückblinzeln musste. „Griffin und Fletcher. Ihr seid ja so groß geworden, dass ich euch fast nicht wiedererkannt hätte."

Der Kleinere drückte sich verlegen gegen seinen Vater, der so wie seine Söhne heute ganz leger gekleidet war. Überhaupt legte er nicht allzu oft Wert darauf, seine Uniform zu tragen, und momentan war er zudem vermutlich nicht mal im Dienst.

Der größere Junge hielt ihr seine schon ganz männlich wirkende Hand hin. „Ich bin Griff", stellte er sich vor. Es war Kendra klar, dass er sich nicht mehr an sie erinnerte. Für ihn war sie wahrscheinlich nur irgendeine Bekannte seiner Mom oder seines Dads, die ihm fremd war.

Madison, die sich beim Frittenessen den Mund ringsum mit Ketchup bekleckert hatte, musterte die Jungs mit einer Mischung aus Skepsis und Faszination. In ihren Augen gehörten die zwei vermutlich irgendeiner außerirdischen Spezies an.

„Hallo, Griff. Ich bin Kendra", erwiderte sie und schüttelte seine Hand. Dann machte sie einen langen Hals, um den anderen Jungen zu sehen, der sich immer noch hinter dem Bein seines Vaters zu verstecken versuchte. „Na, du?", sagte sie.

„Fletch ist ein bisschen schüchtern", antwortete Boone, der selbst auch ein wenig schüchtern klang.

„Das ist meine Tochter Madison", stellte Kendra ihr Mädchen den dreien vor.

„Ich habe neue Stiefel", verkündete Madison, stand von der Bank auf und kam um den Picknicktisch herum, ging auf Griff zu und stellte sich so dicht vor ihn, dass sie fast Zeh an Zeh standen. „Siehst du?"

Fletch beugte sich vor und schaute um Boone herum. „Mädchenstiefel", schnaubte er, aber in seinem verächtlichen Tonfall schwang unterschwellig Interesse mit.

Boone lachte leise und strich über den Bürstenhaarschnitt seines Jungen. „Natürlich sind das Mädchenstiefel", gab er zurück.

„Madison ist ja schließlich auch ein Mädchen, du Blödmann", warf Griff an seinen Bruder gewandt ein.

Boone stieß einen langen Seufzer aus. Er machte den Eindruck, dass er sich von der Situation restlos überfordert fühlte. Und dabei war er in seinem Beruf der Mann, der sich vor nichts und niemandem fürchtete.

„Wollt ihr euch zu uns setzen?“, bot Kendra ihnen an, weil sie Mitleid mit Boone hatte. „Hutch bringt nur schnell was zum Wagen, in ein paar Minuten ist er wieder hier.“

Nachdem Boone einen Moment lang über die Einladung nachgedacht hatte, fragte er seine Jungs: „Habt ihr Hunger?“

Beide nickten nachdrücklich.

„Was soll's denn sein?“ Dabei deutete er auf die Imbisswagen, die eine Seite des Festgeländes säumten und von Hamburgern und Hotdogs über chinesisches und indisches Essen bis hin zu Tacos alles anboten, was man sich nur vorstellen konnte.

Die Entscheidung fiel zugunsten von Hotdogs und Orangenlimonade aus.

Madison setzte sich zu Kendra auf die Bank und drückte sich an sie, womit sie die Bank auf der anderen Seite des Tischs den neu hinzugekommenen Gästen überließ. So wie die beiden Jungs wusste sie nicht so recht, was sie von den fremden Gesichtern halten sollte.

„Ist das euer Dad?“, fragte sie schließlich und zeigte auf Boone, der sich an einem Imbisswagen angestellt hatte.

„Ja, richtig“, sagte Griff und stieß Fletch mit dem Ellbogen an, da der zu dicht neben ihm saß.

Fletch ignorierte den Stoß, schüttelte den Kopf und erklärte stur: „Nein, ist er nicht. Onkel Bob ist unser Dad.“

Oha, dachte Kendra und befürchtete, dass jetzt ein Streit losbrechen würde, aber dann kehrte Hutch zurück. Er setzte sich zu Kendra, nahm Madison auf den Schoß und hatte mit seinem lässigen Charme die Jungs innerhalb weniger Augenblicke für sich gewonnen.

Als Boone schließlich mit dem Essen für seine Söhne und sich an den Tisch kam, saßen Griff und Fletch stumm da und lauschten fasziniert jedem Wort, das über Hutchs Lippen kam.

16. KAPITEL

Kendras Befürchtungen, der Tag könnte sich endlos hinziehen, bewahrheiteten sich glücklicherweise nicht. Vielmehr verliefen die folgenden Stunden fast wie von selbst. Sie, Hutch und Madison machten die meisten Attraktionen auf der Kirmes mit, und auf dem Karussell fiel die Kleine vor Lachen fast von ihrem rosa Schwan, nur weil Hutch mit seinem Hut fuchtelte und so tat, als wollte ihn der blaugrüne Tiger jeden Moment abwerfen. Kendra beobachtete die beiden und war von der Szene gerührt, aber sie drohte ihr auch das Herz zu brechen.

Tu es nicht, wollte sie zu Hutch sagen. Bring Madison nicht dazu, dich wie einen Vater zu lieben. Sie hat in ihrem jungen Leben schon so viel verloren.

Aber natürlich war es dafür längst zu spät, denn er hatte die Kleine bereits ganz und gar in seinen Bann geschlagen. Angefangen hatte es mit den Stiefeln, gefolgt von einem Ratschlag bei der Suche nach dem richtigen Cowgirl-Hut und Halstüchern für die Hundemeute. Er hatte sogar einen riesigen rosa-weißen Teddybär für sie gewonnen, als er an der Schießbude die höchste Punktzahl erreicht hatte. Der Teddy lag jetzt so wie Kendras Stiefel im Wagen.

Allerdings hatte sich Madison nicht so gern von diesem Bären trennen lassen, obwohl der im Wagen viel besser aufgehoben war. Lieber hätte sie ihn den ganzen Tag mit sich herumgeschleppt, um jedem die ruhmvolle Legende zu erzählen, wie Hutch für sie den Teddy gewonnen hatte. Letztlich war es Hutch gewesen, der sie dazu hatte überreden können, sich von dem Plüschtier vorübergehend zu trennen, während jeder von Kendras vernünftigen Ratschlägen unbeachtet geblieben war.

Kendra freute sich zwar darüber, dass Madison so viel Spaß hatte, doch sie musste auch an Rupert denken, das geliebte lila Känguru, das bislang ihr ständiger Begleiter gewesen war und nun wohl ein einsames Dasein fristen musste. Aber Rupert war – trotz eines Ehrenplatzes im Kinderzimmer – bereits in Vergessenheit geraten, als Daisy wie aus dem Orbit gefallen in Madisons Leben gelandet war.

Auch wenn sie sich hier vergnügte und sie wusste, dass es ein gutes Zeichen war, wenn Madison sich nicht mehr ständig an dem zerfledderten Plüschtier festklammern musste, versetzte ihr der Gedanke an den armen Rupert dennoch einen Stich ins Herz. In diesem Augenblick konnte sie sich mit ihm sehr gut identifizieren.

Nach mehreren Runden auf dem Karussell, bei denen Madison zwischen den verschiedenen Tieren wechselte, war schließlich der Moment gekommen, an dem die Menge vom Festplatz aus in die daran angrenzende Arena strömte, in der gleich das Rodeo beginnen würde. Die Sitzreihen füllten sich im Handumdrehen, und dann standen alle auf, als die Miss Parable County Rodeo aus dem Vorjahr auftrat und die Nationalhymne sang.

Da das Bullenreiten den Abschluss des eintägigen Rodeos bildete, konnte sich Hutch vorläufig zu ihnen setzen. Er nahm neben Kendra Platz und ließ Madison wieder auf seinem Schoß sitzen.

Es folgte eine farbenprächtige Eröffnungszeremonie, und Madison sah mit großen Augen zu, wie eine Gruppe hübscher Mädchen aus Parable County auf ihren Pferden durch die Formation ritt. Sie alle waren wie Cowgirls angezogen und hielten eine große Flagge fest. Sie ritten mehrere schwierige Figuren, die von der anwesenden Menge mit Jubel und tosendem Applaus belohnt wurden.

„So was will ich auch machen", verkündete Madison nach dem Auftritt mit einer Gewissheit, zu der eine Vierjährige eigentlich gar nicht in der Lage hätte sein dürfen. „Kann ich das auch machen, wenn ich groß bin, Mommy?"

Kendra strich ihrer Tochter liebevoll lächelnd über die Wange. So viele Tücher hatte sie an diesem Tag schon verbraucht, um ihr den Mund sauber zu wischen, aber noch immer klebten ringsum Überreste von Zuckerwatte. „Natürlich kannst du das machen“, antwortete sie. „Wenn du älter bist.“

„Wie viel älter?“, wollte Madison prompt wissen.

Hutch lachte erheitert und drehte ihren rosa Cowboyhut einmal um seine eigene Achse, bis er auf ihre Nase rutschte und dort liegen blieb. „Diese Mädchen da haben mit dem Reiten angefangen, als sie so alt waren wie du. Ein paar haben sogar noch früher damit angefangen. Man benötigt sehr viel Übung, um mit einem Pferd so gut umgehen zu können. Dafür müsstest du schon auf Ruffles reiten, sooft das nur geht.“

Als Kendra ihm daraufhin einen energischen Blick zuwarf und mit dem Ellbogen anstieß, reagierte er darauf nur mit einem Grinsen.

Schließlich begann das Rodeo, und Madison verfolgte gebannt und begeistert alles mit, was sich in der Arena abspielte – bis es darum ging, Kälber zu fangen und zu fesseln. Bei diesem Anblick war sie augenblicklich in Tränen aufgelöst, und nicht mal Hutch konnte sie beruhigen, als er ihr erklärte, dass den Kälbern nicht wehgetan wurde und dass sie auch keine Angst hatten. Er versuchte, ihr verständlich zu machen, dass die Kälber regelmäßig auf diese Weise eingefangen wurden, damit sie geimpft oder auf Krankheiten untersucht und behandelt werden konnten.

Auch wenn Kendra wusste, dass Hutch prinzipiell recht hatte, war sie insgeheim der gleichen Meinung wie Madison, weshalb sie diesen Teil des Rodeos auch nicht leiden konnte und froh war, als es vorbei war.

Dann folgten die weiteren Wettbewerbe, von denen besonders das ausschließlich von Frauen bestrittene Tonnenreiten dazu beitrug, dass sich Madison wieder beruhigte. Natürlich wollte sie prompt wissen, ob sie mit Ruffles sofort anfangen durfte, um dafür zu üben.

Allzu schnell war dann der Programmpunkt Bullenreiten erreicht. Hutch verließ seinen Platz auf der Tribüne und begab sich in den Bereich der Arena, in dem die Teilnehmer der Wettbewerbe auf ihren Auftritt warteten.

So wie alle anderen Tiere für das Rodeo wurden auch die Bullen von Walker Parrish zur Verfügung gestellt. Die Tiere, die sich in dem umzäunten Bereich am anderen Ende der Arena aufhielten, wirkten auf Kendra fast schon unnatürlich groß und damit umso beängstigender.

Ihr Herz schlug schneller, als sie Hutch bei den anderen Cowboys stehen sah, die so wie er dumm genug waren, Kopf und Kragen zu riskieren. Ihr Magen, der mit zu viel fettigem Essen von den Imbissbuden vollgestopft war, begann sich vor Angst zu verkrampfen, und Kendra musste sich dazu zwingen, sich bloß nicht mitten auf der Tribüne zu übergeben.

Der erste Cowboy, der zumindest so intelligent war, anstelle seines Westernhuts einen Helm zu tragen, flog bereits in hohem Bogen durch die Luft, als die Stoppuhr noch nicht mal bei drei Sekunden angekommen war.

Der zweite Cowboy brachte es immerhin auf sechs Sekunden, ehe der Stier sich so um seine eigene Achse zu drehen begann, dass der Mann schließlich im ausgestreuten Sägemehl landete und von dem Tier fast noch erwischt wurde.

Madison drückte sich fest an Kendra, während sie gebannt das Geschehen in der Arena verfolgte. Ein paar Mal nahm sie dabei den Daumen in den Mund, obwohl sie diese Gewohnheit längst aufgegeben hatte.

Ein weiterer Reiter mit Helm folgte, der nach zweieinhalb Sekunden unfreiwillig seinen Platz auf dem Bullen räumen musste. Und dann war Hutch an der Reihe.

Es kam Kendra so vor, als würde sich das ganze Universum auf sie, Madison, Hutch und den Bullen reduzieren, der noch in der Box stand. Hutch, der sich gegen einen Helm entschieden hatte, rückte lachend seinen Hut zurecht, während er etwas zu dem Mann sagte, der im nächsten Moment das Gatter öffnete. Der Bulle von der Größe eines Personenwagens kam mit Hutch auf seinem Rücken in die Arena gestürmt.

Ein Sprecher erzählte etwas über Hutchs Können, das er schon früher beim Bullenreiten unter Beweis gestellt hatte, aber für Kendra hörte es sich so an, als würde die Stimme vom Boden eines weit entfernt stehenden Blecheimers an ihre Ohren dringen.

Die großen roten Ziffern der Stoppuhr liefen weiter und weiter, da Hutch sich immer noch auf dem Bullen halten konnte, der wilde Drehungen beschrieb und immer wieder bockte, um den lästigen Reiter irgendwie abzuwerfen. Ein lauter Summer ertönte, dann kam ein anderer Cowboy in die Arena geritten, näherte sich dem aufgebrachten Tier, damit Hutch auf das Pferd überwechseln und in Sicherheit gebracht werden konnte.

Acht Sekunden.

Bis zu diesem Tag hätte Kendra es nicht für möglich gehalten, dass acht Sekunden so endlos lange dauern konnten.

Die Zuschauer klatschten und pfiffen begeistert, einige begannen, auf dem Holzboden zu trampeln, sodass die ganze Tribüne zitterte. Der Sprecher verkündete unterdessen gut gelaunt, dass es für die Konkurrenz schwierig werden würde, Hutch zu schlagen.

Madison kletterte auf Kendras Schoß. „Ist er jetzt fertig?", fragte sie keuchend, so als hätte sie wie Kendra die ganze Zeit über gebannt den Atem angehalten.

„Ja", antwortete sie und drückte ihre Tochter fest an sich. „Es ist vorbei."

„Das ist gut", erklärte Madison. „Dieser Kuh-Mann sieht böse aus."

Diese Bemerkung brachte Kendra zum Lachen, und sie merkte, wie ihre Anspannung ein wenig nachließ. Vor allem war ihr Magen nicht mehr so verkrampft wie noch vor ein paar Minuten. „Ich glaube, der Kuh-Mann *ist* auch böse", stimmte sie ihr zu.

Sie sahen zu, wie Hutch über einen Zaun aus der Arena kletterte, während sich der nächste Kandidat bereit machte, den nächsten Bullen zu bezwingen.

Kendra nahm den Rest des Rodeos nur noch wie aus weiter Ferne als einen endlosen Strom aus immer neuen Cowboys und

Tieren wahr. Aus den Lautsprechern quollen zusammenhanglose Worte, und von Zeit zu Zeit brandete begeisterter Applaus auf. Sie saß da und hielt Madison etwas zu fest an sich gedrückt, und immer wieder malte sich ihr Verstand gegen ihren Willen aus, wie grundlegend anders Hutchs Ritt auch hätte ausgehen können.

Als nach einer Weile Hutch und die Gewinner in den anderen Kategorien verkündet wurden und die Abschlusszeremonie begann, hatte Kendra so wacklige Knie, dass sie im ersten Moment nicht aufstehen konnte. Schließlich riss sie sich zusammen und verließ mit Madison die Tribüne, um sich wie verabredet mit Hutch vor dem Tor zur Arena zu treffen.

Als sie ihn dort unversehrt stehen sah, verspürte Kendra das fast überwältigende Verlangen, sich ihm an den Hals zu werfen und ihren Tränen freien Lauf zu lassen. Zum Glück gelang es ihr, sich nicht auch tatsächlich dazu verleiten zu lassen.

„Glückwunsch“, sagte sie lässig, straffte die Schultern und hob das Kinn ein wenig an.

Madison war wesentlich direkter, denn sie marschierte auf Hutch zu, stemmte die Hände in die Hüften und legte den Kopf in den Nacken, um ihrem Gegenüber ins Gesicht sehen zu können. Dabei rutschte ihr Hut nach hinten, wurde aber von der Kordel um ihr Kinn am Runterfallen gehindert. „Ich mag das nicht, wenn du auf Kuh-Männern reitest“, ließ sie ihn ohne Umschweife wissen. „Du kannst dir da ganz schlimm wehtun!“

Lächelnd ging Hutch vor ihr in die Hocke und betrachtete ihre missbilligende Miene. „Mir ist doch nichts passiert, Kleine“, erwiderte er ruhig. Nach dem Tonfall zu urteilen, hätte er auch mit einem Erwachsenen, nicht mit einem Kleinkind reden können. „Das siehst du doch, nicht wahr?“

Madisons Verärgerung ließ ein wenig nach, so wie er es beabsichtigt hatte. „Reitest du oft auf Kuh-Männern?“, wollte sie wissen.

„Nein, nur einmal im Jahr, wenn das Rodeo stattfindet.“

Eine Weile dachte Madison über diese Antwort nach. In ihrem Alter hatte sie noch keine realistische Vorstellung davon, wie lange ein Jahr war. Vermutlich hielt sie es für eine halbe Ewigkeit.

Kendra dagegen wusste, wie schnell zwölf Monate ins Land gehen konnten. Würden sie und Madison in einem Jahr wieder hier sein und diesem Mann zusehen, wie er sein Leben für ein paar Sekunden Abenteuer aufs Spiel setzte? Oder hatte Hutch bis dahin längst wieder das Interesse an ihr verloren und sich einer anderen Frau zugewandt?

In diesem Augenblick konnte sie nicht darauf vertrauen, dass sie irgendetwas Intelligentes herausbringen würde, also hielt sie lieber den Mund und stand frustriert und verängstigt da. Ihr wurde bewusst, dass sie sich noch mehr nach Hutch Carmody verzehrte als jemals zuvor.

Was lief in ihrem Kopf bloß verkehrt?

Warum konnte sie nicht einfach auf Abstand zu diesem Mann bleiben und sich stattdessen etwas anderes suchen – einen Versicherungsvertreter vielleicht, oder einen Lehrer oder einen Elektriker? Die lebten auch alle mehr oder weniger gefährlich.

Aber ausgerechnet ein Cowboy?

Hutch richtete sich auf, beugte sich vor und nahm Madison wieder auf seinen Arm. Sie gähnte und ließ den Kopf auf seine Schulter sinken, sodass ihr pinkfarbener Cowboyhut auf seinem Rücken hin und her schaukelte, bis Kendra ihr den Hut abnahm und ihn für sie festhielt.

„Ich schätze, ein gewisses Cowgirl könnte jetzt erst mal etwas Ruhe gebrauchen“, sagte er und sah Kendra an. „Was hältst du davon, wenn wir für eine Weile zu mir fahren?“ Als er den Proteststurm bemerkte, der auf ihn niederzuprasseln drohte, ergänzte er hastig: „Opal ist da, und das Feuerwerk fängt erst in ein paar Stunden an.“

Seufzend lenkte Kendra ein und nickte. Madison konnte nach all dem Trubel ein wenig Ruhe gut gebrauchen, und ihr selbst erging es nicht viel anders.

Sie verließen den Festplatz, da war Madison an Hutchs Schulter bereits fest eingeschlafen und wurde nicht mal richtig wach, als er sie in den Kindersitz setzte und ihr die Gurte anlegte.

„Hab ich das Feuerwerk verschlafen?“, fragte Madison schwerfällig.

„Nein“, beruhigte er sie. „Wir fahren jetzt zur Ranch und leisten Opal und Ruffles ein paar Stunden Gesellschaft, und dann kommen wir rechtzeitig zum Feuerwerk zurück. Und guck mal, neben dir sitzt dein Teddybär, der schon auf dich gewartet hat.“

Madison nickte und schlief mit einem Lächeln auf den Lippen wieder ein, ihr Kopf ruhte dabei an der Schulter des riesigen Plüschteddys. Kendra, die sich einmal mehr wie das fünfte Rad am Wagen vorkam, ging auf die Beifahrerseite und stieg zügig ein, damit Hutch nicht noch einmal die Gelegenheit bekam, ihr beim Einsteigen tatkräftig zu helfen.

Trotzdem verspürte sie ein leichtes verruchtes Kribbeln, als die Erinnerung an diese Berührung durch ihren Kopf zuckte.

Die Fahrt zur Ranch verbrachten sie schweigend. Madison schlief in ihrem Kindersitz auf der Rückbank, Kendra wusste nicht, worüber sie reden sollte, und Hutch war wie üblich mit seinen eigenen Gedanken beschäftigt.

Als sie die Whisper-Creek-Ranch erreichten, hielt sich Opal draußen auf und nahm die trockene Wäsche von der Leine. Leviticus lag unter einem schattigen Baum und beaufsichtigte ihre Arbeit. Sie lächelte und winkte ihnen, dann nahm sie den vollen Wäschekorb hoch und ging in Richtung Haus. Da Hutch Madison auf dem Arm hatte, nahm Kendra Opal den Wäschekorb ab, nachdem sie sich kurz im Spaß darum gestritten hatten, wer ihn tragen durfte.

„Na, die Kleine hat sich aber ordentlich verausgabt“, stellte Opal fest, da Madison nicht aufwachte und ihre Arme schlaff um Hutchs Hals lagen. „Es war gut, sie herzubringen. Der Lärm und Dreck beim Rodeo ist nichts für ein so kleines Kind.“

„In ein paar Stunden fahren wir wieder hin“, entgegnete

Hutch. „Das Feuerwerk will sie sich auf keinen Fall entgehen lassen."

„Dann leg sie bis dahin in mein Bett", meinte Opal amüsiert und deutete auf eine Tür, die aus der Küche führte. „Wenn sie aufwacht, hört sie sofort unsere Stimmen. Dann bekommt sie keinen Schreck darüber, dass sie auf einmal in einem fremden Bett liegt."

Kendra folgte Hutch nach nebenan und legte sie auf Opals Bett. Behutsam zog er ihr die Stiefel aus und legte eine dünne Decke über sie.

Und schon wieder führt er sich wie ein Daddy auf, dachte sie.

Madison rührte sich kurz, schlief dann aber weiter.

Zurück in der Küche goss Opal soeben für Hutch und Kendra je eine Tasse Kaffee ein, während ihr Tee noch ziehen musste. Auf dem Küchentresen fand sich eine enorme Auswahl an Aufläufen und Pasteten.

„Ist irgendjemand gestorben?", fragte Hutch und griff nach einer der Pasteten. Leviticus stand neben ihm und beobachtete aufmerksam und treu ergeben jede Geste seines Herrchens.

Opal unterbrach ihre Arbeit lange genug, um Hutch einen Klaps auf die Hand zu geben. „Nein", sagte sie energisch, aber auch mit einem Schuss Sanftheit in ihrer Stimme. „Niemand ist gestorben. Wir bekommen einen neuen Pastor, nachdem Lloyd beschossen hat, in den Ruhestand zu gehen. Morgen früh soll er der Gemeinde vorgestellt werden."

Da Kendra an den letzten Sonntagen nicht im Gottesdienst gewesen war, fühlte sie sich ein wenig verärgert darüber, dass sie von einer solchen Veränderung nichts erfahren hatte. Sie wollte zu einer Bemerkung ansetzen, ließ es dann aber bleiben, da ihr beim besten Willen nichts in den Sinn kommen wollte.

„Du kannst was von dem Kirschstreusel da drüben nehmen", sagte Opal zu Hutch und zeigte auf eine Backform, die einsam und verlassen auf dem Backofen stand. „Den habe ich extra für dich gebacken."

„Jawohl!", rief er begeistert und ging zum Ofen.

Unterdessen setzte sich Kendra hin und trank einen Schluck Kaffee.

„Willst du auch was haben?“, fragte er und hielt den Teller hoch, auf dem sich mindestens eine doppelte Portion befand.

„Nein danke.“ Kendra lächelte ihn müde an. „Das sieht zwar köstlich aus, aber ich habe heute schon mehr als genug Zucker zu mir genommen.“

Hutch kam zu ihr und setzte sich zu ihr an den Tisch.

„Wenn du so weitermachst“, sagte er im Spaß zu Opal, „werde ich dich noch bei mir einstellen müssen.“

„Davon kannst du lange träumen“, wehrte sie amüsiert ab. „Slade Barlow ist derjenige, von dem ich meinen Gehaltsscheck bekomme. Ich bin nur vorübergehend hier, um dafür zu sorgen, dass du dich nicht in einen kauzigen alten Kerl verwandelst, der Flaggen und Bettlaken vor die Fenster hängt und sich nur noch direkt aus der Konservendose ernährt.“

Hutch musste darüber so lachen, dass er sich an dem Bissen verschluckte, den er eben in den Mund genommen hatte. Kendra, die seit dem Bullenreiten immer noch angespannt und nervös war, wurde ein wenig ruhiger und brachte sogar ein Lächeln zustande.

„Aber inzwischen“, fuhr Opal fort und setzte sich mit ihrer Tasse Tee zu ihnen an den Tisch, „fange ich an, daran zu glauben, dass es doch noch Hoffnung für dich gibt, Hutch Carmody.“ Sie sah zu Kendra und wiederholte lächelnd: „Oh ja, ich glaube, es gibt doch noch Hoffnung für dich.“

Als Kendra begriff, wie Opal das meinte, wechselte sie mit etwas zu viel Eifer das Thema: „Pastor Lloyd geht in den Ruhestand? Wird für ihn denn auch noch eine Abschiedsfeier veranstaltet?“

„Natürlich“, bestätigte Opal. „Wir planen alles für morgen, gleich nach dem Gottesdienst.“ Ein seltsamer, entrückter Ausdruck schlich sich in ihre dunklen Augen, als sie über Kendras rechte Schulter hinweg bis in die Unendlichkeit starrte. „Der Nachfolger“, sprach sie nachdenklich weiter, „könnte ein Doppelgänger von Morgan Freeman sein. Er hat Harvard besucht. Und er ist alleinstehend. Witwer, soweit ich weiß."

Hutch lachte leise vor sich hin, aber er war zu sehr mit seinem Kirschstreusel beschäftigt, als dass er eine Bemerkung hätte machen können. Offenbar sorgte Bullenreiten dafür, dass man anschließend Kohlenhydrate in großen Mengen zu sich nehmen musste. Nebenbei bekam der Hund auch noch den einen oder anderen Happen ab.

„Du hast ihn schon kennengelernt?", fragte Kendra in erster Linie, damit die Unterhaltung nicht ins Stocken geriet. Allerdings war sie auch ein wenig irritiert über Opals Stimmung, die mit einem Mal etwas Wehmütiges angenommen hatte.

Opal schüttelte den Kopf, dabei kehrte sie ins Hier und Jetzt zurück. „Ich habe nur sein Foto gesehen", sagte sie. Kendra hätte schwören können, dass Opals dunkle Haut einen leicht rötlichen Schimmer annahm. „Ich gehöre zum Auswahlkomitee für den neuen Pastor, musst du wissen."

Hutch trank einen Schluck Kaffee und widmete sich wieder seinem Kirschstreusel. „Du hast den Mann ausgesucht, weil er gut aussieht?", fragte er amüsiert. „Also, Opal, ich muss schon sagen, dass man den Eindruck bekommen könnte, du bist auf der Suche nach einem neuen Ehemann."

Sie schlug nach ihm, musste sich aber das Lachen verkneifen. „Du bist schön ruhig!", rief sie ihm sichtlich verlegen zu.

„Ich werde auf deiner Hochzeit tanzen", sagte Hutch grinsend.

„Du und Hochzeiten", konterte sie und stieß ein gespieltes Schnauben aus. „Das ist doch für dich genau das richtige Thema." Sie hielt inne, seufzte leise und zog die Schleife ihrer Schürze zurecht. „Ich habe noch viel zu tun, deshalb wäre ich dir dankbar, wenn du mir einfach meine Ruhe lassen würdest."

Inzwischen hatte Hutch aufgegessen, stand auf und spülte den Teller im Becken ab, ehe er ihn in die Spülmaschine sortierte.

„Ich hätte nichts gegen ein bisschen frische Luft", sagte er plötzlich.

Sofort regte sich bei Kendra wieder diese unerklärliche Hitze, die ihr Herz rasen ließ und ihr die Kehle zuschnürte. Wollte er damit etwa andeuten …?

„Es ist doch ein wunderschöner Tag“, meinte Opal und vermied es, in Kendras Richtung zu sehen. „Warum macht ihr zwei nicht einen Spaziergang? Oder ihr reitet ein bisschen durch die Gegend. Ich passe in der Zwischenzeit gern auf die kleine Lady auf, und Leviticus wird mir dabei behilflich sein.“

Kendra kam sich vor, als wäre sie zurück auf einer der Kirmesattraktionen, da sich das Zimmer um sie herum zu drehen schien.

Ein Spaziergang war vermutlich etwas Harmloses, aber ganz bestimmt würde sie nicht mit Hutch ausreiten, weil sie genau wusste, wo das enden würde. Zugleich wusste sie aber auch, sie würde nicht Nein sagen können – und auch nichts anderes, da ihre Kehle noch immer wie zugeschnürt war.

„Geht ruhig“, forderte Opal sie auf, ohne zu ahnen, dass sie als bibelfeste Kirchgängerin Kendra geradewegs in das finstere, tosende Herz der Sünde schickte. „Madison ist hier gut aufgehoben. Ich möchte sogar wetten, dass ihr wieder zurück seid, bevor sie aufwacht.“

Fünf Minuten später fand sich eine immer noch benommene Kendra im Stall wieder und sah zu, wie Hutch zwei Pferde sattelte.

Von Zeit zu Zeit sah er zu ihr, aber keiner von ihnen sagte ein Wort, auch nicht, als er die Pferde an ihr vorbei nach draußen in die Nachmittagssonne führte. Dort angekommen, drehte er sich zu ihr um und betrachtete sie ernst, aber nicht traurig, eher ruhig, aber nicht selbstgefällig. Am Morgen hatte er sich rasiert, aber inzwischen konnte sie wieder karamellfarbene Bartstoppeln erkennen.

„Wenn du nicht mitkommen willst“, sagte er, „dann solltest du mir das jetzt sagen.“

Kendra schluckte angestrengt und nickte nur.

Aus irgendeinem Grund hatte er seinen Hut im Haus gelassen, doch er trug immer noch die gleiche staubige Kleidung wie nach dem Rodeo.

„Du weißt, wohin wir reiten werden?“, hakte er nach, und wieder nickte sie nur stumm.

Sie ging zu ihrem Pferd, auf dem sie auch schon beim letzten Mal geritten war, schob einen Fuß in den Steigbügel und machte einen Satz in den Sattel. Dann griff sie nach den Zügeln und wartete, dass Hutch vorausritt.

Seufzend sah er sie, schüttelte den Kopf und grinste schließlich auf seine vertraute, unwiderstehliche Weise. „Dann soll es so sein“, sagte er und ritt los.

Kendra folgte ihm und hatte das Gefühl, dass sich zwei grundverschiedene Frauen ihren Körper teilten – eine vernünftige und skeptische auf der einen und eine gänzlich unbekümmerte und wilde auf der anderen Seite.

Im Augenblick hatte Letztere die Kontrolle über sie übernommen.

Sie sprachen kein Wort, als sie über die Weide ritten. Nur einmal warf Hutch ihr einen Blick zu, unmittelbar bevor er seinen Wallach auf den Trampelpfad lenkte, der hinaufführte auf den Berg und die dort verborgen liegende Wiese.

Halt an, kehr um, reite zurück! redete die vernünftige Kendra auf sie ein.

Ich will diesen Mann, widersprach die wilde Kendra. Ich will ihn, und ich brauche ihn, und es ist mir egal, wie verkehrt das alles ist.

Das wird nicht ohne Folgen bleiben, warnte die vernünftige Kendra.

Sie wusste, das stimmte, aber das konnte sie nicht aufhalten. Es genügte nicht mal, um sie langsamer werden zu lassen.

Ihre unbekümmerte Seite hatte endgültig die Kontrolle übernommen und verdrängte alle Ängste und Sorgen.

Die Bergwiese sah noch genauso aus, wie sie sie in Erinnerung hatte, schattig und abgeschieden, aber zugleich auch so gelegen, dass man ganz Parable und das Land ringsum überblicken konnte.

Sie saßen ab, immer noch in tiefes Schweigen versunken. Hutch führte die Pferde zu einem Fleckchen Mariengras ganz in der Nähe und legte ihnen die Zügel über den Hals, damit sie nicht drauftreten und stolpern konnten.

In der Zwischenzeit hatte sich Kendra den aufgehäuften Steinen genähert. „Was ist das?“, fragte sie, sowie Hutch sich so dicht neben sie stellte, dass sich ihre Arme berührten.

„Mein Weg, um mich von Dingen zu befreien, würde ich sagen“, antwortete er.

Verständnislos verzog sie den Mund.

Daraufhin drehte er sich zu ihr um und bettete seine Hände locker auf ihre Unterarme. „Das sind die Dinge, die ich bereue oder bedauere“, erklärte er. „Jeder Stein steht für etwas, das ich gern ändern würde, allerdings nicht ändern kann. Ich dachte mir, wenn ich sie hier aufeinandertürme, dann ist das besser, als wenn ich das alles mit mir herumschleppen muss.

Auf eine sonderbare Weise ergab das, was er erzählte, für Kendra einen Sinn, auch wenn das schon ziemlich das Einzige war, was sie im Moment begreifen konnte.

Befand sie sich wirklich hier? Auf der geheimen Bergwiese, allein mit Hutch Carmody?

Als hätte er ihre Fragen gehört, berührte er mit einer Hand ihr Kinn, beugte sich vor und küsste sie. Zuerst war es nur ein leichtes Streicheln mit seinen Lippen, doch dann wurde der Kuss intensiver und hitziger. Schließlich schlang Kendra die Arme um seinen Nacken, während Hutch sie fester an sich presste.

Für Kendra war dieser Kuss wie ein feuriger Balsam, nicht nur für ihren Körper, sondern auch für ihren Geist. Sie küsste Hutch voller Inbrunst und vergaß alles bis auf die berauschenden Gefühle, die Hutch in ihr weckte, das wilde Verlangen, die trügerische Freude, das bittersüße Wissen um die Tatsache, dass das Leben kurz und kostbar war.

„Ich würde meinen, das ist ein Ja“, stieß Hutch rau hervor, als er den Kuss unterbrach.

Kendra lachte, und dann küssten sie sich erneut, diesmal noch stürmischer. Sie sanken in das dichte Gras, ohne die Lippen voneinander zu lösen, und zerrten gegenseitig an ihrer Kleidung.

Nicht weit davon entfernt standen die Pferde und grasten friedlich, das Leder ihrer Sättel knarrte bei mancher Bewegung, und das Auf und Ab ihrer Köpfe ließ das Zaumzeug klimpern.

Vögel schwirrten umher und zwitscherten, winzige Tierchen bahnten sich ihren Weg durchs Gras, während Kendra sich Hutch völlig hingab und seinen Händen und seinem Mund freien Lauf ließ.

Es dauerte sicher nicht lange, bis sie sich gegenseitig ihrer Sachen entledigt hatten, doch die Zeit verlor hier oben jegliche Bedeutung, als sie im weichen Gras lagen und über sich nur den blauen Himmel hatten.

Er küsste sie, bis ihr so schwindlig wurde, dass sich alles um sie drehte, sobald sie die Augen öffnete.

Seine Lippen berührten ihren Hals, ihre Schulter, während er mit seiner schwieligen Hand sanft ihre Brüste massierte. Kendra schnappte vor Begehren nach Luft, sie reckte sich ihm entgegen, sie wollte ihn ... sie wollte ihn *jetzt*, nicht irgendwann später.

Doch das qualvoll köstliche Vorspiel war noch nicht vorüber. Hutch knabberte überall an ihrer Haut, seine Zunge spielte so lange mit ihren Brustwarzen, bis die sich steil aufgerichtet hatten. Als er an ihnen zu saugen begann, fühlte sich das so gut an, dass sie einen spitzen Schrei ausstieß, der zugleich ein forderndes Bitten sein sollte.

Jetzt, schien jedes Nervenende und jede Zelle in ihrem Körper laut zu rufen.

Aber wenn eines nicht möglich war, dann war es, Hutch Carmody zur Eile anzutreiben. Jedenfalls nicht, wenn es um Sex ging. Er ließ sich weiter Zeit, wanderte mit den Fingern über ihren Körper und erkundete mit den Lippen und der Zungenspitze jedes Stückchen Haut.

Schließlich war er am Mittelpunkt ihrer Weiblichkeit angelangt, und als sein heißer Atem über ihre zarten, feuchten Löckchen strich, wurde ihre Begierde nur noch mehr gesteigert.

Sie flehte ihn an.

Er drückte seinen Mund gegen sie und drang mit der Zunge ein Stück weit vor.

Eine wundervolle Hitze breitete sich in ihr aus, die wild in ihr pulsierte. Sie hob ihr Becken an, um sich gegen ihn zu pressen und ihn intensiver zu spüren. Dann merkte sie, wie er die Hände unter ihren Po schob und ihr Halt gab.

Lust und Leidenschaft wüteten in ihrem Inneren wie ein Wirbelsturm, der sie erfasste und höher und höher trug bis hinauf … hinauf in den Himmel?

Im nächsten Moment hatte sie das Gefühl, in tausend glühende Stücke zerrissen zu werden, die sich über den Himmel verteilten.

Ein Feuerwerk, schoss es ihr durch den Kopf, und sie ließ sich von der Welle der Befriedigung mitreißen.

Nachdem er ihr den letzten heiseren Lustschrei entlockt hatte, ließ Hutch sie behutsam ins Gras sinken. Er kniete vor ihr und atmete schwer, während sie wie durch einen Schleier hindurch beobachtete, dass er sich zur Seite drehte und nach irgendetwas griff. Dann erkannte sie, dass er ein Folienpäckchen aufgemacht hatte und sich soeben ein Kondom überstreifte.

Wortlos beugte er sich über sie, wartete lange genug ab, bis er sie zustimmend nicken sah und sie ihre Hände auf seinen muskulösen Rücken legte.

Mit einer einzigen, kraftvollen Bewegung glitt er tief in sie und berührte den Ort, an dem all ihre Träume und Geheimnisse lebten. Hatte sie eben noch völlige, wunderbare Befriedigung gespürt, erwachte nun schon wieder eine hitzige Leidenschaft.

Sie flüsterte seinen Namen und presste sich an ihn. Als sie ihren gemeinsamen Rhythmus gefunden hatten, wurde er schneller und wieder langsamer. Er drang tief in sie ein, zog sich anschließend fast ganz aus ihr zurück, mal rascher, mal behutsamer.

Es erstaunte sie, wie gut er sich unter Kontrolle hatte, wenn sie überlegte, wie schnell sie bereits nach dem ersten Kuss all ihre Selbstbeherrschung über Bord geworfen hatte.

Schon bald fand sich Kendra in den Fängen eines erneuten Höhepunkts wieder, der noch intensiver war als der erste. So intensiv, dass sie fast schon damit rechnete, vor Lust zu sterben, noch bevor sie alles hatte fühlen können.

Hutch murmelte irgendetwas, und sie bemerkte, dass sein ganzer Körper zuckte, als Hutch kam und ebenfalls von einem Orgasmus mitgerissen wurde, der stärker war als er selbst.

Wenig später lagen sie Seite an Seite im Gras und atmeten noch immer angestrengt. Eine leichte Brise strich über sie hinweg und brachte ihnen eine willkommene Abkühlung.

Die Baumwipfel, die sie zuvor nur undeutlich wahrgenommen hatte, nahmen jetzt vor dem blauen Himmel wieder klare Konturen an, nur um gleich darauf wieder zu verschwimmen. Aus einem unerklärlichen Grund waren ihr auf einmal Tränen in die Augen gestiegen.

Hutch stützte sich auf einen Ellbogen auf und betrachtete ihr Gesicht, dann wischte er mit dem Daumen ihre Tränen weg. Nach dem Grund, wieso sie weinen musste, fragte er nicht, und darüber war sie auch froh. Sie hätte ihm nicht erklären können, dass das, was sie empfand, so gewaltig, so stürmisch und so wunderbar war, dass sie nicht wusste, ob sie das überhaupt würde ertragen können.

Er küsste sie sanft, um Trost zu spenden, nicht um Verlangen zu wecken.

Lange Zeit lagen sie schweigend da und erholten sich, so als müssten sie erst all die Splitter einsammeln und richtig zusammensetzen, in die sie von ihrer Lust zerbrochen worden waren.

Kendra ergriff als Erste das Wort. „Du hast ein Kondom mitgebracht“, stellte sie lächelnd fest.

„Nur das eine“, erwiderte Hutch. „Dummerweise.“

Sie begann, von Herzen zu lachen. Zum ersten Mal seit Ewigkeiten hatte sie das Gefühl, das wiedergefunden zu haben, was ihr gefehlt hatte.

Aber es war eine getrübte Freude, hielt sie sich vor Augen. Sie wusste, das hier konnte nicht von Dauer sein.

17. KAPITEL

Kendras Körper hatte so viel Liebe erfahren, dass immer noch Spuren von Ekstase ihre Bahnen zogen, als sie bereits in aller Ruhe wieder in ihre Sachen schlüpfte. Sie war entschlossen, darauf zu achten, dass man ihr bei ihrer Rückkehr nicht ansehen konnte, dass sie in der Zwischenzeit auch nur irgendein Teil abgelegt hatte.

Hutch, der seine Jeans bereits wieder trug, streifte eben sein Hemd über und grinste Kendra breit an.

Für einen Mann, dachte sie, waren solche Dinge viel einfacher. Sie mussten nur das Hemd richtig zuknöpfen und den Reißverschluss ihrer Jeans hochziehen, und schon konnten sie wieder unter Leute gehen, ohne dass irgendjemandem etwas auffiel.

Sie dagegen hatte wahrscheinlich Grashalme im Haar, und ihr sorgfältig geflochtener Zopf war im Begriff, sich aufzulösen. Aber selbst wenn sie ihre Kleidung und ihre Frisur richtete, leuchteten sicherlich ihre Augen, und ihre Wangen waren gerötet – zwei eindeutige Hinweise darauf, dass sie eben den besten Sex ihres Lebens gehabt hatte. Glücklicherweise konnte Madison solche Anzeichen noch nicht deuten.

Aber *Opal* konnte darauf aufmerksam werden!

Hutch kam zu ihr, öffnete den Zopf und fuhr ihr durchs Haar, bis es ihr glatt in den Rücken fiel und sich über ihre Schultern legte.

„Schon besser", meinte er leise. „Mein Gott, was bist du wunderschön."

Sie griff hinter sich, um ihren Zopf neu zu flechten, doch das Gummiband, mit dem sie ihre Haare zusammengehalten hatte, war irgendwo im Gras gelandet und nirgends zu entdecken. Hutch griff nach ihren Händen und rieb mit den Daumen sanft über ihre Handflächen.

„Als wir losgeritten sind", erklärte sie, nachdem ihre übliche Aufgeregtheit sich wieder zurückmeldete, „hatte ich einen Zopf, und ich werde *mit einem Zopf* zurückkehren."

Hutch lachte leise. Die Art, wie er sie berührte, ließ sie bedauern, dass er nur ein Kondom eingesteckt hatte. Früher war für ihn einmal nie genug gewesen. Oft hatten sie sich stundenlang geliebt, waren dann eingeschlafen und hatte sich nach dem Aufwachen gleich wieder geliebt. Auch jetzt musste er nur dicht vor ihr stehen und sie nur anfassen, und schon erwachte bei ihr erneutes Verlangen.

Sie konnte noch immer das Gewicht seines muskulösen und so männlichen Körpers auf sich spüren, seine Kraft und seine Leidenschaft, dazu ihr eigener wundervoller Sieg, den sie durch die völlige Kapitulation erlangt hatte.

„Kendra?", sagte er mit rauer Stimme.

„Was?" Sie herrschte ihn fast an, so abrupt war sie in die Wirklichkeit zurückgeholt worden.

„Dein Haar sieht gut aus, so wie es ist. So steht es dir sogar noch viel besser."

Vergeblich schaute sie sich um, ob sie vielleicht doch noch irgendwo das Zopfgummi finden konnte. „Opal wird ahnen …"

Er legte seine Hände an ihr Gesicht, damit sie seinem Blick nicht ausweichen konnte. „Opal ahnt es doch längst", unterbrach er sie amüsiert. „Was glaubst du denn, warum sie sich angeboten hat, auf Madison aufzupassen?"

Verlegen stöhnte Kendra auf. Natürlich hatte er recht. Opal entging nichts, und es war eigentlich ein sehr offensichtlicher Trick gewesen, um sie aus dem Haus zu schicken. Dennoch hatte tief in ihrem Inneren das unbekümmerte Ich immer noch weitgehend das Sagen. „Wie peinlich", meinte sie.

„Was soll peinlich daran sein?", gab er lachend zurück. „Niemand verurteilt uns, Kendra. Wir sind beide erwachsene Menschen, schon vergessen?"

„Zumindest einer von uns ist erwachsen", murmelte sie.

Er gab ihr einen Kuss auf die Stirn, dann auf die Nasenspitze, ehe er die Hände herunternahm. „Lass uns zurückreiten, bevor ich meinen guten Vorsatz breche und noch mal mit dir schlafe, auch ohne Kondom."

„Vergiss nicht, dass ich dabei auch noch ein Wörtchen mitzureden hätte", betonte Kendra, brachte aber nicht den energischen Tonfall zustande, den sie beabsichtigt hatte.

„Ist das eine Aufforderung?", fragte er wie beiläufig und zog eine Augenbraue hoch. Mit dem rechten Zeigefinger strich er gemächlich über ihre Wange, an ihrem Hals entlang und dann einmal im Kreis über ihre Brust.

Die Berührung war wie ein leichter Stromschlag, und sie machte einen Satz nach hinten. „Nein", antwortete sie hastig. „Das war *keine* Aufforderung."

Er grinste sie an und beschrieb mit einem Arm eine ausholende Geste hin zu den geduldig wartenden Pferden. Sie ging zu Coco und saß so zügig auf, dass Hutch keine Gelegenheit bekam, ihr wieder zu „helfen".

Als sie zurück im Stall waren, versorgte Hutch zunächst die Pferde, während Kendra ins Haus ging, um nachzusehen, ob Madison schon wieder wach war.

Aber sie schlief immer noch fest.

Opal hielt sich in der Küche auf, von der aus ein köstliches Aroma durchs Haus zog.

„Ihr drei braucht ein vernünftiges Abendessen", erklärte die ältere Frau bestimmend. „Aber nicht noch mehr von diesem Kirmesessen."

Ihr war sicher aufgefallen, dass Kendra ihr Haar jetzt offen trug, aber weder äußerte sie sich dazu noch kam von ihr irgendeine Anspielung, die hätte erkennen lassen, dass sie wusste, was bei ihrem Ausritt geschehen war.

Kendra war ihr dafür zutiefst dankbar. Im Augenblick fühlte sie sich noch nicht bereit, irgendjemandem etwas davon anzuvertrauen, nicht einmal Joslyn und Tara, obwohl die beiden von ihr sonst so gut wie alles erfuhren.

Sie zog sich ins Badezimmer zurück, wusch sich die Hände und spritzte sich kaltes Wasser ins Gesicht, das längst frei von Make-up, dafür unübersehbar gerötet war. Dann suchte sie im Spiegel ihr Haar nach verräterischen Grashalmen ab.

Als sie in die Küche zurückkehrte, stand Madison an der Tür und rieb sich verschlafen die Augen. „Ist schon morgen?“, fragte sie. „Hab ich das Feuerwerk verpasst?“

Kendra hob die Kleine hoch, drückte sie an sich und gab ihr einen schmatzenden Kuss auf die Wange. „Es ist immer noch heute, und nach dem Abendessen fahren wir zurück in die Stadt, um uns das Feuerwerk anzusehen.“

Madison atmete erleichtert auf und begann gleich darauf zu strampeln, weil sie runtergelassen werden wollte. Obwohl sie erst vier war, besaß sie offenbar schon einen ausgeprägten Willen zur Eigenständigkeit. „Das ist gut“, sagte sie und sah sich in der Küche um. Sie winkte Opal zu und fragte: „Wo ist Hutch?“

Jetzt also nur noch „Hutch“ und nicht mehr „Mr Hutch“.

Kendra wusste nicht so recht, was sie davon halten sollte. Sie wusste nicht mal, ob es überhaupt wichtig war. Ihre Gefühle waren noch immer so durcheinander, dass sie sie nicht entwirren konnte. Sie wusste, früher oder später würde sie bedauern, was heute geschehen war. Sie konnte sogar spüren, wie dieses Bedauern um sie kreiste und allmählich näher kam, so wie ein Rudel Wölfe, das darauf wartete, bis vom Lagerfeuer nur noch die Glut übrig war, um ins Lager einzufallen. Aber für den Moment, für heute Abend würde sie alles so als richtig und gut akzeptieren, wie es war.

„Er ist im Stall“, antwortete Kendra.

Madison, die mit jeder Minute etwas wacher wurde, legte auf einmal den Kopf schräg und musterte Kendra verwundert. Dann fiel ihr offenbar auf, was sie irritiert hatte, und sie fragte: „Was ist mit deinen Haaren, Mommy?“

Ehe Kendra sich eine Antwort zurechtstammeln konnte, eilte ihr Opal zu Hilfe. „Ich kann hier jemanden gebrauchen, der den Tisch deckt“, sagte sie zu Madison. „Und ich weiß zufällig, dass du das sehr gut kannst.“

Sofort folgte die Kleine Opal zur Spüle und wusch sich die Hände. Der Blick, den Opal in der Zwischenzeit Kendra zuwarf, ließ das Verständnis dieser Frau erkennen. Es war, als würde sie zu ihr sagen: „Keine Sorge, das wird schon alles werden.“

Einen Moment später kam Hutch in die Küche, krempelte seine Hemdsärmel hoch und schloss sich dem Handwaschritual am Spülbecken an. Von einem gewissen Leuchten in seinen Augen abgesehen, wirkte er wie die Unschuld in Person.

Nachdem er sich die Hände abgetrocknet hatte, stellte er vier Teller zwischen die Bestecke, die Madison soeben sorgfältig auf dem Tisch angeordnet hatte. Seine Bewegungen waren so flink und sicher, als würde er bei einer Pokerpartie Karten geben.

„Du solltest mit uns in die Stadt kommen“, sagte er zu Opal, als sie eine Viertelstunde später am Tisch saßen und Brathähnchen, grüne Bohnen und Kartoffelpüree mit Soße genossen. „Du kannst dir das Feuerwerk ansehen.“

„Danke, aber das hat keinen Sinn“, lehnte Opal den Vorschlag ab. „Morgen habe ich meinen großen Tag, und ich brauche meinen Schönheitsschlaf.“

Kendra warf Hutch einen verstohlenen Blick zu und bemerkte in seinen Augen ein schelmisches Funkeln ebenso wie eine tiefe Befriedigung, die noch sehr frisch wirkte. Ungewollt bekam Kendra wieder einen roten Kopf, als sie daran dachte, was für diese Befriedigung verantwortlich war.

„Ich hab's doch gewusst“, sagte er zu Opal. „Du hast ein Auge auf den neuen Prediger geworfen!“

„Habe ich nicht!“, widersprach sie sofort. „Womöglich ist er ein Halunke. Das seid ihr gut aussehenden Typen doch meistens.“

Er lachte amüsiert. „Was wissen wir über den Kerl? Wenn er herkommt und um dich werben will, muss ich schließlich wissen, ob er eine weiße Weste hat.“

„Hör endlich auf damit“, forderte Opal, obwohl ihr dieser Schlagabtausch erkennbar Spaß machte. „Er ist ein attraktiver Witwer, und er hat einen Abschluss in Theologie von einer der besten Universitäten unseres Landes. Das ist alles, was ich über ihn weiß.“

Hutch dachte darüber nach. Nachdem er gekaut und geschluckt hatte, machte er dort weiter, wo er aufgehört hatte. „Ein Harvard-Absolvent. Hm, interessant. Da drängt sich mir doch gleich die Frage auf, was einen Mann wie ihn nach Parable in Montana verschlägt. Wie heißt dieser Lump?"

Opal warf Hutch einen bösen Blick zu, aber hinter den dicken Gläsern ihrer altmodischen Brille tanzten ihre Augen hin und her. „Wenn du das wissen willst", konterte sie, „dann komm doch einfach morgen früh in die Kirche. Dann wirst du es erfahren."

Er lachte schnaubend über ihren Vorschlag. „Als ich das letzte Mal in der Kirche war, gab's einen ziemlichen Tumult."

„Wir gehen auch manchmal in die Kirche", warf Madison ein, die sich unbedingt an der Unterhaltung beteiligen wollte. „Stimmt doch, oder, Mommy?"

„Ja, das stimmt."

„Gehen wir morgen auch hin?", wollte Madison wissen. „Damit wir den Harvard-Mann sehen können?"

Ein wenig Reue kann mir wohl nicht schaden, überlegte Kendra. „Von mir aus", sagte sie. „Aber nur, wenn du nicht zu müde bist. Heute Abend wird es sehr spät werden, bis das Feuerwerk vorbei ist, und es kann sein, dass du morgen länger schlafen musst."

„Kann ich nachher wieder auf dem Karussell fahren?", wollte ihre Tochter gleich darauf wissen und war von einer Sekunde zur nächsten auf ein ganz anderes Thema zu sprechen gekommen. „Ich will wissen, ob der Tiger wirklich so herumspringt wie ein Kuh-Mann."

Hutch grinste und fuhr Madison durchs Haar. „Wir haben noch genug Zeit, um auf Tigern zu reiten", ließ er sie wissen. „Es dauert ja noch ein paar Stunden, bis es dunkel genug ist für das Feuerwerk."

„Dann bin ich ja um Mitternacht noch wach!", stellte Madison erstaunt fest und dachte in diesem Moment zweifellos an all die Geschichten, in denen sich um Mitternacht alle möglichen magischen Dinge ereigneten.

„Könnte sein", meinte Kendra, die davon überzeugt war, dass Madison längst wieder fest eingeschlafen sein würde, noch bevor das große Finale erreicht war.

„*Wow*", flüsterte Madison. „Mitternacht ist *richtig* spät."

„Ganz genau", stimmte Hutch ihr zu und sah nur flüchtig zu Kendra, dann widmete er sich ganz seinem Hund.

Eine halbe Stunde später, nachdem Kendra Opal geholfen hatte, in der Küche alles zusammenzuräumen, und Hutch mit Madison in den Stall gegangen war, damit sie Ruffles begrüßen konnte, saßen die drei wieder in Hutchs Truck und waren auf dem Weg in die Stadt.

Es war immer noch recht hell, auch wenn die Schatten der Berge bereits deutlich vorgerückt waren, um das Tal in Dunkelheit zu tauchen, in dem Parable lag.

Der Festplatz war so hell erleuchtet, als hätten alle Leute mitten im Jahr ihre Weihnachtsdekoration aufgebaut und eingeschaltet. Der Mann am Eingang schien mit einer Taschenlampe auf ihre Handrücken, und Madison war völlig begeistert, als sie sah, dass der Stempel wieder zu sehen war, der am Morgen auf ihre Haut gedrückt worden war.

„Das ist ja Zauberei", flüsterte sie.

Kendra liebte die Kleine so sehr, dass sie sich in diesem Moment schwer zusammenreißen musste, um sie nicht zu packen und ganz fest an sich zu drücken.

Sie gingen zum Karussell, auf dem so wie überall auf der Kirmes Hochbetrieb herrschte, da die Leute alle noch mindestens eine Stunde totschlagen mussten, ehe das Feuerwerk begann. Hutch merkte aber beiläufig an, dass sich inzwischen zweifellos viel mehr Leute in der Boot Scoot Tavern drängten als hier auf der Kirmes. Nachdem sie geduldig in der Schlange gewartet hatten, saß diesmal Madison auf dem Tiger. Hutch stand neben ihr und passte auf, dass sie nicht runterfiel. Kendra wartete am Rand des Karussells und machte mit ihrem Handy jedes Mal ein Foto, wenn die beiden an ihr vorbeifuhren.

Alles erschien ihr so normal, auch wenn sie immer noch dieses seltsame Gefühl hatte, zwei Personen in einem Körper zu sein, die gegensätzlicher nicht hätten sein können.

Bist du verrückt? wollte die eine Person wissen, die sich in irgendeinem Winkel ihres Gehirns versteckt hielt. Das ist der Mann, der dir schon einmal das Herz gebrochen hat. Und vor ein paar Wochen hat er seine Braut vor dem Altar stehen lassen.

Davon wollte die andere Kendra aber nichts wissen. Sie wollte für den Augenblick leben und noch für eine Weile den Traum genießen, dass sie geliebt wurde.

Als die Leute sich am Rand des Festgeländes versammelten, um das lang erwartete Feuerwerk zu erleben, konnte Madison kaum noch die Augen offen halten. Sie hatte einen aufregenden Tag hinter sich, und obwohl sie zwischendurch ein paar Stunden geschlafen und danach gut zu Abend gegessen hatte, ließen ihre Kräfte sie allmählich im Stich.

Hutch hielt die Kleine in seinen Armen, gemeinsam sahen sie hinauf zu den farbenprächtigen Explosionen am Nachthimmel, die einen Moment alles blau oder grün, rot oder golden beschienen und dann auch schon wieder verglühte.

Kendra ließ ihren Blick zwischen dem Funkenregen am Himmel und den Lichtreflexen auf den Gesichtern der Umstehenden hin und her gleiten, und ihr wurde schlagartig klar, dass sie restlos glücklich war.

Sogar so glücklich, dass es ihr Angst machte. Es war gefährlich, ihr Herz und ihren Verstand so uneingeschränkt für das Leben zu öffnen, für einen einzelnen Mann, für die Freude, eine junge, gesunde Frau zu sein, die befriedigt werden wollte.

Madison so vorbehaltlos zu lieben, war das einzige Risiko, zu dem sie sich bereit fühlte. Warum wollte sie unbedingt ihr Glück aufs Spiel setzen? War es habgierig von ihr, mehr zu wollen als eine Tochter und eine erfolgreiche Karriere?

Lange vor dem Ende des Feuerwerks und lange bevor die Menschenmenge sich auflöste und Hutch sie und die schlafende Madison nach Hause fuhr, hatte Kendra den einsamen und sehr schmerzhaften Prozess begonnen, sich in sich selbst zurückzuziehen, so wie es Meeresbewohner machen, die in einer Muschel Schutz suchen.

Vermutlich bemerkte Hutch diese Veränderung, die sie vollzog, aber er sprach sie nicht darauf an.

Bei ihr zu Hause angekommen, hob er Madison aus dem Kindersitz und trug sie ins Haus. Schweigend ging Kendra vor ihm her, um ihm den Weg ins Kinderzimmer zu zeigen. Dort angekommen, legte er das Mädchen aufs Bett und zog sich wortlos zurück. Kendra lauschte angestrengt, wie die Haustür geöffnet und wieder zugezogen wurde, während sie damit zu tun hatte, Madison den Schlafanzug überzustreifen. Dann deckte sie sie zu und gab ihr einen Kuss.

An diesem Abend war es Kendra, die ein Gebet sprach.

„Danke“, flüsterte sie.

Als sie die Küche betrat, entdeckte sie Hutch, der mit verschränkten Armen an die Arbeitsplatte gelehnt dastand. Während sie bei Madison gewesen war, hatte er den gewonnenen Teddybären aus dem Wagen geholt und auf einen Stuhl an den Esstisch gesetzt. Es war eine Geste, die sie berührte und zugleich ein wenig schmerzte. Auch ihre eigenen Stiefel waren da, der Karton stand auf dem Boden, frischer Ledergeruch breitete sich im Zimmer aus.

„Willst du es mir sagen?“, fragte er leise und ohne jede Vorrede.

Sie wollte seinem Blick ausweichen, doch das gelang ihr einfach nicht. „Was gibt es zu sagen?“, erwiderte sie mit einer Leichtfertigkeit, die sie in Wahrheit gar nicht verspürte. „Es war ein langer Tag, wir sind beide müde, und morgen ist ein neuer Tag.“

„Wenn du glaubst, ich werde so tun, als wäre das heute Nachmittag auf dem Berg nicht passiert“, ließ er ohne Umschweife wissen, „dann irrst du dich.“

„Wir haben ... wir haben uns gehen lassen“, sagte sie und versuchte vergeblich, ein Lächeln aufzusetzen.

„*Wir haben uns geliebt*, Kendra. Damit ändert sich alles. Zumindest für mich."

„Du hast es doch selbst gesagt", erwiderte sie und achtete darauf, dass sie mit gesenkter Stimme sprach. Madison sollte nicht aufwachen und eine Unterhaltung mit anhören, deren Inhalt sie nicht verstehen konnte. „Wir sind Erwachsene, keine Kinder. Wir haben uns eine Zeit lang gehen lassen, aber das liegt jetzt hinter uns, und wir ..."

Mit zwei Schritten war er bei ihr, packte sie sanft, aber unentrinnbar an den Oberarmen und drückte sie gegen die Wand, um ihr dann einen Kuss von der Art zu geben, mit der man eine Frau eroberte, die man mit Leib und Seele für sich beanspruchen wollte.

Sie wusste, sie sollte Hutch von sich schieben, um den Kuss zu beenden, stattdessen jedoch erwiderte sie ihn, weil dieses alte und so lange Zeit unterdrückte Verlangen sich seinen Weg an die Oberfläche bahnte und stärker war als jemals zuvor.

Als Hutch sich von ihr löste und sie losließ, lief ihr Gesicht rot an.

Augenblicke später war er schon aus der Küche gestürmt, sie hörte, wie er den Motor seines Trucks anließ und abfuhr.

Kendra schloss die Hintertür ab und setzte sich an den Küchentisch. Ihr gegenüber saß der riesige Teddybär, den Hutch auf der Kirmes gewonnen hatte. Er schien sie anzustarren, und das auch noch mit einem leicht überheblichen Gesichtsausdruck.

„Ach, halt die Klappe!", fuhr sie ihn an und stand auf, um ins Badezimmer zu gehen, damit sie sich ein Bad einlassen konnte. In ihrem Kopf war einfach zu viel los, und es waren alles nur komplizierte Dinge, für die es keine einfachen Lösungen gab. Sie fühlte sich hin- und hergerissen.

Kendra zog sich aus, stieg in die Wanne und setzte sich in das heiße, wohlriechende Wasser. Sie schloss die Augen, und das erste Bild, das ihr Verstand hervorbrachte, spielte sich auf der Bergwiese ab und zeigte Hutch Carmody, wie er sie liebte.

Erschrocken riss sie die Augen auf, stellte dann aber fest, dass sie zu Hause war und bis zum Hals in Seifenschaum gehüllt in ihrer Wanne lag. Die vernünftige Kendra war zurückgekehrt, aber die andere, die unbekümmerte Kendra, die ihr den ganzen Ärger überhaupt erst eingebrockt hatte, war nirgends mehr zu entdecken. Was für ein praktischer „Zufall".

Sie blieb eine Weile im Wasser liegen, sie versuchte, das Taschenbuch zu lesen, das sie auf dem Spülkasten hatte liegen lassen, aber nichts half. Sie war ein Nervenbündel.

Irgendwo in ihrem Kopf meldete sich ihre Großmutter zu Wort: Jetzt hast du es ja endlich geschafft. Jetzt bist du wenigstens genauso eine Schlampe wie deine Mutter.

Kendra stieg aus der Wanne, trocknete sich ab und zog ein Nachthemd an, dann kehrte sie in die Küche zurück und brühte sich einen Himbeertee auf, der sie letztlich zwar ein wenig beruhigte, doch dass sie in der Nacht überhaupt ein Auge zubekam, lag daran, dass sie körperlich und gefühlsmäßig völlig erschöpft war.

In ihren Träumen wurde sie von unheimlichen Kirmesattraktionen verfolgt, von gruseligen Clowns, die wie Cowboys angezogen waren, sowie von ihrer Großmutter, die mit hoch erhobenem Zeigefinger hinter ihr herlief und immer wieder rief: „Du bist genauso eine Schlampe wie deine Mutter."

Am nächsten Morgen wurde sie von brutalen Kopfschmerzen und von Madison geweckt, die auf dem Bett neben ihr auf und ab hüpfte und voller Tatendrang rief: „Steh auf, Mommy. Wir müssen in die Kirche und uns den Harvard-Mann ansehen."

Kendra seufzte und legte die Kissen so hin, dass sie sich hinsetzen und dagegenlehnen konnte. Als sie Madison ansah, stellte sie fest, dass die noch ihren Schlafanzug trug – und dazu ihre Stiefel und den Cowgirl-Hut. „Ja, ich weiß", erwiderte sie. „Und jetzt hör bitte auf, das Bett wie ein Trampolin zu behandeln." Sie wollte lieber nichts davon sehen, was die Sohlen und Absätze der Stiefel aus der schneeweißen Bettdecke gemacht hatten.

So anmutig wie eine Gazelle landete Madison auf dem Fußboden. Ihr Hut saß auf ihrem Kopf, die Augen hatte sie weit aufgerissen. „*Steh auf!*", bettelte sie. „*Bitte*, Mommy!"

Seufzend schlug Kendra die Bettdecke zurück und stand auf. Sie schlurfte ins Badezimmer, nahm zwei Aspirin aus dem Arzneischrank und schluckte sie mit etwas Leitungswasser herunter. Madison redete unterdessen wie ein Wasserfall und schilderte im Detail, wie der gesamte gestrige Tag bis hin zum Feuerwerk verlaufen war.

Da die Tabletten eine Viertelstunde benötigten, ehe sie Wirkung zeigten, musste Kendra das unablässige Geplapper ihrer Tochter über sich ergehen lassen, nickte in unregelmäßigen Abständen reflexartig und schnitt nebenbei ein paar Erdbeeren in kleine Stücke, die sie über die Cornflakes gab.

„Wetten, dass Daisy uns schon vermisst?", wechselte Madison das Thema, kletterte auf den Stuhl am Esstisch und griff nach dem Löffel. „Können wir sie direkt nach der Kirche abholen? Und fahren wir dann zur Ranch, damit ich auf Ruffles reiten kann?"

„Hey, hey, langsam", bremste Kendra mit erhobenen Händen den Redefluss ihrer Tochter. „Wir fahren zur Kirche, bleiben bei der Abschiedsfeier für Pastor Lloyd, danach fahren wir zu Tara und holen Daisy ab. Das ist genug für einen Tag, Sweetheart."

„Aber was ist mit Ruffles?", beharrte Madison, die kurz davor war, in einen weinerlichen Ton zu verfallen. „Sie ist bestimmt einsam."

„Die kleine Stute ist bestimmt nicht einsam", widersprach Kendra geduldig und zwang sich, ein paar Löffel Cornflakes zu essen, weil sie vermeiden musste, dass in der Kirche auf einmal ihr Magen zu knurren begann. „Sie hat all die anderen Pferde, und Leviticus ist ja auch noch da."

„Aber ich will …"

„Madison", unterbrach Kendra sie freundlich, aber energisch. „Wenn wir Daisy abgeholt haben, fahren wir nach Hause, sonst nichts!"

Madison schob mürrisch die Unterlippe vor, aber sie war klug genug, um zu wissen, dass sie es besser nicht übertreiben sollte. Kendra hielt nichts von Ohrfeigen oder ähnlichen Züchtigungen, aber sie würde nicht davor zurückschrecken, eine Auszeit zu verhängen, und das konnte Madison überhaupt nicht leiden, weil sie dann still sitzen musste und kein Wort sagen durfte.

„Du bist gemein“, murmelte sie schließlich.

„Damit musst du leben“, stimmte Kendra ihr zu. „Und jetzt iss dein Frühstück auf.“

Reverend Doctor Walter G. Beaumont sah Morgan Freeman tatsächlich zum Verwechseln ähnlich, wie Kendra feststellen musste, als sie zusammen mit Madison und Opal auf der Holzbank in der Kirche saß. Er hatte bei Pastor Lloyds Abschiedsrede auf einem Stuhl links hinter der Kanzel gesessen.

Die Botschaft, die er verkündete, hörte sich gut an, allerdings bekam Kendra höchstens die Hälfte davon mit, da ihre Gedanken immer wieder abschweiften. Sie hatte nicht damit gerechnet, dass Hutch herkommen würde, aber die Tatsache, dass er nicht aufgetaucht war, löste bei ihr gemischte Gefühle aus. Einerseits war sie enttäuscht, dass er nicht den Mut aufgebracht hatte, sich hier blicken zu lassen, andererseits empfand sie Erleichterung darüber, ihm nicht gegenübertreten zu müssen.

Pastor Lloyd schien glücklich, in den Ruhestand gehen zu können. Nach dem Gottesdienst kamen alle im Gemeindesaal gleich neben der Kirche zusammen, um den Abschied zu feiern. Es gab ein reichhaltiges Büfett, da Opal nicht das einzige Gemeindemitglied war, das wie wild gebacken und gebraten hatte. Dem Pastor wurden etliche kleine Geschenke überreicht, die er dankend annahm. Mit besonderer Freude stellte er den Leuten seinen Nachfolger vor und betonte, was für eine Ehre es sei, einen so gelehrten Mann in Parable willkommen zu heißen.

Opal konnte den Blick kaum einmal von Reverend Doctor Beaumont abwenden, was Kendra erfreut und amüsiert zugleich feststellte. Der Mann war groß und schlank, in seinem maßgeschneiderten dunklen Anzug wirkte er sehr elegant. Er hatte eine tiefe, sonore Stimme, aber er redete nicht aufdringlich laut. Und er war eindeutig keiner von den Predigern, die den Menschen mit Geschichten vom Fegefeuer und von der Hölle Angst machen wollten. Das merkte Kendra ihm mit Erleichterung an, allerdings ging ihr genau die Frage durch den Kopf, die Hutch gestern beim Abendessen gestellt hatte: Was konnte einen so gebildeten und erlesenen Mann ausgerechnet in die ländliche Gemeinde von Parable gelockt haben?

Die Feier neigte sich schon dem Ende zu, als Pastor Lloyd Dr. Beaumont bat, ein paar Worte zu sagen. Der Mann benötigte kein Podest und kein Mikrofon, denn seine Stimme rollte über sie alle hinweg wie ein exakt kontrollierter Donner, der die Aufmerksamkeit jedes Einzelnen auf sich lenkte.

„Es ist für mich eine Ehre, Teil dieser wundervollen Gemeinde zu werden“, begann er und ließ seine strahlend weißen Zähne aufblitzen, während sein Blick durch den Raum schweifte. „Ich freue mich schon darauf, Sie alle näher kennenzulernen, und ich freue mich auch darauf, angeln zu gehen, denn wie ich gehört habe, kann man das hier in der Gegend besonders gut.“

Gelächter machte sich im Saal breit. Jetzt, nachdem die Kirche aus war, wollten die meisten Anwesenden zurück zum Festplatz, um sich an den Verkaufsständen umzusehen und die eine oder andere Kirmesattraktion auszuprobieren. Aber sie blieben alle noch, weil niemand den scheidenden Pastor Lloyd so schmählich im Stich lassen wollte und weil auch niemand fand, dass sich Beaumont hier willkommen fühlen würde, wenn die Gemeinde ein paar Kirmesbuden den Vorzug gab.

Als Kendra sich umschaute und diese Menschen sah, die alle ihr Bestes gaben, um ein gutes und ehrliches Leben zu führen, die gern in Parable lebten, weil man hier gut angeln konnte und weil der 4. Juli hier eine wirklich wichtige Angelegenheit war, da verspürte sie eine ungeheure Zuneigung zu all diesen Leuten.

Das hier ist mein Zuhause, dachte Kendra beruhigt. Es war richtig von mir gewesen, mit Madison herzukommen. Ganz egal, was sonst noch geschieht, aber hier gehören wir hin.

Mittlerweile wurden die Kinder unruhig. Viele von ihnen hatten bereits die Sonntagsschule besucht und danach am Gottesdienst teilgenommen, weshalb ihre Geduld inzwischen weitestgehend erschöpft war. Die Eltern reagierten darauf, indem sie nach und nach dem Drängen ihrer Kinder nachgaben und sich auf den Weg machten.

Auch Kendra verabschiedete sich von Pastor Lloyd und schüttelte Dr. Beaumont die Hand, dann nahm sie die aufgedrehte Madison an die Hand und ging mit ihr zum Parkplatz. Sie fuhren raus zu Taras Haus, unterhielten sich ein paar Minuten lang mit ihr und kehrten dann mit Daisy zusammen nach Hause zurück.

Dort angekommen, tauschte Madison ihre feinen Sachen für die Sonntagsschule gegen Shorts, Top und Sneakers, dann stürmte sie mit Daisy zusammen nach draußen in den Garten. Kendra saß in ihrem schlichten blauen Sommerkleid, das sie am Morgen auch schon in der Kirche getragen hatte, auf der Veranda und sah den beiden beim Toben zu.

Einerseits hatte sie gehofft, Hutch würde vorbeikommen oder wenigstens anrufen, andererseits hatte sie in gleichem Maß darauf gehofft, ihn nicht zu sehen.

Sie brauchte etwas Zeit für sich selbst, um die Dinge in Perspektive zueinander zu bringen. Sie musste verarbeiten, was am Tag zuvor oben auf dem Berg auf der abgeschiedenen Wiese geschehen war. Gleichzeitig wünschte sie, Hutch wäre jetzt bei ihr.

Ihr Handy klingelte und riss sie aus ihren Gedanken. Sie ging ins Haus, nahm das Telefon vom Tresen, wo sie es nach der Rückkehr vom Kirchgang hingelegt hatte, und nahm den Anruf an. „Kendra Shepherd hier."

„Hallo, Kendra Shepherd", sagte eine freundliche Frauenstimme, die ihr irgendwie bekannt vorkam. „Hier ist Casey Elder. Ich habe Ihre Nummer von Walker Parrish."

„Oh ja“, sagte Kendra, die so überrascht war, einen so großen Star am Telefon zu haben, dass es ihr einen Moment lang die Sprache verschlug. „Hallo, Ms Elder.“

„Oh, sagen Sie doch bitte Casey“, erwiderte die Frau gut gelaunt. „Dann kann ich Sie Kendra nennen, was halten Sie davon?“

Kendra lächelte. „Gerne.“ Sie konnte Casey schon jetzt gut leiden. „Walker sprach davon, dass Sie nach Parable ziehen wollen.“

„Richtig“, bestätigte sie. Selbst über das Telefon schien diese Frau Energie auszustrahlen, was schon ziemlich beeindruckend war. Immerhin war sie momentan auf Tour mit ihrer Band und hatte bestimmt am Abend zuvor noch irgendwo ein Konzert gegeben. „So wie er es mir geschildert hat, muss es bei Ihnen sehr schön sein.“

„Es ist wirklich eine tolle Stadt“, versicherte Kendra ihr.

„Ich würde gern vorbeikommen und mir das Haus ansehen“, sagte Casey. „Passt es Ihnen am Dienstag?“

„Auf jeden Fall“, antwortete sie erfreut. Sie vereinbarten, sich am kommenden Dienstag um halb elf in Kendras Büro zu treffen.

Mit dem Telefon in der Hand ging Kendra nach draußen und entdeckte Madison und Daisy auf dem Rasen, wo sie Seite an Seite rücklings im Gras lagen. Die Hündin hatte alle vier Pfoten in die Luft gestreckt.

„Wir denken gerade an das Feuerwerk“, erklärte Madison.

Es war früher Nachmittag, der Himmel war strahlend blau, die Sonne schien. „Aha“, sagte Kendra etwas verwundert.

„Daisy hat es nicht gesehen“, machte das Mädchen klar. „Aber ich habe alles ganz genau erzählt.“

Das Handy klingelte, gerade als Kendra sich auf die oberste Stufe der Veranda gesetzt hatte. Ein aufgeregtes Kribbeln erfasste sie.

Lass das Hutch sein.

Lass das nicht *Hutch sein.*

„Hey, ich bin's“, rief Joslyn, als Kendra den Anruf annahm.

„Hey“, erwiderte sie.

„Und? Wie war dein großes Date?“, wollte ihre Freundin wissen.

Kendra biss sich auf die Unterlippe und überlegte, wie sie darauf antworten sollte. Sie wollte widersprechen, es sei gar kein Date gewesen, aber dann hätte sie bloß eine Tatsache geleugnet. Immerhin hatte sie mit Hutch auf der Wiese des Big Sky Mountain Sex gehabt.

„Gut“, sagte sie ausweichend.

Joslyn lachte. „Nur gut? Dann würde ich sagen, dass es einiges gibt, was du mir noch nicht erzählt hast.“

Kendra seufzte und musste lächeln. Auch jetzt, nach so vielen Stunden, spürte sie immer noch die Nachwirkungen von etlichen intensiven Höhepunkten. „Und das werde ich dir auch nicht erzählen. Jedenfalls nicht am Telefon.“

„Okay. Dann komm doch mit Madison zum Abendessen zu mir. Madison wird durch Shea und das Baby so beschäftigt sein, dass du mir *alles* erzählen kannst.“

„Ich glaube, dafür bin ich noch nicht bereit“, sagte Kendra.

„Dann ist was passiert“, gab Joslyn mit sanfter Stimme zurück.

„Ja, und ich bin mir sicher, ich werde es noch bereuen.“

„Sei dir da mal nicht zu sicher“, riet ihre Freundin und klang ehrlich erfreut. „Also? Kommst du zum Abendessen rüber?“

„Nicht heute. Madison hatte gestern einen aufregenden Tag, und ich will, dass sie heute ein bisschen Ruhe bekommt.“

„Das kann ich gut verstehen“, erklärte Joslyn. „Und du bist immer noch bereit, die Rolle der Patin für Trace zu übernehmen? Slade und ich haben vor, ihn nächsten Sonntag nach dem Gottesdienst taufen zu lassen, sofern der neue Pastor damit einverstanden ist.“

„Ich stehe nach wie vor bereit. Und ich fühle mich geehrt.“

„Slade will Hutch fragen, ob er Trace' Pate werden möchte“, fuhr Joslyn etwas zögerlich fort, da ihr klar war, dass sie damit ein etwas heikles Thema ansprach. „Hättest du damit ein Problem?“

„Nein“, erwiderte sie. „Und selbst wenn ich ein Problem hätte, könnte ich ja nicht bestimmen, was geschieht.“

„Könnte sein, dass ich morgen für ein paar Stunden ins Büro komme“, fuhr ihre Freundin fort. „Dann bringe ich Trace natürlich mit.“

„Das wäre schön“, stimmte Kendra ihr zu.

„Du lässt mich hier gegen die Wand laufen“, hielt Joslyn ihr gut gelaunt vor. „Verstehst du denn nicht, Kendra? Ich werde noch wahnsinnig vor Neugier!“

„Dann musst du deine Neugier eben vorläufig in eine Zwangsjacke stecken“, konterte sie. „Madison kann mich hören, und außerdem habe ich dir bereits gesagt, dass ich am Telefon kein Wort darüber verliere.“

Joslyn seufzte übertrieben. „Also gut, dann werde ich wohl bis morgen warten müssen.“

„Das wirst du wohl“, bestätigte Kendra amüsiert. Sie würde ohnehin nicht ins Detail gehen, aber sie wollte mit ihrer besten Freundin darüber reden, was gestern dort oben auf der Bergwiese passiert war. Joslyn war vernünftig, sie verurteilte niemanden für das, was er getan hatte, und sie war absolut vertrauenswürdig. Mit ihr zu reden sollte eine gute Idee sein.

Vielleicht half ihr Joslyns Meinung zu dieser Situation ja weiter – sofern es überhaupt eine Situation war. Männer hatten eine andere Einstellung zum Thema Sex als Frauen – für sie war Sex nicht zwangsläufig mit irgendwelchen Konsequenzen verbunden.

Aber war es nicht gerade Hutch gewesen, der ihr nach diesem berauschenden Kuss in der Küche gesagt hatte, dass jetzt alles anders war, nachdem sie wieder mit ihm geschlafen hatte?

Das würde wohl nur die Zeit zeigen, sagte sich Kendra und verabschiedete sich von ihrer Freundin. Sie legte das Handy auf ihren Schoß und sah ihrer Tochter dabei zu, wie sie und Daisy in der Sommersonne spielten.

18. KAPITEL

Lass ihr Zeit, sagte sich Hutch, als er sich an diesem sonnigen Sonntagnachmittag im Stall aufhielt, um die Pferde zu striegeln. Leviticus war die ganze Zeit bei ihm. Hutch fühlte sich rastlos, und gegen seinen eigenen Rat wäre er am liebsten sofort in die Stadt gefahren, um Kendra aufzusuchen und ... was? Mit ihr zu reden? Sie wieder zu lieben?

Sein Instinkt und die Tatsache, dass er Kendra schon lange und sehr gut kannte, warnten ihn davor, dass sie vor ihm davonlaufen könnte, wenn er sie zu sehr bedrängte.

Nein, er konnte seine Ungeduld zügeln und es langsam angehen. Einmal hatte er sie bereits verloren, und eine Wiederholung wollte er auf jeden Fall ausschließen. Er liebte sie – aber das war auch schon das Einzige, was er wirklich mit Sicherheit wusste.

Er war fast fertig und überlegte, womit er sich den Rest des Tages beschäftigen sollte, da hörte er, dass ein Wagen auf den Hof gefahren kam. Leviticus, der als Wachhund nicht viel taugte, bellte einmal halbherzig.

Wahrscheinlich Opal, die aus der Kirche zurückkam, überlegte er und ging zur Tür. Unwillkürlich musste er daran denken, wie aufgedonnert sie am Morgen aus dem Haus gegangen war und dabei immer noch beharrlich behauptet hatte, es ginge ihr auf keinen Fall darum, den neuen Prediger zu beeindrucken.

Als er aus dem Stall nach draußen in den Sonnenschein trat, sah er, dass es nicht Opal war, sondern Boone. Er und seine beiden Jungen stiegen soeben aus dem Wagen aus. Als sie Hutch sahen, grinsten sie ihn zum Gruß an.

Amüsiert lachte er und drückte beiden leicht die Schulter. Ihn betrübte allerdings, wie gut sie angezogen waren, weil es wahrscheinlich die Kleidung war, die sie auf ihrer Rückreise tragen sollten. Boone hatte zwar von Anfang an davon gesprochen, dass sie heute zurückfahren würden, aber Hutch hatte versucht, das zu verdrängen.

„Die Jungs wollten sich noch von dir verabschieden, bevor sie den Bus zurück nach Missoula nehmen“, sagte Boone und sah genauso geschafft aus, wie er sich anhörte. Er war bleich und unrasiert, und Hutch hätte schwören können, dass er noch die gleichen Sachen am Leib trug wie tags zuvor beim Rodeo.

Der größere Junge, Griff, blickte ernst drein. „Wir wollen gar nicht abfahren, aber Dad sagt, dass wir das müssen.“

„Onkel *Bob* ist unser Dad“, beharrte Fletch, der Kleinere.

Hutch warf Boone einen flüchtigen Blick zu und sah, dass sein Freund dastand, als hätte ihm jemand eine Faust in den Bauch gerammt. Er wartete, das Boone den Jungen berichtigte, um ihm zu verstehen zu geben, dass er der Vater war, doch nichts geschah.

„Tja“, sagte Hutch schließlich und hatte Mühe, seine unbekümmerte Miene zu wahren. „Dann hoffe ich, dass ihr bald mal wieder zu Besuch kommt.“

In Griffs dunkelbraunen Augen spiegelten sich Wut und Trauer wider, als er Hutch ansah. Sein Blick war eine unausgesprochene Bitte, jetzt und hier einzuschreiten und dafür zu sorgen, dass die Dinge sich in eine andere Richtung entwickelten, dass Boone Vernunft annahm und endlich einsah, auf was er in seinem Leben verzichtete, nur weil er Angst hatte.

Hutch musste selbst mit den Tränen kämpfen, da er es hasste, eine solche Hilflosigkeit zu verspüren. Aber es war ganz allein Boones Sache, ob die Jungs blieben oder wieder abfuhren, und er hatte kein Recht, sich einzumischen – jedenfalls nicht vor der versammelten Mannschaft. Allerdings würde er Boone noch gehörig den Kopf waschen, sobald er ihn unter vier Augen zu fassen bekam.

„Wir sollten jetzt besser gehen“, meinte Boone nach einem Blick auf seine Armbanduhr. „Sonst verpasst ihr noch den Bus.“

„Macht doch nichts“, gab Griff zurück. „Wir wollen sowieso hier bei dir bleiben, Dad.“

„Nein, das wollen wir nicht“, protestierte Fletch energisch, auch wenn sein Mienenspiel etwas anderes erkennen ließ.

Boone seufzte und sah Hutch an. Hilf mir hier bitte, sagte sein Gesichtsausdruck so klar und deutlich, als hätte er die Worte laut ausgesprochen.

„Du weißt genau, was ich denke", sagte Hutch an ihn gewandt. „Und du kannst dich schon mal darauf gefasst machen, dass wir später noch darüber reden werden."

Fletch war offenbar noch nicht fertig, und so wie er dastand, hätte man meinen können, dass er Boone am liebsten vors Schienbein getreten hätte. „Du willst uns sowieso nicht bei dir haben!", platzte der Junge plötzlich raus. „Du kannst uns ja nicht mal schnell genug wieder loswerden!"

Boone wurde bleich und musste erst einmal durchatmen. Dann knurrte er: „Diese Diskussion hatten wir doch bereits, Fletcher." Er schüttelte den Kopf und warf Hutch einen vorwurfsvollen Blick zu. „Und jetzt steigt wieder in den Wagen ein, ihr zwei."

Nachdem er Hutch ein letztes Mal flehend angeschaut hatte, drehte er sich um und ging ihn in Richtung des Streifenwagens.

„Verdammt, Boone, merkst du eigentlich nicht, wie verkehrt das ist?", zischte Hutch ihm zu, kaum dass die Jungs im Wagen saßen und die Türen zu waren. „Wenn du deine Kinder jetzt wegschickst, dann kannst du genauso gut sagen, dass Fletch recht hat und du sie gar nicht bei dir haben willst."

Lange sah Boone ihn nur betreten an, dann nickte er nur stumm zum Abschied, wandte sich ab und ging zum Wagen. Hutch sah dem davonfahrenden Streifenwagen hinterher, bis er außer Sichtweite war.

Von Leviticus gefolgt kehrte er schließlich ins Haus zurück, wo er ziellos von einem Zimmer zum nächsten zog. Er war zu rastlos, um sich irgendwo hinzusetzen, und er sah sich auch nicht in der Lage, irgendetwas Konstruktives zu tun.

Als dann endlich ein Teil der Wut verraucht war, die Boones Besuch bei ihm ausgelöst hatte, ging er duschen, zog sich etwas Frisches an und fuhr in dem neuen Truck in die Stadt. Den Truck würde er kaufen, wie er inzwischen entschieden hatte.

Nach wie vor beabsichtigte er, Abstand zu Kendra zu wahren, auch wenn er am liebsten geradewegs zu ihr gegangen wäre, um ihr zu sagen, dass er sie immer noch liebte. Dass er nie aufgehört hatte, sie zu lieben. Und dass er sie heiraten würde, wenn sie ihn noch haben wollte.

Aber er wusste nur zu gut, was sie sagen würde – dass sie auf der Bergwiese bloß die Kontrolle verloren hätten und er immer noch nicht über Brylee hinweg und somit nicht in der Lage wäre, sich erneut zu binden.

Er war davon überzeugt, dass sie ihn auch liebte, denn das hatte ihr Körper ihm auf eine Weise gesagt, wie sie selbst es nicht in Worte hätte fassen können. Aber es bedeutete nicht, dass sie ihm auch vertraute. Und ohne Vertrauen und Respekt würde die Liebe allein nicht ausreichen, auch wenn sie noch so stark war.

Also musste er weiter abwarten, was für ihn schwieriger war als alles andere.

Die Kirmes wurde abgebaut, als er ein paar Minuten später am Festplatz vorbeifuhr. Die Rodeo-Arena lag verwaist da, und vor der Halle drängten sich die Händler, um das auf ihre Wagen zu laden, was sie über das Wochenende nicht verkauft hatten.

Bei diesem Anblick kam er sich auf einmal einsam und verlassen vor, als wäre für kurze Zeit der Weg in eine kleine, ganz spezielle Welt geöffnet gewesen, der nun wieder verschlossen worden war und ihn ausgesperrt hatte.

Er wäre gerne auf ein Bier und eine Runde Poolbillard ins Boot Scoot gefahren, um sich abzulenken, aber das war sonntags immer geschlossen. Und selbst das Butter Biscuit schloss seine Pforten, sobald der Ansturm gleich nach dem Gottesdienst nachließ.

Seine Gedanken kehrten zu Boone und der verfahrenen Situation zurück, in die dieser sich manövriert hatte, als er seine Söhne gleich nach Corries Tod weggeschickt hatte. Er überlegte, was Angst mit manchen Leuten anstellen konnte, welchen Preis sie von ihnen forderte.

Von den Sorgen seines Freundes, sich vielleicht nicht richtig um die Erziehung von zwei Jungs kümmern zu können, war es allerdings nicht weit bis zu den Dingen, vor denen Hutch sich fürchtete. Eines von diesen Dingen war die Angst vor einer festen Bindung. Wenn er heiratete, setzte er sein Herz unberechenbaren Risiken aus, und wenn die Ehe scheiterte, würde ihn die Scheidung eine Hälfte seiner Ranch kosten. Whisper Creek war ein Teil von ihm, und wenn ihm davon die Hälfte weggenommen würde, dann wäre das so, als würde ihm das halbe Herz aus der Brust gerissen.

Die andere Sache, die ihm Angst machte, war der alte Wasserturm. Also beschloss er, hinzufahren. Er stellte den Wagen im hohen Gras ab, als sich die Dämmerung bereits über das Tal legte, und stieg aus. Als er zum Turm sah, hing die Leiter wie immer windschief an der Seite herunter, doch irgendetwas war anders.

Dann entdeckte er Shea, Slades Stieftochter, die von hoch oben zu ihm herunterschaute. Ihr Gesicht war schneeweiß. Sie schien allein auf dem Turm zu sein, und als Hutch sich umsah, konnte er niemanden entdecken. Also hatte sie dieses Ritual ganz allein in Angriff genommen.

„Hi, Hutch“, rief sie ihm mit zittriger Stimme zu.

„Was zum Teufel machst du denn da oben, Shea?“, herrschte er sie an.

„Ich … ich weiß nicht so recht“, erwiderte sie. „Du verrätst Dad und Joslyn doch nichts davon, okay?“

„Ich kann dir gar nichts versprechen“, sagte er. „Und jetzt komm verdammt noch mal da runter!“

Sheas Stimme zitterte noch stärker, und selbst auf diese Entfernung war ihm klar, dass sie weinte. „Ich … ich kann nicht. Ich hab's versucht, aber ich hab zu große Angst!“

Hutch spürte, wie ihm selbst der Schweiß ausbrach und sich sein Magen verkrampfte. „Komm schon, Shea“, redete er in sanfterem Tonfall weiter. „Du bist da raufgekommen, dann kannst du auch wieder runterkommen.“

„Das Raufklettern hat mir keine Angst gemacht“, antwortete sie. „Aber da runterzuklettern, das ist was ganz anderes!“

Leise fluchend näherte sich Hutch der Leiter. Die Sprossen waren alt, ein paar von ihnen waren herausgebrochen, andere wurden nur noch von einem einzelnen rostigen Nagel gehalten.

Er wusste, was er zu tun hatte, doch das bedeutete noch lange nicht, dass er es auch tun *wollte*. Den Blick hielt er stur geradeaus gerichtet, denn auch wenn er momentan mit beiden Beinen fest auf der Erde stand, würde er das Gefühl haben, auf einem lebensgefährlich wackelnden Drahtseil zu stehen, sobald er nur ein wenig nach links oder rechts sah.

„Okay", hörte er sich sagen, als ob er weit entfernt neben sich stand. „Halt durch. Ich komme rauf zu dir, und dann klettern wir zusammen runter."

„Ja, okay", rief Shea ihm zu.

Bei vernünftiger Betrachtung der Situation war es natürlich völliger Unsinn, was er da vorhatte. Shea wog vermutlich nicht mehr als gut fünfzig Kilo, während er rund neunzig Kilo auf die Waage brachte. Dass die Leiter sie beide würde tragen können, widersprach jeglicher Logik. Aber er hatte sich einmal in der gleichen Lage befunden, und er wusste, was es hieß, wenn man sich vor Angst nicht mehr rühren konnte. Er wusste, sie benötigte jemanden ganz in ihrer Nähe, jemanden, der für sie da war und mit ihr redete.

So wie Slade Barlow es bei ihm gemacht hatte.

Er kniff kurz die Augen zu, atmete tief durch und stieg die Leiter hoch. Sein Blick ging dabei stur nach oben und konzentrierte sich ganz auf Sheas Gesicht, da sie über das Geländer des schmalen Laufstegs gebeugt stand und ihn mit Tränen in den Augen ansah.

„Ganz ruhig", sagte er und meinte damit nicht nur Shea, sondern auch sich selbst. „Bleib ganz ruhig. Du hast bald wieder festen Boden unter den Füßen."

„Du wirst es meinem Dad sagen", erwiderte sie besorgt.

Ihre Bemerkung war so unpassend, dass Hutch unwillkürlich flüchtig lächeln musste. Seine Handflächen fühlten sich feucht an, wenn er die Holzleiter umfasste, aus der überall kleine Splitter ragten. Sein Magen rebellierte, seine Kehle war wie zugeschnürt.

„Nein, ich werde deinem Dad nichts sagen“, antwortete er und kletterte weiter rauf. „Das wirst *du* machen!“

„Dann wird er mich umbringen!“, rief sie erschrocken.

Immer noch besser, als vom Wasserturm in die Tiefe zu stürzen, dachte Hutch, sagte aber: „An deiner Stelle würde ich mir darüber jetzt keine Gedanken machen.“

Er war fast oben angekommen und verspürte tatsächlich so etwas wie ein leichtes Triumphgefühl, aber noch immer konnte er nur Shea ansehen.

„Und jetzt?“, fragte sie.

Eine berechtigte Frage, wie er selbst zugeben musste. „Jetzt komm zu mir auf die Leiter“, sagte er schließlich. „Ich bin bei dir.“ Als ob er sie auffangen könnte, wenn sie plötzlich den Halt verlor!

Ihm kam ins Gedächtnis, was Slade damals zu ihm gesagt hatte, als er vor Angst nicht mehr in der Lage gewesen war, nach unten zu klettern. „Du schaffst das“, redete er auf sie ein wie Slade auf ihn. „Immer schön ein Schritt nach dem anderen, und ehe du dich versiehst, sind wir beide auch schon runter von dem Ding.“

Shea zögerte, aber dann stieg sie über das Geländer, zunächst nur mit einem Bein, bis sie auf der Sprosse Halt gefunden hatte.

„Ganz langsam und vorsichtig“, ermahnte Hutch sie, und dann stand sie auf der Leiter, auch wenn es für einen Moment so aussah, als könne sie sich nun schon wieder nicht mehr von der Stelle rühren.

„Ich hab so Angst“, wimmerte sie.

„Ist schon okay“, versicherte er ihr. „Mach nur einfach den nächsten Schritt. Komm schon, Shea.“

Er stieg ein paar Sprossen nach unten, damit sie Platz hatte. Eine der Sprossen brach in der Mitte durch, als er darauf trat, und beinahe wäre er abgestürzt. Holzsplitter bohrten sich in seine Haut, als er die Leiter fester umklammert hielt.

„Du musst jede Sprosse erst testen, ob sie stabil ist, bevor du dich richtig draufstellst“, wies er sie mit ruhiger Stimme an, obwohl er innerlich am liebsten in Panik ausgebrochen wäre. Zögerlich machte sie den nächsten Schritt.

Schweißperlen liefen Hutch in die Augen und nahmen ihm kurzzeitig die Sicht. „Gut so“, redete er weiter. „Das machst du sehr gut.“

Der Weg nach unten schien unendlich lang, und unter Hutchs und Sheas Füßen brachen noch ein paar Sprossen mehr ab, aber dann hatten sie es endlich geschafft. Hutch stand leicht schwankend da und hätte am liebsten den Boden unter sich geküsst.

Shea schlang die Arme um ihn. „Was hätte ich nur ohne dich gemacht?“, flüsterte sie.

Er drückte sie kurz an sich, dann wich er weit genug zurück, um sie an den Schultern zu fassen und in ihr totenbleiches und tränenüberströmtes Gesicht zu schauen. „Früher oder später wärst du auch allein wieder runtergekommen“, versicherte er, wusste aber nicht, ob er das selbst glaubte. „Ist alles in Ordnung?“

Sie nickte und schlang die Arme um sich, als würde sie trotz der Wärme frieren. „Danke“, murmelte sie. „Danke, dass du vorbeigekommen bist und mir geholfen hast.“

„Ich bringe dich erst mal nach Hause.“ Da in der Umgebung kein anderer Wagen stand, ging er einfach davon aus, dass Shea zu Fuß hergekommen war.

„Dad und Joslyn sind mit dem Baby zum Abendessen bei Grands“, erwiderte sie.

„Dann fahren wir eben zu Callie“, entschied er.

„Muss ich ihnen trotzdem erzählen, was ich gemacht habe?“

„Auf jeden Fall“, betonte er, öffnete die Beifahrertür seines Trucks und ließ sie einsteigen.

„Warum?“

„Weil du es machen musst“, antwortete er, als er hinterm Steuer saß und den Motor anließ. „Sonst ist das ein Geheimnis, und damit will ich nichts zu tun haben, Shea. Dein Dad und ich sind nicht immer einer Meinung, aber er ist nun mal mein Bruder. Er liebt dich, und es ist sein gutes Recht zu wissen, was du so alles treibst.“ Er wendete und bog auf den Feldweg ein, der vom Wasserturm wegführte. „Was hast du dir eigentlich dabei gedacht, da raufzuklettern?“

Eigentlich war es eine rhetorische Frage, ein Einsteiger für eine Unterhaltung. Es gab keinen vernünftigen Grund für eine solche Aktion, aber Jahr für Jahr stiegen Kinder auf den Wasserturm.

„Ich hab's getan, weil ich keine Angst mehr davor haben wollte“, antwortete Shea.

„Ich hoffe, das heißt nicht, dass du das wieder machen willst“, gab er zurück und verkniff sich ein Grinsen. Shea hatte den Nagel genau auf den Kopf getroffen, denn er hatte auch keine Angst mehr davor.

„Das wär wirklich zu viel“, meinte sie und atmete tief durch. „Einmal ist genug.“

„Einmal ist schon mehr als genug“, korrigierte er sie.

Ein paar Minuten später bog er auf den Parkplatz vor Callie Barlows Frisiersalon Curly Burly ein. Im gleichen Moment tauchte Slade in der Tür des Anbaus auf, in dem Callie lebte.

„Sag es ihm“, wiederholte Hutch, als Slade irritiert auf den Wagen zukam.

Shea seufzte, in ihr Schicksal ergeben, machte die Tür auf und stieg aus. Auch Hutch verließ seinen Wagen.

„Ich bin den Wasserturm raufgeklettert“, gestand sie Slade, ohne Luft zu holen, „und dann hab ich Angst gekriegt und kam nicht mehr runter. Und dann ist Hutch vorbeigekommen und hat mich geholt. Hab ich jetzt Stubenarrest?“

„Das versteht sich ja wohl von selbst“, antwortete er und deutete mit dem Daumen über die Schulter, um ihr zu verstehen zu geben, dass sie ins Haus gehen sollte. Dabei wandte er seinen Blick nicht von Hutch ab.

Als sie beide allein auf dem staubigen Parkplatz waren, nickte er Hutch zu. „Du hast was gut“, sagte er. Gerade Slade wusste ganz genau, was es für Hutch bedeutet hatte, diese verdammte Leiter raufzuklettern.

Sie reichten sich die Hände, wobei Hutch an die feinen Holzsplitter erinnert wurde, die er zu Hause aus seinen Fingern würde ziehen müssen. „Wir sehen uns", sagte er und ging zum Wagen.

„Warte mal", rief Slade ihm nach. „Ich wollte dich noch was fragen."

Hutch sah ihn über die Schulter an und wartete.

„Joslyn und ich … also … wir hätten dich gern als Trace' Paten, wenn du das möchtest. Die Zeremonie findet nächsten Sonntag nach dem Gottesdienst statt."

Diese Bitte berührte ihn zutiefst, aber zeigen wollte er das nicht. „Ja, das möchte ich", erwiderte er und klang etwas rauer als üblich. „Aber Kirchen und ich … das ist so ein Risiko. Der Blitz könnte einschlagen, oder vielleicht stürzt das Dach ein."

„Das Risiko gehe ich ein", meinte Slade lachend, „wenn es dir nichts ausmacht."

„Ich werde da sein", versprach er seinem Halbbruder. „Sag mir nur die Uhrzeit, und versprich mir, dass ich nicht schon wieder einen Smoking ausleihen muss.

„Zieh an, was du sowieso tragen würdest", sagte er. „Und … ähm … Hutch?"

Hutch hatte die Fahrertür geöffnet und stand bereits auf dem Trittbrett. „Ja?"

„Danke, dass du Shea geholfen hast."

Zwar trug er keinen Hut, dennoch beschrieb er eine Geste, als würde er mit dem Finger an die Krempe tippen. „Das Gleiche hat jemand mal für mich gemacht", sagte er und stieg ein.

Als er nach Hause fuhr, hatte er das Gefühl, ein anderer Mann zu sein als noch vor ein paar Stunden.

Am Dienstagmorgen hatte Kendra ihr inneres Gleichgewicht weitgehend zurückerlangt. Dass sie am Montag mit Joslyn über das Thema Hutch hatte reden können, war sehr hilfreich für sie gewesen. Jetzt wartete sie gebannt auf ihren Termin um halb elf, und sogar Daisy, die so wie üblich mit ins Büro gekommen war, schien die Unruhe zu spüren, die Kendra erfasst hatte.

Fünf Minuten vor halb elf fuhr ein blauer Sportwagen vor. Eine zierliche Frau in Jeans, übergroßem T-Shirt und Baseballkappe sowie mit Sonnenbrille auf der Nase stieg aus und wartete auf dem Fußweg, bis Walker ein paar Meter weiter seinen Truck geparkt hatte und zu ihr kam.

Bei ihr angekommen, gab Walker Casey einen flüchtigen Kuss, als hätte er seine Schwester Brylee vor sich. Dann hielt er ihr die Ladentür auf.

Die Baseballkappe reichte nicht aus, um Caseys legendäre rote Mähne zu bändigen, da überall ein paar Strähnen hervorlugten. Das Lächeln, das ihren Mund umspielte, verriet, dass es ihr gefiel, sich getarnt unter die Leute zu begeben. Als Kendra das begriff, beschloss sie, eben nicht das zu sagen, was ihr als Erstes in den Sinn gekommen war, nämlich: *Ich habe Sie sofort erkannt!* Genau das wollte Casey ja damit verhindern.

Als hätte er ihren Gedanken mitgehört, zwinkerte Walker ihr über Caseys Kopf hinweg zu.

Ihr fiel ein, was er ihr über Caseys zwei Kinder gesagt hatte, und mit einem Mal steigerte sich ihre Neugier, aber jede Frage zu diesem Thema und allem, was noch dazugehörte, war für sie tabu. Was immer zwischen Walker und Casey lief, war ganz allein deren Angelegenheit.

Trotzdem war sie neugierig.

Sehr sogar.

Lächelnd hielt sie Casey die Hand hin. „Hallo, ich bin Kendra."

„Casey", erwiderte die andere Frau und schüttelte ihre Hand. Für jemanden, der so zierlich war wie sie, hatte sie einen erstaunlich festen Handgriff. „Freut mich, Sie kennenzulernen", fügte sie an und ließ einen deutlichen Südstaatenakzent einfließen.

„Sie glaubt, alle Welt an der Nase herumführen zu können", warf Walker amüsiert ein. „Das ist Caseys Vorstellung von unauffälligem Auftreten."

Sie nahm die Sonnenbrille ab, hinter der sich faszinierende grüne Augen mit langen Wimpern verbargen, und zog an Walker gerichtet eine Grimasse. „Lass mir doch meinen Spaß", gab sie lässig zurück, dann entdeckte sie auf einmal Daisy und ging schnurstracks zu ihr, um sie zu kraulen und mit ihr zu reden, als wäre sie einer alten Freundin wiederbegegnet.

Daisy war von Casey genauso auf Anhieb begeistert wie zuvor von Walker. Kendra hielt das für ein gutes Zeichen, weil sie daran glaubte, dass Hunde und andere Haustiere den Charakter eines Menschen viel besser einschätzen konnten als die Mitmenschen.

„Ich bin jetzt auf jeden Fall bereit, mir das Haus anzusehen", verkündete Casey plötzlich. „Seit Walker mir die Fotos geschickt hat, bin ich völlig aufgeregt."

„Wir nehmen meinen Wagen", sagte Kendra und griff nach dem Schlüssel. Bevor sie am Morgen mit Madison zur Vorschule gefahren war, hatte sie den ganzen Innenraum gestaubsaugt und dann eine alte Decke auf den Rücksitz gelegt, damit Daisy nicht wieder Dreck und Haare auf den Polstern hinterlassen konnte.

„Ja, einverstanden", erwiderte Casey.

Gemeinsam verließen sie das Ladenlokal durch die Hintertür, da sie ihren Wagen dort geparkt hatte. Außerdem wurde auf diese Weise so wenig Aufmerksamkeit wie möglich auf die prominente Kundin gelenkt.

Daisy gefiel es gar nicht, allein im Geschäft bleiben zu sollen. Sie winselte jämmerlich, und versuchte den Kopf durch den Türspalt zu zwängen, als Kendra abschließen wollte.

„Ach, lassen Sie sie doch mitfahren", bat Casey.

„Sie haart aber."

„Stört mich nicht."

Kendra nickte und nahm Daisy mit. Casey Elder war ihr mit dieser bodenständigen Art auf Anhieb sympathisch. Sie würde gut nach Parable passen, sofern sie sich für das Haus entschied. Wegen Madisons Kindersitz musste sich Daisy auf der Rückbank neben Casey quetschen, während Walker auf dem Beifahrersitz Platz nahm. Obwohl Kendra auf einem Umweg durch Nebenstraßen zur Rodeo Road fuhr, sahen viele Leute ihnen hinterher, die auf dem Fußweg unterwegs waren oder sich im Vorgarten aufhielten.

Jeder Fremde ließ die Menschen in Parable aufmerksam werden, aber vielleicht erkannte der eine oder andere, wer da durch die Stadt gefahren wurde. Trotz ihrer Tarnung kam es Kendra so vor, dass Casey Elder ein natürliches Selbstbewusstsein ausstrahlte, das sie zu etwas ganz Besonderem machte.

Sie erreichten das Herrenhaus ohne Zwischenfall, und da die Maler und die Putzkolonne ihre Arbeit erledigt hatten, würden sie sich allein durch das Haus bewegen können.

„Lieber Himmel“, sagte Casey, als sie ausgestiegen war und durch das Hauptportal das Gebäude betrachtete. „Das nenne ich aber mal ein Häuschen.“

Kendra schloss soeben die Haustür auf, Daisy stand neben ihr. „Du benimmst dich“, flüsterte sie der Hündin zu.

Nachdem sie alle eingetreten waren, schilderte Kendra in groben Zügen die Besonderheiten und Vorzüge des Hauses, aber da sie merkte, dass Walker und Casey sich lieber auf eigene Faust umsehen wollten, zog sie sich mit Daisy zurück und erklärte, sie sei entweder auf der Veranda oder im Garten zu finden.

Casey nickte und lächelte dabei dankbar, dann machten sie und Walker sich an die Erkundung des Hauses. Unterdessen ging Kendra mit Daisy zusammen in den Garten hinter dem Haus, begutachtete die Blumenbeete und stellte fest, dass der beauftragte Gärtner ordentlich arbeitete. Dann schloss sie das Gästecottage auf, damit Casey sich dort auch umsehen konnte.

Im Garten pflückte sie einen Strauß Zinnien, den sie mit nach Hause nehmen und in der Küche in eine Vase stellen wollte. Mit den Blumen in der Hand stand sie da und wartete darauf, dass ein Gefühl der Traurigkeit sie überkam, weil sie das alles hinter sich ließ. Immerhin war das früher einmal ihr über alles geliebtes Traumhaus gewesen, in dem sie voller Stolz gewohnt hatte. Viele glückliche Erinnerungen verband sie mit dem Haus,

aus der Zeit vor Jeffrey ebenso wie nach der Trennung von ihm. Schon als Kind hatte sie hier gespielt, und viel später hatte Joslyn nach ihrer Rückkehr im Cottage gewohnt, als ihr irgendwann klar geworden war, dass sie Slade Barlow liebte – ausgerechnet den Mann, den sie bis dahin nicht mal genommen hätte, wenn er der letzte noch lebende Mann auf der ganzen Welt gewesen wäre. Später hatte Kendra dann eine riesige Party für Tara gegeben, als die es nach Parable verschlagen hatte, um die Hühnerfarm zu kaufen.

Aber da regte sich nicht ein Hauch von Traurigkeit.

Mit einem Mal war ihr klar, dass Casey das Haus kaufen würde, um hier ihre Kinder großzuziehen. Damit konnte Kendra leben.

Eigentlich war es ja auch Jeffreys Haus gewesen, er hatte es gekauft und eingerichtet und den Unterhalt bezahlt, auch nach ihrer Scheidung. Jetzt würde es einen neuen Eigentümer erhalten, und der Verkaufserlös würde in einen Treuhandfonds für Jeffreys Tochter Madison fließen, so wie es auch vorgesehen gewesen war.

Kendra verspürte einen intensiven inneren Frieden, während sie über all die Veränderungen nachgedacht hatte, denen ihr Leben ausgesetzt gewesen war, seit sie dieses Haus zum allerersten Mal gesehen hatte. Damals, als sie noch ein verlorenes kleines Mädchen gewesen war, das irgendwo dazugehören, das erwünscht und willkommen sein wollte.

Hier war sie willkommen gewesen, hier bei Opal und Joslyn und Joslyns großzügiger Mutter. Aber jetzt war sie nicht mehr das kleine Kind, das nur im Weg war, sondern eine erwachsene Frau, die selbst eine Tochter hatte, die sie liebte und die sie großziehen wollte, so gut sie es nur konnte.

Sie war zufrieden mit ihrem Leben, zufrieden mit der Frau, zu der sie sich entwickelt hatte. Sie wusste, von jetzt an würde sie glücklich sein, weil sie das so entschieden hatte. Und ob Hutch Carmody mit zu ihrem Leben gehören würde oder nicht, das konnte sich nicht auf ihre Entscheidung auswirken.

Es war an der Zeit, alle Ängste und Zweifel hinter sich zu lassen und nach vorn zu blicken, gute Dinge zu erwarten und zu wissen, dass sie mit den schlechten Dingen schon klarkommen würde.

Gut eine halbe Stunde später kamen Casey und Walker zu ihr in den Garten.

Die zierliche Frau strahlte sie an. „Es ist perfekt", sagte sie zu Kendra und bückte sich, um Daisy zu streicheln, da diese schwanzwedelnd auf sie zugekommen war. „Wo unterschreibe ich?"

Kendra sah erstaunt zu Walker, dann wieder zu Casey. „Wollen Sie nicht erst noch mal in Ruhe darüber nachdenken?", fragte sie. So viele Häuser sie in ihrer Karriere schon verkauft hatte, war ihr so etwas noch nie untergekommen.

„Bloß nicht", erwiderte Casey freudestrahlend. „Das ist genau das, was ich will. Worüber soll ich da noch nachdenken?"

Das war es also.

Es gab kein Feilschen, keinen Gutachter, der das Haus erst einmal unter die Lupe nahm, kein gar nichts.

Zurück im Büro unterschrieb Casey den Kaufvertrag und stellte einen Scheck über einen beachtlichen Betrag aus, um zu belegen, dass sie es ernst meinte. Sie wollte die Sache so schnell wie möglich hinter sich bringen, damit ihre Kinder sich noch in Parable einleben konnten, bevor das neue Schuljahr begann.

Kendra versprach ihr, alles so schnell wie möglich zu erledigen. Nachdem Walker und Casey gegangen waren, machte sie einen Luftsprung und stieß einen so lauten Freudenschrei aus, dass sich Daisy unter den Schreibtisch zurückzog und sie von dort aus skeptisch beobachtete.

Die Reaktion der Hündin entlockte ihr einen Lacher, dann aber kniete sie sich hin und redete beschwichtigend auf Daisy ein, bis diese wieder aus ihrem Versteck kam. Nachdem sie sich sicher war, dass die Hündin sich beruhigt hatte, beschloss Kendra, das Büro für den Rest des Tages zu schließen. Nachdem sie Caseys unglaublichen Scheck in der Schreibtischschublade eingeschlossen hatte, machte sie Feierabend.

Die Zinnien aus dem Garten des Herrenhauses lagen in ein feuchtes Papierhandtuch gewickelt auf dem Beifahrersitz, sie erinnerten Kendra an das Feuerwerk am Samstagabend, als farbenprächtige Blütenkelche am Himmel entstanden und dann in einem Funkenregen vergangen waren.

Sie fuhr zum Pioneer Cemetery, stellte den Wagen ab und nahm die Zinnien an sich, dann öffnete sie die Fenster einen Spaltbreit, damit Daisy genug Luft hatte. Sie folgte der langen Reihe aus Gräbern, bis sie die letzte Ruhestätte ihrer Großmutter erreicht hatte.

Eudora Shepherd stand auf dem schlichten Grabstein, darunter ihr Geburts- und ihr Sterbedatum. Kein Ehemann war nebenan beerdigt, auch kein anderes Familienmitglied.

Ihre Großmutter war ganz allein auf der Welt gewesen.

Kendra hockte sich hin und legte die Blumen auf den unteren Teil des staubigen Grabsteins.

„Du hast getan, was du konntest", sagte sie leise, während eine Brise mit ihren Haaren spielte. „Es kann nicht leicht gewesen sein, dich in deinem Alter noch um ein kleines Kind kümmern zu müssen. Das Geld reichte vorn und hinten nicht, und von allen Seiten kamen nur Schwierigkeiten und Probleme auf dich zu. Aber du hast mich bei dir wohnen lassen, als Mom wegging, und das war für mich sehr wichtig. Du hast mir Essen und Kleidung gegeben, ich hatte ein Dach über dem Kopf, und dafür bin ich dir dankbar, Grandma, wirklich sehr dankbar."

Kendra richtete sich auf. Ihr standen keine Tränen in den Augen, ihr Herz schmerzte nicht.

Endlich hatte sie mit der Vergangenheit abschließen können, endlich wünschte sie sich nicht mehr, ihr Leben hätte anders verlaufen sollen. Wichtig war nur das Jetzt und Hier. Das, was sie *jetzt* tat und dachte und fühlte.

Sie verabschiedete sich von ihrer Großmutter, außerdem von all den Dingen, die geschehen waren, aber nicht hätten geschehen sollen, und von den Dingen, die nicht geschehen waren, aber hätten geschehen sollen. Sie verabschiedete sich von Jeffrey und von dem unbekümmerten, übermütigen Jungen, der Hutch gewesen war, als sie ihn kennengelernt hatte.

Und sie begrüßte den Mann, der aus ihm geworden war.

Aber sie hatte es nicht eilig. Die Dinge entwickelten sich so, wie sie es sollten, und dafür war sie nun auch offen.

Hutch sattelte Remington und ritt an diesem Morgen allein hinauf auf den Berg, nachdem er seinen Leuten die Anweisungen für den Tag gegeben hatte.

Dort angekommen, saß er ab und ließ das Pferd grasen, während er hinüber zu dem Steinhaufen ging. An der Stelle, an der er und Kendra sich am letzten Samstag geliebt hatten, blieb er kurz stehen. Er musste lächeln. Sie zu lieben war gut gewesen, weil es das Richtige gewesen war. Und längst überfällig, wenn es nach ihm ging.

Er ging weiter zu dem Steinmonument, das er aus Wut, Schmerz und Frust errichtet hatte, nahm einen der schwereren Steine hoch und legte ihn auf den Boden.

„Es ist vorbei, alter Mann“, sagte er zu seinem toten Vater, auch wenn ihn nur die Vögel, der Wind und sein Pferd hören konnten. „Ich hasse dich nicht länger dafür, dass du nicht der warst, den ich gebraucht hätte. Du warst, wer du warst. Aber ich sage dir auch, dass ich ein anderer Mann sein will. Wenn Kendra einverstanden ist, werde ich sie zur Frau nehmen. Ich werde sie bis zu dem Tag lieben, an dem ich sterbe, und vielleicht sogar danach immer noch. Und ich werde ihr kleines Mädchen so lieben, als wäre es meine eigene Tochter.“

Auf einmal kam sich Hutch etwas seltsam vor, dass er mit einem Toten redete. Aber er hatte ja auch schon alles gesagt, was er hatte sagen wollen.

Einen Stein nach dem anderen warf er zur Seite, bis von dem Steinhaufen nichts mehr zu sehen war.

19. KAPITEL

Bis zum kommenden Sonntag, an dem die Taufe von Trace Carmody Barlow anstand, war Hutch Kendra nicht mehr begegnet. Als er die Kirche betrat, trug er eine Stoffhose, ein weißes Hemd und ein dünnes Sportjackett, in dessen Tasche eine Überraschung für einen späteren Zeitpunkt an diesem Tag steckte.

Die meisten Gemeindemitglieder waren nach dem Gottesdienst in der Kirche geblieben, um die Taufe mitzuerleben. Entsprechend unbehaglich fühlte Hutch sich, als er das Gebäude betrat. Hin und wieder warf er einen verstohlenen Blick nach oben und hoffte, die Decke würde nicht einstürzen, auch wenn er sich wieder hergewagt hatte.

Der neue Pastor Dr. Beaumont begann die Zeremonie mit einem Gebet.

Hutch beugte den Kopf vor, so wie alle anderen auch, aber ehrlich gesagt hatte er nur Augen für Kendra, die in einem grünen Kleid neben ihm stand. Der Stoff sah so zart und geschmeidig aus, dass Hutch ihn am liebsten berührt hätte, um sich davon zu überzeugen, ob er sich auch so anfühlte.

Als das Gebet beendet wurde, machte Kendra die Augen auf und sah, dass er sie verstohlen betrachtete. Daraufhin lächelte sie sanft.

Dr. Beaumont nahm Joslyn das Baby behutsam aus den Armen, hielt es über das Taufbecken und träufelte ihm etwas Wasser über den Kopf, wobei er es im Namen des Vaters, des Sohnes und des Heiligen Geistes taufte.

Dann folgte ein weiteres Gebet. Nun hielt Slade den Jungen fest und sah aus, als müsste er jeden Moment vor Stolz platzen. Nie zuvor hatte er seinem Vater so ähnlich gesehen, wie Hutch ein wenig erschrocken feststellen musste. Aber da war auch noch ein gelassener selbstsicherer Ausdruck in seinen Augen, und der machte den Unterschied aus. Slade hatte kein Problem damit, er selbst zu sein. Er nahm das Leben, wie es kam, doch ihr Vater hatte das Leben als einen konstanten Kampf angesehen, etwas, das überlebt und besiegt werden musste. Es war dieses Ringen gewesen, das alles aufgebraucht hatte, was er zu geben hatte.

Der formale Teil der Taufe war vorüber, die kleine, aber begeisterte Menge verstreute sich in alle Himmelsrichtungen, vor allem aber in Richtung des Pioneer Cemetery, wo ein Picknick stattfinden würde.

Hutch ging vor den anderen rüber zum Friedhof und fand sich schließlich vor dem Grab seines Vaters wieder. Es gab nichts mehr zu klären, er hatte ein für alle Mal seinen Frieden mit John Carmody geschlossen, als er das Monument oben auf der Bergwiese Stein für Stein und Schmerz für Schmerz abgetragen hatte.

Alles war jetzt verstreut, so wie diese Steine.

Dennoch erschien es ihm nur richtig, einen Moment lang innezuhalten und wortlos seinem Vater Respekt zu zollen, denn trotz allem hatte er seinen Vater geliebt und die ganze Zeit über gewusst, dass sein alter Herr ihm gegeben hatte, was er ihm hatte geben können.

Nach und nach trafen die anderen ein und bevölkerten die Picknicktische, die Kinder rannten umher und spielten, während die Erwachsenen sich im Schatten der Bäume unterhielten.

Aus dem Augenwinkel sah Hutch, dass Slade sich ihm näherte. Er hatte sein Jackett ausgezogen und die Hemdsärmel hochgekrempelt. Neben Hutch blieb er schließlich stehen.

„Alles in Ordnung bei dir?“, fragte er mit rauer Stimme.

„Alles bestens“, antwortete er und sprach nur die Wahrheit aus. „Und bei dir?“

„Könnte nicht besser gehen. Ich habe alles, was sich ein Mann wünschen kann, und noch ein bisschen mehr.“

Hutch betrachtete den Grabstein, auf dem der Name ihres Vaters sowie sein Geburts- und das Sterbedatum geschrieben standen. Es war schwer vorstellbar, dass das ganze Leben eines Menschen auf ein paar Buchstaben und Ziffern reduziert werden konnte, aber genau das war hier geschehen. John Carmody war zur Welt gekommen, hatte sein Leben gelebt und war dann gestorben. Dabei gab es noch so viel aus der Zeit vor ihrer Geburt, dass sie niemals über ihn erfahren würden.

„Er hätte dich früher anerkennen sollen, Slade“, sagte Hutch, ohne seinen Bruder anzusehen. „Und er hätte dich besser behandeln sollen.“

Eine Zeitlang dachte Slade darüber nach, dann erwiderte er: „Er hat mir das Leben geschenkt. Vielleicht war er zu mehr nicht fähig gewesen. Außerdem wusste er, dass Callie gut auf mich aufpassen würde.“ Hutch seufzte leise, und Slade legte eine Hand auf seine Schulter. „Da drüben unter den Bäumen ist eine Party im Gang“, sagte er. „Wie wär's, wenn du dich dazusetzt, Hutch?“, schlug Slade vor.

Als er den Kopf hob und in die angedeutete Richtung sah, entdeckte er Madison, die ein fröhlich gepunktetes Kleid trug und mit ausgebreiteten Armen auf ihn zugelaufen kam.

Er schnappte sie, als sie ihn erreicht hatte, und nahm sie hoch, dann trug er sie zurück zu den anderen Partygästen. Slade ging neben ihm her. Madison redete wie ein Wasserfall und berichtete ihm, wie sehr sie ihn vermisst hatte und dass ihre Mommy ihn auch vermisst hatte und dass sie wieder auf Ruffles reiten wollte, weil sie lernen wollte, wie man das mit der Flagge machte, damit sie beim Rodeo mitmachen konnte und damit sie auch beim Tonnenreiten mitmachen konnte, wenn sie erst mal älter war, und …

Kendra bemerkte ihn und löste sich aus der Gruppe, in der sie gestanden hatte. Gleichzeitig wurde Madison auf Shea aufmerksam und begann zu strampeln, damit er sie absetzte. Sofort lief sie zu dem älteren Mädchen, das sie kichernd begrüßte.

Schließlich standen sich Hutch und Kendra mit vielleicht einem Meter Abstand gegenüber. Das hohe Gras wiegte sich leicht in der schwachen Brise, die über das Land wehte.

Da er zu dem Schluss gekommen war, dass diese Unterhaltung schon lange überfällig war, räusperte sich Hutch und machte einen Schritt auf sie zu. Dann fasste er sie an den Ellbogen und sah ihr in die Augen, die klar und grün leuchteten.

„Ich liebe dich, Kendra“, sagte er mit belegt klingender Stimme, da seine Gefühle ihn fast zu überwältigen drohten. „Es ist vielleicht zu früh, das zu sagen, aber … wer weiß, vielleicht ist es auch längst zu spät dafür … auf jeden Fall ist es die Wahrheit.“ Er griff in die Jackentasche und zog eine kleine samtene Schachtel hervor, die mit einem Daumendruck aufschnappte. Darin befand sich der Verlobungsring seiner Urgroßmutter, eine schlichte, aber elegante Anordnung von Diamanten und Rubinen. Nachdem Joslyn ein wenig Detektivarbeit geleistet hatte, um die richtige Größe herauszufinden, hatte er ihn beim Juwelier ändern und polieren lassen. Jetzt schien er in Flammen getaucht zu sein, als das Sonnenlicht auf ihn fiel.

Mit großen Augen betrachtete Kendra den Ring, sagte aber nichts. Die nächsten Sekunden kamen ihm wie Stunden vor, während er auf ihre Antwort wartete. Sie hatten beide schon einige Hürden überwunden, aber auch wenn er wusste, dass sie ihn liebte, konnte er nicht einschätzen, ob sie bereit war, sich auf lange Sicht an ihn zu binden.

„Willst du mich bitten, dich zu heiraten?“, fragte sie schließlich sehr leise.

Nur am Rande nahm Hutch die anderen Partygäste wahr. Für ihn hatte die Zeit aufgehört zu existieren, und das Universum bestand nur noch aus Kendra und ihm.

„Ja“, brachte er schließlich heraus. „Natürlich nur, wenn du genauso empfindest wie ich.“

Sie lächelte ihn an. „Ich habe dich schon geliebt, als wir noch Kinder waren, Hutch. Daran hat sich nichts geändert.“

„Dann … wirst du mich heiraten?“

Kendra kam noch etwas näher und schlang ihm die Arme um den Nacken. „Ich werde dich heiraten“, antwortete sie und schaute ihm tief in die Augen. „Wenn wir beide dazu bereit sind.“

„Ich bin sofort bereit“, ließ er sie wissen, und das war nichts als die Wahrheit.

„Es gibt da einige Dinge, die wir erst klären müssen“, sagte sie ernst. „Wir müssen Pläne machen und Entscheidungen treffen. Zum Beispiel müssen wir an Madison denken."

Er wollte Madison adoptieren und sie als eine Carmody aufwachsen lassen, aber hier war nicht der richtige Ort, um darüber zu reden. Er war schon mit seinem Heiratsantrag vorgeprescht, und das auch noch mitten auf dem Friedhof, während die halbe Stadt seinen Antrag hatte mitverfolgen können. Diesmal würde er nicht wieder alles verbocken.

Kendra machte einen Schritt nach hinten und hielt ihm die linke Hand hin. Er holte den Ring aus der Schachtel und schob ihn behutsam über ihren Ringfinger. Als er sich vorbeugte und Kendra küsste, begannen die Partygäste begeistert Beifall zu klatschen …

Einen Monat später

Opal Dennison saß kerzengerade auf ihrem neuen Lieblingsplatz auf jener Kirchenbank, von der aus sie den besten Blick auf Pastor Dr. Walter Beaumont hatte. Sie hatte am Tag seiner ersten Predigt dort gesessen, und seitdem beanspruchte sie ihn jeden Sonntag für sich.

Heute, an diesem strahlenden Nachmittag, stand Hutch Carmody vor dem Altar, genau an der gleichen Stelle wie bei seiner letzten kirchlichen Hochzeit. Und Boone stand wie zuvor als sein Trauzeuge gleich neben ihm.

Abermals waren die Bänke bis auf den letzten Platz besetzt, und da die Orgel noch nicht eingesetzt hatte, tuschelten die Gäste unablässig. Soweit Opal das beurteilen konnte, fragten sich fast alle, ob sich wohl die Geschichte wiederholen würde.

Opal lehnte sich zurück, neben ihr lag Joslyns Baby in einem tragbaren Kindersitz sicher untergebracht. Immerhin war Joslyn so wie Tara eine Brautjungfer und wartete jetzt im hinteren Teil der Kirche darauf, dass die Zeremonie begann. Auch Slade stand dort, da er die Braut zum Altar führen sollte, von der aber noch nicht viel zu sehen war. Lediglich ein Schwall schimmernder Spitze war auszumachen, der zu ihrem prachtvollen Kleid gehörte.

Als Opal sich wieder ein Stück weit umdrehte, konnte sie beobachten, wie sich Slades und Joslyns Blicke trafen. In diesem Moment kam es ihr so vor, als würden ihre Seelen durch die Haut hindurchstrahlen und sie mit einer gemeinsamen Aura umgeben.

Sie lächelte zufrieden und konzentrierte sich wieder auf den Bräutigam, der zusammen mit Walter am Altar wartete. Ach, was sah Walter doch wieder gut aus, mit seinem vollen weißen Haar, mit seiner würdevollen Art, wie er in seinem prächtigen Pastorengewand dastand. Aber heute war Hutchs und Kendras großer Tag, und Opal wollte sich durch nichts davon ablenken lassen.

Im Geiste klatschte sie sich mit Gott ab. Du und ich, wir leisten wirklich gute Arbeit, sagte sie zu ihm. Dann wanderte ihr Blick weiter zu Boone, der allzu ernst dreinblickte. *Natürlich müssen wir* ihn *noch hinbiegen, nicht wahr? Und auch die liebe Tara. Aber wenigstens können wir Hutch und Kendra von unserer Liste streichen, so wie wir das zuvor schon bei Slade und Joslyn gemacht hatten. Wieder eine Mission erfüllt.*

In diesem Moment schaute Walter zu ihr, und ein kaum wahrnehmbares, schelmisches Lächeln umspielte einen seiner Mundwinkel. Jetzt fehlte nur noch, dass der Mann ihr zuzwinkerte, mitten in der Kirche, vor allen Leuten und mit der Bibel in seinen Händen.

Oder … hatte er das tatsächlich gerade eben gemacht?

Sie war sich nicht sicher, und je mehr Zeit verstrich, umso weniger konnte sie noch sagen, was real war und was sie sich nur einbildete.

Die Vorstellung, es könnte so sein, erfüllte sie mit einer wohligen Wärme, aber natürlich erwiderte sie das Zwinkern nicht.

Immerhin gab es einen richtigen Weg, um so etwas in Angriff zu nehmen. Und außerdem hatte sie es nicht eilig damit, Walter an Land zu ziehen und ihn zu heiraten. Sie konnte ihn sehr gut leiden, und ein paar Mal hatte sie ihn bei seinen Angelausflügen begleitet. Dabei hatten sie sich aber so angeregt unterhalten und so laut gelacht, dass garantiert jeder Fisch in der näheren Umgebung weggeschwommen war, so schnell er nur konnte. Am Sonntag nach der Taufe von Trace Barlow waren sie beide nach dem Gottesdienst zum Brunch ins Butter Biscuit gegangen und hatten sich dort so angeregt unterhalten, dass Essie sie regelrecht vor die Tür hatte setzen müssen, damit sie wie sonntags üblich um zwei Uhr ihr Lokal schließen konnte.

Ja, in Sachen Romantik sah es tatsächlich sehr vielversprechend aus, und das nicht nur für Kendra und Hutch, sondern auch für sie und Walter. Jetzt musste sie nur noch abwarten und darauf hoffen, dass der Herr es auch so geschehen ließ. Schließlich wusste er es immer am besten.

Kendra hob ihren Schleier und gab mit Freudentränen in den Augen ihrem Blumenmädchen Madison einen Schmatzer auf die Wange. „Und? Bist du aufgeregt?“, fragte sie leise. Wenn die Orgel einsetzte, würde Madison, die ein blaues Seidenkleid mit Rüschen trug, vor allen anderen zum Altar gehen.

„Nein“, antwortete sie in einem viel zu lauten Flüsterton und fügte hinzu: „Ich kriege heute einen *Daddy*!“

Das war einige Sitzreihen weit zu hören gewesen und sorgte bei den Gästen ungewollt für Heiterkeit. Dann ertönte die Orgel, und sofort machte sich Madison auf den Weg zum Altar, was sie in den letzten Wochen unermüdlich geübt hatte. Dabei verstreute sie rosafarbene und weiße Rosenblätter auf dem Boden. Die Leute sahen sie verzückt an, als sie an ihnen vorbeiging.

Am Altar angekommen, ging sie zu Hutch und zupfte mit der freien Hand an seinem Ärmel. In der anderen hielt sie den inzwischen leeren Korb. Hutch beugte sich zu ihr herunter, sie flüsterte ihm etwas ins Ohr, woraufhin er grinsend auf die Stelle zeigte, zu der sie gehen sollte.

Die Melodie, die auf der Orgel gespielt wurde, legte ein wenig an Tempo zu, und dann folgte Tara dem Weg aus Rosenblättern zu ihrem Platz. Ihr blassgelbes Kleid hatte sie selbst ausgesucht. Joslyn trug wie Madison ein blaues Kleid, aber auch damit hatte Kendra nichts zu tun. Sie war fest entschlossen, ihre Freundinnen nicht in Kleider zu stecken, in denen sie sich unglücklich fühlten.

Joslyn drückte kurz Kendras Hand, sah flüchtig zu Slade und bewegte sich voller Anmut durch den Mittelgang, dann stellte sie sich zu Tara.

„Jetzt bist du dran", sagte Slade leise zu Kendra, als sie sich bei ihm unterhakte. „Bereit?"

„Bereit", gab sie zurück, hielt ihren Brautstrauß aus Zinnien und Gänseblümchen fest umklammert und atmete noch einmal tief durch.

Der Hochzeitsmarsch begann, aber noch bevor Slade mit ihr den ersten Schritt nach vorn machen konnte, verließ Hutch seinen Platz am Altar und ging auf die beiden zu. Bestürztes Raunen machte sich in der Menge breit, und gleich darauf verstummte die Orgel.

Kendra hielt gebannt den Atem an, als sie Hutch auf sich zukommen sah. In dem Smoking, zu dem er sich nur unter massivem Protest und nur für diesen einen Tag hatte überreden lassen, sah er einfach fantastisch aus.

Als er vor ihr stand, hielt er ihr seinen Arm hin. „Ich übernehme ab hier", sagte er zu Slade, der mit einem ungläubigen Grinsen seinen Platz an Kendras Seite räumte.

Die versammelten Gäste atmeten hörbar erleichtert auf, die Musik setzte wieder ein, und dann gingen Hutch und Kendra Arm in Arm zum Altar, wo sie vor dem Pastor stehen blieben. Sie hatten ihre Ehegelübde selbst geschrieben, aber keiner kannte den Text des anderen, und so stand Kendra von Freude überwältigt neben dem Mann, den sie liebte, und war sich mit einem Mal sicher, dass ihr die so sorgfältig überlegten Zeilen längst komplett entfallen waren. Dann würde sie eben improvisieren müssen, aber das war schon okay.

Hutch sprach als Erster. Er drehte sich zu Kendra um und griff nach ihren Händen. Durch den zarten Schleier hindurch schaute er ihr direkt in die Augen.

„Manchmal", begann er mit leicht rauer, aber kraftvoller Stimme, „hat ein Mann das Glück, eine zweite Chance zu bekommen, ohne Rücksicht darauf, ob er sie verdient hat oder nicht. Ich habe eine solche zweite Chance erhalten. Ich liebe dich, Kendra. Ich habe dich immer geliebt, und ich werde dich immer lieben. Ich werde dir treu sein und dir zuhören, ich werde dich beschützen und für dich sorgen, und ..."

„... und du wirst mein Daddy sein!", meldete sich in dem Moment Madison zu Wort, was von den Anwesenden mit fröhlichem Gelächter und viel Applaus bedacht wurde.

Hutch grinste das kleine Mädchen an, dann wiederholte er: „Und ich werde dein Daddy sein." Nach einer kurzen Pause fragte er: „Hast du sonst noch etwas zu sagen, Kleine, oder können wir jetzt weitermachen?"

Madison dachte kurz nach und schüttelte gleich darauf den Kopf so energisch, dass ihre Locken umherwirbelten. „Nein, das war alles", verkündete sie.

Wieder ertönte aus den Reihen der Gäste amüsiertes Gelächter.

Hutch wandte sich wieder Kendra zu und beendete sein Gelübde.

Kendra musste schlucken, während sie ihn ansah. Sie liebte ihn mit allem, was sie hatte und was sie war. „Ich liebe dich, Hutch Carmody", begann sie nun, ohne den Blick von seinen Augen abzuwenden. „Vom heutigen Tag an werde ich deine Freundin und deine Partnerin sein und auch deine Ehefrau, in guten wie in schlechten Zeiten und in allen Zeiten irgendwo dazwischen. Ich werde für Madison die beste Mutter sein, die sie sich wünschen kann, und auch für alle anderen Kinder, die wir beide hoffentlich gemeinsam in die Welt setzen werden. Ich verspreche dir, ich werde dir immer vertrauen, und dein Vertrauen in mich wird niemals enttäuscht werden."

Als sie fertig war, folgte eine kurze Stille, während derer sie sich gegenseitig in die Augen sahen und weitere Versprechen austauschten, die sich nicht in Worte fassen ließen.

Dr. Beaumont stellte ihnen dann die entscheidende Frage, die sie beide mit einem kräftigen „Ich will“ beantworteten. Dann war endlich der Moment gekommen, an dem sie beide ihre Eheringe trugen. Mit der volltönenden Stimme eines Mannes, dem diese schöne Aufgabe übertragen worden war, erklärte der Geistliche sie daraufhin zu Mann und Frau.

„Sie dürfen die Braut jetzt küssen“, fügte er hinzu, als sei ihm das gerade erst eingefallen, doch da hatte Hutch bereits Kendras Schleier gelüftet und seinen Kopf geneigt, um sie zärtlich auf den Mund zu küssen.

In diesem Moment erwachte die Orgel zu neuem Leben, woraufhin sich die versammelten Gäste erhoben und stürmisch Beifall klatschten.

Madison warf ihren Blütenkorb zur Seite, lief zu dem frischgebackenen Paar und schob sich zwischen Kendra und Hutch. Beide nahmen sie an die Hand, und als Familie verließen sie gemeinsam die Kirche.

Der anschließende Empfang im Gemeindezentrum dauerte eine halbe Ewigkeit, zumindest kam es Hutch so vor. Immer wieder mussten sie für Fotos posieren, ständig wollte ihnen irgendwer die Hand schütteln, und die riesige Hochzeitstorte wartete darauf, angeschnitten zu werden. Es gab Essen und Musik, und auf den Tischen stapelten sich so viele Geschenke, dass man damit einen Kleinlaster hätte beladen können.

Hutch hatte seinen Spaß an dieser Feier, trotzdem brannte er darauf, endlich die Flitterwochen beginnen zu lassen, und Kendra erging es nicht anders. Aus verschiedenen Gründen hatten sie entschieden, mit dem Sex bis nach der Hochzeit zu warten, und daran hatten sie sich auch gehalten. Es war kein leichtes Unterfangen gewesen, und da nun endlich die Ziellinie in Sichtweite war, wollte er sie so bald wie möglich überqueren.

Anstatt zu verreisen, wollten sie lieber auf der Ranch bleiben. Dabei sollte Madison die erste Nacht bei Opal verbringen, die eben erst wieder bei den Barlows eingezogen war. Und natürlich hatte die Kleine da ja auch noch Shea als ihr persönliches Idol.

Die Zeit wollte einfach nicht verstreichen. Als er mit Kendra tanzte, war die körperliche Nähe zu ihr fast unerträglich. „Ich kann es nicht erwarten, endlich mit dir allein zu sein, Mrs Carmody", flüsterte er ihr ins Ohr.

„Du wirst dich aber noch gedulden müssen, Mr Carmody", gab sie amüsiert zurück.

Eine weitere Stunde zog ins Land, bis Kendra sich schließlich einverstanden erklärte, dass sie beide sich zurückziehen sollten. Sie verabschiedeten sich von Madison, die neben Shea am Klavier saß und von ihr lernte, die Bassnoten von „Heart and Soul" zu spielen. Sie grinste die beiden zufrieden an und rief: „Bis morgen!"

Der neue Truck wartete vor dem Gemeindezentrum auf sie, er war von vorn bis hinten mit Bändern und Wimpeln verziert, hier und da klebte Rasierschaum auf dem Lack, und am Heck hing ein großes handgeschriebenes „Just married"-Schild.

Hutch hob Kendra auf den Beifahrersitz und benötigte – zumindest empfand sie es so – erst einmal fünf Minuten, ehe er die lange Schleppe ihres Hochzeitskleids im Fußraum verstaut hatte. Kendra musste die ganze Zeit über ausgelassen lachen.

Was musste das nur für ein Anblick sein, überlegte er, nachdem er eingestiegen war: er im Smoking, Kendra in einem wallenden Traum aus Spitze und Seide, wie sie in einem großen Pick-up ihre eigene Hochzeitsfeier verließen.

So schnell er auch seine Ranch erreichen wollte, um mit seiner Braut allein zu sein und ihr dieses Kleid und alles andere auszuziehen, was sie noch darunter trug, konnte er einen Moment lang nicht anders, als sie einfach nur fasziniert anzusehen.

Sie war so unglaublich, so wahnsinnig schön.

Und sie war seine Ehefrau.

Als sie seinen eindringlichen Blick bemerkte, musste sie wieder lachen. „Ich fühle mich wie ein riesiger Cupcake!"

Hutch grinste sie vielsagend an, während er den Motor anließ. „Umso besser. Dann habe ich ja einen guten Grund, dich anzuknabbern", erwiderte er und fuhr los.

Nachdem sie zu Hause ankamen, war das Ranchhaus hell erleuchtet, obwohl es noch Nachmittag war und die Sonne schien. Am Abend zuvor hatten er, Slade und Boone ein paar Stunden damit verbracht, sämtliche weißen Weihnachtslichter vom Speicher zu holen und mit ihnen das ganze Haus zu schmücken, damit es in funkelnde Lichter getaucht wurde.

Er stellte den Wagen nahe der Haustür ab, stieg aus und ging herum auf die Beifahrerseite, um Kendra vom Beifahrersitz zu heben. Als er sie in seinen Armen hielt, schaute er ihr tief in die Augen und sagte: „Willkommen daheim, Mrs Carmody."

Tränen stiegen ihr in die Augen und ließen ihre Mascara verlaufen. „Ich liebe dich so sehr", erwiderte sie.

Er küsste sie, dann machte er sich daran, die Haustür zu öffnen, was sich als nicht ganz so einfach erwies, wenn man eine Frau in einem Hochzeitskleid auf den Armen hielt. Irgendwie schaffte er es dann aber doch und konnte Kendra über die Türschwelle tragen. Drinnen wurden sie sofort von Leviticus begrüßt, der aber schnell das Interesse an den beiden verlor und sich in einen anderen Teil des Hauses zurückzog.

Im Flur setzte er Kendra ab und tat so, als sei er völlig entkräftet, weil er sie so lange hatte hochheben müssten. Sie raffte lächelnd ihr Kleid mitsamt Schleppe, stieg die Treppe hinauf und warf ihm einen Blick über die Schulter zu. Wo das Schlafzimmer war, wusste sie, schließlich hatte er sie inzwischen einmal durch sein ganzes Haus geführt, aber heute war alles anders. Denn von heute an war es ihr *gemeinsames* Schlafzimmer.

„Willst du mir nicht aus meinem Kleid helfen?", fragte sie mit gespielter Schüchternheit.

„Das ist wohl das Mindeste, was ich für dich tun kann", antwortete Hutch, dann lief er hinter ihr her die Treppe hoch, und streifte dabei seine Jacke ab und befreite sich von der Fliege. Beides landete weiter unten auf den Stufen. Der Kummerbund folgte, und als er dicht hinter Kendra ins Schlafzimmer schritt, nahm er die Manschettenknöpfe ab.

Kendra war wie eine Vision in strahlendem Weiß, wie sie dastand und sich alles anschaute: das alte Bett, den altmodischen Kamin, die in die Wände eingelassenen Regale, die momentan noch leer waren, weil Hutch seit seiner Kindheit immer in ein und demselben Zimmer im Erdgeschoss geschlafen hatte.

Sie wanderte zum Kamin hinüber und strich mit einer Hand über den Sims, dann sagte sie leise und fast ehrfürchtig: „Unser Zimmer. Der Ort, an dem wir unsere Kinder zeugen werden."

Hutch betrachtete sie und prägte sich dieses Bild so genau wie möglich ein, damit er sich auch noch daran erinnern konnte, wie sie in diesem Moment ausgesehen hatte, wenn sie beide längst ein altes Ehepaar waren. „Jedenfalls einige unserer Kinder", stimmte er zu. „Ich habe allerdings nicht vor, dich nur in diesem Zimmer hier zu lieben."

Sie kam zu ihm, stellte sich auf Zehenspitzen vor ihn hin und küsste ihn sanft auf den Mund. „Für den Anfang wird das genügen", hauchte sie. In ihren Augen blitzte der Schalk auf, ehe sie ihm den Rücken zuwandte und mit einer Hand auf die lange Knopfreihe an ihrem Kleid deutete.

Gemächlich begann er, ihr Kleid aufzuknöpfen, was hin und wieder etwas kniffig war und ihn vor die Frage stellte, warum so winzige Knöpfe verwendet wurden, wenn sie doch eigentlich von einem Mann geöffnet werden sollten, der viel dickere Finger hatte. Endlich war es geschafft, er konnte das Kleid weit genug nach unten schieben, damit Kendra hinaussteigen konnte. Wie das Hochzeitskleid schließlich auf dem Stuhl neben dem Kamin lag, ließ Hutch dieser Anblick an eine Wolke denken, die vom Himmel gefallen war und die sich für eine Weile ausruhen wollte.

„Eines Tages wird Madison dieses Kleid tragen", sagte Kendra versonnen. „Und vielleicht auch noch andere Töchter."

Der Gedanke berührte Hutch, aber er hielt nicht lange vor, da Hutch im Moment nicht in der Lage war, sich mit der Zukunft zu beschäftigen. Jetzt gab es für ihn nur diesen Augenblick.

Auch nachdem Kendra sich vom Kleid befreit hatte, trug sie noch immer einiges am Körper – einen wallenden Unterrock aus Spitze, ein Unterhemd, darunter einen BH. Sie schlüpfte aus ihren Satinschuhen und streifte sich den Unterrock ab, dann löste sie die Strümpfe von dem sexy Strumpfhalter und rollte sie ab, bis sie in Slip und BH vor ihm stand und aussah wie ein Engel von Victoria's Secret.

Hutch fehlten die Worte, so unglaublich schön war dieser Anblick.

Als sie zu ihm kam und ihm das Hemd aus dem Hosenbund zog, um es aufknöpfen zu können, fragte sie mit einem verführerischen Lächeln auf den Lippen: „Bin ich hier eigentlich dafür zuständig, alle auszuziehen?"

Er schüttelte den Kopf, drückte sie an sich und küsste sie mit aller Leidenschaft. Sie schlang die Arme um seinen Nacken und schmiegte sich an ihn, so fest sie konnte, und erwiderte den Kuss. Hutch stöhnte leise auf und kriegte einfach nicht genug von ihr.

Irgendwann waren sie beide nackt, auch wenn Hutch längst zu berauscht von ihr war, als dass er noch hätte sagen können, wann und wie das geschehen war. Er hob Kendra auf seine Arme, schritt durchs Zimmer und legte sie aufs Bett.

„Jetzt kein Vorspiel", wisperte sie und schaute ihn schmachtend an. „Ich will dich in mir spüren, Hutch. Es ist schon zu lange her, dass wir beide so zusammen gewesen sind …"

„Keine Eile", brachte er angestrengt heraus. „Wir haben alle Zeit der Welt." Er küsste ihren Mund und ihren Hals, ehe er sich ihrer Brustwarze widmete, die er sanft mit seinen Lippen umschloss.

Ein Feuerstrahl schoss durch Kendras Körper, sobald Hutch die eine Brust mit dem Mund verwöhnte und die andere mit den Fingern liebkoste.

Seine Hand wanderte weiter, strich über ihren Bauch und erreichte schließlich den Ort, der all ihre Lust und Leidenschaft beherbergte.

Sie wimmerte leise, als sie sich dieser Lust hingab. Dieser Mann ließ sich einfach nicht zur Eile antreiben, er wollte sie Zentimeter für Zentimeter ... nein, Millimeter für Millimeter erkunden, mit Küssen und mit sanften Berührungen überall auf ihrer Haut.

Sein Name kam nur heiser über ihre Lippen, sowie er den Kopf zwischen ihre Schenkel schob und begann, sie mit der Zunge und dem Mund zu reizen. Fast war der Punkt erreicht, an dem es für sie kein Halten mehr gab, da rückte er auf einmal von ihr ab und knabberte zärtlich an den Innenseiten ihrer Oberschenkel.

Ihr Atem ging schnell und heftig, und obwohl sie ihm zu befehlen versuchte, er solle sie jetzt verdammt noch mal endlich nehmen, setzte er nur wieder das Spiel seiner Zunge zwischen ihren Schenkeln fort.

Kendra hob immer wieder und immer schneller die Hüften an, sie vergrub ihre Finger in Hutchs Haar und hielt seinen Kopf fest, damit er damit weitermachte. Sie bewegte sich am Rand des Höhepunkts und flüsterte: „Hör nicht auf ... oh Gott, hör nicht auf damit ..."

Dann gab es kein Halten mehr. Es erschien ihr, als würde sie wie ein Feuerwerk hoch oben am Himmel explodieren und sich in flammende Funken verwandeln, die eine Ewigkeit brauchten, um auf die Erde zurückzukehren. Nachdem sie sich davon ein wenig erholt hatte, bemerkte sie, dass Hutch halb über ihr lag und sich links und rechts von ihr mit den Händen auf dem Bett abstützte.

Nun endlich drang er in sie ein, erst nur langsam, dann härter. Sofort spürte sie, dass sie ihn noch dringender brauchte als zuvor. Diesmal hatte er jedoch auch nicht vor, sich in Zurückhaltung zu üben, sondern stieß tief und kraftvoll in sie.

Die sich immer weiter und immer schneller steigernde Ekstase war fast mehr, als Kendra noch aushalten konnte. Sie warf ihren Kopf auf dem Kissen hin und her, während sie seinem Rhythmus folgte, bis sie beide im gleichen Moment den Höhepunkt erreichten. Ihr wurde in dem Augenblick wie durch einen dichten Nebel hindurch bewusst, dass sie diesmal kein Kondom benutzt hatten.

Aber sie hatten schon genug Zeit vergeudet, und sie wollten beide ein Baby haben.

Hutch ließ sich neben ihr aufs Bett sinken, er atmete heftig, und eine Weile lagen sie nur schweigend da und genossen ihr Glück.

„Warum kannst du eigentlich nicht einmal auf das Vorspiel verzichten?“ Sie bettete das Kinn auf seiner Schulter.

„Gewöhn dich lieber schon mal daran“, erwiderte er lachend. „Es gibt Dinge, die darf man einfach nicht überstürzen, und das gehört für mich dazu.“

Mit den Fingernägeln zeichnete sie einen Kreis auf seinem flachen, muskulösen Bauch. „Ist das wahr?“, schnurrte sie dabei und legte dann ihre Hand um seine Männlichkeit, die sofort auf diese Berührung reagierte. Hutch stöhnte auf.

„Frau“, warnte er sie keuchend. „Du spielst mit dem Feuer.“

„Ach, wirklich?“, fragte sie amüsiert und bewegte ihre Hand langsam auf und ab, um seine Erregung weiter zu steigern.

Nur Augenblicke später sprang er auf und war sofort wieder über ihr.

„Aber was ist denn mit dem Vorspiel?“, fragte sie mit vorgetäuschter Ahnungslosigkeit.

„Schon gut, du hast gewonnen“, presste er stöhnend hervor und drang besitzergreifend in sie ein.

Stunden später saßen sie beide in der Küche und aßen von der Lasagne, die Opal für sie zubereitet und in den Kühlschrank gestellt hatte. Hutch trug nur seine Jeans, Kendra hatte eines seiner T-Shirts an. Leviticus, der kurz zuvor noch gefüttert worden war, lag auf seinem Kissen in der Ecke und schlief fest.

„Besondere Flitterwochen sind das eigentlich nicht“, meinte Hutch nachdenklich. Sein Haar war zerzaust, seine blonden Bartstoppeln waren jetzt wieder zu sehen. „Vielleicht hätten wir doch nach Vegas oder Hawaii fliegen sollen.“

Kendra lächelte ihn an und schüttelte den Kopf. „Von mir wirst du keine Klagen hören, Cowboy. Reisen können wir später immer noch, aber im Moment müssen wir uns erst mal in unser neues Leben eingewöhnen.“

Er machte einen erleichterten Eindruck, und beim Blick in seine Augen fragte sich Kendra, wieso sie nur jemals daran hatte zweifeln können, dass sie beide zusammengehörten.

Sie aßen, was sie konnten. Einerseits fühlten sie sich wie ausgehungert, andererseits waren sie beide noch viel zu aufgedreht, um wirklich viel zu essen. Sie hatten gemeinsam geduscht und sich unter der Dusche geliebt, und auch wenn Kendras Körper immer noch von dem erneuten Orgasmus pulsierte, wusste sie, dass sie mehr wollte – und das galt auch für Hutch.

„Meinst du, wir haben heute ein Baby gezeugt?“, fragte sie und zuckte leicht mit den Schultern. „Wenn wir sichergehen wollen, sollten wir es weiter versuchen.“

Lachend legte er eine Hand auf ihre. „Ich hätte da noch was für dich.“ Mit einem Mal wurde er sehr ernst.

„Das will ich doch hoffen“, entgegnete sie und klimperte besonders aufreizend mit den Wimpern.

„Ich meine da etwas anderes“, sagte er, stand auf und verschwand in sein Arbeitszimmer gleich neben der Küche. Kurz darauf kehrte er mit einer dicken Aktenmappe zurück.

Kendra reagierte irritiert und ein wenig verunsichert. Sie hatten bislang mit keinem Wort einen Ehevertrag diskutiert, und es war ihr auch so vorgekommen, als sei Hutch gar nicht daran interessiert. Aber wie es schien, hatte er es sich jetzt doch noch anders überlegt. Glaubte er ernsthaft, sie würde die Hälfte der Whisper-Creek-Ranch von ihm fordern, sollten sich ihre Wege trennen, bevor einer von ihnen starb?

„Was ist das?“, fragte sie argwöhnisch.

Er lächelte sie aufmunternd an, da er wie schon so oft den Grund für ihre Bedenken richtig gedeutet hatte. „Das ist ein Vertrag“, antwortete er. „Maggie Landers hat ihn ausgearbeitet.“

Mit zitternden Händen schlug sie die Aktenmappe auf, überflog das Fachchinesisch der Anwältin und stellte dann verblüfft fest, dass ihr bereits die Hälfte der Ranch gehörte – sie musste nur noch unterschreiben.

„Ich verstehe nicht“, murmelte sie. „Diese Ranch ist doch dein Ein und Alles …“

„Und deines auch“, fuhr er fort, als ihre Stimme versagte. „Diese Ranch gehört zu mir, sie ist ein Teil von mir, Kendra, so sehr wie meine Arme und Beine zu mir gehören oder mein Herz. Ich würde alles tun, um die Ranch zu behalten. Aber wenn du dich morgen von mir scheiden lassen willst und ich dir das nicht ausreden kann, gehört dir immer noch die Hälfte der Whisper Creek.“

Kendra war restlos überwältigt und zutiefst gerührt. Hutch schenkte ihr nicht nur seine Liebe, sondern auch sein bedingungsloses Vertrauen. Alles, was ihm wichtig war, setzte er auf diese Ehe, auf das Versprechen, ein Leben lang ihr Mann zu sein, so wie sie ein Leben lang seine Frau sein wollte.

Sie drückte das Dokument einen Moment lang an sich, aber wichtig war ihr nicht, was es ihr versprach, sondern was es bedeutete. Dann legte sie die Aktenmappe zurück auf den Tisch.

„Ich gehe jetzt wieder nach oben“, ließ sie ihn wissen. „Kommst du mit?“

Hutch schob lachend seinen Stuhl nach hinten und stand auf. „Das fragst du noch?“, gab er augenzwinkernd zurück und folgte ihr aus der Küche.

– ENDE –

Lesen Sie auch:

Danielle Stevens

Wo die Nelkenbäume blühen

Ab Februar 2014 im Buchhandel

Band-Nr. 25727
8,99 € (D)
ISBN: 978-3-86278-865-1

Indischer Ozean, Juli 1887

Wie ein Pfeil schoss der Rumpf des Dampfseglers *Fortuna* über den Wellenkamm hinweg. Einen Augenblick lang hing er scheinbar schwerelos in der Luft, ehe er sich schließlich absenkte und, von aufspritzender Gischt begleitet, ins Wasser eintauchte. Als der Ruf „Land in Sicht!“ erklang, kamen die meisten Passagiere an Deck und drängten sich an die Reling. Jeder wollte als Erster einen Blick auf die Insel werfen, die für die meisten von ihnen das Land ihrer Träume darstellte. Doch anstatt sie zu sehen, nahmen sie zunächst einmal den charakteristischen Geruch wahr, der Sansibar schon aus vielen Kilometern Entfernung ankündigte – den schweren aromatischen Duft der Gewürznelken.

„Schau nur, Papa!“, rief ein kleines Mädchen, das von seinem Vater auf dem Arm gehalten wurde, sodass es über alle Köpfe hinwegblicken konnte, entzückt. Es deutete auf die Küstenlinie Sansibars, die verschwommen im dunstigen Morgenlicht in Sicht kam. Das hübsche Gesicht der Kleinen war vor Aufregung gerötet. „Das Paradies!“

Nach und nach schälte sich die Insel aus dem saphirblauen Indischen Ozean. Blütenweißer Sandstrand, sanft gewellte Hügel und hochgewachsene Kokospalmen – ein Bild wie aus einem Traum. Begeisterung und Vorfreude ließ die Augen der Menschen erstrahlen. Die Strapazen der langen Reise waren vergessen. Sie lachten und tuschelten. Frauen umarmten sich, Männer klopften sich gegenseitig auf die Schultern. Ihre Kinder, vom Fieber der Erwartung ergriffen, hielten sich an den Händen und tanzten Ringelreihen. Ein jeder wurde von der ausgelassenen Stimmung an Bord der *Fortuna* angesteckt. Sogar die Lippen des ersten Maats, dessen Miene üblicherweise mürrisch und verschlossen war, umspielte der Anflug eines Lächelns.

Nur auf eine Person – eine junge Frau, die sich ein wenig abseits des Trubels hielt – schien der Enthusiasmus der Reisenden nicht abzufärben.

Reglos stand sie da. Die graublauen Augen blickten scheinbar ins Leere, doch in Wahrheit nahmen sie alles auf, was sich um sie herum abspielte. Mit einer unbewussten Handbewegung strich sie sich eine Strähne ihres honigblonden Haares, die sich aus ihrem Flechtzopf gelöst hatte, zurück hinters Ohr. Sie schloss die Augen. Was würde die Zukunft ihr bringen? Erwartete sie am Ende ihrer Reise das Land ihrer Träume? Oder würde Sansibar für sie die Insel der Enttäuschungen werden?

Was auch immer zutreffen mochte – die Antwort auf diese Frage lag nur noch wenige Seemeilen entfernt …

Gegenwart

Lena Bluhm hatte die Augen fest geschlossen, als die winzige Propellermaschine auf die Landebahn aufsetzte. Solange sie zurückdenken konnte, litt sie unter Flugangst. Doch so schlimm wie dieses Mal war es schon lange nicht mehr gewesen.

Jedes Jahr steigen mehr als vier Milliarden Menschen in ein Flugzeug, Lena! Und die weitaus meisten von ihnen kommen heil ans Ziel.

Sie hielt den Atem an, als der Pilot so scharf bremste, dass Lena in ihren Sicherheitsgurt gepresst wurde. Ihre Finger krallten sich in den Kunstlederbezug der Armlehnen. Ihr stand der kalte Schweiß auf der Stirn. Es beruhigte sie keineswegs, dass der Boden sie nun zurückhatte. Immer und immer wieder gingen ihr die Worte des Selbsthilfebuches durch den Kopf, das sie anlässlich ihres ersten Englandurlaubs von Andy geschenkt bekommen hatte. *Die meisten Flugzeugunglücke geschehen entweder beim Start oder bei der Landung.*

Für einen winzigen Augenblick ließ der Gedanke an Andy sie alles andere vergessen – sogar ihre Angst. Doch der Moment währte nur so lange, bis sie die Augen öffnete und durch das Fenster das Flughafengelände an sich vorüberrasen sah. Sofort kniff sie die Lider wieder zu und hielt den Atem an. Und sie entspannte sich erst, als die Maschine ausrollte und schließlich zum Stehen kam.

„Jetzt haben Sie's geschafft, *min Deern*", sagte die silberhaarige Dame, die neben Lena saß und deren Dialekt sie als alteingesessene Hamburgerin auswies. Sie lächelte aufmunternd. „Wissen Sie, ich reise seit mehr als zwei Jahren quer durch die Weltgeschichte. Mein Heinz-Georg, Gott hab ihn selig, hat mir auf dem Sterbebett das Versprechen abgenommen, all die Orte zu besuchen, die wir uns immer schon gemeinsam ansehen wollten. Inzwischen kann ich kaum noch zählen, in wie vielen Flugzeugen ich gesessen habe – und es ist nie auch nur das Geringste passiert." Freundlich tätschelte sie Lenas Hand. „Fliegen ist viel ungefährlicher als Autofahren, glauben Sie's mir ruhig."

Höflich erwiderte Lena das Lächeln der Frau. „Ich weiß", sagte sie. „Dummerweise hilft mir dieses Wissen aber nicht dabei, meine Angst in den Griff zu bekommen."

Echte Erleichterung verspürte sie dann auch erst, als der Pilot über Bordfunk verkündete, dass die Maschine die endgültige Parkposition erreicht habe und man nun bereit für den Ausstieg sei.

Keine fünf Minuten später setzte Lena zum ersten Mal in ihrem Leben einen Fuß auf sansibarischen Boden. Feuchtheiße tropische Luft, der ein schwerer, würziger Duft anhaftete, schlug ihr entgegen.

„Gewürznelken", erklärte Lenas Sitznachbarin, die gleich hinter ihr das Flugzeug verlassen hatte. „Ihr Anbau mag heutzutage nicht mehr die größte Einnahmequelle der Menschen hier sein, doch der Stellenwert der Gewürzproduktion ist noch immer sehr hoch."

Lena nickte. Ihr war nicht nach einem Vortrag über die Wirtschaft Sansibars zumute. Ihr gingen ganz andere Dinge im Kopf herum. Allen voran die Frage, ob ihr das, weswegen sie hergekommen war, tatsächlich gelingen konnte.

Ob sie das Buch zu Ende zu bringen vermochte …

Leise seufzend fuhr sie sich mit dem Handrücken über die noch immer feuchte Stirn. Vielleicht hatte Patrick von Anfang an recht gehabt, und sie ließ sich völlig umsonst auf dieses irrwitzige Abenteuer ein. Immerhin war er ihr bester Freund und meinte es sicher nur gut, wenn er sie vor den Gefahren und Enttäuschungen warnte, die diese Reise möglicherweise für sie bereithielt. Doch seltsamerweise hatten seine Worte genau das Gegenteil von dem bewirkt, was er sich erhofft hatte. Bestärkt in dem Wunsch, sich auf Spurensuche zu begeben, hatte Lena kurz entschlossen sogleich einen Flug nach Sansibar gebucht. Nur hier hatte sie eine Chance, auch die andere Seite von Andy kennenzulernen. Den Teil von ihm, den sie nur aus seinen Erzählungen kannte und der so wichtig war, um zu Ende zu führen, was Andy einst begonnen hatte.

Andy ...

Es war das zweite Mal innerhalb kurzer Zeit, dass er sich in ihre Gedanken schlich, doch der Schmerz traf sie immer wieder vollkommen unvorbereitet. Trotz der tropischen Temperaturen wurde ihr für einen Moment eiskalt. Ihr Herz setzte einen Schlag aus, und ihr Magen zog sich schmerzhaft zusammen.

Er ist tot, du nicht – lerne endlich, damit zu leben!

Doch wie sollte das gehen? Andy Bennett war ihre große Liebe gewesen. Und nichts und niemand auf der Welt konnte die Lücke schließen, die er in ihrem Herzen hinterlassen hatte.

Nur quälend langsam bewegte sich die Schlange, die sich vor der Einreisekontrolle im Flughafengebäude gebildet hatte, vorwärts. In der vergangenen halben Stunde waren noch zwei weitere Maschinen gelandet, und es gab insgesamt nur vier Schalter, von denen zwei geschlossen waren. Zeit genug für Lena, weiter ihren Gedanken nachzuhängen.

Andy und sie hatten in einer gemütlichen Altbauwohnung im Hinterhaus eines Wohnhauses in Berlin-Mitte gewohnt. Vom Schlafzimmer aus blickte man auf die üppige Krone einer Linde, deren Zweige fast bis zum Fenster reichten. Im Sommer hatte Lena früher gern am offenen Fenster gesessen und den

Geräuschen des Lebens, wie sie es nannte, gelauscht. Dem Lachen der Kinder, die unten im Hof miteinander herumtollten, den ersten Fortschritten der jungen Klavierschülerin aus dem dritten Stock, den lautstarken Streiten und kaum weniger lautstarken Versöhnungen des Pärchens zwei Etagen unter ihr. Doch seit Andy fort war …

Erneut musste sie ihre Gedanken von ihm weglenken, als sie spürte, wie das inzwischen so bekannte Gefühl von Lähmung von ihr Besitz ergriff. Nein! rief sie sich innerlich zur Ordnung. Du hast dich jetzt lange genug einfach nur treiben lassen. Fang endlich an, dein Leben wieder selbst in die Hand zu nehmen!

Leichter gesagt, als getan.

Sie erreichte den Schalter der Passkontrolle und gab ihre Ausweispapiere ab. Der dunkelhäutige Mann warf nur einen flüchtigen Blick darauf, ehe er zu ihr aufblickte und ihr ein strahlendes Lächeln schenkte. „*Karibu Zanzibar* – Willkommen auf Sansibar!“

Suchend blickte sie sich nach jemandem um, der sich für ihren Impfpass interessierte. In jedem Reiseführer und auch im Internet hatte sie immer wieder den Hinweis gefunden, dass in Tansania und speziell auf Sansibar der Impfpass eines jeden Einreisenden akribisch überprüft wurde. Doch niemand sprach sie darauf an, und so machte sie sich schließlich schulterzuckend auf den Weg zur Gepäckausgabe.

Etwa eine halbe Stunde später bahnte Lena sich, ihren Trolley hinter sich herziehend und die schwere Handtasche über der Schulter, einen Weg durch das Gedränge in der Ankunftshalle des Kisauni Airport. Immer wieder drängten sich dunkelhäutige Männer um sie herum und boten ihr auf Englisch mit melodiösem afrikanischem Akzent ihre Hilfe an – gegen Gebühr, selbstverständlich. Ihr kam es vor wie ein Spießrutenlauf, und so war sie froh, als sie endlich ins Freie trat.

Suchend blickte sie sich nach einem Taxi um. Doch das einzige, das sie entdecken konnte, wurde gerade von der alten

Dame aus Hamburg herangewinkt. Lena schluckte einen Fluch herunter und fing an zu laufen. Vielleicht war es ja möglich, sich das Taxi zu teilen.

Sie hatte das Fahrzeug fast erreicht, als es plötzlich Fahrt aufnahm und sich in den fließenden Verkehr einfädelte. Aufstöhnend stellte Lena ihre schwere Tasche auf dem Gehweg ab. Das fing ja wirklich gut an!

Sie zückte ihr Handy und schaltete es ein. Warum, das wusste sie selbst nicht so genau. Nicht, dass sie einen Anruf erwartete. Von wem auch? Patrick hatte sie vor etwas mehr als zehn Stunden zum Flughafen Tegel gebracht, und außer zu ihm pflegte sie seit Andys Tod zu niemandem mehr engeren Kontakt.

Auf dem Display erschien ein Bild von Andy und ihr, wie sie glücklich in die Kamera strahlten. Das Foto war bei ihrem letzten gemeinsamen Urlaub vor zwei Jahren in Irland aufgenommen worden. Wie immer, wenn sie es sah, zog sich ihr schmerzhaft das Herz zusammen. Dennoch brachte sie es nicht über sich, das Hintergrundbild zu ändern. Allein der Gedanke erschien ihr wie ein kleiner Verrat an Andy.

Ein Pop-up öffnete sich und verkündete, dass irgendjemand insgesamt gut ein Dutzend Mal angerufen hatte, seit sie in Berlin in den Flieger gestiegen war. Gerade als sie nachsehen wollte, wer sie da so hartnäckig zu erreichen versuchte, ging wieder ein Anruf ein.

„Ja?"

„Lena? Alles okay bei dir? Du klingst ein bisschen gestresst."

Als sie Patricks Stimme hörte, atmete sie tief aus. „Ich habe zehn Stunden Flug hinter mir, es ist furchtbar heiß und stickig, und zu allem Überfluss ist mir soeben das einzige Taxi weit und breit vor der Nase weggefahren – was erwartest du also?" Die Worte waren ihr kaum über die Lippen, als sie ihren Ausbruch auch schon wieder bereute. „Hör zu, es tut mir leid. Ich finde es ja lieb von dir, dass du so besorgt um mich bist, aber das ist wirklich nicht nötig. Ich komme schon zurecht. Wirklich."

Einen Moment lang herrschte Schweigen am anderen Ende der Leitung, dann räusperte Patrick sich. „Natürlich", sagte er, doch sie kannte ihn lang genug, um an seinem Tonfall zu erkennen, dass er eingeschnappt war. „Du musst selbst wissen, was du tust. Aber ich stehe auch dazu, dass ich diese ganze überstürzte Aktion, einfach deine Koffer zu packen und nach Sansibar zu fliegen, für einen Fehler halte. Ich kann deine Beweggründe ja verstehen, aber du hättest dich wenigstens von zu Hause aus vorbereiten können."

Lena unterdrückte ein Seufzen. Sie hatten diese Diskussion in den vergangenen zehn Tagen immer wieder geführt – stets mit dem Ergebnis, dass sie beide auf ihrem jeweiligen Standpunkt beharrten. Ihr stand wirklich nicht der Sinn danach, ausgerechnet jetzt noch einmal über dieses Thema zu debattieren.

„Patrick, ich weiß, du meinst es nur gut, aber …" Nun entfuhr ihr doch ein Seufzen. „Wir unterhalten uns später, okay? Ich melde mich bei dir. Pass auf dich auf, ja? Bis bald."

Sie beendete das Gespräch, ohne ihn noch einmal zu Wort kommen zu lassen. Nicht, dass sie Patricks Sorge nicht zu schätzen wusste. Er war Andys Agent und sein bester Freund gewesen, und als sie in Andys Leben getreten war, hatte er sie ohne zu zögern in den Kreis ihrer Freundschaft mit aufgenommen. Zudem war er ihr gerade in den letzten schweren Monaten eine unschätzbare Stütze gewesen. Doch bei dem, was ihr nun bevorstand, konnte er ihr nicht helfen. Sie musste lernen, ihr Leben wieder in den Griff zu bekommen und auf eigenen Beinen zu stehen.

Sie war so in Gedanken versunken, dass sie das Taxi, das vor ihr am Straßenrand hielt, zuerst gar nicht bemerkte. Als sie es schließlich doch wahrnahm, drängte sich gerade ein Mann an ihr vorbei und öffnete die Tür auf der Beifahrerseite, um einzusteigen.

„Hey!“, rief sie empört. „Hey, Sie da, das ist mein Taxi!“

Der Mann drehte sich zu ihr um, und für einen Moment stockte Lena der Atem. Was für unglaubliche Augen! Graublau mit goldenen Sprenkeln darin, wie der Himmel über Berlin an einem trüben Tag, wenn gerade die Sonne durch die Wolkendecke bricht; umrahmt von einem Kranz erstaunlich dichter dunkler Wimpern.

Lena blinzelte heftig, um das seltsame Gefühl abzuschütteln, das von ihr Besitz ergriffen hatte. Doch sie erreichte lediglich, dass sie auch den Rest ihres Gegenübers bemerkte, der kaum weniger eindrucksvoll war.

Schwarzbraunes, welliges Haar umrahmte ein eher blasses, scharf geschnittenes Gesicht mit ausgeprägten Wangenknochen und kantigem Kinn. Der Mann trug einen leichten, anthrazitfarbenen Anzug, der die Farbe seiner Augen noch betonte und der definitiv nicht von der Stange stammte. Die Hitze schien ihm nicht das Geringste auszumachen, denn Lena konnte auf seiner Stirn nicht die kleinste Schweißperle entdecken.

Er hob eine Braue, was seiner Miene eine gewisse Arroganz verlieh. „Entschuldigung – wie bitte?“, fragte er auf Englisch.

„Oh.“ Erst jetzt wurde ihr klar, dass sie in ihrer Aufregung ganz automatisch Deutsch gesprochen hatte. Sofort wechselte sie ins Englische. „Ich sagte, dass Sie dieses Taxi nicht haben können.“

„Ach, und warum nicht, wenn ich fragen darf?“

„Weil ich vor Ihnen an der Reihe bin“, entgegnete Lena fest und reckte das Kinn. „Ich warte schon viel länger als Sie!“

Schmunzelnd schüttelte er den Kopf. „Sie haben dagestanden und Löcher in die Luft gestarrt“, korrigierte er sie dreist. „Hören Sie, Miss, obwohl es mir ein großes Vergnügen wäre, dieses Thema noch weiter mit Ihnen zu diskutieren, muss ich an dieser Stelle leider abbrechen. Termine, Sie verstehen?“

Er schenkte ihr noch ein letztes strahlendes Lächeln, ehe er in den Wagen stieg und die Tür hinter sich zuschlug. Wie paralysiert blieb Lena zurück und schaute tatenlos zu, wie das Taxi – *ihr* Taxi – mit dem unverschämten Fremden darin davonfuhr.

Lange hatte Lena am Taxistand des Flughafens nicht warten müssen, ehe wieder ein Wagen aufgetaucht war. Die Fahrt zu ihrem Hotel dauerte trotzdem noch einmal eine Stunde, obwohl der Kisauni Airport kaum mehr als einen Katzensprung südöstlich von Sansibar Stadt entfernt lag. Doch je näher sie ins Zentrum der Inselhauptstadt vorrückten, desto dichter wurde das Gewirr von Fahrrädern, Autos und Mopeds, die sich auf den engen Straßen drängten.

Endlich, als sie gerade glaubte, die Hitze im Inneren des Fahrzeugs keine Sekunde länger ertragen zu können, lenkte der Fahrer den Wagen an den Straßenrand. Lena stieg aus und schaute sich um, während sie darauf wartete, dass ihr Gepäck ausgeladen wurde. Ihr Hotel befand sich in einem hohen Gebäude mit fleckiger Steinfassade, das sicher schon bessere Tage gesehen hatte. Sie hätte sich durchaus eine bessere Unterkunft leisten können, immerhin musste sie sich um Geld keine Gedanken machen. Dank Andys Lebensversicherung war sie gut abgesichert. Doch sie brauchte keine luxuriöse Umgebung. Und außerdem fühlte sie sich nach wie vor schlecht dabei, Geld mit vollen Händen auszugeben, das sie nur besaß, weil Andy …

Zwei Stufen führten hinauf zu einer Tür, die jedem Kirchenportal zur Ehre gereicht hätte. Das dunkle Holz war reich mit Schnitzereien und bronzefarbenen Beschlägen verziert.

Lena bezahlte den Taxifahrer und gab ihm ein Trinkgeld, das ihm ein Strahlen aufs Gesicht zauberte. Er bedankte sich überschwänglich und bestand darauf, ihr das Gepäck noch bis ins Hotel zu tragen. Dagegen hatte Lena definitiv nichts einzuwenden, so müde und zerschlagen, wie sie sich fühlte. Sie checkte an der Rezeption ein, die im Grunde genommen nur aus einem Schalter bestand, der in die Wand des Treppenhauses eingelassen war. Und als sie wenig später, nachdem sämtliche Formalitäten erledigt waren, endlich ihr Zimmer betrat, ließ sie sich, ohne sich lange umzusehen, auf das weiche Bett fallen. Nur zwei Minuten die Augen zumachen und entspannen, sagte sie zu sich selbst.

Doch sie hatte die Lider kaum geschlossen, als sie auch schon in einen leichten Dämmerschlaf sank.

Es war dunkel. Sterne glitzerten am Himmel, und der fast volle Mond tauchte die Landstraße in einen silbrigen Schein. Aus den Lautsprechern des Autoradios drang leise ein alter Song von Sade: *Smooth Operator*. Die Musik verschmolz mit den Geräuschen des Motors und dem *Flapp-Flapp* der Reifen auf dem Asphalt zu einer beinahe schon hypnotischen Melodie. Mit geschlossenen Augen saß Lena auf dem Beifahrersitz, streichelte mit der Hand über ihren prall gewölbten Bauch und ließ sich einfach treiben.

„Es war nett bei Thomas und Sandra, findest du nicht?"

Lena lächelte, ohne die Augen zu öffnen. „Ja", sagte sie. „Aber Sandras Lasagne war grauenvoll!"

Andys Lachen, tief und kehlig, erfüllte den Wagen. „Ja", stimmte er atemlos zu. „Sie war tatsächlich ungenießbar – aber nicht halb so schlimm wie die rote Grütze! Ich habe auf etwas gebissen, das ich für eine Kirsche hielt, sich dann aber als ein Klumpen Gelatine entpuppte!"

Nun konnte auch Lena nicht mehr an sich halten. Sie lachte und lachte, bis ihr die Tränen kamen. Ihr Herz sprudelte über vor lauter Liebe und Zuneigung. Dies war einer dieser Momente, in denen sie sich fragte, womit sie so viel Glück verdient hatte.

Sie wischte sich mit dem Handrücken über die Augen – in diesem Moment sah sie den Geisterfahrer, der frontal auf sie zugeschossen kam.

„Andy, pass auf!"

Doch es war zu spät.

Das Kreischen von Metall und das Splittern von Glas war das Letzte, was Lena wahrnahm.

Dann wurde sie von vollkommener Dunkelheit umfangen.

Mit einem erstickten Keuchen schreckte Lena aus dem Schlaf hoch. „Andy …“

Sie setzte sich auf – und ließ sich stöhnend zurücksinken, als ihr klar wurde, wo sie sich befand. Der Unfall lag mehr als ein Jahr zurück, doch die Träume, die sie seit jener Nacht verfolgten, hatten nichts von ihrem Schrecken verloren.

Ihr Herz hämmerte wie wild, und ihr stand der kalte Schweiß auf der Stirn. Mit zitternden Knien stand sie auf und ging ins Badezimmer hinüber. Dort drehte sie das kalte Wasser auf und wusch sich das Gesicht. Seufzend ließ sie sich den Wasserstrahl auch über die Handgelenke laufen. Danach fühlte sie sich ein wenig besser. Doch an Schlaf war nicht mehr zu denken, und das kleine Zimmer, in dem es gerade einmal genug Platz für das schmale Einzelbett, einen Schrank und einen Nachttisch gab, erschien ihr zunehmend beengt und erdrückend.

Was ist los mit dir? Du hast nicht den weiten Weg hierher gemacht, um jetzt im Hotel die Füße hochzulegen! Wolltest du dich nicht auf die Suche nach Andys Wurzeln machen? Jene Orte entdecken, an denen er die schönste und aufregendste Zeit seiner Kindheit verbracht hat? Um das zu Ende zu bringen, was er nicht mehr vollenden konnte?

Ja, genau das war es, was Lena wollte. Andys Worte, wenn er von seiner Jugend auf Sansibar gesprochen hatte, klangen ihr noch in den Ohren nach. Seine Begeisterung, das Glänzen in seinen Augen, sein Enthusiasmus, wenn er von der Freundlichkeit und Offenheit der Menschen schwärmte. Er war nie wieder hierher zurückgekehrt, hatte immer nur davon gesprochen, es irgendwann einmal zu tun – gemeinsam mit ihr. Vielleicht würde auch sie hier endlich wieder etwas anderes empfinden können als Trauer und Verzweiflung.

Worauf wartest du noch? Du hast das Leben lang genug wie einen trägen Strom an dir vorüberziehen lassen – es wird Zeit, dass du endlich wieder darin eintauchst und selbst daran teilnimmst, statt es von außen zu beobachten!

Sie konnte förmlich spüren, wie neuer Tatendrang sie erfüllte, nahm ihre Handtasche auf und verließ das Hotelzimmer.

Lesen Sie auch von Linda Lael Miller:

Ab April 2014

Linda Lael Miller
Big Sky River: Am reißenden Fluß

Nach dem Tod seiner Frau könnte für Boone das Leben durch die Liebe seiner neuen Nachbarin Tara weitergehen – wäre da nicht die Angst, erneut einen geliebten Menschen zu verlieren …

Band-Nr. 25693
8,99 € (D)
ISBN: 978-3-86278-802-6

Linda Lael Miller
Big Sky Country: Das weite Land

Früher hat Slade die Rodeo-Queen Joslyn nur von Weitem angehimmelt. Nun mutiger geworden, kommt er ihr sehr nahe. Dass sie aber mit seinem Halbbruder befreundet ist, macht die Sache kompliziert …

Band-Nr. 25681
8,99 € (D)
ISBN: 978-3-86278-743-2
352 Seiten

Deutsche Erstveröffentlichung

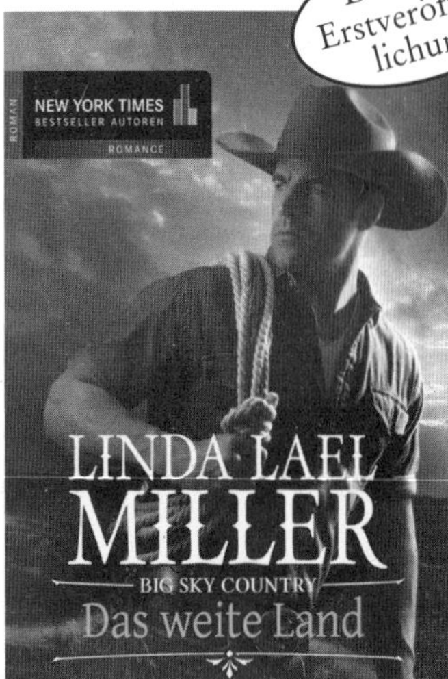

Deutsche Erstveröffentlichung

Susan Mallery
Was sich neckt, das küsst sich

Wegen eines Grundstückstreits kehrt Rafe in seine Heimat zurück und tritt seiner Gegnerin Heidi gegenüber: stur, blond – und sexy! Je länger er aber mit ihr zu tun hat, desto verlockender kommt Rafe das Leben auf dem Land vor …

Band-Nr. 25720
8,99 € (D)
ISBN: 978-3-86278-854-5
eBook: 978-3-86278-904-7
320 Seiten

Robyn Carr
Liebeserwachen in Virgin River

Als Hubschrauberpilot in der Army hat Colin mehr erlebt, als für einen Mann gut ist. Umso mehr genießt er es nun, sich allein in die stille Natur zurückzuziehen. Bis er auf die zurückhaltende Jill trifft …

Band-Nr. 25705
7,99 € (D)
ISBN: 978-3-86278-835-4
eBook: 978-3-86278-931-3
384 Seiten

Deutsche Erstveröffentlichung

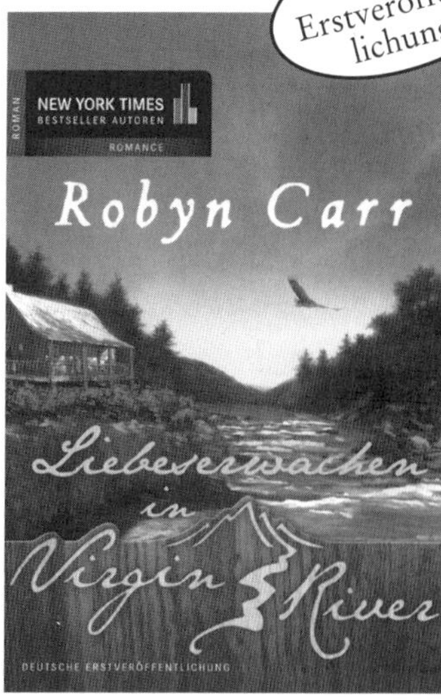

Gesucht: Frauen mit Pioniergeist, die in Sweetness ein neues Leben starten wollen!

Deutsche Erstveröffentlichung

Band-Nr. 25679
7,99 € (D)
ISBN: 978-3-86278-741-8
eBook: 978-3-86278-785-2
352 Seiten

Stephanie Bond
Liebe ist kein Beinbruch

Im ländlichen Sweetness, Georgia, gibt es kaum weibliche Einwohner. Die drei Armstrong-Brüder wollen das mit einer Zeitungsanzeige ändern. Und nun steht Porter Armstrong auf dem Wasserturm, späht in die Ferne und traut seinen Augen nicht: Staub am Horizont – eine Autokolonne nähert sich der Stadt! Doch in seiner Begeisterung stürzt Porter vom Wasserturm. Glück im Unglück: Unter den Ankömmlingen befindet sich die kompetente und sehr hübsche Dr. Nikki Salinger. Erst wirft sie einen Blick auf seine Verletzung. Diagnose: gebrochenes Bein. Dann einen auf Porter …